Lauren Kate • Engelsflammen

Foto: © Christina Hultquist

DIE AUTORIN

Lauren Kate wuchs in Dallas auf, arbeitete einige Zeit in einem New Yorker Verlag und zog dann nach Kalifornien, wo sie Creative Writing studierte, bevor sie zu schreiben begann. Ihre romantische Fantasyserie über den gefallenen Engel Daniel und seine große Liebe Luce wurde weltweit zum Bestseller.

Weitere lieferbare Titel von Lauren Kate bei cbt:

Engelsnacht (Band 1, 30840)
Engelsmorgen (Band 2, 30889)
Engelslicht (Band 4, 31017)
Engelszeiten (E-only, 09421)
Engelsnacht – Cams Geschichte (E-only, 19795)
Engelsdämmerung (E-only, 19680)
Teardrop (Band 1, E-only, 12440)
Waterfall (Band 2, 16386)

Mehr zu cbj/cbt auch auf Instagram

Lauren Kate

Engelsflammen

Aus dem Amerikanischen
von Michaela Link

Penguin Random House Verlagsgruppe
FSC® N001967

*Für M und T,
Boten des Himmels*

10. Auflage
Erstmals als cbt Taschenbuch Februar 2015
© 2011 by Tinderbox, LLC and Lauren Kate
Die Originalausgabe erschien unter dem Titel »Passion«
bei Random House Children's Books, New York
© 2012 für die deutschsprachige Ausgabe
cbj Kinder- und Jugendbuchverlag
in der Penguin Random House Verlagsgruppe GmbH,
Neumarkter Straße 28, 81673 München
Alle deutschsprachigen Rechte vorbehalten
Dieses Werk wurde vermittelt durch die
Literarische Agentur Thomas Schlück, 30287 Garbsen.
Aus dem Amerikanischen von Michaela Link
Lektorat: Carola Henke
Umschlagkonzeption: Geviert GBR, München,
unter Verwendung eines Motivs von
Fernanda Brussi Goncalves mit Rebecca Roeske
MG · Herstellung: tk
Satz: KompetenzCenter, Mönchengladbach
Druck: GGP Media GmbH, Pößneck
ISBN: 978-3-570-30946-9
Printed in Germany

www.cbj-verlag.de

Fängst du mich nicht gleich – verlier nicht den Mut,
Verpasst du mich hier, suchst du mich dort,
Irgendwo mach ich halt und warte auf dich.

Walt Whitmann, »Gesang meiner selbst«

Prolog

Der Außenseiter

Ein Schuss krachte. Mit einem einzigen Knall öffnete sich die breite Front der Startboxen. Das Stampfen der Pferdehufe hallte über die Rennbahn wie fernes Donnergrollen.

»Sie sind gestartet ...«

Sophia Bliss schob die mehr als halbmeterbreite Krempe ihres Federhutes zurecht. Er war blass malvenfarben und ein Chiffonschleier hing davon herab. Mit diesem Hut ging sie locker als regelmäßige Rennbahnbesucherin durch, aber er war nicht so auffällig, dass sie unerwünschte Aufmerksamkeit auf sich gezogen hätte.

Sie hatten ihre drei Hüte für diesen Renntag bei einer Modistin in Hilton Head als Sonderanfertigungen in Auftrag gegeben. Der zweite – ein buttergelbes Häubchen – bedeckte den schneeweißen Kopf von Lyrica Crisp, die links neben Miss Sophia saß und sich an einem Cornedbeef-Sandwich gütlich tat. Und der letzte, ein gischtgrüner Filzhut mit breitem, grob gepunktetem Seidenband, krönte die pechschwarze Mähne von Vivina Sole. Sie saß zu Miss Sophias Rechten und hatte die weiß behandschuhten Hände auf dem Schoß gefaltet, als könne sie kein Wässerchen trüben.

7

»Was für ein herrlicher Tag für ein Rennen«, bemerkte Lyrica. Mit ihren einhundertsechsunddreißig Jahren war sie die jüngste der Ältesten der Zhsmaelim. Sie wischte sich einen Senfklecks aus dem Mundwinkel. »Könnt ihr glauben, dass ich heute zum ersten Mal auf einer Rennbahn bin?«

»Scht«, zischte Sophia. Lyrica war dermaßen unbedarft. Heute ging es überhaupt nicht um Pferde, sondern um ein heimliches Zusammentreffen großer Geister. Auch wenn die anderen großen Geister noch nicht aufgetaucht waren. Sie würden schon noch kommen. Der absolut neutrale Treffpunkt war Sophia in der mit Goldlettern geprägten Einladung mitgeteilt worden, die sie von einem unbekannten Absender erhalten hatte. Die anderen würden kommen und sich offenbaren und gemeinsam würden sie einen Angriffsplan schmieden. Jeden Augenblick musste es so weit sein. Hoffte sie.

»Ein schöner Tag für einen schönen Sport«, sagte Vivina trocken. »Ein Jammer, dass *unser* Pferdchen in diesem Rennen nicht in so leicht berechenbaren Bahnen läuft wie diese Jungstuten hier. Nicht wahr, Sophia? Wer würde schon darauf wetten, wo das Vollblut Lucinda über die Ziellinie geht.«

»Ich sagte *Scht*«, flüsterte Sophia. »Hüte deine vorlaute Zunge. Hier sind überall Spione.«

»Du bist paranoid«, gab Vivina zurück, was Lyrica ein hohes Kichern entlockte.

»Ich bin die, die übrig geblieben ist«, sagte Sophia. Es hatte früher so viele weitere gegeben – vierundzwanzig Älteste zur Blütezeit der Zhsmaelim. Eine Gruppe von Sterblichen, Unsterblichen und einigen Transhimmlischen wie Sophia selbst. Eine Achse des Wissens, der Leidenschaft und des Glaubens, mit einem einzigen einenden Ziel: Die Welt in ihren Zustand vor dem Höllensturz zurückzuführen, zu diesem flüchtigen, herrlichen Augenblick vor dem Sturz der Engel. Auf Gedeih und Verderb.

So stand es glasklar in dem Kodex, den sie gemeinsam verfasst und den sie alle unterzeichnet hatten: *Auf Gedeih und Verderb.*

Denn es konnte tatsächlich so oder so ausgehen.

Jede Münze hatte ihre zwei Seiten. Kopf und Zahl. Hell und dunkel. Gut und …

Es war wohl kaum Sophias Schuld, dass die anderen Ältesten sich nicht auf beide Möglichkeiten vorbereitet hatten. Aber sie hatte die Vorwürfe über sich ergehen lassen müssen, als einer nach dem anderen seinen Rückzug kundgetan hatte. *Eure Ziele werden zu dunkel.* Oder: *Das Niveau der Organisation ist gesunken.* Oder: *Die Ältesten sind zu weit von ihrem ursprünglichen Kodex abgewichen.* Der erste Schwung von Briefen war, wie vorauszusehen, innerhalb einer Woche nach dem Zwischenfall mit dieser Pennyweather eingetroffen. Das sei für sie absolut unerträglich, hatten sie behauptet. Der Tod eines einzigen bedeutungslosen Kindes! Ein einziger unbedachter Augenblick mit einem Dolch, und plötzlich bekamen die Ältesten es mit der Angst. Sie alle fürchteten den Zorn der Waage.

Feiglinge.

Sophia fürchtete die Waage nicht. Ihre Aufgabe war es, den Gefallenen, nicht den Gerechten beizustehen. Niederen Engeln wie Roland Sparks und Arriane Alter. Solange man dem Himmel nicht abtrünnig wurde, hatte man ein wenig Spielraum. Verzweifelte Zeiten schrien förmlich nach verzweifelten Maßnahmen. Sophia wären fast die Augen aus dem Kopf gefallen, als sie die hasenfüßigen Ausflüchte der anderen Ältesten gelesen hatte. Jeder Versuch, diese Feiglinge zurückzugewinnen, war aussichtslos – und Sophia wollte sie auch nicht wieder dabeihaben. Und so war Sophia Bliss – die Schulbibliothekarin, die im Vorstand der Zhsmaelim immer nur als Sekretärin gedient hatte – jetzt die ranghöchste Vertreterin der Ältesten. Von denen es nur noch zwölf gab, und neun davon konnte man nicht trauen.

Also waren nur sie drei heute hier mit ihren pastellfarbigen Hüten und platzierten, um den Schein zu wahren, Wetten auf die Rennen. Und warteten. Einfach armselig, wie tief sie gesunken waren.

Ein Rennen endete gerade und über Lautsprecher wurden die Sieger und die vorläufigen Quoten für das nächste Rennen bekannt gegeben. Ringsum begannen unterschiedslos gut betuchte wie etwas heruntergekommene Wetter zu jubeln; andere sackten in ihren Sitzen zusammen.

Und ein Mädchen von etwa neunzehn Jahren mit weißblondem Pferdeschwanz, braunem Trenchcoat und dunkler Sonnenbrille mit dicken Gläsern kam langsam die Aluminiumstufen zu den Ältesten herauf.

Sophia versteifte sich. Was wollte *sie* hier?

Es war unmöglich zu erkennen, wohin das Mädchen blickte, und Sophia gab sich alle Mühe, es nicht anzustarren. Obwohl das eigentlich egal war; das Mädchen würde sie ohnehin nicht sehen können. Es war blind. Aber trotzdem …

Die Outcast nickte Sophia einmal zu. Oh ja – diese Narren konnten das Brennen einer Seele sehen. Auch wenn sie nur schwach war, musste Sophias Lebenskraft sichtbar sein.

Das Mädchen nahm in der leeren Reihe vor den Ältesten Platz, wandte sich der Rennbahn zu und spielte mit einem Fünfdollarwettschein, den ihre blinden Augen nicht lesen konnten.

»Hallo.« Die Stimme der Outcast war monoton. Sie drehte sich nicht um.

»Ich weiß wirklich nicht, warum du hier bist«, sagte Miss Sophia. Es war ein feuchter Novembertag in Kentucky, aber auf ihrer Stirn stand eine dünne Schicht Schweiß. »Unsere Zusammenarbeit ist zu Ende, seit deine Leute es nicht geschafft haben, das Mädchen zurückzuholen. Und das wird sich auch nicht mehr ändern, ganz gleich, was dieser Phillip, oder wie er sich nennt, noch an Gefasel von sich geben wird.« Sophia beugte sich vor, dichter an das Mädchen heran, und rümpfte die Nase. »Alle wissen, dass man den Outcasts nicht trauen kann ...«

»Wir sind nicht euretwegen hier«, erwiderte die Outcast und starrte geradeaus. »Ihr wart nur ein Mittel für uns, um näher an Lucinda heranzukommen. Wir haben nach wie vor kein Interesse daran, mit euch ›zusammenzuarbeiten‹.«

»Auf eure Organisation gibt heute keiner mehr auch nur einen Pfifferling.« Schritte auf der Tribüne.

Der Junge war hochgewachsen und schlank, mit rasiertem Kopf und einem ähnlichen Trenchcoat, wie das Mädchen ihn trug. Seine Sonnenbrille war von der billigen Sorte, Plastik, wie man sie in jedem Drugstore kaufen konnte.

Phillip ließ sich direkt neben Lyrica Crisp auf die Bank fallen. Wie das Mädchen wandte er sich ihnen nicht zu, als er das Wort ergriff.

»Es überrascht mich nicht, dich hier anzutreffen, Sophia.« Er schob die Sonnenbrille ein Stück die Nase herunter und enthüllte zwei leere weiße Augen. »Aber es enttäuscht mich, dass du es nicht fertiggebracht hast, mir von deiner Einladung zu erzählen.«

Lyrica schnappte angesichts der schrecklichen weißen Flächen hinter seinen Brillengläsern nach Luft. Selbst Vivina verlor ihre kühle Fassung und prallte zurück. Sophia kochte innerlich.

Die Outcast hielt ihnen zwischen ausgestreckten Fingern eine goldene Karte hin – die gleiche Einladung, die Sophia erhalten hatte. »Wir haben das hier bekommen.« Nur, dass diese Karte so aussah, als sei sie in Blindenschrift geschrieben worden. Sophia griff danach, um sich davon zu überzeugen, aber mit einer schnellen Bewegung verschwand die Einladung wieder im Trenchcoat des Mädchens.

»Hört mal, ihr kleinen Würstchen. Ich habe eure Sternenpfeile mit dem Emblem der Ältesten gezeichnet. Ihr arbeitet für *mich* ...«

»Richtigstellung«, unterbrach Phillip sie. »Die Outcasts arbeiten für niemanden außer für sich selbst.«

Sophia beobachtete, wie er leicht den Hals reckte und so tat, als verfolge er ein Pferd auf der Bahn. Es war ihr immer unheimlich gewesen, wie sie den Eindruck erweckten, sehen zu können. Obwohl doch jeder wusste, dass *er* sie hatte erblinden lassen. Mit einem Fingerschnippen.

»Schöne Arbeit, die ihr da geleistet habt. Ihr habt es voll vermasselt.« Sophias Stimme schwoll stärker an, als ihr lieb war, und sie zog die Blicke eines älteren Ehepaares auf sich, das sich gerade einen Platz auf der Tribüne suchte. »Wir hätten zusammenarbeiten sollen«, zischte sie, »um sie zur Strecke zu bringen, und – und ihr habt versagt.«

»Es hätte ohnehin keine Rolle gespielt.«

»Wie bitte?«

»Sie hätte sich so oder so in der Zeit verloren. Das war immer ihre Bestimmung. Und die Ältesten würden sich auch dann an einen Strohhalm geklammert haben. Denn so ist es euch bestimmt.«

Sie wollte sich auf ihn stürzen und ihn würgen, bis ihm die großen weißen Augen aus dem Kopf traten. Ihr Dolch fühlte sich an, als brenne er ein Loch durch die Kalbslederhandtasche auf ihrem Schoß. Wenn es doch nur ein Sternenpfeil gewesen wäre. Sophia sprang auf, als hinter ihnen eine Stimme erklang.

»Bitte setzt euch«, donnerte die Stimme. »Die Versammlung ist eröffnet.«

Die Stimme. Sie wusste sofort, wem sie gehörte. Ruhig und autoritär. Absolut demütigend. Sie ließ die Tribünen erbeben.

Die Sterblichen in ihrer Nähe bemerkten nichts, aber eine Hitzewelle kroch Sophias Nacken hinauf. Sie kroch durch ihren Körper und machte sie benommen. Es war keine gewöhnliche Furcht. Es war lähmende, übelkeiterregende Panik. Wagte sie es, sich umzudrehen?

Ein kurzer, vorsichtiger Blick aus dem Augenwinkel zeigte ihr einen Mann in maßgeschneidertem schwarzem Anzug. Dunkles, kurz geschnittenes Haar, das größtenteils unter einem schwarzen Hut steckte. Das Gesicht, freundlich und attraktiv, war nicht besonders einprägsam. Glatt rasiert, mit einer geraden Nase und braunen Augen, die ihr vertraut vorkamen. Obwohl Miss Sophia ihn noch nie zuvor gesehen hatte. Und trotzdem wusste sie sofort, wer er war, als hätte sie ihn schon immer gekannt.

»Wo ist Cam?«, fragte die Stimme hinter ihnen. »Er hat eine Einladung bekommen.«

»Steckt vermutlich in irgendeinem Verkünder und spielt Gott. Wie die Übrigen«, platzte Lyrica heraus und handelte sich damit einen Schlag von Sophia ein.

»Er spielt *Gott*, hast du gesagt?«

Sophia suchte nach den Worten, die eine solche Entgleisung wiedergutmachen konnten. »Einige der anderen sind Lucinda in die Vergangenheit gefolgt«, sagte sie schließlich. »Darunter zwei Nephilim. Wir wissen nicht genau, wie viele sonst noch.«

»Darf ich fragen« – die Stimme klang plötzlich eiskalt –, »warum niemand von *euch* ihr gefolgt ist?«

Sophia hatte Mühe zu schlucken und zu atmen. Ihre intuitivsten Bewegungen wurden durch Panik gelähmt. »Wir können nicht direkt, nun … wir haben noch nicht die Fähigkeiten …«

Die Outcast fiel ihr ins Wort. »Die Outcasts sind gerade dabei …«

»Ruhe«, befahl die Stimme. »Erspart mir eure Ausreden. Sie spielen keine Rolle mehr, gerade so wie ihr keine Rolle mehr spielt.«

Lange Zeit waren alle still. Es war schrecklich, nicht zu wissen, wie man ihn zufriedenstellen konnte. Als er endlich weitersprach, war seine Stimme leiser, aber nicht weniger einschüchternd. »Es steht zu viel auf dem Spiel. Ich kann nichts mehr dem Zufall überlassen.«

Eine Pause.

Dann fuhr er leise fort: »Es ist an der Zeit, dass ich die Dinge selbst in die Hand nehme.«

Sophia konnte ein Aufkeuchen gerade noch unterdrücken

und ihr Entsetzen verbergen. Aber ihr Zittern konnte sie nicht beherrschen. Er nahm die Dinge selbst in die Hand? Das war wahrhaftig die denkbar beängstigendste Aussicht. Unvorstellbar, mit *ihm* zu arbeiten, um …

»Ihr werdet euch heraushalten«, sagte er. »Das ist alles.«

»Aber …« Es war ein Versehen, doch schon hatte Sophia das Wort über die Lippen gebracht. Sie konnte es nicht zurücknehmen. Doch all ihre Jahrzehnte harter Arbeit. All ihre Pläne. Ihre Pläne!

Es folgte ein langgezogenes, erderschütterndes Brüllen.

Es ließ die Tribünen erzittern und schien sich im Bruchteil einer Sekunde über die ganze Rennbahn zu verbreiten.

Sophia wand sich. Das Brüllen schien sie zu durchdringen und sie im tiefsten Kern ihres Wesens zu erschüttern. Es war, als würde ihr das Herz in Stücke gerissen.

Lyrica und Vivina drückten sich an sie, die Augen fest zugepresst. Selbst die Outcasts zitterten.

Sophia dachte schon, das Brüllen würde niemals verebben und bald ihr Tod sein, als es einer so absoluten Stille wich, dass man eine Stecknadel hätte fallen hören können.

Einen Augenblick lang.

Zeit genug, um sich umzuschauen und festzustellen, dass die anderen Rennbahnbesucher nicht das Geringste gehört hatten.

Dann flüsterte er ihr ins Ohr: »Deine Zeit bei dieser Mission ist abgelaufen. Wage es nicht, mir in die Quere zu kommen.«

Unten fiel ein weiterer Schuss. Abermals öffnete sich schlagartig die Reihe der Startboxen. Nur dass diesmal das

Hämmern der Hufe auf der Bahn kaum zu hören war. Wie ein sanfter Regen auf einem Baldachin aus Baumkronen.

Noch bevor die Rennpferde die Startlinie überquert hatten, war die Gestalt hinter ihnen verschwunden. Zurück blieben nur kohlschwarze Hufabdrücke, die sich in die Bretter der Haupttribüne eingebrannt hatten.

Eins

Unter Feuer

Lucinda!

Die Stimmen erreichten sie in der unergründlichen Dunkelheit.

Komm zurück!

Warte!

Sie kümmerte sich nicht darum und drängte weiter. Die schattenartigen Wände des Verkünders warfen Echos ihres Namens zurück, die ihr wie Hitzezungen über die Haut leckten. War das Daniels Stimme oder Cams? Arrianes oder Gabbes? Flehte Roland sie an, sofort zurückzukommen, oder Miles?

Die Rufe ließen sich immer schwerer unterscheiden, bis Luce sie überhaupt nicht mehr auseinanderhalten konnte: Gut und Böse. Feind und Freund. Sie hätten klarer zu trennen sein sollen, aber nichts war länger klar. Alles, was einst schwarz und weiß gewesen war, verschmolz jetzt zu Grau.

Natürlich waren sich beide Seiten in einem Punkt einig: Alle wollten sie aus dem Verkünder holen. Zu ihrem *Schutz*, würden sie behaupten.

Nein danke.

Nicht jetzt.

Nicht nachdem sie den Garten ihrer Eltern verwüstet, ihn zu einem weiteren ihrer staubigen Schlachtfelder gemacht hatten. Wenn sie allerdings an ihre Eltern dachte, verspürte sie durchaus den Wunsch umzukehren – nur dass sie keine Ahnung hatte, wie man in einem Verkünder kehrtmachte.

Eine Umkehr kam ohnehin nicht infrage. Cam hatte versucht, sie zu *töten*. Er hatte zwar nur auf ein Abbild von ihr gezielt, aber das hatte er nicht gewusst. Und Miles hatte sie gerettet, aber das machte es nicht einfacher. Er hatte nur deshalb dieses Abbild vor ihr projizieren können, weil ihm *zu viel* an ihr lag.

Und Daniel? Lag ihm genug an ihr? Sie wusste es nicht.

Und zum Schluss, als sie sich den Outcasts ergeben hatte, hatten Daniel und die anderen Luce angestarrt, als sei *sie* diejenige, die *ihnen* etwas schuldig war.

Du bist unsere Eintrittskarte in den Himmel, hatte der Outcast ihr erklärt. *Der Preis*. Was hatte das zu bedeuten? Bis vor zwei Wochen hatte sie nicht einmal gewusst, dass die Outcasts existierten. Und doch wollten sie etwas von ihr – so sehr, dass sie sogar gegen Daniel gekämpft hatten. Es musste etwas mit dem Fluch zu tun haben, dem Fluch, der dafür sorgte, dass Luce Leben um Leben wiedergeboren wurde. Und was erwarteten sie eigentlich von ihr? Was sollte sie für die Outcasts tun?

Lag die Antwort irgendwo auf ihrem Weg?

Ihr Magen schlingerte, als sie – tief im Schlund des dunklen Verkünders aller Wahrnehmung beraubt – durch den kalten Schatten taumelte.

Luce …

Die Stimmen verblassten und wurden leiser. Schon bald

waren sie kaum mehr als ein Flüstern. Beinah so, als hätten sie aufgegeben. Bis ...

... sie wieder lauter wurden. Lauter und deutlicher.

Luce ...

Nein. Sie presste die Augen fest zusammen in dem verzweifelten Versuch, sie auszublenden.

Lucinda ...

Lucy ...

Lucia ...

Luschka ...

Sie fror und sie war müde und sie wollte nichts mehr hören. Sie wollte endlich in Ruhe gelassen werden.

Luschka! Luschka! Luschka!

Mit einem dumpfen Laut trafen ihre Füße auf.

Auf etwas sehr, sehr Kaltes.

Sie stand auf festem Grund, aber sie sah immer noch nichts vor sich außer einem Vorhang aus Schwärze. Dann blickte sie auf ihre Converse-Sneakers hinab.

Und schluckte.

Sie stand in dickem Schnee, der ihr fast bis zu den Knien reichte. Die feuchte Kühle, an die sie sich inzwischen gewöhnt hatte – der schattenumwallte Tunnel, durch den sie aus ihrem Garten in die Vergangenheit gelangt war –, hatte sich in etwas anderes verwandelt. Einen Ort, an dem es stürmte und der eiskalt war.

Bei Luce' erster Reise durch einen Verkünder – von ihrem Wohnheimzimmer in Shoreline nach Las Vegas – hatten ihre Freunde Shelby und Miles sie begleitet. Am Ende waren sie auf ein Hindernis gestoßen, einen dunklen, schattenhaften Vorhang zwischen ihnen und der Stadt. Weil Miles als Einziger etwas darüber gelesen hatte, wie man einen Verkünder für diesen Zweck benutzte, hatte er auch als Einziger gewusst, was zu tun war, und den Verkünder mit kreisförmigen Bewegungen abgewischt, bis die trüben schwarzen Schatten abgeblättert waren. Erst jetzt wurde Luce klar, dass er einfach eine Störung beseitigt hatte.

Diesmal gab es kein Hindernis. Vielleicht weil sie allein reiste, durch einen Verkünder, den sie mit ihrer eigenen Willenskraft heraufbeschworen hatte. Und sie konnte ihn ohne Weiteres verlassen. Beinahe zu leicht. Der Schleier aus Schwärze teilte sich einfach.

Ein eisiger Windstoß ließ sie zusammenfahren. Sie presste vor Kälte die Knie zusammen, ihre Brust wurde klamm und ihr tränten die Augen von der scharfen Bö.

Wo war sie?

Luce bedauerte ihren panischen Sprung durch die Zeit bereits. Ja, sie hatte entkommen müssen, und ja, sie wollte ihre Vergangenheit zurückverfolgen, um ihre früheren Ichs vor all dem Schmerz zu bewahren, um zu verstehen, was für eine Art Liebe sie bei all diesen anderen Malen mit Daniel verbunden hatte. Um sie *zu fühlen*, statt nur davon erzählt zu bekommen. Um zu verstehen – und dann in Ordnung zu bringen –, was immer das für ein Fluch war, mit dem sie und Daniel belegt worden waren.

Aber nicht so. Verfroren, allein und vollkommen unvorbereitet auf den Ort und den Zeitpunkt, die sie jetzt zufällig erreicht hatte.

Vor sich sah sie eine verschneite Straße mit weißen Häusern und darüber einen stahlgrauen Himmel. In der Ferne rumpelte oder grollte etwas. Aber sie wollte nicht darüber nachdenken, was das alles zu bedeuten hatte.

»Warte«, flüsterte sie dem Verkünder zu.

Der vage Schatten waberte etwa einen halben Meter vor ihren Fingerspitzen. Sie versuchte, ihn zu fassen, aber der Verkünder wich ihr aus und entfernte sich weiter. Sie sprang ihm nach und erwischte ein winziges, feuchtes Stückchen ...

Aber im nächsten Augenblick löste sich auch das in weiche schwarze Partikel auf, die in den Schnee rieselten, verblassten und im Nu verschwunden waren.

»Toll«, murmelte sie. »Und was jetzt?«

In der Ferne wand die schmale Straße sich nach links und führte auf eine düstere Kreuzung. Auf den Gehwegen türmte sich der beiseitegeschaufelte Schnee entlang der geschlossenen Häuserreihe aus weißem Stein. Die Bauten waren beeindruckend und anders als alles, was Luce je gesehen hatte. Sie waren mehrere Stockwerke hoch und ihre Fassaden bestanden aus Reihen leuchtend weißer Bögen und kunstvoller Säulen.

Alle Fenster waren dunkel. Die ganze Stadt schien im Dunkeln zu liegen. Lediglich eine vereinzelte Gaslaterne spendete spärliches Licht. Falls der Mond irgendwo am Himmel stand, dann hinter einer dichten Wolkendecke. Wieder grollte etwas in der Ferne. Donner?

Luce schlang sich die Arme um den Leib. Sie fror.

»Luschka!«

Eine Frauenstimme. Heiser und schnarrend, wie die Stimme einer Person, die ihr ganzes Leben damit verbracht hatte, Befehle zu blaffen. Aber die Stimme zitterte auch.

»Luschka, du Idiot. Wo bist du?«

Sie klang jetzt näher. Sprach sie mit Luce? Da war noch etwas anderes an dieser Stimme, etwas Seltsames, das Luce nicht ganz fassen konnte.

Dann kam eine Gestalt um die verschneite Straßenecke

gehumpelt. Luce starrte die Frau an und versuchte, sie irgendwo einzuordnen. Sie war sehr klein und ging ein wenig vornübergebeugt. Vielleicht Ende sechzig. Ihre bauschigen Kleider schienen ihr viel zu groß zu sein. Das Haar hatte sie unter einem dicken schwarzen Schal verborgen. Als sie Luce sah, verzog sich ihr Gesicht zu einer schwer zu deutenden Grimasse.

»Wo warst du?«

Luce schaute sich um. Außer ihnen beiden war niemand auf der Straße. Die alte Frau sprach mit ihr.

»Genau hier«, hörte sie sich sagen.

Auf Russisch.

Sie schlug sich eine Hand auf den Mund. *Das* war es also, was ihr an der Stimme der alten Frau so bizarr erschienen war: Sie sprach eine Sprache, die Luce nie gelernt hatte. Und doch verstand Luce nicht nur jedes Wort, sie konnte auch in der Sprache antworten.

»Ich könnte dich umbringen«, fuhr die Frau fort und atmete schwer, während sie auf Luce zueilte und sie in die Arme nahm.

Für eine Frau, die so zerbrechlich wirkte, war ihre Umarmung sehr stark. Die Wärme eines anderen Körpers weckte in Luce nach so viel intensiver Kälte beinah den Wunsch zu weinen. Sie erwiderte die Umarmung heftig.

»Oma?«, flüsterte sie, ihre Lippen dicht am Ohr der Frau, weil sie irgendwie wusste, dass diese Frau ihre Großmutter war.

»Dass du ausgerechnet heute Abend nicht zu Hause bist, wenn ich von der Arbeit komme«, sagte die Frau, »und stattdessen wie eine Verrückte mitten auf der Straße herumspringst? Bist du überhaupt zur Arbeit gewesen?«

Da war es wieder, dieses Rumpeln am Himmel. Es klang, als käme ein schlimmes Gewitter näher, und zwar schnell. Luce schauderte und schüttelte den Kopf. Sie wusste es nicht.

»Aha«, sagte die Frau, »jetzt bist du nicht mehr so sorglos.« Sie blinzelte Luce an, dann schob sie sie von sich, um sie genauer anzusehen. »Mein Gott, was hast du da an?«

Luce trat nervös von einem Bein aufs andere, während die Großmutter ihres vergangenen Lebens ihre Jeans anstarrte und mit knotigen Fingern über die Knöpfe von ihrer Flanellbluse strich. Sie packte Luce' kurzen, verhedderten Pferdeschwanz. »Manchmal denke ich, du bist genauso verrückt wie dein Vater, möge er in Frieden ruhen.«

»Ich habe nur ...« Luce' Zähne klapperten. »Ich wusste nicht, dass es so kalt sein würde.«

Die Frau spuckte in den Schnee, um ihre Missbilligung zu zeigen. Dann zog sie ihren dicken Mantel aus. »Nimm den hier, bevor du dir den Tod holst.« Sie wickelte den Mantel grob um Luce, die mit halb erfrorenen Fingern versuchte, ihn zuzuknöpfen. Dann nahm sich ihre Großmutter noch den Schal vom Hals und wickelte ihn Luce um den Kopf.

Ein gewaltiges Krachen am Himmel erschreckte sie beide. Jetzt wusste Luce, dass es kein Donner war. »Was ist das?«, flüsterte sie.

Die alte Frau starrte sie an. »Der Krieg«, murmelte sie. »Hast du nicht nur deine Kleider, sondern auch den Verstand verloren? Komm jetzt. Wir müssen gehen.«

Während sie sich durch die verschneiten Straßen kämpften, über die unebenen Pflastersteine und die in sie eingelassenen Straßenbahnschienen, begriff Luce, dass die Stadt doch nicht verlassen war. Es standen zwar nur wenige Autos am Straßenrand, aber gelegentlich hörte sie aus den verdunkelten Nebenstraßen das Wiehern von Kutschpferden und sah die Andeutung der weißen Wolken, die ihr Atem vor ihren Nüstern bildeten. Nur als Silhouetten erkennbare Gestalten huschten über Dächer. Am Ende einer Gasse half ein Mann in einem zerrissenen Mantel drei kleinen Kindern in eine Kellerluke.

Die schmale Straße führte sie zu einer breiten Allee mit einem weiten Blick auf die Stadt. Die einzigen Autos, die hier parkten, waren Militärfahrzeuge. Sie sahen altmodisch aus, wie Relikte in einem Kriegsmuseum: offene Jeeps mit gewaltigen Kotflügeln und knochendünnen Lenkrädern, auf deren Türen Hammer und Sichel der Sowjets prangten. Aber abgesehen von Luce und ihrer Großmutter war jetzt niemand sonst mehr zu sehen. Alles – bis auf das schreckliche Dröhnen am Himmel – war geisterhaft, war unheimlich still.

In der Ferne konnte sie einen Fluss ausmachen und jenseits davon ein großes, weitläufiges Gebäude. Selbst in der Dunkelheit waren dessen kunstvoll geschichteten Türme und die prunkvollen, zwiebelförmigen Kuppeln zu erkennen, die ihr gleichzeitig vertraut und mystisch vorkamen. Es dauerte einen Moment, bis sie begriff – und dann durchzuckte es Luce.

Sie war in Moskau.

Es herrschte Krieg und die Stadt lag an der Front.

Schwarzer Rauch erhob sich in den grauen Himmel, wo die Stadt bereits getroffen worden war: Links des gewaltigen Kreml und direkt dahinter und dann wieder in der Ferne ganz rechts. Auf den Straßen wurde nicht gekämpft, und es gab keine Anzeichen dafür, dass bereits feindliche Soldaten in die Stadt vorgedrungen waren. Aber Flammen züngelten an den verkohlten Gebäuden, der Brandgeruch des Krieges war überall, und noch schwerer wog die Drohung, dass es noch schlimmer kommen könnte.

Derart hatte Luce in ihrem ganzen Leben – wahrscheinlich in *all* ihren Leben – noch nichts vermasselt. Ihre Eltern würden sie *umbringen*, wenn sie wüssten, wo sie war. Daniel würde vielleicht nie wieder mit ihr sprechen.

Aber vielleicht bekamen sie erst gar nicht die Gelegenheit, wütend auf sie zu sein? Sie konnte gleich hier an der Front zu Tode kommen.

Warum hatte sie das nur getan?

Weil sie es hatte tun *müssen*. Es war schwer, bei all ihrer Panik zu diesem kleinen Anflug von Stolz zurückzufinden, aber er war ihr noch nicht ganz verloren gegangen.

Sie hatte einen Verkünder benutzt. War *hindurchgeschritten*. Ganz allein. Zu einem fernen Ort und in eine lang vergangene Zeit, in die Vergangenheit, die sie verstehen musste. Das war es, was sie gewollt hatte. Sie war lange genug herumgeschoben worden wie eine Schachfigur.

Aber was sollte sie jetzt tun?

Sie beschleunigte ihren Schritt und klammerte sich an die Hand ihrer Großmutter. Seltsam, diese Frau hatte keine Vorstellung davon, was Luce tatsächlich durchmachte, nicht einmal eine Ahnung, wer sie wirklich war, und doch war der Griff ihrer alten Hand das Einzige, was Luce hier eine Richtung gab.

»Wohin gehen wir?«, fragte Luce, als ihre Großmutter sie durch eine weitere verdunkelte Straße zog. Bald war das Pflaster zu Ende und die Straße wurde uneben und glitschig. Der Schnee hatte Luce' Tennisschuhe inzwischen völlig durchnässt und ihre Zehen begannen vor Kälte zu brennen.

»Kristina abholen, deine Schwester.« Die alte Frau runzelte die Stirn. »Die nachts hilft, mit bloßen Händen Schützengräben auszuheben, damit du deinen Schönheitsschlaf bekommst. Hast du sie vergessen?«

Wo sie sich jetzt befanden, gab es keine Straßenlaternen mehr. Luce riss die Augen weit auf, aber es dauerte dennoch eine Weile, bis sie sich an die Dunkelheit gewöhnt hatten. Dann sah Luce, dass sie direkt vor einem sehr langen Graben standen, der sich quer durch die Stadt zu ziehen schien.

Hunderte von Menschen waren dort an der Arbeit, alle bis an die Ohren vermummt. Einige lagen auf den Knien und gruben mit Schaufeln. Andere schürften mit bloßen Händen. Manche standen wie erstarrt da und beobachteten den Himmel. Eine Gruppe Soldaten karrte schwere Ladungen Erde und Stein in splittrigen Schubkarren und Bauernwagen davon, zu der Schanze am Ende der Straße. Sie trugen dicke wollene Uniformmäntel und ihre Gesichter unter den Stahlhelmen wirkten genauso ausgezehrt wie die der Zivilisten. Lucinda verstand, dass sie alle zusammenarbeiteten, die Männer in Uniform und die Frauen und Kinder, die ihre Stadt in eine Festung verwandelten und taten, was sie konnten, um die feindlichen Panzer noch im letzten Augenblick aufzuhalten.

»Kristina«, rief ihre Großmutter, und wie vor einigen Minuten, als sie nach Luce gesucht hatte, war ihre Stimme von Panik und Liebe zugleich erfüllt.

Fast sofort erschien ein Mädchen an ihrer Seite. »Weshalb habt ihr so lange gebraucht?«

Hochgewachsen und dünn, mit dunklen Haarsträhnen, die unter dem runden, flachen Hut hervorlugten, war Kristina so schön, dass es Luce den Atem verschlug. Sie erkannte in dem Mädchen sofort eine Verwandte.

Ihr Anblick erinnerte Luce an Vera, die Schwester aus einem anderen vergangenen Leben. Luce musste im Laufe der Zeit Hunderte Schwestern gehabt haben. Tausende. Sie alle würden etwas Ähnliches durchgemacht haben. Schwestern und Brüder und Eltern und Freunde, die Luce geliebt und dann verloren hatten. Keiner von ihnen hatte gewusst, was kommen würde. Sie alle waren zurückgeblieben, um zu trauern.

Vielleicht gab es eine Möglichkeit, das zu verändern, es den Menschen, die sie geliebt hatten, leichter zu machen. Vielleicht war das Teil dessen, was Luce in ihren vergangenen Leben tun konnte.

Der Donner einer gewaltigen Explosion erschütterte die Stadt. Nah genug, dass der Boden unter Luce' Füßen schwankte und ihr rechtes Trommelfell sich anfühlte, als würde es platzen. An der nächsten Ecke heulte eine Sirene los.

»Baba.« Kristina fasste ihre Großmutter am Arm. Sie war den Tränen nah. »Die Nazis – sie sind schon hier, nicht wahr?«

Die Deutschen. Luce war bei ihrer ersten Zeitreise auf eigene Faust gleich mitten im Zweiten Weltkrieg gelandet. »Sie greifen Moskau an?« Ihre Stimme zitterte. »Heute Nacht?«

»Wir hätten die Stadt mit den anderen verlassen sollen«, sagte Kristina voller Bitterkeit. »Jetzt ist es zu spät.«

»Und deine Mutter, deinen Vater und deinen Großvater

im Stich lassen?« Baba schüttelte den Kopf. »Sie in ihren Gräbern zurücklassen?«

»Sollen wir lieber mit ihnen auf dem Friedhof liegen?«, zischte Kristina zurück. Sie umklammerte Luce' Arm. »Hast du von dem Angriff gewusst? Du und dein Freund, der Kulak? Bist du deshalb heute Morgen nicht zur Arbeit gekommen? Du warst mit ihm zusammen, nicht wahr?«

Wovon, dachte ihre Schwester, könnte Luce denn gewusst haben? Mit wem sollte sie zusammen gewesen sein?

Mit wem, wenn nicht mit Daniel?

Natürlich. Luschka musste gerade jetzt bei ihm sein. Und wenn ihre eigenen Angehörigen Luce mit *dieser* Luschka verwechselten ...

Ihre Brust schnürte sich zusammen. Wie viel Zeit blieb ihr noch, bevor sie starb? Konnte sie Luschka finden, bevor es geschah?

»*Luschka.*«

Ihre Schwester und ihre Großmutter starrten sie an.

»Was ist denn heute Abend mit ihr los?«, fragte Kristina.

»*Lasst uns gehen.*« Baba zog die Brauen zusammen. »Denkt ihr, die Keller werden ewig aufgehalten?«

Über ihnen am Himmel brummten die Propeller eines Kampfflugzeugs. Es flog so tief, dass Luce das schwarze Hakenkreuz unter den Tragflächen deutlich erkennen konnte. Ein Schauder durchlief sie. Dann erschütterte eine weitere Explosion die Stadt und die Luft wurde beißend von dunklem Rauch. Die Bombe musste irgendwo ganz in der Nähe eingeschlagen sein. Zwei weitere heftige Explosionen folgten und ließen den Boden unter ihren Füßen erbeben.

Auf der Straße herrschte Chaos. Menschen, die an den

Gräben gearbeitet hatten, liefen auseinander und verschwanden in einem Dutzend schmaler Straßen. Einige eilten die Treppen der Metrostation an der Ecke hinunter, um das Ende der Bombardierung unter der Erde abzuwarten; andere verschwanden in dunklen Hauseingängen.

Einen Häuserblock entfernt erhaschte Luce einen Blick auf eine rennende Gestalt. Ein Mädchen ungefähr in ihrem Alter mit rotem Hut und langem Wollmantel. Sie drehte gerade eine Sekunde lang den Kopf, bevor sie weiterlief. Aber es war lange genug, um Luce Klarheit zu verschaffen.

Das war sie.

Luschka.

Sie machte sich von Babas Arm frei. »Es tut mir leid. Ich muss gehen.«

Luce holte tief Luft und eilte die Straße hinunter, direkt hinein in den wabernden Rauch des letzten Bombentreffers.

»Bist du verrückt?«, brüllte Kristina. Aber sie folgten ihr nicht. In diesem Fall hätten sie selbst verrückt sein müssen.

Mit vor Kälte tauben Füßen versuchte Luce durch den wadenhohen Schnee zu laufen. Als sie die Ecke erreichte, wo sie ihr vergangenes Ich mit der roten Mütze hatte vorbeiflitzen sehen, verlangsamte sie ihre Schritte. Dann schnappte sie nach Luft.

Ein großes Gebäude, das sich über den halben Häuserblock direkt vor ihr erstreckte, war eingestürzt. Weißer Stein war mit Streifen schwarzer Asche überzogen. Tief im Einschlagkrater der Bombe loderte ein Feuer.

Die Explosion hatte haufenweise Trümmer aus dem Inneren des Gebäudes geschleudert. Im Schnee waren rote Flecken. Luce prallte zurück, bis sie begriff, dass es kein Blut war, sondern Fetzen roter Seide. In dem Bau musste sich eine Schneiderei befunden haben. Mehrere versengte Kleiderständer lagen auf der Straße und in einem Graben brannte eine Schneiderpuppe. Luce musste sich den Mund mit dem Schal ihrer Großmutter bedecken, um von dem Rauch nicht zu würgen. Wo immer sie hintrat, lagen Glassplitter und Steine im Schnee.

Sie sollte umkehren und nach der Großmutter und der Schwester suchen, die ihr helfen würden, eine Zuflucht zu finden. Aber sie konnte nicht. Sie musste Luschka ausfindig machen. Sie war noch nie zuvor einem früheren Ich so nahe gewesen. Luschka würde ihr vielleicht helfen können zu verstehen, warum in Luce' eigenem Leben die Dinge sich anders entwickelt hatten. Warum Cam mit einem Sternenpfeil auf ihr Trugbild geschossen hatte – in der Annahme, er schieße auf sie – und warum er zu Daniel gesagt hatte: »Es war besser so für sie.« Besser als was?

Sie drehte sich langsam um und versuchte, das Aufblitzen der roten Mütze in der Nacht auszumachen.

Da.

Das Mädchen lief den Hügel hinab zum Fluss. Luce begann ebenfalls zu rennen.

Sie liefen genau im gleichen Tempo. Als Luce beim Krachen einer Explosion den Kopf einzog, tat Luschka das Gleiche – in einem seltsamen Echo von Luce' Bewegung. Und als sie das Flussufer erreichten und die Stadt übersehen konnten, erstarrte Luschka in genau der gleichen Haltung wie Luce selbst.

Fünfzig Meter vor Luce begann ihr Ebenbild zu schluchzen.

Große Teile Moskaus brannten. So viele Häuser waren dem Erdboden gleichgemacht worden. Luce versuchte, sich die anderen Leben vorzustellen, die heute Nacht überall in der Stadt zerstört worden waren, aber sie fühlten sich fern und unerreichbar an, wie etwas, das sie nur aus einem Geschichtsbuch kannte.

Das Mädchen hatte sich wieder in Bewegung gesetzt. Es rannte so schnell, dass Luce es nicht einholen konnte. Sie schlugen große Bögen um die riesigen Krater, die von den Bomben in die Straße gesprengt worden waren. Sie rannten an brennenden Gebäuden vorbei und hörten den schrecklichen Lärm, den ein Feuer macht, wenn es neue Beute findet. Sie liefen an zerschmetterten, umgekippten Militärlastwagen vorbei, aus denen geschwärzte Arme hingen.

Dann bog Luschka nach links in eine Straße ein, sodass Luce sie nicht mehr sehen konnte.

Adrenalin schoss ihr ins Blut. Luce lief weiter und ihre Füße stampften härter und schneller über die verschneite Straße. Menschen laufen nur dann so schnell, wenn sie verzweifelt sind. Wenn ihnen etwas mehr bedeutet als ihr eigenes Leben.

Luschka konnte nur auf eines zurennen.

»Luschka ...«

Seine Stimme.

Wo war er? Einen Moment lang vergaß Luce ihr früheres Ich, vergaß das russische Mädchen, dessen Leben jetzt jeden Moment enden konnte, vergaß, dass dieser Daniel nicht *ihr* Daniel war, aber andererseits ...

Natürlich war er das.

Er starb niemals. Er war immer da gewesen. Er hatte immer ihr gehört und sie immer ihm. Sie wollte nichts anderes, als seine Arme finden und sich in ihnen vergraben. Er würde wissen, was sie tun sollte; er würde ihr helfen können. Warum hatte sie in der Vergangenheit an ihm gezweifelt?

Sie rannte auf seine Stimme zu. Aber sie konnte Daniel nirgendwo sehen. Luschka ebenso wenig. Einen Häuserblock vom Fluss entfernt blieb Luce an einer verlassenen Kreuzung stehen.

Jeder Atemzug quälte ihre halb erfrorenen Lungen. Ein kalter, pulsierender Schmerz bohrte sich tief in ihre Ohren, und die eisigen Nadelstiche, die sie in ihren Füßen spürte, machten das Stillstehen unerträglich.

Aber in welche Richtung sollte sie sich wenden?

Vor ihr lag ein riesiges, verlassenes Grundstück, das von Schutt bedeckt und durch Gerüste und einen Eisenzaun von der Straße abgesperrt war. Aber selbst in der Dunkelheit konnte Luce erkennen, dass hier schon vor einiger Zeit etwas abgerissen und nicht erst bei einem Luftangriff von einer Bombe zerstört worden war.

Es sah nach nichts Besonderem aus, nur eine hässliche, verlassene Grube. Sie wusste nicht, warum sie noch immer davorstand. Warum sie aufgehört hatte, Daniels Stimme nachzulaufen …

Bis sie den Zaun berührte, blinzelte und etwas Leuchtendes aufblitzen sah.

Eine Kirche. Eine majestätische weiße Kirche, die die riesige Baulücke füllte. Ein gewaltiger, dreiteiliger, marmorner Torbogen in der Vorderfront. Fünf goldene Türme, die sich hoch in den Himmel reckten. Und im Innern: Reihen gewachster Holzbänke, so weit das Auge reichte. Ein Altar oben auf einer weißen Treppenflucht. Und all die Mauern und die hohen, gewölbten Decken bedeckt mit zauberhaft kunstvollen Fresken. Und überall Engel.

Die Kirche von Christus dem Erlöser.

Woher wusste Luce das? Warum sollte sie mit jeder Faser ihres Wesens spüren, dass dieses Nichts einst eine beeindruckende weiße Kirche gewesen war?

Weil sie noch Sekunden zuvor dort gewesen war. Sie sah die Handabdrücke einer anderen Person in der Asche auf dem Metall: Luschka war ebenfalls hier stehen geblieben, hatte die Ruinen der Kirche betrachtet und etwas gefühlt.

Luce umfasste das Geländer, blinzelte abermals und sah sich selbst – oder Luschka – als kleines Mädchen.

Sie saß in einem weißen Spitzenkleid auf einer der Bänke. Eine Orgel spielte, während die Besucher des Gottesdienstes hereinströmten. Der gut aussehende Mann zu ihrer Linken musste ihr Vater sein und die Frau neben ihm ihre Mutter. Da war auch die Großmutter, die Luce gerade kennengelernt hatte, und Kristina. Sie sahen beide jünger aus und besser genährt. Luce erinnerte sich, dass ihre Großmutter gesagt hatte, dass ihre Eltern tot waren. Aber hier sahen sie so lebendig aus. Sie schienen alle zu kennen und begrüßten jede Familie, die an ihrer Bank vorbeikam. Luce betrachtete ihr früheres Ich, das seinem Vater zusah, wie er einem gut aussehenden, jungen blonden Mann die Hand schüttelte. Der junge Mann beugte sich über die Bank und lächelte sie an. Er hatte wunderschöne violette Augen.

Luce blinzelte abermals und die Vision verschwand. Das Grundstück war wieder wenig mehr als Schutt. Sie fror. Und sie war allein. Eine weitere Bombe schlug auf der anderen Seite des Flusses ein und die Druckwelle der Explosion zwang Luce auf die Knie. Sie bedeckte das Gesicht mit den Händen …

Bis sie jemanden leise weinen hörte. Sie hob den Kopf und spähte in die Dunkelheit der Ruinen, bis sie ihn entdeckte.

»Daniel«, flüsterte sie. Er sah genauso aus wie immer. Er

verströmte beinahe Licht, selbst in der eisigen Dunkelheit. Das blonde Haar, durch das sie immer die Finger ziehen wollte, die violettgrauen Augen, die eigens dazu geschaffen zu sein schienen, in ihre zu blicken. Dieses wunderbare Gesicht, die hohen Wangenknochen, diese Lippen. Ihr Herz hämmerte, und sie musste sich an dem Eisenzaun festklammern, um sich daran zu hindern, zu ihm zu laufen.

Denn er war nicht allein.

Er war mit Luschka zusammen. Er tröstete sie, streichelte ihre Wangen und küsste ihr dabei die Tränen fort. Sie hielten einander in den Armen, die Köpfe vorgebeugt zu einem endlosen Kuss. So verloren waren sie in ihrer Umarmung, dass sie nicht zu spüren schienen, dass die Straße unter einer neuerlichen Explosion erbebte. Sie sahen so aus, als gebe es auf der Welt nichts anderes als nur sie beide.

Da war kein Raum zwischen ihren Körpern. Es war zu dunkel, um zu sehen, wo der eine von ihnen endete und der andere begann.

Lucinda stand auf und kroch weiter, bewegte sich in der Dunkelheit von einem Schutthaufen zum nächsten, angetrieben von der Sehnsucht, ihm näher zu sein.

»Ich dachte, ich würde dich niemals finden«, hörte Luce ihr früheres Ich sagen.

»Wir werden einander immer finden«, antwortete Daniel, hob sie hoch und drückte sie noch fester an sich. »Immer.«

»He, ihr zwei!«, erklang eine Stimme von einer Tür in einem benachbarten Gebäude. »Kommt ihr jetzt?«

Auf der Seite des Platzes, die dem Trümmergrundstück gegenüber lag, führte ein Mann, dessen Gesicht Luce nicht erkennen konnte, eine kleine Schar in einen massiven Betonbunker. Dorthin waren Luschka und Daniel unterwegs. Das musste die ganze Zeit über ihr Plan gewesen sein, zusammen Zuflucht vor den Bomben zu suchen.

»Ja«, rief Luschka den anderen zu. Sie sah Daniel an. »Lass uns mit ihnen gehen.«

»Nein.« Seine Stimme war schroff. Nervös. Luce kannte diesen Tonfall nur allzu gut.

»Draußen ist es zu unsicher. Deswegen wollten wir uns doch überhaupt hier treffen.«

Daniel drehte sich um und sein Blick glitt direkt über die Stelle, an der Luce sich versteckte. Als der Himmel von einer weiteren Folge goldroter Explosionen erhellt wurde, schrie Luschka auf und vergrub das Gesicht an Daniels Brust. Daher war Luce die Einzige, die seinen Gesichtsausdruck sah.

Etwas belastete ihn. Etwas Größeres als Furcht vor den Bomben.

Oh nein.

»Daniil!« Ein Junge in der Nähe des Gebäudes hielt noch immer die Tür zu dem Bunker offen. »Luschka! Daniil!«

Alle anderen waren bereits in dem Gebäude.

In diesem Moment wirbelte Daniil Luschka herum und zog ihr Ohr dicht an seine Lippen. Luce wünschte sich sehnlichst zu hören, was er Luschka zuflüsterte. Ob er etwas sagte, was Daniel *ihr* immer sagte, wenn sie aufgeregt oder überwältigt war. Sie wollte zu ihnen rennen, wollte Luschka wegziehen – aber sie konnte nicht. Etwas tief in ihrem Inneren wollte sich nicht von der Stelle rühren.

Sie konzentrierte sich auf Luschkas Gesichtsausdruck, als hinge ihr ganzes Leben davon ab.

Vielleicht tat es das ja.

Luschka nickte, während Daniil sprach, und ihre verängstigte Miene wurde ruhig, beinahe friedlich. Sie schloss die Augen. Dann nickte sie noch einmal. Anschließend legte sie den Kopf in den Nacken und ein Lächeln breitete sich auf ihren Lippen aus.

Ein Lächeln?

Aber warum? Wie? Es war beinahe so, als wüsste sie, was gleich geschehen würde.

Daniil hielt sie in den Armen und beugte sich zu einem weiteren Kuss über sie, presste die Lippen fest auf ihre und strich ihr mit den Händen erst durchs Haar und dann langsam an den Seiten ihres Körpers hinab.

Es war so leidenschaftlich, dass Luce errötete, so intim, dass sie keine Luft bekam, so zauberhaft, dass sie den Blick nicht losreißen konnte. Nicht für eine Sekunde.

Nicht einmal, als Luschka schrie.

Und in einer Säule sengender weißer Flammen aufging.

Der Wirbel der Flammen war anderweltlich, fließend und auf eine schauerliche Weise beinahe elegant, als wickle sich ein langer Seidenschal um ihren bleichen Körper. Er verschlang Luschka, floss aus ihr heraus und um sie herum und beleuchtete das Spektakel ihrer brennenden Glieder, die zuckten und zuckten – und sich schließlich nicht mehr bewegten. Daniil ließ sie nicht los, nicht als das Feuer seine Kleider versengte, nicht als er das volle Gewicht ihres erschlafften, bewusstlosen Körpers stützen musste, nicht als die Flammen mit einem wütenden, beißenden Zischen ihr Fleisch verbrannten, nicht als ihre Haut zu verkohlen und schwarz zu werden begann.

Erst als die Flamme zischelnd erlosch – so schnell, als bliese man eine Kerze aus –, und es nichts mehr gab, was er hätte festhalten können, als nichts mehr übrig war als Asche, ließ Daniil die Arme sinken.

In Luce' wildesten Tagträumen darüber, in die Vergangenheit zurückzukehren und ihre früheren Leben zu besuchen, hatte sie sich eins niemals vorgestellt: Ihren eigenen Tod mitanzusehen. Die Realität war schrecklicher, als ihre dunkelsten Albträume es jemals hätten werden können. Sie stand in dem kalten Schnee, von dem Geschehen gelähmt, und ihrem Körper war jede Fähigkeit genommen, sich zu bewegen.

Daniil taumelte von der verkohlten Masse im Schnee zurück und begann zu weinen. Die Tränen, die ihm über die Wangen strömten, zogen saubere Bahnen durch den schwarzen Ruß, der von ihr noch übrig geblieben war. Sein Gesicht verzerrte sich. Seine Hände zitterten. Sie erschienen Luce so nackt und groß und leer, als gehörten sie – obwohl der Gedanke in ihr eine seltsame Eifersucht weckte – um Luschkas Taille, in ihr Haar, auf ihre Wangen. Was um alles in der Welt tat man mit seinen Händen, wenn das Einzige, was sie halten wollten, plötzlich auf grausame Weise verschwunden war? Ein Mädchen, ein Leben – ausgelöscht.

Der Schmerz auf seinem Gesicht drang Luce direkt ins Herz, setzte sich fest und gab ihr den Rest. Der Anblick seiner Qual vergrößerte ihren eigenen Schmerz.

So also fühlte er sich in jedem Leben.

Bei jedem Tod.

Wieder und wieder und wieder.

Luce hatte sich geirrt. Daniel war nicht selbstsüchtig. Er war keineswegs teilnahmslos. Er nahm vielmehr zu großen Anteil, es zerstörte ihn. Sie hasste es trotzdem, aber plötzlich verstand sie seine Verbitterung, seine Zurückhaltung in allen Dingen. Miles mochte sie durchaus lieben, aber seine Liebe war nichts verglichen mit Daniels Liebe.

So konnte sie niemals sein.

»Daniel!«, rief sie, verließ die Dunkelheit und rannte auf ihn zu.

Sie wollte all die Küsse und Umarmungen erwidern, die er gerade ihrem früheren Ich geschenkt hatte. Sie wusste, dass es falsch war, dass alles falsch war.

Daniels Augen weiteten sich. Ein Ausdruck abgrundtiefen Entsetzens glitt über seine Züge.

»Was hat das zu bedeuten?«, fragte er langsam. Anklagend. Als habe er nicht soeben seine Luschka sterben lassen. Als sei Luce' Erscheinen hier schlimmer als der Anblick der sterbenden Luschka. Er hob die Hand, die von Asche geschwärzt war, und zeigte auf sie. »Was geht hier vor?«

Es war eine Qual, ertragen zu müssen, dass er sie so ansah. Sie blieb wie angewurzelt stehen und blinzelte eine Träne weg.

»Antworte ihm«, sagte jemand, eine Stimme aus der Dunkelheit. »Wie bist du hierher gekommen?«

Luce hätte die hochmütige Stimme überall erkannt. Sie brauchte nicht zu sehen, wie Cam aus der Tür des Bunkers trat.

Mit einem leisen Knacken und einem Sausen, als würde eine riesige Flagge entfaltet, streckte er seine großen Flügel aus. Sie ragten hinter ihm auf und ließen ihn noch prachtvoller und beängstigender wirken als gewöhnlich. Luce konnte ihre Augen nicht von ihm abwenden. Die Flügel warfen einen goldenen Schein auf die dunkle Straße.

Luce blinzelte und versuchte zu verstehen, was sich vor ihren Augen abspielte. Es waren noch mehr von ihnen da, noch mehr Gestalten, die in der Dunkelheit kauerten. Jetzt traten sie alle vor.

Gabbe. Roland. Molly. Arriane.

Sie waren alle da. Alle mit straff nach vorn gezogenen Flügeln. Ein schimmerndes Meer aus Gold und Silber, blendend hell auf der dunklen Straße. Sie wirkten angespannt. Ihre Flügelspitzen zitterten, als seien sie bereit, sich in den Kampf zu stürzen.

Ausnahmsweise machten Luce weder die Pracht ihrer Flügel noch die Strenge ihrer Blicke Angst. Sie war angewidert.

»Seht ihr alle *jedes* Mal zu?«, fragte sie.

»Luschka«, sagte Gabbe mit ausdrucksloser Stimme. »Sag uns einfach, was los ist.«

Dann war Daniil da und packte sie an den Schultern. Schüttelte sie.

»Luschka!«

»Ich bin nicht Luschka!«, rief Luce, riss sich von ihm los und wich ein halbes Dutzend Schritte zurück.

Sie war entsetzt. Wie konnten sie mit sich leben? Wie konnten sie alle einfach dasitzen und zusehen, wie sie starb?

Es war alles zu viel. Sie war nicht bereit, dies zu sehen.

»Warum schaust du mich so an?«, fragte Daniil.

»Sie ist nicht diejenige, für die du sie hältst, Daniil«, erwiderte Gabbe. »Luschka ist tot. Dies ist ... dies ist ...«

»*Was ist sie?*«, fragte Daniel. »Wie kann sie hier stehen? Wenn ...«

»Sieh dir ihre Kleider an. Sie ist eindeutig ...«

»Halt den Mund, Cam, sie ist es vielleicht nicht«, unterbrach Arriane ihn, aber auch sie schien Angst zu haben, dass Luce vielleicht das war, was Cam von ihr hatte behaupten wollen. Ein Kreischen zerriss die Luft, und in die Häuser auf der anderen Straßenseite schlugen Artilleriegeschosse ein; sie machten Luce taub und ließen ein hölzernes Lagerhaus in Flammen aufgehen. Die Engel scherten sich nicht um den Krieg, sie interessierten sich nur für sie. Es war jetzt ein Abstand von sechs oder sieben Meter zwischen Luce und den Engeln, und sie schienen vor ihr genauso auf der Hut zu sein wie sie vor ihnen. Keiner von ihnen kam näher. Im Licht des brennenden Hauses tanzte Daniels Schatten und reckte sich weit von ihm weg. Sie konzentrierte sich darauf, diesen Schatten zu sich zu rufen. Würde es funktionieren? Ihre Augen wurden schmal und alle Muskeln in ihrem Körper spannten sich an. Sie war noch immer so unbeholfen in diesen Dingen und wusste nie, was notwendig war, um den Schatten in die Hände zu bekommen.

Als die dunklen Linien zu zittern begannen, stürzte sie sich darauf. Sie packte den Schatten mit beiden Händen und begann, die dunkle Masse zu einem Ball zu drehen, genauso, wie sie es ihre Lehrer, Steven und Francesca, an ihrem ersten Tag in der Shoreline hatte tun sehen. Ein gerade erst gerufener Verkünder war immer schmutzig und amorph. Er musste zuerst eine deutlich erkennbare Kontur erhalten. Erst dann konnte man ihn zu einer größeren, flachen Oberfläche auseinanderziehen. Dann verwandelte sich der Verkünder in einen Bildschirm, der einem die Vergangenheit zeigte – oder in ein Portal, durch das man hindurchtreten konnte.

Der Verkünder war klebrig, aber sie zog ihn bald auseinander und gab ihm eine Form. Sie griff hinein und öffnete das Portal.

Hier konnte sie nicht länger bleiben. Sie hatte jetzt eine

Mission: Sich selbst lebendig in eine andere Zeit zu bringen und zu erfahren, von welchem Preis die Outcasts gesprochen hatten, und schließlich den Ursprung des Fluches zu entdecken, der auf ihr und Daniel lastete.

Um ihn dann zu brechen.

Die anderen schnappten nach Luft, während sie den Verkünder formte.

»Wann hast du gelernt, wie man das macht?«, flüsterte Daniil.

Luce schüttelte den Kopf. Ihre Erklärung würde Daniil nur verwirren.

»Lucinda!« Das Letzte, was sie hörte, war seine Stimme, die ihren wahren Namen rief.

Seltsam, sie hatte direkt in sein erschüttertes Gesicht geblickt, aber nicht gesehen, dass seine Lippen sich bewegten. Ihr Verstand spielte ihr Streiche.

»Lucinda!«, rief er noch einmal, und seine Stimme schwoll vor Panik an, kurz bevor Luce mit dem Kopf voraus in die lockende Dunkelheit tauchte.

Zwei

Vom Himmel gesandt

Moskau, 15. Oktober 1941

»Lucinda!«, rief Daniel abermals, aber es war zu spät: Im gleichen Augenblick war sie auch schon verschwunden. Er war gerade erst in die trostlose, schneebedeckte Stadt getreten. Er hatte hinter sich einen Lichtblitz gespürt und die Hitze einer Flamme in der Nähe, aber alles, was er sah, war Luce. Er lief auf die verdunkelte Straßenecke zu, wo sie stand. Sie sah winzig aus in einem fadenscheinigen Mantel, der jemand anderem gehörte. Sie wirkte verängstigt. Er hatte beobachtet, wie sie einen Schatten öffnete, und dann …

»Nein!«

Hinter ihm schlug eine Rakete in ein Gebäude ein. Der Boden erbebte, die Straße wölbte sich und riss auf, und ein Hagel aus Glas und Stahl und Beton prasselte nieder.

Danach herrschte auf der Straße tödliche Stille. Aber Daniel bemerkte es kaum. Er stand einfach ungläubig zwischen den Trümmern.

»Sie geht weiter zurück«, murmelte er und klopfte sich den Staub von den Schultern.

»Sie geht weiter zurück«, sagte jemand.

Seine Stimme. Ein Echo?

Nein, für ein Echo war es zu nah. Und zu deutlich, als dass er sich es hätte einbildet.

»Wer hat das gesagt?« Er rannte an einem zerstörten Gerüst vorbei zu der Stelle, wo er Luce gesehen hatte.

Ein zweimaliges Aufkeuchen.

Daniel stand vor sich selbst. Es war nicht ganz er selbst – eine frühere Version von ihm, eine etwas weniger zynische Version seiner selbst. Aber aus welcher Zeit? Wo war er?

»Berührt euch nicht!«, rief Cam ihnen zu. Er trug die Arbeitsuniform eines Offiziers, Kampfstiefel und einen ausgebeulten schwarzen Mantel. Bei Daniels Anblick flammten seine Augen auf.

Unbewusst waren beide Daniels einander näher gekommen und umrundeten einander vorsichtig. Jetzt wichen beide zurück.

»Halt dich von mir fern«, warnte der ältere den neueren. »Es ist gefährlich.«

»Das weiß ich«, blaffte Daniel. »Denkst du, ich wüsste das nicht?« Schon die Nähe zu diesem anderen Daniel krampfte ihm den Magen zusammen. »Ich war schon einmal hier. Ich bin *du*.«

»Was willst du?«

»Ich …« Daniel sah sich um und versuchte, sich zu orientieren. Nachdem er Jahrtausende gelebt, Luce geliebt und sie verloren hatte, war das Gewebe seiner Erinnerungen ausgefranst. Die Wiederholungen machten es schwer, sich an die Vergangenheit zu erinnern. Aber dieser Ort lag nicht so lange zurück, an diesen Ort erinnerte er sich …

Trostlose Stadt. Schnee auf den Straßen. Feuer am Himmel.

Es könnte einer von hundert Kriegen gewesen sein.

Aber da ...

Die Stelle auf der Straße, wo der Schnee geschmolzen war. Der dunkle Krater in dem Meer aus Weiß. Daniel sank auf die Knie und griff nach dem Ring aus schwarzer Asche. Er schloss die Augen. Und er erinnerte sich genau daran, wie sie in seinen Armen gestorben war.

Moskau. 1941.

Das hatte sie also vor. Sie wanderte durch ihre früheren Leben. In der Hoffnung zu verstehen.

Bloß dass es in ihren Toden keine Regelmäßigkeit gab, keine Gesetzmäßigkeit. Mehr als irgendjemand sonst wusste Daniel *das.*

Aber es *gab* gewisse Leben, in denen er versucht hatte, für sie ein Licht auf die Dinge zu werfen, in der Hoffnung, sie dadurch ändern zu können. Manchmal hatte er gehofft, Luce länger am Leben halten zu können, obwohl das niemals wirklich funktioniert hatte. Manchmal – wie dieses Mal während der Belagerung Moskaus – hatte er sich dafür entschieden, sie schneller fortzuschicken. Um sie zu schonen. Sodass sein Kuss das Letzte sein konnte, was sie in diesem Leben fühlte.

Und das waren die Leben, die die längsten Schatten über die Äonen warfen. Das waren die Leben, die herausragten und Luce anzogen, wie Eisenspäne von einem Magneten angezogen wurden, während sie durch die Verkünder stolperte. Diese Leben, in denen er ihr offenbart hatte, was sie wissen musste, obwohl er wusste, dass es sie zerstören würde.

Wie ihr Tod in Moskau. Er erinnerte sich lebhaft daran und kam sich töricht vor. Die verwegenen Worte, die er geflüstert hatte, der leidenschaftliche Kuss, den er ihr gegeben hatte. Das glückselige Begreifen auf ihrem Gesicht, als sie starb. Es hatte nichts geändert. Ihr Ende war immer das Gleiche.

Und Daniel fühlte sich anschließend auch immer gleich: verlassen. Schwarz. Leer. Ausgeweidet. Untröstlich.

Gabbe machte einen Schritt vorwärts, um Schnee über den Ring aus Asche zu treten, wo Luschka gestorben war. Ihre federleichten Flügel glänzten in der Nacht, und eine schimmernde Aura umgab ihren Körper, während sie vornübergebeugt im Schnee stand. Sie weinte.

Die Übrigen kamen ebenfalls näher: Cam. Roland. Molly. Arriane.

Und Daniil, der Daniel lang vergangener Zeiten, vervollständigte ihre bunt zusammengewürfelte Runde.

»Wenn du hier bist, um uns vor etwas zu warnen«, rief Arriane, »dann sag, was du zu sagen hast, und geh.« Ihre schimmernden Flügel falteten sich nach vorn, und sie trat schützend vor Daniil, der ein wenig grün aussah.

Es verstieß gegen das Gesetz und war unnatürlich für die Engel, mit ihren früheren Ichs Kontakt aufzunehmen. Daniel fühlte sich dumpf und schwach – ob das daran lag, dass er Luce' Tod hatte durchleben müssen oder daran, dass er seinem früheren Ich so nahe gewesen war, konnte er nicht sagen.

»Uns warnen?«, höhnte Molly und ging im Kreis um Daniel herum. »Warum sollte Daniel Grigori sich die Mühe machen, uns wegen irgendetwas zu warnen?« Sie trat dicht vor ihn hin und kitzelte ihn mit ihren kupferfarbenen Flügeln. »Nein, ich erinnere mich daran, was er im Schilde führt – dieser hier springt seit Jahrhunderten durch die Vergangenheit. Immer auf der Suche, immer zu spät.«

»Nein«, flüsterte Daniel. Das konnte nicht sein. Er hatte

sich auf den Weg gemacht, um sie einzufangen, und das würde er tun.

»Was sie eigentlich wissen will«, sagte Roland zu Daniel, »ist Folgendes: Was ist passiert? Was hat dich hierher geführt? Von wo auch immer du gekommen bist.«

»Ich hatte es fast vergessen«, meinte Cam, während er sich die Schläfen rieb. »Er ist hinter Lucinda her. Sie ist aus der Zeit gefallen.« Er drehte sich zu Daniel um und zog eine Augenbraue hoch. »Vielleicht wirst du jetzt deinen Stolz vergessen und uns um Hilfe bitten?«

»Ich brauche keine Hilfe.«

»Mir scheint, du brauchst doch welche«, spottete Cam.

»Halt dich da raus«, zischte Daniel. »Du wirst uns später noch genug Ärger machen.«

»Oh, was für ein Spaß.« Cam klatschte in die Hände. »Jetzt habe ich etwas, auf das ich mich freuen kann.«

»Das ist ein gefährliches Spiel, das du spielst, Daniel«, warf Roland ein.

»Das weiß ich.«

Cam lachte ein dunkles, finsteres Lachen. »Also. Wir haben schließlich das Endspiel erreicht, nicht wahr?«

Gabbe schluckte. »Also … hat sich etwas verändert?«

»Sie kommt langsam dahinter!«, sagte Arriane. »Sie öffnet Verkünder und schreitet hindurch und sie *lebt immer noch!*«

Daniels Augen flammten violett auf. Er wandte sich von ihnen allen ab und blickte auf die Ruine der Kirche, wo er Luschka zum ersten Mal gesehen hatte. »Ich kann nicht bleiben. Ich muss sie einholen.«

»Nun, soweit ich mich erinnern kann«, bemerkte Cam leise, »wirst du das niemals schaffen. Die Vergangenheit ist bereits geschrieben, Bruder.«

»Deine Vergangenheit vielleicht. Aber nicht meine Zukunft.« Daniel konnte nicht klar denken. Seine Flügel brannten in seinem Körper darauf, freigelassen zu werden. Sie war fort. Die Straße war verlassen. Hier war niemand, um den er sich Sorgen machen musste.

Er nahm die Schultern zurück und ließ seine Flügel sich entfalten. Diese Leichtigkeit. Diese tiefste Freiheit. Jetzt konnte er klarer denken. Was er brauchte, war ein Moment für sich allein. Mit sich selbst. Er warf dem anderen Daniel einen Blick zu und erhob sich in den Himmel.

Sekunden später hörte er das Geräusch wieder: Das gleiche Rauschen von sich entfaltenden Flügeln – das Schlagen eines weiteren Paares Flügel, jüngerer Flügel, die vom Boden unter ihm abhoben.

Daniels früheres Ich holte ihn am Himmel ein. »Wohin?«

Wortlos ließen sie sich auf einem Sims im dritten Stock eines Gebäudes in der Nähe des Patriarchenteichs nieder, auf dem Dach gegenüber Luce' Fenster, von wo aus sie sie im Schlaf beobachtet hatten. Die Erinnerung würde für Daniil frischer sein, aber die schwache Vorstellung von Luce, wie sie träumend unter den Decken gelegen hatte, ließ noch immer eine Welle der Wärme durch Daniels Flügel fließen.

Beide waren ernst. Wie traurig und ironisch, dass ihr Zuhause in der ausgebombten Stadt verschont geblieben war, während sie selbst dieses Glück nicht gehabt hatte. Schweigend standen sie in der kalten Nacht und zogen beide sorgfältig die Flügel wieder ein, damit sie einander nicht versehentlich berührten.

»Wie sehen die Dinge für sie in der Zukunft aus?«

Daniel seufzte. »Die gute Nachricht ist, dass in diesem

Leben etwas anders ist. Irgendwie ist der Fluch ... verändert worden.«

»Wie?« Daniil schaute auf, die Hoffnung, die hell in seinen Augen geleuchtet hatte, verdunkelte sich. »Soll das heißen, dass sie in ihrem gegenwärtigen Leben noch ungetauft ist?«

»Das vermuten wir. Es trägt zu der Änderung bei. Es scheint, als hätte sich ein Schlupfloch aufgetan und ihr gestattet, über ihre gewohnte Zeitspanne hinaus zu leben ...«

»Aber das ist unglaublich gefährlich.« Daniil sprach schnell und hektisch die gleichen Gedanken aus, die Daniel seit jener letzten Nacht in der Sword & Cross durch den Kopf gegangen waren, als er begriffen hatte, dass es diesmal anders war: »Sie könnte sterben und nicht zurückkommen. Das könnte *das* Ende sein. Damit steht jetzt absolut alles auf dem Spiel.«

»Ich weiß.«

Daniil brach ab und fasste sich. »Es tut mir leid. Natürlich weißt du das. Aber ... die Frage ist, versteht *sie*, warum dieses Leben anders ist?«

Daniel betrachtete seine leeren Hände. »Eine der Ältesten der Zhsmaelim ist an sie herangekommen und hat sie ausgefragt, bevor Luce irgendetwas über ihre Vergangenheit wusste. Lucinda weiß, es dreht sich um die Tatsache, dass sie nicht getauft ist ... aber es gibt so viel, das sie nicht weiß.«

Daniil trat an den Rand des Daches und betrachtete ihr dunkles Fenster. »Was sind dann die schlechten Neuigkeiten?«

»Ich fürchte, es gibt außerdem vieles, das ich nicht weiß. Ich kann nicht vorhersagen, was geschehen wird, wenn ich sie bei ihrer Flucht zurück durch die Zeit nicht finde und aufhalte, bevor es zu spät ist.«

Unten auf der Straße ging eine Sirene los. Der Luftangriff war vorüber. Schon bald würden die Moskowiter auf der Suche nach Überlebenden ihre Stadt durchkämmen.

Daniel durchforschte sein Gedächtnis. *Sie ging weiter zurück – aber in welches Leben?* Er drehte sich um und musterte sein früheres Ich durchdringend. »Du erinnerst dich auch daran, nicht wahr?«

»Dass ... sie zurückgeht?«

»Ja. Aber wie weit zurück?« Sie sprachen beide gleichzeitig, während sie auf die dunkle Straße hinabstarrten.

»Und wo wird sie haltmachen?«, fragte Daniel und wich vom Rand des Daches zurück. Er schloss die Augen und holte Luft. »Luce hat sich verändert. Sie ist ...« Er konnte sie beinahe riechen. Sauberes, reines Licht wie Sonnenschein. »Etwas Grundlegendes hat sich verändert. Wir haben endlich eine reelle Chance. Und ich – ich war niemals glücklicher ... und mir war niemals elender vor Angst.« Er öffnete die Augen und war überrascht zu sehen, dass Daniil nickte.

»Daniel?«

»Ja?«

»Worauf wartest du?«, fragte Daniil mit einem Lächeln.

»Ihr nach.«

Und mit diesen Worten zog Daniel einen Schatten am Vorsprung des Daches auf – einen Verkünder – und trat hinein.

Drei

Blinder Eifer

MAILAND, ITALIEN, 25. MAI 1918

Explosionen zerrissen die Luft, als Luce aus dem Verkünder taumelte. Sie duckte sich und hielt sich die Ohren zu.

Heftige Einschläge erschütterten den Boden. Ein schwerer Knall nach dem anderen, ein jeder heftiger und lähmender als der vorangegangene, in immer dichterer Folge und schließlich fast pausenlos. Ohne jede Möglichkeit, dem Inferno zu entgehen, und ohne dass ein Ende absehbar war.

Luce stolperte in der Dunkelheit, rollte sich zusammen und versuchte, ihren Körper zu schützen. Die Explosionen dröhnten in ihrer Brust, spien ihr Dreck in die Augen und in den Mund.

All das, bevor sie auch nur eine Chance gehabt hatte zu sehen, wo sie gelandet war. Mit jeder grellen Explosion erhaschte sie einen Blick auf Felder, die kreuz und quer durchzogen waren von Gräben und baufälligen Zäunen. Aber dann erlosch der Blitz und sie war wieder blind.

Bomben. Immer noch Bombenhagel.

Etwas stimmte nicht. Luce hatte durch die Zeit reisen und Moskau und den Krieg hinter sich lassen wollen. Aber

50

genau dort musste sie wieder angekommen sein. Roland hatte sie davor gewarnt – vor den Gefahren des Reisens mit Verkündern. Aber sie war zu halsstarrig gewesen, um auf ihn zu hören.

In der pechschwarzen Dunkelheit stolperte Luce über etwas und landete unsanft und mit dem Gesicht nach unten im Dreck.

Jemand ächzte. Jemand, auf dem Luce jetzt lag.

Sie schnappte nach Luft, rollte zur Seite und spürte einen scharfen Stich in der Hüfte an der Stelle, auf die sie gefallen war. Aber als sie den Mann sah, der auf dem Boden lag, vergaß sie ihren eigenen Schmerz.

Er war jung, etwa in ihrem Alter. Klein, mit zierlichen Gesichtszügen und furchtsamen braunen Augen. Sein Gesicht war bleich. Sein Atem ging in flachen Stößen. Die Hand, mit der er sich den Bauch hielt, war mit schwarzem Dreck verkrustet. Und unter dieser Hand war seine Felduniform mit dunkelrotem Blut durchweicht.

Luce konnte den Blick nicht von der Wunde abwenden. »Ich sollte nicht hier sein«, flüsterte sie bei sich.

Die Lippen des Jungen bebten. Seine blutverschmierte Hand zitterte, als er sich bekreuzigte. »Oh, ich bin tot«, sagte er und starrte sie mit großen Augen an. »Du bist ein Engel. Ich bin tot, und … bin ich in den Himmel gekommen?«

Er streckte seine zitternde Hand nach ihr aus. Sie wollte schreien oder sich übergeben, aber sie konnte nur seine Hand ergreifen und sie wieder auf das klaffende Loch über seinen Eingeweiden pressen. Ein weiteres Dröhnen erschütterte den Boden und den Jungen, der darauf lag. Frisches Blut quoll zwischen Luce' Fingern hervor.

»Ich bin Giovanni«, flüsterte er und schloss die Augen. »Bitte, hilf mir. Bitte.«

Erst da begriff Luce, dass sie nicht länger in Moskau war. Der Boden unter ihr war wärmer, nicht schneebedeckt, sondern eine grasbewachsene Ebene, die an manchen Stellen aufgerissen war und fruchtbare schwarze Erde offenbarte. Die Luft war trocken und staubig. Dieser Junge hatte italienisch mit ihr gesprochen, und sie hatte ihn verstanden, geradeso, wie sie Russisch verstanden hatte.

Ihre Augen hatten sich mittlerweile an die Dunkelheit gewöhnt. Sie konnte in der Ferne Suchlichter sehen, die über in Purpur getauchte Hügel streiften. Und über den Hügeln wölbte sich der mit leuchtend weißen Sternen bedeckte Nachthimmel. Luce wandte sich ab. Sie konnte keine Sterne sehen, ohne an Daniel zu denken, und gerade jetzt konnte sie nicht an Daniel denken. Nicht solange sie die Hände auf den Bauch dieses Jungen presste, nicht während er starb.

Zumindest war er *noch nicht* gestorben.

Er glaubte nur, er sei gestorben.

Sie konnte ihm keinen Vorwurf machen. Nachdem er getroffen worden war, hatte er wahrscheinlich einen Schock erlitten. Und dann hatte er sie vielleicht durch den Verkünder kommen sehen, durch einen schwarzen Tunnel, der aus dem Nichts erschienen war. Er musste schreckliche Angst haben.

»Du wirst schon wieder gesund werden«, sagte sie in perfektem Italienisch, das sie immer hatte lernen wollen. Es fühlte sich erstaunlich natürlich an. Auch ihre Stimme klang weicher und glatter, als sie erwartet hatte; es warf die Frage auf, wie sie in diesem Leben gewesen war.

Eine ohrenbetäubende Salve von Schüssen ließ sie zusammenzucken. Gewehrfeuer. Endlose leuchtende Bögen von Leuchtspurmunition wölbten sich in schneller Folge über den Himmel und brannten ihr weiße Linien in die Augen. Dann folgte viel Geschrei auf Italienisch und das Stampfen von Schritten im Schmutz. Schritten, die näher kamen.

»Wir treten den Rückzug an«, murmelte der Junge. »Das ist nicht gut.«

Luce schaute in die Richtung, aus der die Schritte kamen, und bemerkte, dass sie und der verletzte Soldat nicht allein waren. Mindestens zehn weitere verwundete Männer lagen um sie herum; sie stöhnten und zitterten, während ihr Blut in die schwarze Erde floss. Ihre Kleider waren versengt und zerfetzt von der Landmine, die sie wohl überrascht haben musste. Der kräftige Gestank von Fäulnis, Schweiß und Blut lag schwer in der Luft und überdeckte alles. Es war so grauenhaft – Luce musste sich auf die Unterlippe beißen, um nicht zu schreien.

Ein Mann in Offiziersuniform lief an ihr vorbei, dann blieb er stehen. »Was macht *sie* hier? Wir sind hier mitten auf einem Schlachtfeld, das ist kein Platz für eine Krankenschwester. Du wirst uns nicht mehr helfen können, wenn du tot bist, Mädchen. Aber du kannst dich nützlich machen. Wir müssen die Verletzten aufladen.«

Er stürmte davon, bevor Luce antworten konnte. Unter ihr sanken die Lider des Jungen herab und er zitterte am ganzen Körper. Sie hielt verzweifelt Ausschau nach Hilfe.

Fast einen Kilometer entfernt standen zwei anscheinend uralte Lastwagen und zwei kleine, gedrungene Krankenwagen am Rand einer schmalen, unbefestigten Straße.

»Ich bin gleich wieder da«, sagte Luce zu dem Jungen und presste ihm die Hände noch fester auf den Bauch, um die Blutung zu kontrollieren. Als sie aufstand, wimmerte er.

Sie rannte zu den Lastwagen hinüber und stolperte über ihre eigenen Füße, als eine Granate hinter ihr einschlug und einen Krater in die Erde riss.

Hinter einem der Lastwagen standen einige Krankenschwestern in weißen Uniformen. Sie würden wissen, was zu tun war, wie sie helfen konnten. Aber als Luce ihnen nahe genug war, um ihre Gesichter zu sehen, verlor sie alle Hoffnung. Es waren Mädchen. Einige von ihnen konnten nicht älter als vierzehn sein. Ihre Uniformen sahen aus wie Kostüme.

Luce betrachtete ihre Gesichter und suchte in einem von ihnen nach sich selbst. Es musste einen Grund geben, warum sie in diese Hölle geraten war. Aber niemand kam ihr bekannt vor. Es war schwer, den gelassenen Gesichtsausdruck der Mädchen zu ergründen. Keins von ihnen zeigte die schreckliche Angst, von der Luce wusste, dass sie auf ihrem Gesicht überdeutlich zu lesen war. Vielleicht hatten sie bereits so viel vom Krieg gesehen, dass sie sich an das, was er anrichtete, gewöhnt hatten.

»Wasser.« Aus dem Laster kam die Stimme einer älteren Frau. »Verbände. Mull.«

Sie verteilte Vorräte an die Mädchen, die sie entgegennahmen und sich dann daranmachten, am Straßenrand eine provisorische Klinik aufzubauen. Eine Reihe verletzter Männer war bereits zur Behandlung hinter den Wagen gelegt worden. Weitere waren unterwegs. Luce stellte sich in die Schlange für die Vorräte. Es war dunkel und niemand sagte ein Wort zu ihr. Jetzt konnte sie auch den Stress der jungen Krankenschwestern spüren. Sie mussten dazu ausgebildet worden sein, eine gefasste, kühle Fassade für die Soldaten aufzusetzen, aber als das Mädchen vor Luce sich reckte, um ihre Ration von Vorräten in Empfang zu nehmen, zitterten ihre Hände.

Um sie herum brachten Soldaten im Laufschritt Verwundete heran. Einige der Verletzten fragten murmelnd, wie die Schlacht stand, und erkundigten sich, wie schwer sie getroffen worden waren. Dann gab es solche, die schwerer verletzt waren, deren Lippen keine Fragen bilden konnten, weil sie zu beschäftigt damit waren, Schreie zu unterdrücken, Männer, die an der Taille hochgehoben werden mussten, weil eine Granate ihnen ein Bein oder beide abgerissen hatte.

»Wasser.« Ein Krug landete in Luce' Armen. »Verbände. Gaze.« Die Oberschwester verteilte die Vorratsrationen mechanisch, bereit, zum nächsten Mädchen weiterzugehen, aber dann tat sie es doch nicht. Sie fixierte Luce, schaute sie von oben bis unten an, und Luce realisierte, dass sie noch immer den schweren Wollmantel von Luschkas Großmutter in Moskau trug. Und das war auch gut so, denn unter dem Mantel hatte sie die Jeans und die Bluse aus ihrem richtigen Leben an.

»Uniform«, sagte die Frau schließlich in dem gleichen monotonen Tonfall und warf ihr ein weißes Kleid und eine Schwesternhaube zu, wie die anderen Mädchen sie trugen.

Luce nickte dankbar, dann verschwand sie hinter dem anderen Lastwagen, um sich umzuziehen. Es war ein bauschiges weißes Kleid, das ihr bis zu den Knöcheln reichte und das stark nach Bleichmittel roch. Sie versuchte, sich das Blut des Soldaten von den Händen zu wischen, wofür sie den Wollmantel benutzte, dann warf sie ihn hinter einen Baum. Aber als sie die Schwesternuniform zugeknöpft, sich die Ärmel aufgekrempelt und den Gürtel um ihre Taille gebunden hatte, war die Uniform vollkommen mit rostroten Streifen bedeckt.

Sie ergriff die Vorräte und rannte wieder über die Straße. Die Szene vor ihr war grauenvoll. Der Offizier hatte nicht gelogen. Es gab mindestens hundert Männer, die Hilfe brauchten. Sie betrachtete die Verbände in ihren Armen und fragte sich, was sie tun sollte.

»Schwester!«, rief ein Mann. Er schob eine Bahre in einen Krankenwagen. »Schwester! Dieser hier braucht eine Schwester.«

Luce begriff, dass er mit ihr sprach. »Oh«, antwortete sie schwach. »Ich?« Sie spähte in den Krankenwagen. Im Innern war es eng und dunkel. Auf einer Fläche, die aussah, als sei sie für zwei Personen gemacht worden, befanden sich jetzt sechs. Die verwundeten Soldaten lagen auf Tragen, die – jeweils drei übereinander – in Schlingen zu beiden Seiten geschoben wurden. Für Luce gab es keinen Platz außer auf dem Boden.

Jemand stieß sie zur Seite: Ein Mann, der eine weitere Trage auf den freien Platz auf dem Boden schob. Der Soldat darauf war bewusstlos und das schwarze Haar klebte ihm am Gesicht.

»Rein mit dir«, befahl der Soldat Luce. »Der Wagen fährt jetzt ab.«

Als sie sich nicht bewegte, zeigte er auf einen hölzernen Hocker, der mit einem Seil an der Innenseite der Hintertür des Krankenwagens befestigt war. Er beugte sich vor und machte mit den Händen einen Steigbügel, um Luce auf den

56

Hocker zu helfen. Eine weitere Bombe ließ den Boden erzittern, und Luce konnte den Schrei nicht unterdrücken, der sich auf ihren Lippen formte.

Sie sah den Soldaten entschuldigend an, holte tief Luft und hüpfte hinauf.

Als sie auf dem winzigen Hocker saß, reichte er ihr den Wasserkrug und die Schachtel mit Mull und Verbandszeug. Dann machte er Anstalten, die Tür zu schließen.

»Warten Sie«, flüsterte Luce. »Was soll ich tun?«

Der Mann hielt inne. »Du weißt, wie lang die Fahrt nach Mailand dauert. Verbinde ihnen die Wunden und sorg dafür, dass sie es bequem haben. Tu, was du kannst.«

Dann schlug er die Tür zu, und Luce musste sich am Hocker festhalten, um nicht herunterzufallen und auf dem Soldaten zu ihren Füßen zu landen. Im Krankenwagen war es drückend heiß. Es roch schrecklich. Das einzige Licht kam von einer kleinen Laterne, die an einem Nagel in der Ecke hing. Das einzige Fenster war direkt hinter ihrem Kopf in der Tür. Sie wusste nicht, was mit Giovanni geschehen war, dem Jungen mit der Kugel im Bauch. Ob sie ihn je wiedersehen würde. Ob er die Nacht überleben würde.

Der Motor wurde angelassen. Der Krankenwagen bewegte sich schlingernd vorwärts. Ein Soldat auf einer der oberen Tragen begann zu stöhnen.

Nachdem sie ein stetiges Tempo erreicht hatten, hörte Luce irgendetwas tropfen. Sie brauchte eine Weile, bis sie in dem fahlen Licht der Lampe die Ursache ausfindig gemacht hatte.

Es war das Blut des Soldaten auf der oberen Trage, das auf den Soldaten unter ihm tropfte. Die Augen dieses Soldaten waren offen. Er beobachtete, wie das Blut auf seine

Brust fiel, aber er war so schwer verletzt, dass er nicht zur Seite rutschen konnte. Er gab keinen Laut von sich. Nicht bis das Rinnsal Blut zu einem Strom wurde.

Luce wimmerte genauso wie der Soldat. Sie stand von ihrem Hocker auf, aber auf dem Boden lag ja schon ein verwundeter Soldat. Vorsichtig schob sie die Füße an seiner Brust entlang. Als der Krankenwagen über die löchrige Lehmstraße holperte, hielt sie sich an der straffen Leinwand der oberen Trage fest und drückte eine Faust voll Gaze von unten dagegen. Binnen Sekunden waren ihre Finger nass von Blut.

»Hilfe!«, rief sie dem Krankenwagenfahrer zu, in der Hoffnung, er würde sie hören.

»Was gibt es?« Der Fahrer sprach irgendeinen italienischen Dialekt.

»Dieser Mann hier – er verblutet. Ich denke, er stirbt.«

»Wir sterben alle, meine Schöne«, antwortete der Fahrer. Wirklich, flirtete er mit ihr? *Hier und jetzt?* Eine Sekunde später drehte er sich um und sah sie durch die Öffnung hinter dem Fahrersitz an. »Hör mal, es tut mir leid. Aber wir können nichts machen. Ich muss die anderen Burschen ins Krankenhaus schaffen.«

Er hatte recht. Es war bereits zu spät. Als Luce die Hand unter der Trage wegnahm, begann das Blut wieder herauszuschießen.

Luce fand keine Worte des Trostes für den Jungen auf der Trage darunter, dessen Augen weit aufgerissen und wie versteinert waren, während er ein hektisches Ave Maria flüsterte. Das Blut des Jungen über ihm tropfte an seinen Seiten herunter und bildete Lachen, wo seine Hüften auf der Trage lagen.

Luce wollte die Augen schließen und verschwinden. Sie

wollte die Schatten durchsuchen, die die Laterne warf, und einen Verkünder finden, der sie an einen anderen Ort brachte. An irgendeinen anderen Ort.

Wie zum Beispiel an den Strand unter dem Campus der Shoreline. Wo Daniel mit ihr auf dem Ozean getanzt hatte, unter den Sternen. Oder in den makellosen Teich mitten im Regenwald, in dem sie in einem gelben Bikini geschwommen war. Sie hätte die Sword & Cross diesem Krankenwagen vorgezogen, selbst die schlimmsten Augenblicke, wie den Abend, an dem sie sich mit Cam in dieser Bar getroffen hatte. Wie der Augenblick, als sie ihn geküsst hatte. Sie würde sogar Moskau vorziehen. Dies war noch schlimmer. Etwas wie das hier hatte sie noch nie erlebt.

Nur ...

Natürlich hatte sie es erlebt. Sie musste bereits etwas erlebt haben, das beinahe genauso war wie dies hier. Das war der Grund, warum sie an diesem Ort gelandet war. Irgendwo in dieser kriegsgeplagten Welt war das Mädchen, das gestorben und ins Leben zurückgekehrt und sie selbst geworden war. Dessen war sie sich sicher. Sie musste Wunden verbunden, Wasser getragen und den Drang unterdrückt haben, sich zu übergeben. Es gab Luce Kraft, an das Mädchen zu denken, das dies schon einmal durchlebt hatte.

Der Blutstrom wurde zu einem Rinnsal und dann zu einem ganz langsamen Tropfen. Der Junge darunter war ohnmächtig geworden, also hielt Luce stumm für lange Zeit allein Wache. Bis das Tropfen gänzlich aufhörte.

Dann griff sie nach einem Handtuch und dem Wasser und begann, den Soldaten in der mittleren Koje zu waschen. Es war eine Weile her, seit er ein Bad genommen hatte. Luce wusch ihn sanft und wechselte den Verband um seinen Kopf. Als er zu sich kam, ließ sie ihn an dem Wasser nippen. Seine Atmung wurde gleichmäßiger, und er hörte auf, voller Entsetzen die Trage über sich anzustarren. Es schien ihm besser zu gehen.

Alle Soldaten schienen einen gewissen Trost darin zu finden, von ihr versorgt zu werden, selbst der auf dem Boden, der kein einziges Mal die Augen öffnete. Und sie säuberte auch das Gesicht des Jungen in der oberen Koje, der gestorben war. Sie konnte nicht erklären, warum. Sie wollte, dass er ein wenig Frieden hatte.

Es war unmöglich zu sagen, wie viel Zeit vergangen war. Luce wusste nur, dass es dunkel und stickig war und dass ihr Rücken schmerzte und ihre Kehle ausgedörrt und sie selbst erschöpft war – und dass sie besser dran war als die Männer um sie herum.

Sie hatte mit dem Soldaten auf der Trage unten links bis zum Schluss gewartet. Er hatte eine schwere Verletzung am Hals, und Luce befürchtete, dass er noch mehr Blut verlieren würde, wenn sie versuchte, die Wunde neu zu verbinden. Sie tat ihr Bestes, setzte sich auf die Kante seiner Trage, tupfte mit einem Schwamm sein schmutziges Gesicht ab und wusch ein wenig von dem Blut aus seinem blonden Haar. Unter all dem Dreck sah er recht gut aus. Sehr gut sogar. Aber sein Hals lenkte sie ab, der noch immer durch den Verband blutete. Wann immer sie der Verletzung auch nur nahe kam, schrie er vor Schmerz auf.

»Machen Sie sich keine Sorgen«, flüsterte sie. »Sie werden durchkommen.«

»Ich weiß.« Sein Flüstern war so leise und klang so unglaublich traurig, dass Luce sich nicht sicher war, ob sie ihn richtig verstanden hatte. Bis dahin hatte sie gedacht, er sei bewusstlos, aber etwas in ihrer Stimme schien ihn zu erreichen.

Seine Lider flatterten. Dann öffneten sie sich langsam.

Seine Augen waren violett.

Der Wasserkrug fiel ihr aus den Händen.

Daniel.

Instinktiv wollte sie sich neben ihn kauern und seine Lippen mit Küssen bedecken, tun, als sei er nicht so schwer verletzt, wie es der Fall war.

Bei ihrem Anblick weiteten Daniels Augen sich, und er machte Anstalten, sich aufzurichten. Aber dann begann das Blut, wieder aus seinem Hals zu fließen, und alle Farbe wich aus seinem Gesicht. Luce hatte keine andere Wahl, als ihn festzuhalten.

»*Scht.*« Sie presste seine Schultern zurück auf die Trage und versuchte, ihn dazu zu bringen, sich zu entspannen.

Er wand sich unter ihrem Griff. Bei jeder seiner Bewegungen erblühte frisches, leuchtendes Blut durch den Verband.

»Daniel, du musst aufhören, dich zu wehren«, flehte sie. »Bitte, hör auf, dich zu wehren. Tu es für mich.«

Sie sahen einander viele Sekunden intensiv in die Augen – und dann kam der Krankenwagen abrupt zum Stehen. Die Hintertür wurde aufgerissen. Ein schockierender Hauch frischer Luft strömte herein. Es war nicht laut draußen, aber dennoch hatte sie sofort das Gefühl, in einer großen Stadt zu sein.

Mailand. Der Soldat hatte gesagt, dass sie nach Mailand fahren würden, als er sie in diesen Krankenwagen gesetzt hatte. Sie mussten in einem Hospital in Mailand sein.

Zwei Männer in Uniform erschienen an den Türen und begannen, die Tragen mit schneller Präzision herauszuholen. Binnen Minuten wurden die Verletzten auf rollbaren Untersätzen weggeschoben. Die Männer drängten Luce aus dem Weg, damit sie Daniels Trage herausholen konnten. Seine Lider flatterten wieder, und sie glaubte, dass er die Hand nach ihr ausstreckte. Sie beobachtete das Ganze vom hinteren Teil des Krankenwagens aus, bis er aus ihrer Sicht verschwand. Dann begann sie zu zittern.

»Geht es dir gut?« Ein Mädchen streckte den Kopf herein. Sie war munter und hübsch, mit einem kleinen roten Mund und langem dunklem Haar, das sie sich zu einem Zopf geflochten hatte. Ihr Schwesternkleid war besser geschneidert als Luce' und so weiß und sauber, dass es Luce bewusst machte, wie blutverschmiert und schmutzig sie war.

Luce sprang auf. Sie hatte das Gefühl, als sei sie dabei ertappt worden, wie sie etwas Peinliches tat.

»Mir geht es gut«, sagte sie schnell. »Ich habe nur ...«

»Du brauchst nichts zu erklären«, erwiderte das Mädchen. Dann wurde ihre Miene ernst, als sie sich in dem Krankenwagen umsah. »Ich sehe ja, wie schlimm es war.«

Luce riss die Augen auf, als das Mädchen einen Eimer Wasser in den Krankenwagen hievte und sich dann selbst hineinzog. Sie machte sich sofort an die Arbeit, schrubbte die blutverschmierten Schlingen ab, wischte den Boden und schob Wellen rot gefärbten Wassers zur hinteren Tür hinaus. Anschließend ersetzte sie die besudelte Wäsche durch saubere und füllte das Gas in der Laterne auf. Sie konnte nicht älter als dreizehn sein.

Luce stand auf, um ihr zu helfen, aber das Mädchen

winkte ab. »Setz dich. Ruh dich aus. Du bist gerade erst hierher verlegt worden, nicht wahr?«

Zögernd nickte Luce.

»Bist du ganz allein von der Front gekommen?« Das Mädchen hörte für einen Moment mit dem Saubermachen auf, und als sie Luce ansah, traten Tränen des Mitgefühls in ihre haselnussbraunen Augen.

Luce wollte antworten, aber ihr Mund war so trocken, dass sie nicht sprechen konnte. Wie hatte es so lange dauern können, bis sie erkannte, dass sie sich selbst ansah?

»Ja«, brachte sie schließlich im Flüsterton heraus. »Ich war ganz allein.«

Das Mädchen lächelte. »Nun, jetzt bist du es nicht mehr. Wir haben hier im Krankenhaus die nettesten Schwestern. Und die gut aussehendsten Patienten.« Sie wollte die Hand ausstrecken, aber dann schaute sie an sich herab und begriff, wie schmutzig sie war. »Ich bin Lucia.«

Ich weiß, hätte Luce beinahe gesagt. »Ich bin ...«

Ihr Kopf war plötzlich ganz leer. Sie versuchte, sich einen Namen auszudenken, irgendeinen Namen, der funktionieren würde. »Ich bin Doree ... Doria«, sagte sie schließlich. Beinahe der Name ihrer Mutter. »Weißt du – wo sie die Soldaten hinbringen, die hier drin waren?«

»Oh-oh. Du hast dich doch nicht schon in einen von ihnen verliebt, oder?«, neckte Lucia sie. »Neue Patienten werden zur Voruntersuchung in den Ostflügel gebracht.«

»Ostflügel«, wiederholte Luce leise.

»Aber du solltest zuerst zu Signorina Fiero in die Schwesternstation gehen. Sie kümmert sich um die Anmeldung und die Arbeitspläne« – Lucia kicherte, senkte die Stimme und beugte sich zu Luce vor – »und dienstagnachmittags um den Arzt!«

Luce konnte Lucia nur anstarren. Aus der Nähe betrachtet, war ihr früheres Ich so *real*, so lebendig, ganz und gar die Art von Mädchen, mit der Luce sich sofort angefreundet hätte, wären die Umstände auch nur ansatzweise normal gewesen. Sie wollte Lucia umarmen, aber sie wurde von einer unbeschreiblichen Furcht überwältigt. Sie hatte die Wunden von sieben halb toten Soldaten gereinigt – einer davon die Liebe ihres Lebens –, aber wenn es um Lucia ging, war sie sich nicht sicher, was sie tun sollte. Das Mädchen schien zu jung zu sein, um irgendeins der Geheimnisse zu kennen, nach denen Luce suchte, etwas über den Fluch zu wissen, über die Outcasts. Luce befürchtete, dass sie Lucia nur erschrecken würde, wenn sie anfing von Reinkarnation und vom Himmel zu sprechen. Da war etwas in Lucias Augen, etwas an ihrer Unschuld – Luce begriff, dass Lucia noch weniger wusste als sie selbst.

Sie stieg aus dem Krankenwagen und wich zurück.

»Es war schön, dich kennenzulernen, Doria«, rief Lucia.

Aber da war Luce bereits verschwunden.

Nachdem sie in sechs falsche Räume gestolpert war, drei Soldaten erschreckt und einen Medizinschrank umgekippt hatte, fand sie ihn.

Daniel teilte sich im Ostflügel ein Zimmer mit zwei anderen Soldaten. Einer war ein schweigsamer Mann, dessen ganzes Gesicht bandagiert war. Der andere schnarchte laut und unter seinem Kissen war eine Flasche Whisky nicht allzu gut versteckt. Er hatte zwei gebrochene Beine, die in Schlingen hingen.

Der Raum selbst war kahl und steril, aber er hatte ein Fenster, das auf eine breite, von Orangenbäumen gesäumte Stadtallee hinausging.

Während Luce an seinem Bett stand und ihn im Schlaf beobachtete, konnte sie es sehen. Die Art, wie ihre Liebe hier aufgeblüht war. Sie konnte Lucia hereinkommen sehen, um Daniel seine Mahlzeiten zu bringen, während er sich ihr langsam öffnete. Das Paar würde unzertrennlich sein, wenn Daniel sich erholt hatte. Und Eifersucht, Schuldgefühle und Verwirrung stiegen in ihr auf, weil sie im Augenblick nicht sagen konnte, ob ihre Liebe etwas Wunderschönes war oder ob dies ein weiterer Fall war, der davon kündete, wie überaus falsch diese Liebe war.

Wenn sie so jung gewesen war, als sie sich kennenlernten, mussten sie in diesem Leben eine lange Beziehung gehabt haben. Sie hatte Jahre mit ihm verbracht, bevor es geschah. Bevor sie starb und in einem gänzlich anderen Leben wiedergeboren wurde. Sie musste gedacht haben, dass sie für immer zusammenbleiben würden – und sie hatte nicht gewusst, wie lange *für immer* sein würde.

Aber Daniel wusste es. Er wusste es immer.

Luce ließ sich neben seinem Bett niedersinken, sorgfältig darauf bedacht, ihn nicht zu wecken. Vielleicht war er nicht immer so verschlossen und schwer erreichbar gewesen. Sie hatte gerade gesehen, wie er ihr in ihrem Moskauer Leben in dem kritischen Augenblick vor ihrem Tod etwas zugeflüstert hatte. Wenn sie in diesem Leben einfach mit ihm reden konnte, würde er sie vielleicht anders behandeln als der Daniel, den sie kannte. Er würde vielleicht nicht so viel vor ihr verbergen. Vielleicht würde er ihr helfen zu verstehen. Vielleicht ihr zur Abwechslung die Wahrheit sagen.

Dann konnte sie in die Gegenwart zurückkehren und es würde keine Geheimnisse mehr geben. Das war alles, was sie wirklich wollte: Dass sie beide einander offen liebten. Und dass sie nicht sterben würde.

Sie streckte die Hand aus und berührte seine Wange. Sie liebte seine Wange. Er war zerschunden und verletzt und wahrscheinlich hatte er eine Gehirnerschütterung, aber seine Wange war warm und glatt, und vor allem war es einfach Daniels Wange. Er war so zauberhaft wie eh und je. Sein Gesicht war im Schlaf so friedlich, dass Luce ihn stundenlang aus jedem Winkel hätte betrachten können, ohne sich zu langweilen. Für sie war er vollkommen. Seine perfekten Lippen waren die gleichen. Als sie sie mit dem Finger berührte, waren sie so weich, dass sie sich zu einem Kuss vorbeugen musste. Er rührte sich nicht.

Sie zeichnete mit den Lippen sein Kinn nach, küsste die Seite seines Halses, die nicht verletzt war, und sein Schlüsselbein. Oben an seiner rechten Schulter verweilten ihre Lippen über einer kleinen weißen Narbe.

Für jeden anderen wäre sie kaum wahrnehmbar gewesen, aber Luce wusste, dass dies die Stelle war, aus der Daniels Flügel ragten. Sie küsste das Narbengewebe. Es war so hart, ihn hilflos in diesem Krankenhausbett liegen zu sehen, obwohl sie wusste, wozu er fähig war. Eingehüllt in seine Flügel verlor Luce immer alles andere aus dem Blick. Was hätte sie nicht gegeben, jetzt zu sehen, wie sie sich auseinanderfalteten, zu der gewaltigen weißen Pracht, die alles Licht aus einem Raum zu stehlen schien! Sie bettete den

Kopf auf seine Schulter und die Narbe fühlte sich heiß an auf ihrer Haut.

Ihr Kopf schoss hoch. Sie hatte nicht gemerkt, dass sie eingenickt war, bis die Trage, die auf ihrem Gestell quietschend über die ungleichmäßigen Dielenbretter im Flur rollte, sie jäh aufschrecken ließ.

Wie spät war es? Sonnenlicht fiel durch das Fenster auf die weißen Laken auf den Betten. Sie drehte die Schulter und versuchte, einen Krampf zu lösen. Daniel schlief noch immer.

Die Narbe über seiner Schulter sah im Morgenlicht weißer aus. Luce wollte auch die andere Seite sehen, die dazu passende Narbe, aber die steckte unter dem Verband. Zumindest schien die Wunde nicht mehr zu bluten.

Die Tür wurde geöffnet und Luce fuhr hoch.

Lucia stand in der Tür und hielt drei übereinandergestapelte Tabletts auf den Armen. »Oh! Du bist hier.« Sie klang überrascht. »Also hatten sie ihr Frühstück bereits?«

Luce errötete und schüttelte den Kopf. »Ich – ehm ...«

»Ah.« Lucias Augen leuchteten auf. »Ich kenne diesen Blick. Dich hat es ja *schlimm* erwischt.« Sie stellte die Frühstückstabletts auf einen Wagen und trat neben Luce. »Keine Sorge, ich werde es nicht verraten – solange ich deine Wahl gutheiße.« Sie neigte den Kopf, um Daniel anzusehen, und starrte ihn lange Zeit unverwandt an. Sie bewegte sich nicht und atmete auch nicht.

Luce, die spürte, dass die Augen des Mädchens sich weiteten, jetzt, da es Daniel zum ersten Mal sah, wusste sie nicht, was sie empfinden sollte. Mitleid. Neid. Trauer. All diese Gefühle bewegten sie.

»Er ist *himmlisch*.« Lucia klang, als wäre sie den Tränen nahe. »Wie heißt er?«

»Er heißt Daniel.«

»Daniel«, wiederholte das jüngere Mädchen und ließ das Wort heilig klingen. »Eines Tages werde ich einen Mann wie ihn kennenlernen. Eines Tages werde ich sie alle verrückt machen. Genau wie du es tust, Doria.«

»Wie meinst du das?«, fragte Luce.

»Da ist dieser andere Soldat, zwei Türen weiter den Flur runter?« Lucia sprach mit Luce, ohne Daniel auch nur für einen Moment aus den Augen zu lassen. »Du weißt schon, Giovanni?«

Luce schüttelte den Kopf. Sie wusste es nicht.

»Der, der gleich operiert wird – er fragt immer wieder nach dir.«

»Giovanni.« Der Junge, der einen Bauchschuss hatte. »Es geht ihm gut?«

»Sicher.« Lucia lächelte. »Ich werde ihm nicht verraten, dass du einen Freund hast.« Sie zwinkerte Luce zu und deutete auf die Frühstückstabletts. »Ich werde dir die Verteilung der Mahlzeiten überlassen«, erklärte sie auf dem Weg hinaus. »Kommst du später zu mir? Ich will alles über dich und Daniel hören. Die ganze Geschichte, in Ordnung?«

»Klar«, log Luce, und ihre Schultern sackten ein wenig herunter. Wieder allein mit Daniel, war Luce nervös. Im Garten ihrer Eltern, nach der Schlacht mit den Outcasts, hatte Daniel so entsetzt gewirkt, als er sie durch den Verkünder treten sah. In Moskau ebenfalls. Wer wusste, was dieser Daniel tun würde, wenn er die Augen öffnete und herausfand, woher sie kam?

Falls er die Augen jemals öffnete.

Sie beugte sich wieder über sein Bett. Er würde die Augen doch öffnen, nicht wahr? Engel konnten nicht einfach *sterben*. Nur durch Sternenpfeile. Aber was, wenn ... was, wenn sie, indem sie zurückgekehrt war, irgendetwas vermasselt hatte? Sie hatte einige *Zurück-in-die-Zukunft*-Filme gesehen, und einmal hatte sie im Naturkundekurs eine Prüfung über Quantenphysik bestanden. Was sie hier machte, brachte wahrscheinlich das Raum-Zeit-Kontinuum durcheinander. Und Steven Filmore, der Dämon, der an der Shoreline Hilfslehrer für Geisteswissenschaften war, hatte einmal etwas über die Veränderung der Vergangenheit gesagt.

Sie wusste eigentlich nicht, was all das bedeutete, aber sie wusste durchaus, dass es *sehr* schlimm sein konnte. Dass man damit eine ganze Existenz auslöschen konnte. Oder vielleicht seinen Engelsfreund töten.

Luce geriet in Panik. Sie packte Daniel an den Schultern und begann ihn zu schütteln. Vorsichtig, sanft – er hatte schließlich Schlimmes durchgemacht. Aber doch genug, um ihn wissen zu lassen, dass sie ein Zeichen brauchte. Auf der Stelle.

»Daniel«, flüsterte sie. »Daniel?«

Da. Seine Lider begannen zu flattern. Sie stieß den Atem aus. Dann öffnete er langsam die Augen, so wie in der vergangenen Nacht. Und wie in der vergangenen Nacht traten sie aus ihren Höhlen, als sie das Mädchen vor ihm sahen. Seine Lippen teilten sich. »Du bist ... alt.«

Luce errötete. »Das bin ich nicht«, erwiderte sie lachend. Niemand hatte sie je zuvor alt genannt.

»Doch, das bist du. Du bist wirklich alt.« Er wirkte beinahe enttäuscht. Dann rieb er sich die Stirn. »Ich meine … wie lange war ich …?«

Dann erinnerte sie sich: Lucia war mehrere Jahre jünger als sie. Aber Daniel hatte Lucia bisher noch nicht einmal kennengelernt. Wie konnte er wissen, wie alt sie war?

»Mach dir deswegen keine Sorgen«, erklärte sie. »Ich muss dir etwas sagen, Daniel. Ich bin … Ich bin nicht diejenige, für die du mich hältst. Ich meine, ich schätze, ich bin es, ich bin es immer, aber diesmal komme ich aus … ehm …«

Daniels Züge verzerrten sich. »Natürlich. Du bist hierher gereist.«

Sie nickte. »Ich musste.«

»Ich hatte es vergessen«, flüsterte er und verwirrte Luce damit noch mehr. »Wie weit bist du gereist? Nein. Sag es mir nicht.« Er winkte ab und wich vor ihr zurück, als hätte sie irgendeine Krankheit. »Wie ist das überhaupt möglich? Es gab keine Schlupflöcher in dem Fluch. Du solltest nicht hier sein können.«

»Schlupflöcher?«, wiederholte Luce. »Was für eine Art von Schlupflöchern? Ich muss wissen …«

»Ich kann dir nicht helfen«, unterbrach er sie und hustete. »Du musst es allein herausfinden. Das sind die Regeln.«

»Doria.« Eine Frau, die Luce noch nie gesehen hatte, stand in der Tür. Sie war nicht mehr ganz jung, blond und streng, mit einer gestärkten Haube vom Roten Kreuz, die so in ihr Haar gesteckt war, dass sie schief auf ihrem Kopf saß. Zuerst begriff Luce nicht, dass die Frau sie meinte. »Du bist doch Doria, nicht wahr? Unser Neuzugang?«

»Ja«, antwortete Luce.

»Wir müssen nachher den Papierkram für dich erledigen«, erklärte die Frau schroff. »Ich habe keine Unterlagen von dir. Aber zuerst wirst du mir einen Gefallen tun.«

Luce nickte. Es war nicht schwer zu begreifen, dass Schwierigkeiten auf sie zukamen. Aber sie hatte wichtigere Sorgen als diese Frau und ihren Papierkram.

»Der Schütze Bruno wird gleich operiert«, sagte die Krankenschwester.

»In Ordnung.« Luce versuchte, sich auf die Schwester zu konzentrieren, aber tatsächlich hatte sie nur eins im Sinn, nämlich ihr Gespräch mit Daniel fortzusetzen. Sie war endlich weitergekommen, hatte endlich ein neues Stück in dem Puzzle ihrer Leben gefunden!

»Schütze Giovanni Bruno. Er hat darum gebeten, die diensthabende Schwester von seiner Operation abzuziehen. Er sagt, er habe sich in die Krankenschwester verliebt, die ihm das Leben gerettet habe. Seinen *Engel*.« Die Frau warf Luce einen harten Blick zu. »Die Mädchen sagten mir, dass er dich damit meint.«

»Nein«, widersprach Luce. »Ich bin nicht …«

»Unwichtig. Es ist das, was er glaubt.« Die Schwester zeigte auf die Tür. »Gehen wir.«

Luce erhob sich von Daniels Bett. Er hatte den Blick von ihr abgewandt und schaute aus dem Fenster. Sie seufzte. »Ich *muss* mit dir reden«, flüsterte sie, obwohl er ihren Blick mied. »Ich werde gleich wieder da sein.«

Die Operation war nicht so schrecklich, wie sie es hätte sein können. Luce brauchte lediglich Giovannis kleine, weiche Hand zu halten, ihm Dinge zuzuflüstern, dem Arzt einige Instrumente anzureichen und zu versuchen, nicht hinzuschauen, als er in die dunkelrote Masse von Giovannis entblößten Eingeweiden griff und einzelne Teile eines blutverschmierten Schrapnells herausholte. Wenn der Arzt über ihren offensichtlichen Mangel an Erfahrung erstaunt war, so verlor er kein Wort darüber.

Sie war nicht länger als eine Stunde weg gewesen. Gerade lange genug, um zu Daniels Bett zurückzukehren und es leer vorzufinden.

Lucia wechselte die Laken. Sie eilte auf Luce zu, und Luce dachte, dass sie sie umarmen würde. Stattdessen brach sie zu ihren Füßen zusammen.

»Was ist passiert?«, fragte Luce. »Wo ist er hingegangen?«

»Ich weiß es nicht.« Das Mädchen begann zu weinen. »Er ist weg. Er ist einfach weggegangen. Ich weiß nicht, wohin.« Sie schaute zu Luce auf und Tränen füllten ihre haselnussbraunen Augen. »Er hat mich gebeten, dir von ihm Auf Wiedersehen zu sagen.«

»Er kann nicht weg sein«, murmelte Luce leise. Sie hatten nicht einmal eine Chance gehabt, miteinander zu reden …

Natürlich hatten sie nicht die Chance dazu gehabt. Daniel hatte genau gewusst, was er tat, als er gegangen war. Er wollte ihr nicht die ganze Wahrheit sagen. Er verbarg irgendetwas. Was waren das für *Regeln*, die er erwähnt hatte? Und welches Schlupfloch?

Lucias Gesicht war gerötet. Ihre Worte wurden durch einen Schluckauf unterbrochen. »Ich weiß, ich sollte nicht weinen, aber ich kann es nicht erklären … Ich habe das Gefühl, als sei jemand *gestorben*.«

Luce kannte das Gefühl. Sie hatten dies gemeinsam: Wenn Daniel fortging, waren beide Mädchen untröstlich. Luce ballte die Fäuste und fühlte sich wütend und mutlos.

»Sei nicht kindisch.«

Luce blinzelte und dachte zuerst, das Mädchen habe mit ihr gesprochen, aber dann begriff sie, dass Lucia sich selbst ausschalt. Luce straffte sich und hielt ihre zitternden Schultern hocherhoben, als versuche sie, die Gelassenheit zu finden, die die Krankenschwestern gezeigt hatten.

»Lucia.« Luce streckte die Hände nach dem Mädchen aus und machte Anstalten, es zu umarmen.

Aber das Mädchen wich zurück und drehte sich von Luce weg zu Daniels leerem Bett. »Mir geht es gut.« Sie machte sich wieder daran, die Laken abzuziehen. »Das Einzige, was wir kontrollieren können, ist die Arbeit, die wir tun. Schwester Fiero sagt das immer. Der Rest liegt nicht in unserer Hand.«

Nein. Lucia irrte sich, aber Luce sah keine Möglichkeit, sie zu korrigieren. Luce verstand nicht viel, aber *das* verstand sie – ihr Leben *konnte* in ihrer Hand liegen. Sie *konnte* ihr eigenes Schicksal gestalten. Irgendwie. Sie hatte noch nicht alles herausgefunden, aber sie spürte, dass sie der Lösung näherkam. Wie sonst wäre sie überhaupt hierher gelangt? Wie sonst hätte sie jetzt wissen können, dass es Zeit war weiterzuziehen?

Im Licht des Vormittags fiel ein Schatten von dem Vorratsschrank in der Ecke. Er sah aus wie einer, den sie benutzen konnte, aber sie war sich ihrer Fähigkeiten, ihn heraufzubeschwören, nicht ganz sicher. Sie konzentrierte sich für einen Moment darauf und wartete, bis sie die Stelle sah, wo der Schatten sich bewegte.

Da. Sie beobachtete, wie er zuckte. Luce kämpfte gegen den Abscheu, den sie noch immer empfand, und packte ihn.

Auf der anderen Seite des Raums konzentrierte Lucia sich darauf, die Bettlaken zusammenzuknüllen, und gab sich alle Mühe, nicht zu zeigen, dass sie immer noch weinte.

Luce arbeitete schnell, formte den Verkünder zu einer Kugel und zog ihn dann mit den Fingern schneller auseinander, als sie es je zuvor getan hatte.

Sie hielt den Atem an, sprach im Geiste einen Wunsch und verschwand.

Vier

Die Zeit verwundet alles Heile

Daniel war auf der Hut und gereizt, während er sich aus dem Verkünder befreite.

Er war nicht geübt darin, sich schnell einen Reim auf eine neue Zeit und einen neuen Ort zu machen, und er wusste nicht genau, wo er war oder was er tun sollte. Er wusste nur, dass zumindest eine Version von Luce in der Nähe sein musste und ihn brauchen würde.

Der Raum war weiß. Weiße Laken auf dem Bett vor ihm, ein weiß gerahmtes Fenster in der Ecke, blendend weißer Sonnenschein, der durch die Scheibe fiel. Für einen Moment war alles still. Dann stürmten die Erinnerungen auf ihn ein.

Mailand.

Er war wieder in dem Krankenhaus, wo sie während des ersten der todbringenden Weltkriege seine Krankenschwester gewesen war. Dort in dem Bett in der Ecke war Traverti, sein Kamerad aus Salerno, der auf dem Weg zur Feldküche auf eine Mine getreten war. Beide Beine Travertis waren verbrannt und gebrochen, aber er war so charmant, dass er alle Krankenschwestern dazu brachte, ihm flaschenweise Whiskey ins Zimmer zu schmuggeln. Er hatte immer ein fröhliches Wort für Daniel übrig gehabt. Und auf der anderen Seite des Raums lag Max Porter, der Brite mit dem verbrannten Gesicht, der niemals einen Piep von sich gab, aber alles zusammenschrie, wenn ihm der Verband gewechselt wurde.

In diesem Moment waren die beiden alten Zimmergefährten verloren in einem von Morphium herbeigeführten Nachmittagsschläfchen.

In der Mitte stand das Bett, in dem er gelegen hatte, nachdem ihn in der Schlacht an der Piave eine Kugel den Hals durchschlagen hatte. Es war ein dummer Angriff gewesen; sie waren direkt in ihr Verderben gestürmt. Aber Daniel hatte sich nur für den Krieg gemeldet, weil Lucia Krankenschwester war, also war es gut so. Er rieb sich die Stelle, wo er getroffen worden war. Er konnte den Schmerz beinah so deutlich spüren, als sei es erst gestern geschehen.

Wenn Daniel lange genug geblieben wäre, dass die Wunde verheilen konnte, hätten die Ärzte über das Fehlen einer Narbe gestaunt. Heute war sein Hals glatt und makellos, als hätte ihn diese Kugel niemals getroffen.

Im Laufe der Jahre war Daniel geschlagen, geschunden und von Balkons gestoßen worden, man hatte ihm in den Hals, in den Bauch und ins Bein geschossen, ihn über heißen Kohlen gefoltert und ihn durch ein Dutzend Straßen geschleift. Aber eine genaue Musterung jedes Zentimeters seiner Haut würde nur zwei kleine Narben zutage fördern: Zwei feine weiße Linien über seinen Schulterblättern, wo seine Flügel sich entfalteten.

Alle gefallenen Engel bekamen diese Narben, wenn sie ihre menschlichen Körper übernahmen. In gewisser Weise waren die Narben alles, was sie vorzuweisen hatten.

Die meisten der anderen genossen ihre Immunität gegen Narben. Nun, bis auf Arriane, aber die Narbe an ihrem Hals war eine andere Geschichte. Doch Cam und selbst Roland würden mit so ziemlich jedem auf Erden die schrecklichsten Kämpfe ausfechten. Natürlich verloren sie gegen Sterbliche nicht, aber es schien ihnen zu gefallen, ein wenig zusammengeschlagen zu werden. In wenigen Tagen, das wussten sie, würden sie wieder makellos aussehen.

Für Daniel war eine Existenz ohne Narben nur ein weiterer Hinweis darauf, dass sein Schicksal nicht in seiner Hand lag. Nichts, was er jemals tat, hinterließ auch nur eine Delle. Die Last seiner eigenen Nutzlosigkeit war erdrückend – vor allem, wenn es um Luce ging.

Und plötzlich erinnerte er sich daran, sie hier gesehen zu haben, im Jahr 1918. Luce. Und er erinnerte sich daran, dass er aus dem Krankenhaus geflohen war.

Das war das Einzige, was eine Narbe hinterlassen *konnte* – auf seiner Seele.

Er war damals verwirrt gewesen, sie zu sehen, so wie er jetzt verwirrt war. Zu jener Zeit hatte er gedacht, dass es keine Möglichkeit gebe, wie die sterbliche Lucinda dies bewerkstelligen sollte – holterdiepolter durch die Zeit zu eilen und ihre alten Ichs zu besuchen. Keine Möglichkeit, dass sie überhaupt am Leben sein sollte. Jetzt wusste Daniel natürlich, dass sich mit dem Leben von Lucinda etwas verändert hatte, aber was war es? Es hing natürlich damit zusammen, dass sie nicht getauft war, das war aber nicht alles …

Warum kam er nicht dahinter? Er kannte die Regeln und Bestimmungen des Fluches so gut, wie er alles kannte. Wie konnte sich ihm die Antwort also entziehen …

Luce. *Sie* musste die Veränderung in ihrer eigenen Vergangenheit selbst bewirkt haben. Bei dieser Erkenntnis begann sein Herz zu flattern. Es musste während ihrer gegenwärtigen Flucht durch die Verkünder geschehen sein. Natürlich musste sie etwas verändert haben, um all dies möglich zu machen. Aber wann? Wo? *Wie?* Daniel durfte sich in nichts von alledem einmischen. Er musste sie finden, genau wie er es versprochen hatte. Aber er musste auch dafür sorgen, dass ihr zu tun gelang, was immer sie tun musste, dass sie die Veränderung in ihrer Vergangenheit bewirkte, die sie bewirken musste, damit Lucinda Price – seine Luce – ins Leben treten konnte.

Wenn er sie einholte, konnte er ihr vielleicht helfen. Er konnte sie zu dem Moment führen, in dem sie die Regeln des Spiels für sie alle veränderte. Er hatte sie in Moskau knapp verpasst, aber in diesem Leben würde er sie finden. Er musste nur verstehen, warum sie hier gelandet war. Es gab immer einen Grund, irgendetwas im Innern, in den Tiefen ihres Gedächtnisses …

Oh.

Seine Flügel brannten und er fühlte sich beschämt. Dieses Leben in Italien hatte einen dunklen und hässlichen Tod für sie bereitgehalten. Einen der schlimmsten. Er würde niemals aufhören, sich Vorwürfe wegen der entsetzlichen Art zu machen, wie sie aus diesem Leben geschieden war.

Aber das geschah Jahre nach diesem Tag. Dies war das Krankenhaus, in dem sie sich kennengelernt hatten, als Lucia so jung und liebreizend gewesen war, so unschuldig und kess zugleich. Hier hatte sie ihn sofort und ohne Vorbehalt geliebt. Obwohl sie zu jung gewesen war, als dass Daniel ihr hätte zeigen können, dass er ihre Liebe erwiderte, hatte er sie nie entmutigt, ihm ihre Zuneigung zu zeigen. Sie pflegte die Hände in seine gleiten zu lassen, wenn sie unter den Orangenbäumen auf der Piazza della Repubblica einherschlenderten, aber wenn er ihre Hand drückte, errötete sie. Es brachte ihn immer zum Lachen, wie sie so kühn sein und dann plötzlich scheu werden konnte. Sie hatte ihm oft gesagt, dass sie ihn später heiraten wolle.

»Sie sind zurück!«

Daniel fuhr herum. Er hatte nicht gehört, dass die Tür hinter ihm sich öffnete. Lucia zuckte zusammen, als sie ihn sah. Sie strahlte und zeigte eine perfekte Reihe winziger weißer Zähne. Ihre Schönheit raubte ihm den Atem.

Was meinte sie damit, dass er zurück sei? Ah, das war der Tag, an dem er sich vor Luce versteckt hatte, voller Angst davor, sie versehentlich zu töten. Es war ihm nicht gestattet, ihr irgendetwas zu offenbaren; sie musste die Einzelheiten selbst entdecken. Würde er ihr auch nur einen Hinweis geben, würde sie einfach in Flammen aufgehen. Wäre er geblieben, hätte sie ihn ausgefragt und vielleicht gezwungen, ihr die Wahrheit zu sagen … Er wagte es nicht.

Also war sein früheres Ich davongelaufen. Es musste inzwischen in Bologna sein.

»Fühlen Sie sich gut?«, fragte Lucia und kam auf ihn zu. »Sie sollten sich wirklich wieder hinlegen. Ihr Hals« – sie streckte eine Hand aus, um die Stelle zu berühren, wo er vor über neunzig Jahren angeschossen worden war. Dann weiteten ihre Augen sich, und sie zog die Hand zurück. Sie schüttelte den Kopf. »Ich dachte – ich hätte schwören können …« Sie begann sich mit einem Stapel Akten, die sie in der Hand hielt, Luft zuzufächeln. Daniel ergriff ihre Hand und setzte sich auf die Bettkante, wobei er sie mit sich herunterzog. »Bitte«, begann er, »können Sie mir sagen, war hier ein Mädchen ...«

Ein Mädchen genau wie du.

»Doria?«, fragte Lucia. »Ihre ... Freundin? Mit hübschem kurzem Haar und diesen komischen Schuhen?«

»Ja.« Daniel stieß die Luft aus. »Können Sie mir zeigen, wo sie ist? Es ist sehr wichtig.«

Lucia schüttelte den Kopf. Sie konnte ihren Blick nicht von seinem Hals lösen.

»Wie lange bin ich schon hier?«, fragte er.

»Sie sind erst gestern Nacht angekommen«, antwortete sie. »Sie erinnern sich nicht?«

»Die Dinge sind verschwommen«, log Daniel. »Ich muss einen Schlag auf den Kopf bekommen haben.«

»Sie waren sehr schwer verletzt.« Sie nickte. »Schwester Fiero dachte bis heute Morgen nicht, dass Sie es schaffen würden ...«

»Nein.« Er erinnerte sich. »Sie dachte es nicht.«

»Aber dann haben sie es doch geschafft und wir waren alle so froh. Ich glaube, Doria ist die ganze Nacht bei Ihnen geblieben. Erinnern Sie sich daran?«

»Warum sollte sie das tun?«, fragte Daniel scharf und erschreckte damit Lucia.

Aber natürlich war Luce bei ihm geblieben. Daniel hätte das Gleiche getan.

Lucia, die neben ihm saß, schniefte. Er hatte sie aufgeregt, obwohl es eigentlich er selbst war, auf den er wütend sein sollte. Er legte ihr einen Arm um die Schulter und ihm wurde beinah schwindlig. Wie leicht es war, sich in jeden Augenblick ihrer Existenz zu verlieben! Er zwang sich, sich zurückzulehnen, um sich zu konzentrieren.

»Wissen Sie, wo sie jetzt ist?«

»Sie ist weggegangen.« Lucia kaute nervös auf ihrer Unterlippe. »Als Sie fort waren, war sie sehr erregt und ist dann sofort verschwunden. Aber ich weiß nicht, wo sie jetzt ist.«

Also war sie bereits weitergezogen. Was für ein Narr er war, durch die Zeit zu waten, während Luce rannte. Er musste sie einholen; vielleicht konnte er helfen, sie zu dem Augenblick zu leiten, in dem ihr Tun alles verändern würde. Dann würde er niemals mehr von ihrer Seite weichen, niemals mehr zulassen, dass ihr etwas zustieß, er würde nur noch bei ihr sein und sie immer lieben.

Er sprang vom Bett auf. Er war bereits an der Tür, als das junge Mädchen ihn zurückzog.

»Wohin gehen Sie?«

»Ich muss fort.«

»Sie suchen sie?«

»Ja.«

»Aber Sie hätten ein Weilchen länger bleiben sollen.« Ihre Hand war feucht in seiner. »Die Ärzte, sie haben alle gesagt, dass Sie etwas Ruhe brauchen«, fügte sie leise hinzu. »Ich weiß nicht, was über mich gekommen ist. Ich kann es einfach nicht ertragen, wenn Sie gehen.«

Daniel fühlte sich schrecklich. Er drückte ihre kleine Hand an sein Herz. »Wir werden uns wiedersehen.«

»Nein.« Sie schüttelte den Kopf. »Mein Vater hat das gesagt und mein Bruder und dann sind sie in den Krieg gegangen, und sie sind gestorben. Ich habe niemanden mehr. Bitte, gehen Sie nicht.«

Er konnte es nicht ertragen. Aber wenn er sie jemals wiederfinden wollte, musste er jetzt gehen. Das war seine einzige Chance.

»Wenn der Krieg vorüber ist, werden wir uns wiedersehen. Sie werden einen Sommer in Florenz verbringen, und wenn Sie bereit sind, werden Sie mich im Boboli-Garten finden ...«

»Ich werde *was* tun?«

»Direkt hinter dem Palazzo Pitti, am Ende der Spinnengasse, wo die Hortensien blühen. Suchen Sie nach mir.«

»Sie müssen fiebern. Das ist doch verrückt!«

Er nickte. Er wusste, dass es verrückt war. Es widerstrebte ihm zutiefst, dass es keine andere Alternative gab, als dieses schöne süße Mädchen auf einen so hässlichen Kurs zu bringen. Sie musste zu den Gärten gehen, gerade so, wie Daniel jetzt hinter Lucinda hergehen musste.

»Ich werde dort sein und auf Sie warten. Vertrauen Sie darauf.«

Als er sie auf die Stirn küsste, erzitterten ihre Schultern unter einem leichten Schluchzen. Gegen jeden Instinkt wandte Daniel sich ab und eilte davon, um einen Verkünder zu finden, der ihn weiter zurück in der Zeit brachte.

Fünf

Auf Umwegen zum Ziel

Luce schoss in den Verkünder hinein wie ein außer Kontrolle geratener Wagen.

Sie prallte gegen seine schattenhaften Wände und fühlte sich dabei, als würde sie eine Abfallrutsche hinuntergeworfen. Sie wusste nicht, wohin sie ging oder was sie vorfinden würde, sobald sie eintraf, nur dass dieser Verkünder schmaler und weniger biegsam schien als der vorangegangene; außerdem war er erfüllt von einem nassen, peitschenden Wind, der sie immer tiefer in den dunklen Tunnel trieb.

Ihre Kehle war trocken und ihr Körper erschöpft, weil sie in dem Krankenhaus kaum geschlafen hatte. Mit jeder Biegung fühlte sie sich verlorener und unsicherer.

Was tat sie in diesem Verkünder?

Sie schloss die Augen und versuchte, ihren Geist mit Gedanken an Daniel zu füllen: An den starken Griff seiner Hände, die brennende Intensität seiner Augen, die Art, wie sein ganzes Gesicht sich veränderte, wenn sie einen Raum betrat. An den sanften Trost, in seine Flügel gehüllt zu sein und hoch über dem Boden zu schweben, weit fort vom Rest der Welt und ihren Sorgen.

Wie töricht es gewesen war wegzulaufen! In dieser Nacht

in ihrem Garten war es ihr richtig erschienen, in den Verkünder zu treten – sie hatte das Gefühl gehabt, es sei das Einzige, was sie tun konnte. Aber *warum?* Warum hatte sie es getan? Welcher Gedanke hatte ihr dies wie eine kluge Entscheidung erscheinen lassen? Und jetzt war sie weit fort von Daniel, von allen, die ihr etwas bedeuteten, überhaupt weit entfernt von allem. Und es war allein ihre Schuld.

»Du bist ein Idiot!«, rief sie in die Dunkelheit.

»He, he«, erscholl eine Stimme. Sie war heiser und schroff und schien ihre Quelle direkt an Luce' Seite zu haben. »Keine Beleidigungen bitte!«

Luce erstarrte. In der absoluten Dunkelheit des Verkünders konnte niemand sein. Richtig? Sie musste es sich eingebildet haben. Sie drängte weiter, schneller.

»Etwas langsamer, ja?« Sie schnappte nach Luft. Wer immer es war, er klang nicht verzerrt oder fern, wie jemand, der *durch* den Schatten sprach. Nein, jemand war *hier drin*. Bei ihr.

»Hallo?«, rief sie und schluckte hörbar.

Keine Antwort.

Der peitschende Wind im Verkünder wurde lauter und heulte in ihren Ohren. Sie stolperte in der Dunkelheit vorwärts, und ihre Angst wuchs immer weiter, bis das Getöse der Luft, die an ihr vorbeistrich, erstarb und an seine Stelle ein anderes Geräusch trat – eine Art Rauschen. Wie von Wellen, die sich in der Ferne an einer Küste brachen.

Nein, das Geräusch war zu stetig, als dass es von Wellen herrühren konnte, dachte Luce. Ein Wasserfall.

»Ich sagte, *langsam.*«

Luce zuckte zusammen. Da war sie wieder, die Stimme.

Dicht an ihrem Ohr – und sie hielt mit ihr Schritt, während sie rannte. Diesmal klang die Stimme verärgert.

»Du wirst *überhaupt* nichts erfahren, wenn du weiter so herumjagst.«

»Wer sind Sie? Was wollen Sie?«, rief sie. »*Uff!*«

Ihre Wange prallte gegen etwas Kaltes und Hartes. Das Rauschen des Wasserfalls füllte ihre Ohren und war so nah, dass sie Gischttröpfchen auf der Haut spüren konnte. »Wo bin ich?«

»Du bist hier. Du bist … auf Pause. Schon mal davon gehört, dass man innehalten kann, um an den Päonien zu riechen?«

»Sie meinen Rosen.« Luce tastete sich durch die Dunkelheit und nahm einen scharfen, mineralischen Geruch wahr, der nicht unangenehm oder unvertraut war, sondern nur verwirrend. Dann begriff sie, dass sie noch nicht aus dem Verkünder und zurück in die Mitte eines Lebens getreten war, was nur bedeuten konnte …

Sie befand sich noch immer im Innern des Verkünders.

Es war sehr dunkel, aber ihre Augen begannen sich anzupassen. Der Verkünder hatte die Form einer Art kleiner Höhle angenommen. Da war eine Wand hinter ihr aus dem gleichen kühlen Stein wie der Boden, und wo der Wasserstrom herauströpfelte, war eine Vertiefung in die Wand gehauen. Der Wasserfall, den sie hörte, war irgendwo über ihr.

Und unter ihr? Etwa drei oder vier Meter eines steinernen Vorsprungs – und dann nichts. Dahinter war Schwärze.

»Ich hatte ja keine Ahnung, dass man das tun kann«, flüsterte Luce vor sich hin.

»Was?«, fragte die heisere Stimme.

»In einem Verkünder *anhalten*«, sagte sie. Sie hatte nicht mit dem Besitzer dieser Stimme geredet, und sie konnte ihn immer noch nicht sehen, und die Tatsache, dass sie hier gestrandet war, *wo auch immer* das sein mochte, und mit ihm, *wer auch immer* er war – nun, das war definitiv ein Grund zur Sorge. Aber trotzdem konnte sie nicht umhin, über ihre Umgebung zu staunen. »Ich wusste nicht, dass ein solcher Ort existiert. Ein Ort zwischen den Welten.«

Ein schleimiges Schnauben. »Du könntest ein Buch mit all den Dingen füllen, die du nicht weißt, Mädchen. Nein – vielleicht *ist* es bereits geschrieben worden. Aber das führt zu nichts.« Ein rasselndes Husten. »Und ich habe übrigens doch Päonien gemeint.«

»Wer *sind* Sie?« Luce setzte sich auf und lehnte sich an die Wand. Sie hoffte, dass die Person, der die Stimme gehörte, das Zittern ihrer Beine nicht sehen konnte.

»Wer? Ich?«, fragte er. »Ich bin bloß … ich. Ich bin oft hier.«

»In Ordnung … und was tun Sie hier?«

»Oh, du weißt schon, rumhängen.« Er räusperte sich, und es klang so, als gurgele jemand mit Steinen. »Es gefällt mir hier. Es ist schön ruhig. Einige dieser Verkünder können die reinsten Zoos sein. Aber nicht deine, Luce. Jedenfalls jetzt noch nicht.«

»Ich bin verwirrt.« Luce war mehr als verwirrt, sie hatte Angst. Sollte sie überhaupt mit diesem Fremden reden? Woher kannte er ihren Namen?

»Gewöhnlich bin ich einfach ein beiläufiger Beobachter, aber manchmal halte ich für einen Reisenden auch die Ohren auf.« Seine Stimme kam näher und Luce schauderte. »Reisende wie dich. Verstehst du, ich bin schon eine ganze

Weile da und manchmal brauchen Reisende einen klitzekleinen Rat. Warst du schon oben am Wasserfall? *Sehr* malerisch. Eins plus, was Wasserfälle betrifft.«

Luce schüttelte den Kopf. »Aber Sie sagten doch, dies sei *mein* Verkünder? Eine Botschaft *meiner* Vergangenheit. Also, warum sollten *Sie* ...«

»Nun! Tuuut mir leid!« Die Stimme wurde lauter und entrüstet. »Aber darf ich vielleicht eine Frage aufwerfen: Wenn die Kanäle zu deiner Vergangenheit so kostbar sind, warum lässt du dann deine Verkünder offen stehen, sodass alle Welt hineinspringen kann? Hmm? Warum verschließt du sie nicht einfach?«

»Ich wusste nicht, ehm ...« Luce hatte keine Ahnung, dass sie irgendetwas weit offen gelassen hatte. Und keine Ahnung, dass man Verkünder überhaupt verschließen konnte.

Sie hörte ein leises Klatschen, als würden Kleider oder Schuhe in einen Koffer geworfen, aber sie konnte noch immer niemanden sehen. »Ich stelle fest, ich bin länger geblieben, als ich willkommen war. Ich werde deine Zeit nicht verschwenden.« Die Stimme klang plötzlich erstickt. Und dann kam aus einiger Entfernung leise: »Leb wohl!«

Die Stimme verschwand in die Dunkelheit. Es war wieder fast lautlos im Verkünder. Nur die weiche Kaskade des Wasserfalls über ihr war zu hören. Und das verzweifelte Schlagen ihres Herzens.

Für einen Moment war sie nicht allein gewesen. In Anwesenheit der Stimme war sie nervös gewesen, erschrocken, wachsam ... Aber sie war nicht allein gewesen.

»Warten Sie!«, rief sie und stand auf.

»Ja?« Die Stimme war sofort wieder an ihrer Seite.

»Ich wollte Sie nicht hinauswerfen«, erklärte sie. Aus irgendeinem Grund war sie noch nicht bereit, die Stimme einfach verschwinden zu lassen. Das Wesen hatte irgendetwas an sich. Es kannte sie. Es hatte sie beim Namen genannt. »Ich wollte nur wissen, wer Sie sind.«

»Oh, Hölle«, sagte es ein wenig impulsiv. »Du kannst mich ... Bill nennen.«

»Bill«, wiederholte sie und kniff die Augen zusammen, um mehr zu sehen als die düsteren Höhlenwände um sie herum. »Sind Sie unsichtbar?«

»Manchmal. Nicht immer. Auf keinen Fall muss ich es sein. Warum? Würdest du es vorziehen, mich zu sehen?«

»Es könnte die Dinge vielleicht etwas weniger unheimlich machen.«

»Hängt das nicht davon ab, wie ich aussehe?«

»Nun ...«, begann Luce zu erwidern.

»Also« – seine Stimme hörte sich so an, als lächelte er –, »welche Gestalt wünschst du dir denn?«

»Ich weiß es nicht.« Luce trat von einem Fuß auf den anderen. Ihre linke Seite war feucht von der Gischt des Wasserfalls. »Ist das wirklich meine Entscheidung? Wie sehen Sie denn aus, wenn Sie einfach Sie selbst sind?«

»Ich habe eine ganze Palette. Du würdest wahrscheinlich wollen, dass ich mit etwas Niedlichem anfange. Habe ich recht?«

»Ich schätze, ja ...«

»Okay«, murmelte die Stimme. »Huminah huminah huminah bummm.«

»Was machen Sie da?«, fragte Luce.

»Ich setze mein Gesicht auf.«

Ein Lichtblitz zuckte auf. Eine kleine Explosion folgte,

die Luce umgeworfen hätte, wäre da nicht direkt hinter ihr die Wand gewesen. Der Blitz erstarb zu einem winzigen Ball aus kühlem weißem Licht. In diesem Licht konnte sie die raue Fläche eines grauen Steinbodens unter ihren Füßen sehen. Eine steinerne Wand ragte hinter ihr auf, an der Wasser heruntertröpfelte. Und noch etwas sah sie:

Dort auf dem Boden vor ihr stand ein kleiner Gargoyle.

»Ta-da!«, sagte er.

Er war ungefähr dreißig Zentimeter groß und hockte mit verschränkten Armen und auf die Knie gestützten Ellbogen da. Seine Haut hatte die Farbe von Stein – er *war* aus Stein –, aber als er ihr zuwinkte, konnte sie erkennen, dass er beweglich genug war, um aus Fleisch und Muskeln zu sein. Er sah aus wie die Figuren, die man als Wasserspeier auf den Dächern katholischer Kirchen findet. Seine Finger- und Zehennägel waren lang und spitz wie kleine Krallen. Auch seine Ohren waren spitz – und mit steinernen Ringen gepierct. Er hatte zwei kleine hornähnliche Auswüchse auf seiner Stirn, die fleischig und runzlig wirkten. Seine dicken Lippen waren zu einer Grimasse verzogen, die ihn wie ein sehr altes Baby aussehen ließ.

»Sie sind also Bill?«

»Das ist richtig«, bestätigte er. »Ich bin Bill.«

Bill sah zwar seltsam aus, aber gewiss nicht wie jemand, vor dem man sich fürchten musste. Luce ging um ihn herum und bemerkte den wulstigen Wirbel, der aus seinem Rückgrat ragte. Und das kleine Paar rauer Flügel, das so aus seinem Rücken ragte, dass die beiden Spitzen miteinander verflochten waren.

»Was denkst du?«, fragte er.

»Großartig«, erwiderte sie aufrichtig. Ein Blick auf ein

Paar Flügel – selbst die von Bill – führte dazu, dass sie Bauchschmerzen bekam, so sehr vermisste sie Daniel.

Bill stand auf; es war seltsam zu sehen, dass sich die steinernen Arme und Beine wie Muskeln bewegten.

»Es gefällt dir nicht, wie ich aussehe. Ich kann es besser machen«, sagte er und verschwand in einem weiteren Lichtblitz. »Warte.«

Blitz.

Daniel stand vor ihr, eingehüllt in eine glänzende Aura aus violettem Licht. Seine entfalteten Flügel waren herrlich und kräftig, und sie lockten sie, sich in sie hineinzuschmiegen. Er streckte eine Hand aus und sie sog scharf die Luft ein. Sie wusste, dass etwas an seinem Hiersein seltsam war, dass sie gerade dabei gewesen war, etwas anderes zu tun – nur konnte sie sich nicht daran erinnern, was oder mit wem. Ihr Verstand fühlte sich nebelhaft an, ihre Erinnerung war verschwommen. Aber nichts davon spielte eine Rolle. Daniel war hier. Sie hätte am liebsten vor Glück geweint. Sie trat auf ihn zu und legte ihre Hand in seine.

»So«, sagte er leise. »Also, das ist die Reaktion, die ich wollte.«

»Was?«, flüsterte Luce verwirrt. Etwas schob sich ganz vorn in ihren Geist und sagte ihr, dass sie sich von Daniel lösen musste. Aber Daniels Augen überwanden dieses Zögern, und sie ließ sich von ihm in seine Arme ziehen und vergaß alles außer den Geschmack seiner Lippen.

»Küss mich.« Seine Stimme war ein heiseres Krächzen. *Bills* Stimme.

Luce schrie auf und sprang zurück. Ihr Verstand fühlte sich an, als sei er aus einem tiefen Schlaf gerissen worden.

Was war geschehen? Wie hatte sie denken können, sie sehe Daniel in …

Bill. Er hatte sie überlistet. Sie entriss ihm ihre Hand, oder vielleicht ließ er sie auch während des Blitzes fallen, als er sich in eine große, mit Warzen übersäte Kröte verwandelte. Er gab einige merkwürdige Laute von sich und hüpfte zu dem Rinnsal, das an der Höhlenwand hinabtropfte. Im nächsten Moment schoss seine Zunge ins Wasser.

Luce atmete tief ein und aus und versuchte, sich nicht anmerken zu lassen, wie niedergeschmettert sie war. »Hör auf damit«, sagte sie scharf. »Werde einfach wieder zu dem Gargoyle. *Bitte.*«

»Wie du wünschst.«

Blitz.

Bill war wieder da und hockte in geduckter Haltung, die Arme über den Knien verschränkt. Still wie Stein.

»Ich bin davon ausgegangen, dass du dich wieder einkriegst«, bemerkte er.

Luce wandte den Blick ab; es war ihr peinlich, dass er sie aus der Reserve gelockt hatte, und sie war wütend darüber, dass er es anscheinend genossen hatte.

»Jetzt, da das alles geregelt ist«, sagte er und rutschte herum, sodass er dort stand, wo sie ihn wieder sehen konnte, »was würdest du gerne als Erstes erfahren?«

»Von dir? Nichts. Ich habe keine Ahnung, was du überhaupt hier tust.«

»Ich habe dich aufgeregt«, erwiderte Bill und schnippte mit seinen Steinfingern. »Ich habe nur versucht, herauszufinden, wo deine Vorlieben liegen. Du weißt schon – Vorlieben: Daniel Grigori und süße kleine Gargoyles.« Er zählte es an den Fingern ab. »Abneigungen: Frösche. Ich denke, ich habe es jetzt kapiert. Keine komischen Sachen mehr.« Er breitete die Flügel aus und flatterte empor, um sich auf ihre Schulter zu setzen. Er war schwer. »Lediglich die üblichen Tricks«, flüsterte er.

»Ich brauche keine Tricks.«

»Komm schon. Du weißt nicht einmal, wie man einen Verkünder abschließt, um die Bösen fernzuhalten. Willst du nicht zumindest das wissen?«

Luce zog eine Augenbraue hoch. »Warum solltest du mir helfen?«

»Du bist nicht die Erste, die durch die Vergangenheit hüpft, weißt du, und alle brauchen einen Führer. Du Glückspilz, du bist auf mich gestoßen. Du hättest auch Vergil erwischen können.«

»Vergil?«, fragte Luce und erinnerte sich plötzlich an ihren Literaturkurs in der Oberstufe. »Du meinst den Burschen, der Dante durch die Neun Kreise der Hölle geführt hat?«

»Genau den. Er ist so überkorrekt. Das reinste Schlafmittel. Wie dem auch sei, wir zwei reisen im Moment nicht durch die Hölle«, erklärte er mit einem Achselzucken. »Touristensaison.«

Luce dachte an den Augenblick, als sie Luschka in Moskau in Flammen hatte aufgehen sehen, an den grausamen Schmerz, den sie empfunden hatte, als Lucia ihr gesagt hatte, dass Daniel aus dem Krankenhaus in Mailand verschwunden war.

»Manchmal fühlt es sich an wie die Hölle«, murmelte sie.

»Das liegt nur daran, dass es so lange gedauert hat, bis wir einander vorgestellt wurden.« Bill streckte seine steinerne kleine Hand nach ihrer aus.

Luce zögerte. »Also, auf welcher, ähm, Seite stehst du?«

Bill stieß einen Pfiff aus. »Hat dir denn noch niemand erklärt, dass die Dinge etwas komplizierter sind? Dass die Grenze zwischen ›Gut‹ und ›Böse‹ durch Jahrtausende des freien Willens verwischt worden ist?«

»Das weiß ich alles, aber ...«

»Hör mal, vielleicht hilft dir das ja ... Hast du jemals von der Waage gehört?«

Luce schüttelte den Kopf.

»So was wie Überwachungseinrichtungen in den Verkündern, die dafür sorgen, dass Reisende ihr Ziel erreichen. Mitglieder der Waage sind unparteiisch, also halten sie weder zum Himmel noch zur Hölle. Okay?«

»Okay.« Luce nickte. »Du gehörst also zur Waage?«

Bill zwinkerte. »Nun, wir sind fast da, also ...«

»Fast wo?«

»In dem nächsten Leben, in das du reist. Dem Leben, das diesen Schatten geworfen hat, in dem wir uns befinden.«

Luce fuhr mit der Hand durch das Wasser, das an der Wand hinunterlief. »Dieser Schatten – dieser Verkünder – ist anders.«

»Wenn er das ist, dann nur, weil du ihn so haben willst. Wenn du eine Höhle zum Ausruhen in einem Verkünder haben willst, erscheint sie für dich.«

»Ich wollte keine Ruhepause.«

»Nein, aber du hast eine *gebraucht*. Verkünder merken so etwas. Außerdem war ich hier, um dir zu helfen, und ich habe es um deinetwillen gewollt.« Der kleine Gargoyle zuckte die Achseln. Es hörte sich an wie das Aufeinanderschlagen und -reiben von Steinen. »Im Innern eines Verkünders befindet man sich an keinem bestimmten Ort. Man ist im Nirgendwo, im dunklen Echo, das von etwas in der Vergangenheit geworfen wird. Jeder Verkünder ist anders und passt sich den Bedürfnissen seiner Reisenden an, solange sie sich in ihm befinden.«

Die Vorstellung von diesem Echo aus ihrer Vergangenheit, das besser wusste als sie selbst, was sie wollte oder brauchte, klang verrückt. »Also, wie lange bleiben Leute in Verkündern?«, fragte sie. »Tage? Wochen?«

»Überhaupt keine Zeit. Nicht so, wie du es dir vorstellst. In Verkündern vergeht keine reale Zeit. Aber trotzdem solltest du nicht *zu* lange hier herumhängen. Du könntest vergessen, wohin du willst, und dich für immer verirren. Du könntest als Herumtreiber enden. Und das ist eine hässliche Angelegenheit. Verkünder sind Portale, keine Ziele, vergiss das nicht.«

Luce lehnte den Kopf an die feuchte Steinwand. Sie wusste nicht, was sie von Bill halten sollte.

»Das hier ist dein Job. Du dienst, ehm, Reisenden wie mir als Führer?«

»Sicher, genau.« Bill schnippte mit den Fingern und bei der Reibung entstand ein Funke. »Du hast den Nagel auf den Kopf getroffen.«

»Wie kommt ein Gargoyle wie du zu so einer Tätigkeit?«

»Entschuldige bitte, ich bin stolz auf meine Arbeit.«

»Ich meine, wer hat dich eingestellt?«

Bill dachte einen Moment lang nach und seine Marmoraugen rollten in ihren Höhlen hin und her. »Betrachte es als einen freiwilligen Dienst. Ich verstehe etwas von Verkünderreisen, das ist alles. Es besteht kein Grund, meine Sachkenntnisse nicht auch anderen zukommen zu lassen.« Er drehte sich zu ihr um und legte eine Hand unter sein steinernes Kinn. »Nach wann gehen wir überhaupt?«

»Nach *wann* ...?« Luce starrte ihn verwirrt an.

»Du hast keine Ahnung, wie?« Er schlug sich auf die Stirn. »Du willst mir sagen, dass du dich ohne jedes grundlegende Wissen über das Hindurchschreiten aus der Gegenwart gestürzt hast? Dass es dir ein vollkommenes Rätsel ist, wie du landest, *wenn* du landest?«

»Wie hätte ich denn etwas darüber erfahren sollen?«, fragte Luce zurück. »Niemand hat mir irgendetwas erklärt!«

Bill flatterte von ihrer Schulter hinab und ging auf dem Vorsprung auf und ab. »Du hast recht, du hast recht. Wir werden einfach bei den grundlegenden Dingen anfangen.« Er blieb vor Luce stehen und stemmte seine winzigen Hände in seine dicken Hüften. »Also, dann mal los. Was willst du eigentlich?«

»Ich will ... mit Daniel zusammen sein«, antwortete sie langsam. Da war noch mehr, aber sie war sich nicht sicher, wie sie es erklären sollte.

»Pah!« Bill wirkte noch zweifelnder, als seine schwere Stirn, seine steinernen Lippen und seine Hakennase ihn schon auf natürliche Weise aussehen ließen. »Ihr Gedankengang weist leider eine kleine Lücke auf, Frau Anwältin. Daniel war ja bereits bei dir, du warst also mit ihm zusammen, als du aus deiner eigenen Zeit gesprungen bist. Habe ich nicht recht?«

Luce ließ sich an der Wand herunterrutschen und setzte sich auf den Boden. Eine neuerliche starke Welle des Bedauerns schlug über ihr zusammen. »Ich musste gehen. Er wollte mir nichts über unsere Vergangenheit erzählen, also musste ich mich aufmachen, um es selbst herauszufinden.«

Sie erwartete, dass Bill weiter mit ihr diskutieren würde, aber er sagte nur: »Also bist du auf der Suche.«

Luce spürte ein schwaches Lächeln auf ihren Lippen. Das klang gut.

»Also, du willst *doch* etwas. Siehst du?« Bill klatschte in die Hände. »Zuerst solltest du wissen, dass die Verkünder durch das, was hier drin vorgeht, zu dir gerufen werden.« Er schlug sich mit seiner steinernen Faust auf die Brust. »Sie sind irgendwie wie kleine Haie und werden von deinen tiefsten Wünschen angelockt.«

»Richtig.« Luce erinnerte sich an die Schatten in der Shoreline, daran, dass es beinahe so gewesen war, als hätten die jeweiligen Verkünder *sie* ausgewählt und nicht andersherum.

»Bevor du einen von ihnen benutzt, flehen dich die Verkünder, die um dich herum auftauchen, praktisch an, sie aufzugreifen. Sie führen dich an den Ort, nach dem deine Seele sich sehnt.«

»Also wollte ich das Mädchen besuchen, das ich in Moskau war und in Mailand – und in all den anderen Leben, auf die ich einen kurzen Blick werfen konnte, bevor ich wusste, wie ich durch einen Verkünder schreiten kann? Ich wollte sie alle besuchen?«

»Genau«, erwiderte Bill. »Du wusstest es nicht. Die Verkünder haben es für dich gewusst. Du wirst auch besser darin werden. Schon bald solltest du anfangen zu spüren, dass du ihr Wissen teilst. So seltsam es sich anfühlen mag, sie sind ein Teil von dir.«

Jeder Einzelne dieser kalten, dunklen Schatten war ein Teil von ihr? Plötzlich ergab es auf eine unerwartete Weise einen Sinn. Es erklärte, warum Luce selbst zu Beginn, als es ihr

Angst gemacht hatte, sich nicht hatte daran hindern können, durch die Verkünder zu treten. Selbst als Roland sie gewarnt hatte, dass sie gefährlich seien. Selbst als Daniel sie angestarrt hatte, als habe sie ein schreckliches Verbrechen begangen. Die Verkünder fühlten sich immer wie eine Tür an, die sich öffnete. War es möglich, dass sie es wirklich waren?

Ihre Vergangenheit, einst so unergründlich, war da draußen, und sie brauchte nur durch die richtigen Türen zu treten? Sie konnte sehen, wer sie gewesen war, was Daniel zu ihr hingezogen hatte, warum ihre Liebe verdammt worden war, wie sie im Laufe der Zeit gewachsen war und sich verändert hatte. Und, am wichtigsten, was sie in der Zukunft sein konnten.

»Wir sind schon ein gutes Stück vorangekommen«, erklärte Bill. »Aber nachdem du nun weißt, wozu du und deine Verkünder fähig sind, musst du beim nächsten Mal, wenn du hindurchschreitest, daran denken, was du willst. Und denk nicht an einen *Ort* oder eine *Zeit*, denk vor allem an deine *Suche*.«

»In Ordnung.« Luce bemühte sich, das Wirrwarr ihrer Gefühle in Worte zu fassen, die vielleicht auch laut ausgesprochen noch einen Sinn ergaben.

»Warum versuchst du es nicht jetzt gleich?«, schlug Bill vor. »Nur zur Übung. Das könnte uns eine Vorstellung davon verschaffen, wohin wir gelangen werden. Denk an das, worauf du aus bist.«

»Verstehen«, sagte sie leise.

»Gut«, erwiderte Bill. »Was noch?«

Eine nervöse Energie durchströmte sie, als stehe sie am Rande von etwas Wichtigem. »Ich will herausfinden, warum Daniel und ich verflucht wurden. Und ich will diesen Fluch brechen. Ich will dafür sorgen, dass die Liebe mich nicht wieder tötet, damit wir endlich zusammen sein können – richtig zusammen sein können.«

»Halt, halt, halt.« Bill begann mit den Händen zu wedeln wie jemand, der mit seinem Auto am Rand einer dunklen Straße liegen geblieben war. »Lass uns nicht größenwahnsinnig werden. Dies ist ein sehr alter Fluch, mit dem du es hier zu tun hast. Du und Daniel, das ist wie ... ich weiß nicht, du kannst nicht einfach mit deinen hübschen kleinen Fingern schnippen und den Fluch brechen. Du musst klein anfangen.«

»Richtig«, sagte Luce. »In Ordnung. Dann sollte ich anfangen, indem ich eines meiner früheren Ichs kennenlerne. Indem ich in seine Nähe komme und zusehe, wie die Beziehung zu Daniel sich entwickelt. Ich muss feststellen, ob sie das Gleiche empfindet, was ich empfinde.«

Bill nickte und ein verschrobenes Lächeln breitete sich auf seinen vollen Lippen aus. Er führte sie an den Rand des Vorsprungs. »Ich denke, du bist so weit. Gehen wir.«

Gehen wir? Der Gargoyle kam mit ihr? Aus dem Verkünder und in eine andere Vergangenheit? Ja, Luce konnte Gesellschaft gebrauchen, aber sie kannte diesen Burschen kaum.

»Du fragst dich, warum du mir vertrauen solltest, nicht wahr?«, bemerkte Bill.

»Nein, ich ...«

»Ich kapier schon«, unterbrach er sie. Er schwebte vor ihr in der Luft. »Man muss sich an mich erst gewöhnen. Vor allem verglichen mit der Gesellschaft, die du früher hattest. Ich bin gewiss kein Engel.« Er schnaubte. »Aber ich kann dafür sorgen, dass diese Reise sich für dich lohnt. Wenn du willst, können wir ein Abkommen schließen. Wenn du mich leid wirst – sag es einfach. Ich verschwinde dann.« Er streckte seine lange, klauenbewehrte Hand aus.

Luce schauderte. Bills Hand war verkrustet mit steinigen Zysten und Ausschlag von Farnen wie eine zerstörte Statue. Auf keinen Fall wollte sie seine Hand in ihre nehmen. Aber wenn sie es nicht tat, wenn sie ihn jetzt gleich wegschickte …

Mit ihm war sie vielleicht besser dran als ohne ihn.

Sie schaute auf ihre Füße hinab. Der kurze, nasse Felsvorsprung zwischen ihnen endete dort, wo sie stand, und fiel dann in gähnende Leere ab. Zwischen ihren Schuhen erregte etwas ihre Aufmerksamkeit, ein Schimmern im Gestein, das sie blinzeln ließ. Der Boden bewegte sich … wurde weicher … schwankte unter ihren Füßen.

Luce schaute hinter sich. Der ganze Felsvorsprung zerbröselte, bis zur Wand der Höhle. Sie stand schwankend am Rand. Der Fels um sie herum verschwand, schneller und immer schneller, bis frische Luft über ihre Fersen strich und sie sprang …

und ihre rechte Hand in Bills ausgestreckte Krallen legte. Sie schwankten in der Luft.

»Wie kommen wir von hier weg?«, rief sie und klammerte sich jetzt fest an ihn, aus Angst, in den Abgrund zu fallen, den sie nicht sehen konnte.

»Folge deinem Herzen.« Bill strahlte sie gelassen an. »Es wird dich nicht in die Irre führen.«

Luce schloss die Augen und dachte an Daniel. Ein Gefühl der Schwerelosigkeit überkam sie und sie schnappte nach Luft. Als sie die Augen öffnete, schwebte sie irgendwie durch Dunkelheit, die von einem Rauschen erfüllt war. Die steinerne Höhle bewegte sich und formte sich selbst zu einer kleinen goldenen Kugel aus Licht, die schrumpfte und verschwand.

Luce schaute zur Seite. Bill war direkt neben ihr.

»Was war das Erste, was ich dir gesagt habe?«, fragte er.

Luce erinnerte sich daran, dass es den Anschein gehabt hatte, als dringe seine Stimme tief in sie hinein.

»Du hast gesagt, ich solle langsam machen. Dass ich niemals etwas lernen würde, wenn ich so schnell durch meine Vergangenheit flitze.«

»Und?«

»Es war genau das, was ich tun wollte, ich habe nur nicht gewusst, dass ich es wollte.«

»Vielleicht ist das der Grund, warum du mich gerade zu diesem Zeitpunkt gefunden hast«, überschrie Bill den Wind. Seine grauen Flügel bäumten sich auf, während sie weiterrasten. »Und vielleicht ist das der Grund, warum wir genau … hier … landen.«

Der Wind legte sich. Das Rauschen verebbte.

Luce' Füße krachten auf den Boden; es war ein Gefühl, als flöge sie von einer Schaukel und lande auf einem Rasen. Sie hatte den Verkünder verlassen und war an einem anderen Ort. Die Luft war warm und ein wenig feucht. Das Licht um ihre Füße herum sagte ihr, dass der Abend dämmerte.

Sie standen auf einer Wiese aus dichtem, weichem, leuchtend grünem Gras, das ihr bis zu den Waden reichte. Hie und da war das Gras gesprenkelt mit winzigen hellroten Früchten – wilden Erdbeeren. Vor ihnen markierte eine Reihe silberner Birken den Rand des gepflegten Rasens eines Landgutes. In einiger Entfernung dahinter stand ein riesiges Haus.

Von hier aus konnte sie eine weiße steinerne Treppe sehen, die zum Hintereingang einer großen Villa im Tudorstil führte. Ein Meer gestutzter gelber Rosenbüsche begrenzte den Rasen nach Norden hin, und ein kleines Labyrinth aus Hecken erstreckte sich fast bis zu dem schmiedeeisernen Tor im Osten. In der Mitte lag ein üppiger Gemüsegarten, in dem Bohnen an ihren Stangen in die Höhe kletterten. Ein Kiespfad teilte den Garten in zwei Hälften und führte zu einem großen weiß getünchten Pavillon.

Luce' Arme überzogen sich mit einer Gänsehaut. Sie hatte das untrügliche Gefühl, dass sie schon einmal an diesem Ort gewesen war. Dies war kein gewöhnliches Déjà-vu. Sie betrachtete einen Ort, der ihr und Daniel etwas bedeutet hatte. Sie erwartete beinahe, sie beide in genau diesem Moment eng umschlungen dort zu sehen.

Aber das Gartenhaus war leer und nur gefüllt mit dem orangefarbenen Licht der untergehenden Sonne.

Irgendjemand stieß einen Pfiff aus und sie zuckte zusammen.

Bill.

Sie hatte vergessen, dass er bei ihr war. Er schwebte in der Luft, sodass ihre Köpfe auf gleicher Höhe waren. Außerhalb des Verkünders war er ein wenig abstoßender, als es zunächst den Anschein gehabt hatte. Im Licht war sein Fleisch trocken und schuppig und er roch ziemlich stark nach Moder. Fliegen schwirrten um seinen Kopf herum. Luce rückte ein wenig von ihm ab und wünschte beinahe, er würde wieder unsichtbar werden.

»Das ist auf jeden Fall besser als ein Schlachtfeld«, bemerkte er und betrachtete das Grundstück.

»Woher weißt du, wo ich vorher war?«

»Ich bin ... Bill.« Er zuckte die Achseln. »Ich weiß so mancherlei.«

»Na schön, wo sind wir jetzt?«

»In Helston, in England« – er deutete mit einer Klauenspitze auf seinen Kopf und schloss die Augen –, »in dem Jahr, das du 1854 nennen würdest.« Dann verschränkte er die steinernen Klauen vor der Brust wie ein gnomenhafter Schuljunge, der ein Geschichtsreferat hält. »Ein verschlafener Fleck im Süden der Grafschaft Cornwall, der von König Johann höchstpersönlich die Stadtrechte verliehen bekommen hat. Der Mais steht ungefähr einen Meter hoch, also würde ich sagen, es ist wahrscheinlich mitten im Sommer. Ein Jammer, dass wir den Monat Mai verpasst haben – sie haben hier ein Blumenfest, das würdest du nicht glauben. Oder vielleicht würdest du es glauben! Dein früheres Ich war in den letzten beiden Jahren die Ballkönigin. Ihr Vater ist nämlich sehr reich. Hat ein Vermögen im Kupferhandel gemacht.«

»Klingt umwerfend.« Luce fiel ihm ins Wort und trottete durchs Gras. »Ich gehe dort hinein. Ich will mit ihr reden.«

»Moment.« Bill überholte sie, machte kehrt und flatterte dicht vor ihrem Gesicht herum. »Also, das ... das geht überhaupt nicht.«

Er beschrieb mit einem Finger einen Kreis, und Luce begriff, dass er von ihren Kleidern sprach. Sie hatte noch immer die italienische Schwesternuniform an, die sie während des Ersten Weltkriegs getragen hatte.

Er packte den Saum ihres langen weißen Rocks und hob ihn bis zu ihren Knöcheln hoch. »Was hast du da an? Sind das *Turnschuhe*? Du willst mich wohl ärgern.« Er schnalzte mit der Zunge. »Wie hast du bloß diese anderen Leben ohne mich überlebt . . . «

»Ich bin gut zurechtgekommen, vielen Dank.«

»Du wirst mehr tun müssen, als zurechtzukommen, wenn du ein wenig Zeit hier verbringen willst.« Bill flog wieder empor, sodass er mit Luce auf Augenhöhe war, dann flatterte er dreimal um sie herum. Als sie sich umdrehte, um nach ihm Ausschau zu halten, war er verschwunden.

Aber eine Sekunde später hörte sie dann seine Stimme – obwohl sie so klang, als käme sie aus großer Ferne. »Ja! Brillant, Bill!«

Ein grauer Punkt erschien in der Luft in der Nähe des Hauses. Er wurde größer und dann noch größer, bis Bills steinerne Runzeln sichtbar wurden. In den Armen trug er ein dunkles Bündel.

Bei ihr angekommen, zupfte er einmal kurz an ihrer ausgebeulten weißen Schwesterntracht. Sofort lösten sich deren Nähte auf und die Uniform fiel zu Boden. Luce schlang züchtig die Arme um ihren nackten Leib, aber es schien, als würde ihr nur eine Sekunde später eine ganze Reihe von Unterröcken über den Kopf gezogen.

Bill wuselte um sie herum wie eine tollwütige Schneiderin und schnürte ihre Taille in ein enges Korsett, bis dessen harte Stäbe sie an allen möglichen unangenehmen Stellen piksten. In ihren Unterröcken war so viel Taft, dass sie, selbst wenn sie in einer schwachen Brise still dastand, raschelte.

Sie dachte, dass sie für die Zeit ziemlich gut aussah – bis sie die weiße Schürze bemerkte, die über ihrem langen schwarzen Kleid um ihre Taille gebunden war. Sie griff sich ans Haar und riss eine weiße Dienstbotenhaube herunter.

»Ich bin ein *Hausmädchen*?«, fragte sie.

»Ja, Einstein, du bist ein Hausmädchen.«

Luce wusste, dass es dumm war, aber sie war ein wenig enttäuscht. Das Anwesen war prächtig und die Gärten so wunderschön, und sie wusste, dass sie sich auf einer Suche befand, aber hätte sie nicht einfach wie eine echte viktorianische Dame über das Grundstück schlendern können?

»Ich dachte, du hättest gesagt, meine Familie sei reich.«

»Die Familie deines *früheren* Ichs war reich. Stinkreich. Du wirst es sehen, wenn du sie kennenlernst. Sie heißt Lucinda und findet übrigens, dass dein Spitzname *absolut grauenhaft* ist.« Bill zwickte sich in die Nase, reckte sie hoch in die Luft und imitierte auf ziemlich komische Weise einen Snob. »*Sie* ist reich, ja, aber *du*, meine Liebe, bist ein Zeitreisender und Eindringling, der die Gepflogenheiten dieser feinen Gesellschaft nicht kennt. Also, wenn du nicht auffallen willst wie eine Näherin aus Manchester, der man sofort die Tür weist, bevor du auch nur Gelegenheit hattest, ein wenig mit Lucinda zu plaudern, brauchst du eine Tarnung. Du bist eine Spülmagd. Ein Dienstmädchen. Eine Nachttopfentleererin. Es liegt bei dir. Keine Sorge, ich werde dir nicht in die Quere kommen. Ich kann binnen eines Wimpernschlags verschwinden.«

Luce stöhnte. »Und ich gehe einfach hinein und tue so, als würde ich hier arbeiten?«

»Nein.« Bill verdrehte seine steinernen Augen. »Geh hinauf und stell dich der Dame des Hauses vor, Mrs Constance. Erzähl ihr, dass deine letzten Herrschaften auf den Kontinent gezogen seien und du nach einer neuen Anstellung suchst. Sie ist eine böse alte Vettel und besteht auf Referenzen. Zu deinem Glück bin ich ihr einen Schritt voraus. Du wirst deine Referenzen in deiner Schürzentasche finden.«

Luce schob eine Hand in die Tasche ihrer weißen Leinenschürze und zog einen dicken Umschlag heraus. Die Rückseite war mit einem roten Wachssiegel verschlossen; als sie den Umschlag umdrehte, stand darauf in schwarzer Tinte gekritzelt *Mrs Melville Constance.* »Du bist so eine Art Alleswisser, wie?«

»Vielen Dank.« Bill verneigte sich huldvoll; dann, als er begriff, dass Luce bereits auf das Haus zuging, flog er voraus und schlug so schnell mit den Flügeln, dass sie zu zwei steinfarbenen Wirbeln zu beiden Seiten seines Körpers wurden.

Mittlerweile hatten sie die Silberbirken hinter sich gelassen und überquerten den gepflegten Rasen. Luce wollte gerade den Kiesweg zum Haus hinaufgehen, hielt jedoch inne, als sie jemanden aus dem Pavillon kommen sah. Einen Mann und eine Frau, die auf das Haus zugingen. Auf Luce zu.

»Geh in Deckung«, flüsterte sie. Sie wollte nicht von irgendjemandem in Helston gesehen werden, vor allem nicht, solange Bill wie ein übergroßes Insekt um sie herumschwirrte.

»Geh selbst in Deckung«, erwiderte er. »Nur weil ich mich für dich sichtbar gemacht habe, bedeutet das noch lange nicht, dass jeder Sterbliche mich sehen kann. Tatsächlich sind die *einzigen* Augen, vor denen ich auf der Hut bin ... he, he.« Bills steinerne Augenbrauen schossen plötzlich in die Höhe und machten dabei ein schweres, schleifendes Geräusch. »Bin schon weg«, sagte er und duckte sich hinter die Tomatenpflanzen.

Die von *Engeln*, ergänzte Luce im Geiste. Sie mussten die einzigen anderen Seelen sein, die Bill in dieser Gestalt sehen konnten. Sie vermutete das, weil sie den Mann und die Frau endlich erkennen konnte, die beiden, die Bill veranlasst hatten, in Deckung zu gehen. Als Luce durch die dicken, stacheligen Blätter der Tomatenpflanze spähte, konnte sie den Blick nicht von ihnen losreißen.

Genauer gesagt konnte sie den Blick nicht von Daniel losreißen.

Im Rest des Gartens wurde es sehr still. Die Abendlieder der Vögel verstummten, und sie konnte nur noch die Schritte von zwei Paar Füßen hören, die langsam über den Kiesweg näher kamen. Die letzten Sonnenstrahlen schienen alle auf Daniel zu fallen und hüllten ihn in eine goldene Aura. Den Kopf hatte er der Frau zugeneigt, und er nickte, während er ging. Und die Frau war nicht Luce.

Sie war älter, als Lucinda es hätte sein dürfen – in den Zwanzigern höchstwahrscheinlich und sehr schön, mit dunklen, seidigen Locken unter einem breiten Strohhut. Ihr langes Musselinkleid hatte die Farbe von Löwenzahn und sah aus, als müsse es sehr teuer gewesen sein.

»Haben Sie denn inzwischen ein wenig Gefallen gefunden an unserem kleinen Dorf, Mr Grigori?«, fragte die Frau. Ihre Stimme war hoch und hell und voller natürlichem Selbstbewusstsein.

»Vielleicht zu sehr, Margaret.« Luce' Magen verkrampfte sich zu einem eifersüchtigen Knoten, als sie beobachtete, wie Daniel die Frau anlächelte. »Es ist schwer zu glauben, dass ich schon eine Woche hier in Helston bin. Vielleicht bleibe ich sogar länger, als ich geplant hatte.« Er hielt inne. »Alle hier sind sehr freundlich.«

Margaret errötete und Luce schäumte vor Wut. Selbst Margarets Erröten war entzückend. »Wir hoffen nur, dass das in Ihrer Arbeit durchschimmern wird«, bemerkte sie. »Mutter ist natürlich begeistert, einen Künstler im Haus zu haben. Alle sind das.«

Luce schlich hinter ihnen her. Als sie am Gemüsegarten vorbei war, hockte sie sich hinter die wuchernden Rosensträucher, um in Hörweite des Paares zu bleiben.

Plötzlich spürte sie einen scharfen Schmerz, der sie nach Luft schnappen ließ. Sie hatte sich den Daumen an einem Dorn gestochen. Er blutete.

Sie saugte an der Wunde und schüttelte den Kopf, während sie versuchte, kein Blut auf ihre Schürze zu bekommen, aber als es zu bluten aufgehört hatte, wurde ihr bewusst, dass sie einen Teil des Gesprächs verpasst hatte. Margaret schaute erwartungsvoll zu Daniel auf.

»Ich habe Sie gefragt, ob Sie zum Sonnenwendfest hier sein werden.« Ihr Tonfall war ein wenig flehend. »Das ist für Mutter immer ein wichtiges Ereignis.«

Daniel murmelte etwas wie ein Ja, er würde es nicht verpassen, aber er war offensichtlich abgelenkt. Er wandte immer wieder den Blick von der Frau ab und schaute sich auf dem Rasen um, als spüre er Luce hinter den Rosen.

Als sein Blick über die Büsche glitt, wo sie hockte, blitzten seine Augen in einem tiefen Violettton auf.

Sechs

Die Frau in Weiß

Daniel wusste sofort, wo er sich befand, als der Verkünder ihn am kiesbedeckten Strand des Loe absetzte. Der See war still und spiegelte die großen rosafarbenen Wolken des Abendhimmels wider. Aufgeschreckt von seinem plötzlichen Erscheinen huschte ein Paar Eisvögel über das Kleefeld davon und landete in einem verkrüppelten Baum im Moor neben der Hauptstraße. Die Straße führte, wie Daniel wusste, in die kleine Stadt, in der er einen Sommer mit Lucinda verbracht hatte.

Dass er nun wieder auf dieser fruchtbaren grünen Erde stand, brachte eine weiche Saite in ihm zum Klingen. So sehr er sich bemühte, jede Tür zu ihrer gemeinsamen Vergangenheit zu schließen, so sehr er danach trachtete, nach jedem einzelnen ihrer herzzerreißenden Tode weiterzumachen – einige zählten mehr als andere. Es überraschte ihn, wie deutlich er sich noch immer an ihre Zeit im Süden Englands erinnern konnte.

Aber Daniel war hier nicht im Urlaub. Er war hier, um sich in die schöne Tochter des Kupferhändlers zu verlieben. Er war hier, um ein verwegenes Mädchen daran zu hindern, sich in den dunklen Augenblicken seiner Vergangenheit zu verlieren, die es tötete. Er war hier, um Luce zu helfen, ihrer beider Fluch zu brechen, ein und für alle Mal.

Er trat den langen Weg in Richtung Stadt an.

Es war ein warmer, träger Sommerabend in Helston. Auf den Straßen sprachen Damen in Häubchen und spitzengesäumten Gewändern mit leiser, höflicher Stimme mit den in Leinenanzüge gekleideten Männern, deren Arme sie hielten. Paare blieben vor Schaufenstern stehen. Sie verweilten, um mit ihren Nachbarn zu reden. Sie blieben an Straßenecken stehen und nahmen sich zehn Minuten Zeit, um Auf Wiedersehen zu sagen.

Alles an diesen Leuten, angefangen von ihrem Aufzug bis hin zu dem Tempo, mit dem sie durch die Straßen schlenderten, atmete auf aufreizende Weise Langsamkeit. Daniel hätte sich den Passanten auf der Straße nicht ferner fühlen können. Seine unter seinem Mantel versteckten Flügel brannten von seiner Ungeduld, während er durch das Städtchen ging. Es gab einen Ort, von dem er wusste, dass er *Lucinda* dort mit Sicherheit finden konnte – sie besuchte an den meisten Abenden kurz nach Einsetzen der Dämmerung den Pavillon im Garten seines Gönners. Aber wo er *Luce* finden würde – die Luce, die in Verkünder hinein- und wieder heraushüpfte, die, die er finden *musste* –, das konnte er unmöglich feststellen.

Die beiden anderen Leben, in die Luce hineingestolpert war, ergaben für Daniel einen gewissen Sinn. Im großen Plan der Dinge waren sie ... Anomalien. Vergangene Augenblicke, da sie nahe daran gewesen war, die Wahrheit über ihren Fluch aufzudecken, kurz bevor sie den Tod gefunden hatte. Aber er kam nicht dahinter, warum ihr Verkünder sie *hierher* gebracht hatte.

Helston war eine ungeheuer friedliche Zeit für sie gewesen. In diesem Leben war ihre Liebe langsam und natürlich gewachsen. Selbst ihr Tod war privat gewesen, etwas, das sich nur zwischen ihnen beiden ereignet hatte. Gabbe hatte einmal das Wort *respektabel* benutzt, um Lucindas Ende in Helston zu beschreiben. Diesen Tod zumindest hatten sie ganz allein erlitten.

Nein, an dem Zufall, dass sie dieses Leben noch einmal besuchte, ergab nichts einen Sinn – was bedeutete, dass sie überall in dem Weiler sein konnte.

»Mr Grigori«, rief eine trällernde Stimme auf der Straße. »Was für eine wunderbare Überraschung, Sie hier in der Stadt anzutreffen.«

Eine blonde Frau in einem langen blau gemusterten Kleid stand vor Daniel. Sie hielt die Hand eines pummeligen, sommersprossigen Achtjährigen, der in einer cremefarbenen Jacke mit einem Fleck unter dem Kragen elend aussah.

Zunächst war Daniel total perplex. Doch dann dämmerte es ihm: Mrs Holcombe und ihr gänzlich untalentierter Sohn Edward, dem er während seiner Zeit in Helston einige qualvolle Wochen lang Zeichenunterricht erteilt hatte.

»Hallo, Edward.« Daniel beugte sich vor, um dem kleinen Jungen die Hand zu schütteln, dann verneigte er sich vor dessen Mutter. »Mrs Holcombe.«

Bis zu diesem Moment hatte Daniel kaum über seine Garderobe nachgedacht, während er sich durch die Zeit bewegte. Es kümmerte ihn nicht, was irgendjemand auf der Straße von seinen modernen grauen Baumwollhosen hielt oder ob der Schnitt seines weißen Oxford-Hemdes seltsam aussah, verglichen mit den Hemden der anderen Männer in der Stadt. Aber wenn er Leuten über den Weg lief, die ihn vor fast zweihundert Jahren gekannt hatten, während er die Kleider trug, die er vor zwei Tagen zum Thanksgiving-Fest von Luce' Eltern getragen hatte, könnte sich das herumsprechen.

Daniel wollte keine Aufmerksamkeit erregen. Nichts durfte seiner Suche nach Luce im Wege stehen. Er würde einfach andere Kleidung finden müssen. Nicht dass die Holcombes etwas bemerkt hätten. Glücklicherweise war Daniel in eine Zeit zurückgekehrt, die ihn als »exzentrischen« Maler gekannt hatte.

»Edward, zeig Mr Grigori, was Mama dir gerade gekauft hat«, sagte Mrs Holcombe und strich ihrem Sohn über das borstige Haar.

Der Junge förderte widerstrebend einen kleinen Malkasten aus einem Ranzen zutage. Fünf Glastöpfe mit Ölfarbe und ein langer roter Pinsel mit Holzgriff.

Daniel brachte die erforderlichen Komplimente vor – darüber, dass Edward ein sehr glücklicher kleiner Junge sei, einer, dessen Talent jetzt die geziemenden Werkzeuge habe –, während er versuchte, nicht allzu offensichtlich an den beiden vorbeizublicken und nach der schnellsten Möglichkeit Ausschau zu halten, wie er dem Gespräch entfliehen konnte.

»Edward ist ein so begabtes Kind«, beharrte Mrs Holcombe und ergriff Daniels Arm. »Das Problem ist, er findet Ihre Zeichenlektionen eine kleine Spur weniger aufregend, als ein Junge seines Alters das erwartet. Das ist der Grund, warum ich ihm ein richtiges Farbset gekauft habe, das es ihm vielleicht ermöglichen wird, wirklich zu sich selbst zu finden. Als *Künstler*. Sie verstehen, Mr Grigori?«

»Ja, ja, natürlich«, bestätigte Daniel. »Geben Sie ihm

alles, was ihn dazu bringt, malen zu wollen. Ein hervorragender Plan ...«

Kälte breitete sich in ihm aus und ließ ihm die Worte in der Kehle stocken.

Cam war gerade aus einem Pub auf der anderen Straßenseite getreten.

Einen Moment lang schäumte Daniel vor Wut. Er hatte vollkommen klargemacht, dass er keine Hilfe von den anderen wollte. Unwillkürlich ballte er die Fäuste und machte einen Schritt auf Cam zu, aber dann ...

Natürlich. Dies war Cam aus der Helston-Ära. Und so wie es aussah, amüsierte Cam sich großartig in seinen eleganten, gestreiften, spitz zulaufenden Baumwollhosen und der viktorianischen Hausmütze. Sein schwarzes Haar war lang und fiel ihm knapp bis über die Schultern. Er lehnte sich an die Tür des Pubs und scherzte mit drei anderen Männern.

Cam holte eine Zigarre mit Goldspitze aus einem viereckigen Metalletui. Er hatte Daniel noch nicht gesehen. Sobald er es tat, würde ihm das Lachen vergehen. Von Anfang an war Cam häufiger durch die Verkünder gereist als alle anderen gefallenen Engel. Er war auf eine Weise ein Experte, wie Daniel es niemals sein konnte: Das war eine Gabe jener, die sich auf Luzifers Seite geschlagen hatten – sie besaßen ein Talent für das Reisen durch die Schatten der Vergangenheit.

Ein einziger Blick auf Daniel würde diesem viktorianischen Cam verraten, dass sein Rivale ein Anachronismus war.

Ein Mann außerhalb der Zeit.

Cam würde begreifen, dass etwas Großes im Gange war.

Und danach würde Daniel ihn nicht mehr überraschen oder erschüttern können.

»Sie sind so überaus großzügig, Mr Grigori.« Mrs Holcombe plapperte immer weiter, hielt Daniel immer noch am Hemdsärmel gefasst.

Cam drehte den Kopf langsam in seine Richtung.

»Nicht der Rede wert.« Daniels Worte überschlugen sich förmlich. »Also, wenn Sie mich entschuldigen würden« – er löste ihre Finger von seinem Arm –, »ich muss … mir neue Kleider kaufen.«

Er machte eine schnelle Verbeugung und eilte durch die Tür des nächsten Ladens.

»Mr Grigori …« Mrs Holcombe schrie seinen Namen geradezu.

Daniel verfluchte sie im Stillen und tat so, als sei er außer Hörweite, was lediglich dazu führte, dass sie umso lauter rief. »Aber das ist ein Damenschneider. Mr Grigori!«, rief sie und legte beide Hände um den Mund.

Daniel war bereits im Laden. Die Glastür krachte hinter ihm ins Schloss, und die Glocke, die an der Angel befestigt war, läutete. Hier konnte er sich verstecken, zumindest für ein paar Minuten, in der Hoffnung, dass Cam ihn weder gesehen noch Mrs Holcombes schrille Stimme vernommen hatte.

Im Laden war es still und es roch nach Lavendel. Schuhe mit starken Absätzen hatten die Holzböden abgenutzt und auf den Regalen an den Wänden stapelten sich bis zur Decke Ballen mit bunten Stoffen. Daniel ließ den Spitzenvorhang über dem Fenster herunter, sodass man ihn von der Straße weniger gut würde sehen können. Als er sich umdrehte, erblickte er im Spiegel eine weitere Person im Laden.

Er schluckte ein Stöhnen überraschter Erleichterung herunter.

Er hatte sie gefunden.

Luce probierte ein langes weißes Musselinkleid an. Um den Ausschnitt lief ein gelbes Band, das das unglaubliche Haselnussbraun ihrer Augen schön zur Geltung brachte. Das Haar hatte sie auf einer Seite zurückgebunden und mit einer perlenbesetzten Blumennadel festgesteckt. Sie prüfte den Fall der Ärmel von den Schultern und betrachtete sich aus jedem Winkel im Spiegel. Daniel bewunderte jeden einzelnen davon.

Er wollte nichts, als sie anhimmeln, aber dann riss er sich zusammen. Er stolzierte auf sie zu und packte sie am Arm.

»Das geht jetzt lange genug so.« Noch während er sprach, überwältigte Daniel das köstliche Gefühl ihrer Haut unter seiner Hand. Das letzte Mal hatte er sie in der Nacht berührt, in der er gedacht hatte, er habe sie an die Outcasts verloren. »Hast du eine Ahnung, wie sehr du mich erschreckt hast? Du bist hier allein nicht sicher«, sagte er.

Luce begann nicht mit Daniel zu streiten, wie er erwartet hatte. Stattdessen schrie sie und schlug ihm kräftig ins Gesicht.

Denn es war nicht Luce. Es war Lucinda.

Und was noch schlimmer war, sie waren sich in diesem Leben noch nicht begegnet. Sie musste gerade mit ihrer Familie aus London zurückgekommen sein. Sie und Daniel mussten kurz davor stehen, sich auf dem Sommersonnenwendfest der Constances kennenzulernen.

All das wurde ihm jetzt bewusst, während sich auf Lucindas Gesicht der Schock abzeichnete.

»Welchen Tag haben wir heute?«, fragte er verzweifelt.

Sie würde ihn für wahnsinnig halten. Er war zu verliebt, als dass er den Unterschied zwischen dem Mädchen, das er bereits verloren hatte, und dem, das er retten musste, von der anderen Seite des Raums hatte erkennen können.

»Es tut mir leid«, flüsterte er. Das war genau der Grund, warum er als Anachronismus so schrecklich war. Er verlor sich in den kleinsten Dingen. Eine einzige Berührung ihrer Haut. Ein einziger Blick in ihre dunklen haselnussbraunen Augen. Ein Hauch des parfümierten Puders an ihrem Haaransatz. Ein geteilter Atemzug in dem engen Raum dieses winzigen Ladens.

Lucinda zuckte zusammen, als sie seine Wange betrachtete. Im Spiegel war sie leuchtend rot. Ihr Blick wanderte zu seinen Augen – und er hatte das Gefühl, als würde sein Herz zusammenschrumpfen. Ihre rosigen Lippen teilten sich und sie legte den Kopf leicht nach rechts. Sie sah ihn an wie eine Frau, die bis über beide Ohren verliebt war.

Nein.

Dies sollte auf eine ganz bestimmte Art und Weise passieren. Auf die Weise, wie es passieren *musste.* Sie sollten sich bis zu diesem Fest nicht kennenlernen. So sehr Daniel ihr Schicksal verfluchte, er würde die Leben, die sie zuvor gelebt hatte, nicht durcheinanderbringen. Sie waren das, was dafür sorgte, dass sie immer wieder zu ihm zurückkam.

Er versuchte so desinteressiert und finster wie nur möglich zu wirken. Er verschränkte die Arme vor der Brust, verlagerte sein Gewicht, um mehr Raum zwischen ihnen zu schaffen, und schaute überallhin, nur nicht dorthin, wo er hinschauen wollte. In ihre Richtung.

»Es tut mir leid«, murmelte Lucinda und presste sich beide Hände aufs Herz. »Ich weiß nicht, was über mich gekommen ist. Ich habe noch *nie* so etwas getan ...«

Daniel würde jetzt nicht mit ihr streiten, obwohl sie ihn im Laufe der Jahre so oft geohrfeigt hatte, dass Arriane in einem kleinen Spiralblock unter der Überschrift »Frech gewesen« eine Strichliste führte.

»Mein Fehler«, erwiderte er schnell. »Ich – habe Sie verwechselt.« Er hatte sich bereits zu sehr in die Vergangenheit eingemischt, zuerst mit Lucia in Mailand und jetzt hier. Er begann zurückzuweichen.

»Warten Sie.« Sie streckte die Hand nach ihm aus. Ihre Augen waren entzückende haselnussbraune Lichtkugeln, die ihn zurückzogen. »Ich habe fast das Gefühl, als würden wir einander tatsächlich kennen, obwohl ich mich nicht recht erinnern kann ...«

»Ich fürchte, da irren Sie sich.«

Er hatte es mittlerweile bis zur Tür geschafft und teilte die Vorhänge am Fenster, um festzustellen, ob Cam noch draußen war. Er war es.

Cam stand mit dem Rücken zum Laden und gestikulierte lebhaft. Gewiss erzählte er irgendeine erfundene Geschichte, in der er der Held war. Er konnte sich bei der leisesten Provokation umdrehen. Und Daniel wäre ertappt.

»Bitte, Sir – bleiben Sie.« Lucinda eilte auf Daniel zu. »Wer sind Sie? Ich glaube, ich kenne Sie. Bitte. Warten Sie.«

Er würde sein Glück auf der Straße versuchen müssen. Auf keinen Fall konnte er hier bei Lucinda bleiben. Nicht wenn sie sich so benahm. Nicht wenn sie sich in die falsche Version seines Selbst verliebte. Er hatte dieses Leben schon einmal gelebt, und das war nicht die Art, wie es geschehen war. Also musste er fliehen.

Es brachte Daniel beinahe um, sie zu ignorieren, sich von Lucinda abzuwenden, obwohl alles in seiner Seele ihm sagte, dass er sich umdrehen und direkt zurück zum Klang ihrer Stimme fliehen solle, zurück in die Wärme ihrer Umarmung und ihrer Lippen, zurück zu der fesselnden Macht ihrer Liebe.

Er riss die Ladentür auf, flüchtete die Straße hinunter und rannte auf den Sonnenuntergang zu, rannte, so schnell er konnte. Es scherte ihn nicht im Mindesten, wie es für alle anderen in der Stadt aussehen musste. Er rannte vor dem Feuer in seinen Flügeln davon.

Sieben

Sonnenwende

Luce' Hände waren verbrüht und fleckig und schmerzten inzwischen bis zu den Knochen.

Seit sie vor drei Tagen im Herrenhaus der Constances in Helston in Dienst genommen worden war, hatte sie kaum mehr getan, als einen endlosen Stapel Geschirr zu spülen. Sie arbeitete von Sonnenaufgang bis Sonnenuntergang und schrubbte Teller und Schalen und Saucieren und ganze Berge von Silberbesteck, bis am Ende ihres Tages ihre neue Chefin, Miss McGovern, das Abendessen für das Küchenpersonal bereitstellte: einen traurigen Teller mit kaltem Fleisch, trockene Käsebrocken und einigen harten Brötchen. Jeden Abend fiel Luce nach dem Essen auf der Dachbodenpritsche, die sie sich mit Henrietta teilte, in einen traumlosen, zeitlosen Schlaf. Henrietta war Küchenmagd wie sie, ein rothaariges, dralles Mädchen mit vorstehenden Zähnen, das aus Penzance nach Helston gekommen war.

Wie konnte ein einziger Haushalt so viel Geschirr schmutzig machen, dass zwei Mädchen zwölf Stunden pausenlos arbeiten mussten? Aber es kamen immer neue Körbe mit von Essensresten verkrusteten Tellern, und Miss McGovern hielt den Blick ihrer Knopfaugen auf Luce'

Spülbecken geheftet. Alle auf dem Gut waren aufgeregt wegen der Sonnenwendfeier am Mittwochabend, aber für Luce bedeutete sie nur noch mehr Geschirr. Sie starrte voller Verachtung in den Messingzuber mit schmutzigem Wasser.

»Das ist *nicht* das, was mir vorschwebte«, murmelte sie in Bills Richtung, der am Rand des Schranks neben ihrem Waschzuber schwebte. Sie hatte sich noch immer nicht daran gewöhnt, die Einzige in der Küche zu sein, die ihn sehen konnte. Es machte sie jedes Mal nervös, wenn er über anderen Mitgliedern des Personals schwebte und schmutzige Witze riss, die nur Luce hören konnte und über die niemand – außer Bill – jemals lachte.

»Ihr Kinder der Jahrtausendwende habt absolut keine Arbeitsmoral«, bemerkte er. »Übrigens, du musst leise sprechen.«

Luce nahm die zusammengebissenen Zähne auseinander. »Wenn das Schrubben dieser widerwärtigen Suppenterrine irgendetwas damit zu tun hätte, meine Vergangenheit zu verstehen, würde dir angesichts meiner *Arbeitsmoral* ganz schwindelig werden. Aber dies ist sinnlos.« Sie wedelte mit einer gusseisernen Kasserolle vor Bills Gesicht herum. Der Griff war glitschig von Schweinefett. »Ganz zu schweigen davon, wie übelkeiterregend es ist.«

Luce wusste, dass ihre Frustration nichts mit dem Geschirr zu tun hatte. Sie klang wahrscheinlich wie ein verzogenes Balg. Aber seit sie mit der Arbeit hier begonnen hatte, war sie kaum je einmal draußen gewesen. Sie hatte den Helstoner Daniel seit der ersten kurzen Begegnung im Garten nicht mehr gesehen und hatte keine Ahnung, wo ihr früheres Ich war. Sie war einsam und teilnahmslos und auf eine Weise niedergeschmettert, wie sie es seit den schreck-lichen ersten Tagen in der Sword & Cross nicht mehr gewesen war, bevor sie Daniel gehabt hatte, bevor sie irgendjeman-den gehabt hatte, auf den sie wirklich zählen konnte.

Sie hatte Daniel im Stich gelassen, Miles und Shelby, Arriane und Gabbe, Callie und ihre Eltern – und das alles wofür? Um eine Spülmagd zu sein? Nein, um diesen Fluch zu entwirren, etwas, von dem sie nicht einmal wusste, ob sie dazu in der Lage war. Bill dachte also, sie sei zimperlich. Sie konnte es nicht ändern. Sie war kurz vor einem Zusammen-bruch.

»Ich hasse diesen Job. Ich hasse dieses Haus. Ich hasse diese blöde Sonnenwendfeier und dieses blöde Fasanen-Soufflé ...«

»Lucinda wird heute Abend auf dem Fest sein«, sagte Bill plötzlich. Seine Stimme klang aufreizend gelassen. »Zufällig *liebt* sie das Fasanen-Soufflé der Constances.« Er flatterte em-por und setzte sich im Schneidersitz auf die Theke, wobei er den Kopf um unheimliche dreihundertsechzig Grad drehte, um sich davon zu überzeugen, dass sie beide allein waren.

»Lucinda wird da sein?« Luce ließ die Kasserolle und ihre Spülbürste in den Zuber fallen. »Ich werde mit ihr reden. Ich werde diese Küche verlassen und ich werde mit ihr reden.«

Bill nickte, als sei das von Anfang an der Plan gewesen. »Vergiss nur deine Position nicht. Wenn eine künftige Ver-sion von dir bei irgendeiner Internatsparty von dir aufge-taucht wäre und dir erzählt hätte ...«

»*Ich* hätte es wissen wollen«, unterbrach Luce ihn. »Was immer es wäre, ich hätte darauf bestanden, alles zu erfah-ren. Ich wäre gestorben, um es zu erfahren.«

»Hmmm-hmmm. Nun.« Bill zuckte die Achseln. »Lucinda wird das nicht so sehen. Das kann ich dir garantieren.«

»Das ist unmöglich.« Luce schüttelte den Kopf. »Sie ist ... ich.«

»Nein. Sie ist eine Version von dir, die in einer ganz anderen Welt von ganz anderen Eltern großgezogen wurde. Ihr teilt eine *Seele*, aber sie ist ganz anders als du. Du wirst schon sehen.« Er schenkte ihr ein kryptisches Grinsen. »Geh einfach vorsichtig zu Werke.« Bills Blick flog zur Tür an der vorderen Seite der großen Küche, die abrupt aufgerissen wurde. »Immer munter bleiben, Luce.«

Er ließ die Füße in den Spülzuber platschen und stieß einen heiseren, zufriedenen Seufzer aus, gerade als Miss McGovern eintrat und Henrietta am Ellbogen hinter sich herzog. Die Vorsteherin des weiblichen Hauspersonals listete die Gänge für die Abendmahlzeit auf.

»Nach den gedämpften Pflaumen ...«, leierte sie dumpf.

Auf der anderen Seite der Küche flüsterte Luce Bill zu: »Wir werden dieses Gespräch fortsetzen.«

Seine steinernen Füße spritzten Seifenschaum auf ihre Schürze. »Darf ich dir den Rat geben, während der Arbeit nicht mit deinen unsichtbaren Freunden zu reden? Die Leute werden dich sonst für verrückt halten.«

»Ich frage mich langsam selbst, ob ich verrückt bin.« Luce seufzte und richtete sich auf. Sie wusste, dass sie jetzt nicht mehr aus Bill herausholen würde, zumindest bis die anderen gegangen waren.

»Ich erwarte, dass du und Myrtle heute Abend tipptopp ausseht«, sagte Miss McGovern laut und mit einem kurzen Seitenblick auf Luce zu Henrietta.

Myrtle. Der Name, den Bill für die Empfehlungsschreiben erfunden hatte.

»Ja, Miss«, sagte Luce tonlos.

»Ja, Miss!« In Henriettas Antwort lag kein Sarkasmus. Luce konnte Henrietta ganz gut leiden, wenn sie darüber hinwegsah, wie dringend das Mädchen ein Bad brauchte.

Sobald Miss McGovern wieder aus der Küche verschwunden war, hüpfte Henrietta auf den Tisch neben Luce und ließ ihre schwarzen Stiefel hin und her baumeln. Sie hatte keine Ahnung, dass Bill direkt neben ihr saß und ihre Bewegungen nachäffte.

»Lust auf eine Pflaume?«, fragte Henrietta, holte zwei rubinfarbene Kugeln aus ihrer Schürzentasche und hielt eine davon Luce hin.

Was Luce an dem Mädchen am meisten mochte, war die Tatsache, dass sie niemals einen Finger krumm machte, es sei denn, die Chefin war im Raum. Sie bissen jeder in ihre Frucht und grinsten, als ihnen der süße Saft aus den Mundwinkeln rann.

»Ich dachte, ich hätte dich vorhin hier drin mit jemandem reden hören«, bemerkte Henrietta und zog eine Augenbraue hoch. »Hast du dir einen Freund angelacht, Myrtle? Oh, sag bitte nicht, es sei Harry, der Stallbursche! Er ist ein Schweinehund, dieser Kerl.«

Genau in diesem Moment schwang die Küchentür wieder auf, woraufhin beide Mädchen zusammenzuckten, ihre Früchte fallen ließen und so taten, als schrubbten sie die nächstbesten Teller.

Luce erwartete Miss McGovern, aber an deren Stelle kamen zwei Mädchen in schönen, zusammenpassenden Kleidern aus weißer Seide hereingestürmt. Die beiden

kreischten vor Lachen, während sie einander durch die ver-
dreckte Küche jagten.

Eine von ihnen war Arriane.

Die andere – Luce brauchte einen Moment, um sie einzuordnen – war Annabelle. Das Mädchen mit dem pinkfar-
benen Haar, das Luce auf dem Elterntag kurz gesehen hatte,
damals in der Sword & Cross. Sie hatte sich als Arrianes
Schwester vorgestellt.

Eine Schwester.

Henrietta hielt den Blick gesenkt, als sei dieses Fangenspiel in der Küche das Normalste auf der Welt, als würde sie
vielleicht Ärger bekommen, wenn sie auch nur so tat, als
sehe sie die beiden Mädchen – die gewiss weder Luce noch
Henrietta wahrnahmen. Für sie konnten Dienstboten nicht
viel mehr sein als das übrige schmutzige Inventar der
Küche, als Töpfe, Pfannen und Spülzuber.

Arriane und Annabelle trieben es aber auch wirklich
toll. Als sie sich an dem Tisch, auf dem die Pasteten gemacht
wurden, vorbeizwängten, schnappte Arriane sich eine
Handvoll Mehl von der Marmorplatte und warf sie Annabelle ins Gesicht.

Für einen Sekundenbruchteil schien es so, als würde
Annabelle wütend; aber dann lachte sie nur um so ausgelas-
sener, schnappte sich selbst eine Handvoll Mehl und warf
sie nach Arriane.

Beide Mädchen rangen nach Luft, als sie durch die Hintertür stürmten, hinaus in den kleinen Garten, der zu dem
großen Garten führte, wo tatsächlich die Sonne schien und
wo vielleicht Daniel war und wohin Luce ihnen brennend
gern gefolgt wäre.

Luce hätte nicht sagen können, was sie empfand, selbst

wenn sie es versucht hätte – Schock oder Verlegenheit, Staunen oder Frustration?

All das musste auf ihrem Gesicht zu lesen gewesen sein, denn Henrietta musterte sie wissend und beugte sich vor, um ihr zuzuflüstern: »Diese beiden sind gestern Abend eingetroffen. Irgendjemandes Cousinen aus London, die für das Fest in die Stadt gekommen sind.« Sie ging zum Pastetentisch. »Sie haben mit ihren Mätzchen beinahe die Erdbeerpastete ruiniert. Oh, es muss wunderschön sein, wenn man reich ist. Vielleicht in unserem nächsten Leben, was, Myrtle?«

»Ha.« Mehr brachte Luce nicht heraus.

»Ich muss jetzt traurigerweise den Tisch decken«, bemerkte Henrietta und klemmte sich einen Stapel Porzellan unter ihren fleischigen, rosigen Arm. »Wie wär's, wenn du eine Handvoll Mehl bereithalten würdest, das du werfen kannst, falls die beiden Mädchen auf dem gleichen Weg zurückkommen?« Sie zwinkerte Luce zu, drückte mit ihrer breiten Kehrseite die Tür auf und verschwand im Flur.

Jemand anderer erschien an ihrer Stelle: ein Junge, der ebenfalls Dienstbotenkleidung trug. Sein Gesicht war hinter einer riesigen Kiste mit Lebensmitteln verborgen. Er stellte sie auf den Tisch auf der anderen Seite der Küche.

Beim Anblick seines Gesichtes schreckte Luce zusammen. Nachdem sie gerade Arriane gesehen hatte, war sie jetzt zumindest ein wenig besser vorbereitet.

»Roland!«

Er zuckte kurz zusammen, als er sie sah, fing sich dann aber rasch wieder. Nur brachte er es nicht fertig, den Blick von ihren Kleidern abzuwenden. Er zeigte auf ihre Schürze. »Warum bist du so angezogen?«

Luce zupfte an dem Band ihrer Schürze und zog sie aus. »Ich bin nicht die, für die du mich hältst.«

Er trat vor sie hin und musterte sie, wobei er den Kopf geringfügig nach links drehte und dann nach rechts. »Nun, du bist einem anderen Mädchen, das ich kenne, wie aus dem Gesicht geschnitten. Seit wann treiben sich die Biscoes in der Spülküche herum?«

»Die Biscoes?«

Roland zog erheitert eine Augenbraue hoch. »Oh, ich kapier schon. Du spielst jemand anderen. Wie nennst du dich denn?«

»Myrtle«, antwortete Luce kläglich.

»Und du bist nicht die Lucinda Biscoe, der ich vor zwei Tagen auf der Terrasse das Quittentörtchen serviert habe?«

»Nein.« Luce wusste nicht, was sie sagen sollte, wie sie ihn überzeugen konnte. Sie drehte sich hilfesuchend zu Bill um, aber er war selbst für sie unsichtbar geworden. Natürlich. Roland, gefallener Engel, der er war, hätte Bill sehen können.

»Was würde Miss Biscoes Vater sagen, wenn er seine Tochter hier unten sehen würde, bis zu den Ellbogen im Fett?« Roland lächelte. »Da spielst du ihm aber einen hübschen Streich.«

»Roland, es ist kein …«

»Warum versteckst du dich überhaupt vor denen da oben?« Roland machte eine ruckartige Kopfbewegung in Richtung Garten.

Ein blechernes Rumoren in dem Schrank zu Luce' Füßen offenbarte ihr, wo Bill sich verborgen hielt. Er schien ihr eine Art Signal zu senden, obwohl sie keine Ahnung hatte, was es bedeuten sollte. Bill wollte wahrscheinlich, dass sie den Mund hielt, aber was konnte er schon machen? Herauskommen und sie aufhalten vielleicht?

Auf Rolands Stirn hatte sich eine dünne Schweißschicht gebildet. »Sind wir allein, Lucinda?«

»Absolut.«

Er legte den Kopf schräg und sah sie abwartend an. »Ich habe aber nicht das *Gefühl*, dass wir allein sind.«

Die einzige weitere Person im Raum war Bill. Wie konnte Roland ihn spüren, während Arriane das nicht getan hatte?

»Hör mal, ich bin nicht wirklich das Mädchen, für das du mich hältst«, wiederholte Luce. »Ich bin *eine* Lucinda, aber ich – ich bin aus der Zukunft hierher gekommen – es ist schwer zu erklären.« Sie holte tief Luft. »Ich wurde in Thunderbolt in Georgia geboren … 1992.«

»*Oh.*« Roland schluckte. »Nun, nun.« Er schloss die Augen und begann sehr langsam zu sprechen: »Und die Sterne am Himmel fallen auf die Erde wie Feigen, die in einem Sturm von einem Baum gerissen werden …«

Die Worte waren kryptisch, aber Roland rezitierte sie seelenvoll, beinahe als zitiere er eine Lieblingszeile aus einem alten Bluessong. Der Art Song, die sie ihn auf einer Karaokeparty in der Sword & Cross hatte singen hören. Im nächsten Moment erschien er ihr wie der Roland, den sie von Zuhause kannte, als sei er für eine kurze Zeit aus seiner viktorianischen Rolle geschlüpft.

Nur dass da noch etwas anderes an seinen Worten war. Luce kannte sie von irgendwoher. »Was ist das? Was bedeutet das?«, fragte sie.

Der Schrank klapperte abermals. Lauter diesmal.

»Nichts.« Roland öffnete die Augen und war wieder ganz Viktorianer. Seine Hände waren hart und schwielig, und

126

seine Bizepse waren größer, als sie sie von daheim kannte. Die Kleider klebten ihm schweißnass an der dunklen Haut. Er wirkte müde. Eine schwere Traurigkeit überwältigte Luce.

»Du bist hier ein Dienstbote?«, fragte sie. »Die anderen – Arriane – können herumlaufen und ... aber du musst arbeiten, nicht wahr? Nur weil du ...«

»Schwarz bist?«, beendete Roland ihren Satz und hielt ihren Blick fest, bis sie unbehaglich wegschaute. »Mach dir um mich keine Sorgen, Lucinda. Ich habe Schlimmeres erlitten als die Narreteien der Sterblichen. Außerdem wird mein Tag kommen.«

»Es wird besser werden«, erwiderte sie. Sie hatte das Gefühl, dass jeder Trost, den sie ihm spendete, nichtig und belanglos sein würde, und sie fragte sich, ob das, was sie sagte, wirklich wahr war. »Menschen können schrecklich sein.«

»Nun. Wir müssen uns keine allzu großen Sorgen um sie machen, nicht wahr?« Roland lächelte. »Was hat dich überhaupt hierher zurückgeführt, Lucinda? Weiß Daniel davon? Und Cam?«

»Cam ist ebenfalls hier?« Luce hätte nicht überrascht sein sollen, aber sie war es.

»Wenn mein Timing stimmt, ist er wahrscheinlich gerade in die Stadt gekommen.«

Luce konnte sich darüber jetzt nicht den Kopf zerbrechen. »Daniel weiß es nicht, noch nicht«, gab sie zu. »Aber ich muss ihn finden, und Lucinda ebenfalls. Ich muss wissen ...«

»Hör mal«, sagte Roland und wich mit erhobenen Händen vor Luce zurück, beinahe so, als sei sie radioaktiv. »Du hast mich heute hier nicht gesehen. Wir haben dieses

Gespräch nicht geführt. Aber du kannst nicht einfach zu Daniel gehen ...«

»Ich weiß«, antwortete sie. »Er wird ausflippen.«

»Ausflippen?« Roland probierte die seltsam klingende Phrase aus und brachte Luce damit fast zum Lachen. »Wenn du meinst, er würde sich vielleicht in *dieses* Du verlieben« – er zeigte auf sie –, »dann ja. Es ist wirklich ziemlich gefährlich. Du bist eine Touristin hier.«

»Na schön, dann bin ich eine Touristin. Aber ich kann zumindest mit ihnen sprechen.«

»Nein, kannst du nicht. Du lebst nicht in diesem Leben.«

»Das will ich ja auch gar nicht. Ich will nur wissen, *warum* ...«

»Dass du hier bist, stellt eine Gefahr dar – für dich, für sie, für alles. Verstehst du das?«

Luce verstand es nicht. Wie konnte sie gefährlich sein? »Ich will nicht hier*bleiben*, ich will bloß wissen, warum das zwischen mir und Daniel immer wieder geschieht – ich meine, zwischen dieser Lucinda und Daniel.«

»Das ist genau das, was ich meine.« Roland strich sich mit der Hand übers Gesicht und sah sie mit einem harten Blick an. »Hör mir zu: Du kannst sie aus der Ferne beobachten. Du kannst – ich weiß nicht – durch die Fenster schauen. Solange du weißt, dass nichts hier dir gehört.«

»Aber warum kann ich nicht einfach mit ihnen *reden*?«

Er ging zur Tür und verschloss und verriegelte sie. Als er sich wieder umdrehte, war sein Gesicht ernst. »Hör mir zu, es ist *möglich*, dass du etwas tun könntest, das deine Vergangenheit verändert, etwas, das Wellen durch die Zeit schlägt und die Geschichte umschreibt, sodass du – die zukünftige Lucinda – verändert sein wirst.«

»Also werde ich vorsichtig sein ...«

»Das ist nicht möglich. Du bist ein Elefant im Porzellanladen der Liebe. Du wirst unmöglich wissen können, was du zerbrochen hast oder wie kostbar es vielleicht ist. Keine Veränderung, die du herbeiführst, wird offensichtlich sein. Es wird kein großes Schild geben mit der Aufschrift: WENN DU NACH RECHTS ABBIEGST, WIRST DU EINE PRINZESSIN SEIN, WÄHREND DU, WENN DU NACH LINKS ABBIEGST, FÜR IMMER EINE SPÜLMAGD BLEIBEN WIRST.«

»Komm schon, Roland, denkst du nicht, ich hätte etwas höhere Ziele als Prinzessin zu werden?«, gab Luce scharf zurück.

»Liege ich vielleicht richtig in der Annahme, dass es einen Fluch gibt, dem du ein Ende bereiten willst?«

Luce blinzelte ihn an und kam sich dumm vor.

»Also schön, viel Glück!« Roland lachte strahlend. »Aber wenn du Erfolg hast, wirst du es nicht wissen, meine Liebe. Der genaue *Augenblick*, in dem du deine Vergangenheit änderst? Dieses Ereignis wird so sein, wie es *immer gewesen ist*. Und alles, was danach kommt, wird so sein, wie es immer war. Die Zeit räumt hinter sich auf, und du bist ein Teil davon, also wirst du den Unterschied nicht merken.«

»Ich muss es merken«, sagte sie und hoffte, dass es wahr werden würde, indem sie die Worte laut aussprach. »Gewiss würde ich ein Gefühl haben ...«

Roland schüttelte den Kopf. »Nein. Aber mit ziemlicher Sicherheit würdest du, bevor du etwas Gutes bewirken könntest, die Zukunft verzerren, indem du den Daniel dieser Ära dazu bringst, sich in *dich* zu verlieben statt in Lucinda Biscoe, diesen snobistischen Hohlkopf.«

»Ich muss sie kennenlernen. Ich muss herausfinden, warum sie einander lieben ...«

Roland schüttelte abermals den Kopf. »Es wäre noch *schlimmer*, wenn du dich mit deinem vergangenen Ich einlassen würdest, Lucinda. Daniel kennt die Gefahren zumindest und kann aufpassen, um die Zeit nicht drastisch zu verändern. Aber Lucinda Biscoe? Sie weiß *gar nichts*.«

»Keiner von uns tut das«, stieß Luce hervor, die plötzlich einen Kloß in der Kehle hatte.

»Diese Lucinda, ihr bleibt nicht mehr viel Zeit. Lass sie die mit Daniel verbringen. Lass sie glücklich sein. Wenn du in ihre Welt eintrittst und alles für sie veränderst, könnte es sich auch für dich verändern. Und das könnte überaus bedauerlich sein.«

Roland klang wie eine nettere, weniger sarkastische Version von Bill. Luce wollte nichts mehr über all die Dinge hören, die sie nicht tun konnte, nicht tun sollte. Wenn sie nur mit ihrem früheren Ich reden konnte ...

»Was wäre, wenn Lucinda *mehr* Zeit haben könnte?«, fragte sie. »Was, wenn ...«

»Es ist unmöglich. Wenn überhaupt, wirst du ihr Ende nur noch beschleunigen. Du wirst nichts verändern, indem du mit Lucinda plauderst. Du wirst lediglich neben deinem gegenwärtigen auch deine früheren Leben vermasseln.«

»Mein gegenwärtiges Leben ist nicht vermasselt. Und ich kann die Dinge in Ordnung bringen. Ich muss es tun.«

»Ich nehme an, das bleibt abzuwarten. Lucinda Biscoes Leben ist vorüber, aber dein Ende ist noch nicht geschrieben worden.« Roland wischte sich die Hände an seinen Hosenbeinen ab. »Vielleicht *gibt* es irgendeine Veränderung, die du in deinem Leben herbeiführen kannst, in der großartigen Geschichte von dir und Daniel. Aber das wirst du nicht hier tun.«

Während Luce spürte, wie ihre Lippen sich zu einem Schmollmund versteiften, wurde Rolands Miene weicher.

»Hör mal«, sagte er. »Zumindest bin *ich* froh darüber, dass du hier bist.«

»Wirklich?«

»Niemand sonst wird dir das sagen, aber wir halten dir alle die Daumen. Ich weiß nicht, was dich hierher gebracht hat oder wie die Reise überhaupt möglich war. Aber ich denke, dass es ein gutes Zeichen ist.« Er musterte sie, bis sie sich lächerlich vorkam. »Du findest langsam zu deinem wahren Wesen zurück, oder?«

»Ich weiß nicht«, antwortete Luce. »Ich denke, ja. Ich versuche einfach zu verstehen.«

»Gut.«

Im Flur erklangen Stimmen und Roland trat schnell von Luce weg und auf die Tür zu. »Bis heute Abend«, sagte er, entriegelte die Tür und schlüpfte leise hinaus.

Sobald Roland fort war, schwang die Schranktür auf und schlug ihr gegen die Beine. Bill hüpfte heraus und rang lautstark nach Luft, als habe er die ganze Zeit über den Atem angehalten.

»Ich könnte dir den Hals umdrehen!«, sagte er mit wogender Brust.

»Ich weiß nicht, warum du so außer Atem bist. Es ist nicht so, als würdest du überhaupt atmen.«

»Das ist Show! All die Mühe, die ich auf mich nehme, um dich hier zu tarnen, und du gehst hin und outest dich bei dem ersten Burschen, der durch die Tür spaziert kommt.«

Luce verdrehte die Augen. »Roland wird keine große

Sache daraus machen, dass er mich hier gesehen hat. Er ist cool.«

»Oh, er ist *so* cool«, sagte Bill. »Er ist *so* klug. Wäre er wirklich so toll, dann hätte er dir wohl erklärt, dass man sich *keinesfalls* von seiner eigenen Vergangenheit fernhalten soll!« Er machte eine theatralische Pause und riss die steinernen Augen auf. »Und wie man in ihr *Innerstes* gelangt.«

Jetzt beugte sie sich zu ihm herunter. »Wovon redest du eigentlich?«

Er verschränkte die Arme vor der Brust und wackelte mit seiner steinernen Zunge. »Das sag ich nicht.«

»Bill!«, flehte Luce.

»Jedenfalls jetzt noch nicht. Lass uns zuerst sehen, wie du dich heute Abend hältst.«

Ein Weilchen vor Einbruch der Abenddämmerung erzielte Luce ihren ersten Fortschritt in Helston. Unmittelbar vor dem Essen verkündete Miss McGovern dem Küchenpersonal, dass die Dienstboten, die vorn im Haus arbeiteten, für das Fest einige zusätzliche helfende Hände benötigten. Luce und Henrietta, die beiden jüngsten Spülmägde und die beiden Mädchen, die am meisten darauf brannten, das Fest aus der Nähe zu sehen, waren die Ersten, die die Hände hochrissen, um sich freiwillig zu melden.

»Schön, schön.« Miss McGovern notierte sich die Namen beider Mädchen, und ihr Blick verweilte kurz auf Henriettas fettigem Haar. »Unter der Voraussetzung, dass du badest. Ihr beide. Ihr stinkt nach Zwiebeln.«

»Ja, Miss«, zirpten beide Mädchen, obwohl Henrietta sich, sobald ihre Chefin den Raum verlassen hatte, zu Luce umdrehte. »Vor diesem Fest ein Bad nehmen? Und riskieren, dass meine Finger aussehen wie verschrumpelte Pflaumen? Die Miss ist verrückt!«

Luce lachte, bevor sie mit gut verhehlter Begeisterung eine runde Zinkwanne füllte. Sie hatten nicht genug kochendes Wasser, um das Bad richtig heiß zu machen, aber trotzdem schwelgte sie genüsslich in dem lauwarmen Seifenschaum – und in der Vorstellung, dass sie an diesem Abend endlich Lucinda zu Gesicht bekommen würde. Würde sie auch Daniel sehen?

Sie streifte für das Fest ein sauberes Dienstbotenkleid von Henrietta über. Um acht Uhr am Abend kamen die ersten Gäste durch das Tor am Nordeingang des Gutes.

Luce, die vom Fenster im vorderen Flur aus beobachtete, wie die Karawane von beleuchteten Kutschen auf die runde Einfahrt einbog, schauderte. Im Foyer war es warm von all dem Treiben. Um sie herum summten die anderen Dienstboten, aber Luce stand still da. Sie konnte es spüren: ein Zittern in der Brust, das ihr sagte, dass Daniel in der Nähe war.

Das Haus war wunderschön und im Schein der vielen Kronleuchter kaum wiederzuerkennen – allerdings hatte sie weder bei ihrer Einstellung noch seither allzu viel davon zu Gesicht bekommen. Luce kam sich vor wie in einem Merchant-Ivory-Film. Hohe Töpfe mit violetten Lilien säumten den Eingang, und die mit Samt gepolsterten Möbel waren an die mit einem Blumenmuster tapezierten Wände geschoben worden, um Platz für die Gäste zu machen.

Sie kamen zu zweit oder zu dritt durch die Vordertür,

Gäste, die so alt waren wie die weißhaarige Mrs Constance und so jung wie Luce selbst. Mit leuchtenden Augen und eingehüllt in weiße Sommermäntel knicksten die Frauen vor den Männern in eleganten Anzügen und Westen. Schwarz gekleidete Kellner huschten durch das große, offene Foyer und boten funkelnde Kristallkelche mit Champagner an.

Luce fand Henrietta bei den Türen zum Hauptballsaal, der aussah wie ein blühendes Blumenbeet: extravagante, leuchtend bunte Gewänder in allen Farben, Organza, Tüll, Brokat und Seide füllten den Raum. Die jüngeren Damen trugen bunte Blumensträußchen, sodass das ganze Haus nach Sommer roch.

Henriettas Aufgabe bestand darin, die Schultertücher und Ridiküle der Damen in Empfang zu nehmen, wenn sie eintraten. Luce hatte man aufgetragen, Tanzkarten zu verteilen – kleine, offensichtlich kostspielige Heftchen, auf deren vorderen Einband das juwelenbesetzte Familienwappen der Constances eingenäht war. Im Innern des Büchleins waren die Tänze aufgeführt, die das Orchester im Lauf der Nacht spielen würde.

»Wo sind denn die Männer alle?«, flüsterte Luce Henrietta zu.

Henrietta schnaubte. »Du bist mir die Richtige! Im Raucherzimmer natürlich.« Sie deutete mit dem Kopf nach links, wo ein Flur in die Dunkelheit führte. »Wo sie, wenn sie klug sind, bleiben werden, bis das Essen serviert ist, wenn du mich fragst. Wer will schon all dieses Geschwätz über irgendeinen Krieg auf der Krim hören? Nicht diese Damen. Nicht ich. Nicht du, Myrtle.« Dann zog Henrietta ihre dünnen Augenbrauen hoch und deutete auf die Balkontüren. »Uff, da war ich wohl zu voreilig. Es scheint, einer von ihnen ist entkommen.«

Luce drehte sich um. Ein einziger Mann stand in dem Raum voller Frauen. Er hatte ihnen den Rücken zugewandt, sodass sie nur eine glatte Mähne pechschwarzen Haares und einen langen Frack sah. Er unterhielt sich mit einer blonden Frau in einem rosenroten Ballkleid. Ihre langen diamantenen Ohrringe glitzerten, als sie den Kopf drehte – und Luce in die Augen sah.

Gabbe.

Der schöne Engel blinzelte einige Male, als versuche er zu entscheiden, ob Luce eine Erscheinung war. Dann neigte Gabbe kaum merklich den Kopf zu dem Mann neben ihr, so als versuche sie, ihm ein Zeichen zu geben. Noch ehe er sich ganz herumgedreht hatte, erkannte Luce das klare, scharfe Profil.

Cam.

Luce schnappte nach Luft und ließ alle Tanzkarten fallen. Sie bückte sich und begann unbeholfen, sie vom Boden aufzulesen. Dann drückte sie sie Henrietta in die Hand und schlüpfte aus dem Raum.

»Myrtle!«, sagte Henrietta.

»Ich bin gleich wieder da«, flüsterte Luce und rannte die lange geschwungene Treppe hinauf, bevor Henrietta auch nur antworten konnte.

Miss McGovern würde Luce hinauswerfen, sobald sie erfuhr, dass Luce ihren Posten im Ballsaal – und die teuren Tanzkarten – verlassen hatte. Aber das war das Geringste von Luce' Problemen. Sie war nicht darauf vorbereitet, sich Gabbe zu stellen, nicht wenn sie sich darauf konzentrieren musste, Lucinda zu finden.

Und sie wollte auf keinen Fall in Cams Nähe sein. Weder in ihrem eigenen Leben noch in einem anderen. Luce zuckte zusammen und dachte daran, wie er diesen Pfeil direkt auf sie oder das, was er dafür gehalten hatte, gezielt hatte. Das war in der Nacht gewesen, in der der Outcast versucht hatte, ihr Abbild in den Himmel zu tragen.

Wenn doch nur Daniel hier wäre …

Aber das war er nicht. Luce konnte nur hoffen, dass er auf sie warten und nicht allzu wütend sein würde, wenn sie herausgefunden hatte, wonach sie suchte, und in die Gegenwart heimkehrte.

Oben huschte Luce gleich in den ersten Raum neben der Treppe. Sie schloss die Tür hinter sich und lehnte sich dagegen, um zu Atem zu kommen.

Sie war allein in einem riesigen Salon. Es war ein prächtiger Raum, in dem ein vornehmes kleines Sofa mit elfenbeinfarbenen Polstern und zwei Ledersessel neben einem glänzenden Cembalo standen. Dunkelrote Vorhänge umgaben die drei großen Fenster an der westlichen Wand. Im Kamin knisterte ein Feuer.

Neben Luce befand sich eine Wand voller Bücherregale, Reihe um Reihe dicke Bände mit Ledereinband, die vom Boden bis zur Decke reichten, so hoch, dass es sogar eine dieser Leitern gab, die man an den Regalen entlangrollen konnte.

In der Ecke stand eine Staffelei, die Luce irgendwie anzog. Sie hatte noch nie einen Fuß in die oberen Etagen des Hauses der Constances gesetzt, und doch: Ein einziger Schritt auf den dicken Perserteppich rief einen Teil ihres Gedächtnisses wach und sagte ihr, dass sie dies alles vielleicht schon einmal gesehen hatte.

Daniel. Luce erinnerte sich an das Gespräch, das er mit Margaret im Garten geführt hatte. Sie hatten über sein Gemälde gesprochen. Er verdiente sich sein Geld als Maler. Die Staffelei in der Ecke – das musste sein Arbeitsplatz sein.

Sie ging darauf zu. Sie musste sehen, was er gemalt hatte.

Kurz bevor sie die Staffelei erreichte, ließen sie drei hohe Stimmen zusammenzucken.

Luce erstarrte und sah, wie der Türknauf sich drehte. Sie hatte keine andere Wahl, als hinter den dicken roten Samtvorhang zu schlüpfen und sich dort zu verstecken.

Sie hörte das Rascheln von Taft, das Zuschlagen einer Tür und ein Luftschnappen, gefolgt von lautem Gekicher. Luce legte sich eine Hand auf den Mund und beugte sich leicht zur Seite, gerade weit genug, um hinter dem Vorhang hervorzuspähen.

Die Helstoner Lucinda stand drei Meter von ihr entfernt. Sie trug ein wunderschönes weißes Kleid mit einem Seidenmieder und Rückenschnürung. Das Haar war in glänzenden, kunstvoll arrangierten Locken auf dem Kopf hochgesteckt. Eine Diamantkette funkelte auf ihrer blassen Haut und verlieh ihr etwas derart Königliches, dass es Luce beinahe den Atem verschlug.

Ihr früheres Ich war das eleganteste Geschöpf, das Luce je gesehen hatte.

»Du strahlst ja heute Abend so, Lucinda«, bemerkte eine leise Stimme.

»Hat Thomas dich wieder besucht?«, neckte eine andere Stimme.

Die beiden Mädchen – Luce erkannte eines als Margaret, die älteste Tochter der Constances, die mit Daniel im Garten spazieren gegangen war. Die andere, eine frischere Ausgabe von Margaret, musste die jüngere Schwester sein. Sie war ungefähr in Lucindas Alter. Sie zog sie auf wie eine gute Freundin.

Und sie hatte recht – Lucinda strahlte wirklich. Es musste an Daniel liegen.

Lucinda warf sich auf das elfenbeinfarbene Sofa und seufzte auf eine Weise, wie Luce es niemals tun würde, ein melodramatischer Seufzer, der um Aufmerksamkeit bettelte. Luce wusste sofort, dass Bill recht hatte: Sie und ihr früheres Ich ähnelten einander überhaupt nicht.

»*Thomas?*« Lucinda rümpfte ihre kleine Nase. »Thomas' Vater ist ein ganz gewöhnlicher Holzfäller ...«

»Stimmt nicht!«, rief die jüngere Tochter aus. »Er ist ein sehr *ungewöhnlicher* Holzfäller! Er ist *reich.*«

»Trotzdem, Amelia«, erwiderte Lucinda und breitete ihren Rock um die schmalen Fesseln aus. »Er gehört praktisch zur *Arbeiterklasse.*«

Margaret hockte sich auf die Kante des Sofas. »Letzte Woche hast du noch nicht so gering von ihm gedacht, als er dir diese Haube aus London mitgebracht hat.«

»Nun, die Dinge ändern sich. Und ich schätze ein hübsches Häubchen sehr.« Lucinda runzelte die Stirn. »Aber Häubchen oder nicht, ich werde meinem Vater sagen, dass er ihm nicht erlauben soll, mich noch einmal zu besuchen.«

Sobald sie zu Ende gesprochen hatte, glättete sich ihre Stirn. Ein träumerisches Lächeln umspielte ihren Mund und sie begann vor sich hin zu summen. Die anderen Mädchen beobachteten sie ungläubig, während sie leise sang, über die Spitze ihres Schals strich und aus dem Fenster schaute, gleich neben Luce' Versteck.

»Was ist denn nur in sie gefahren?«, flüsterte Amelia deutlich hörbar ihrer Schwester zu.

Margaret schnaubte. »Die Frage ist wohl eher, *wer*.«

Lucinda stand auf und trat ans Fenster, sodass Luce sich hinter den Vorhang zurückziehen musste. Ihr brach der Schweiß aus, so nah war das sanfte Summen von Lucinda Biscoes Stimme zu hören. Dann Schritte, als Lucinda sich vom Fenster abwandte und ihr seltsames Lied abrupt abbrach.

Luce riskierte einen weiteren Blick hinter dem Vorhang hervor. Lucinda war zu der Staffelei gegangen und stand nun wie gebannt davor.

»Was ist das?« Lucinda hielt die Leinwand hoch, um sie ihren Freunden zu zeigen. Luce konnte das Bild nicht sehr deutlich sehen, aber es sah nach nichts Besonderem aus. Es war nur irgendeine Blume.

»Das ist Mr Grigoris Arbeit«, erklärte Margaret. »Seine Skizzen waren so vielversprechend, als er hier angekommen ist, aber ich fürchte, irgendetwas ist über ihn gekommen. Er hat jetzt drei volle Tage nichts anderes als Pfingstrosen gemalt.« Sie zuckte gekünstelt die Achseln. »Wirklich seltsam. Künstler sind so sonderbar.«

»Oh, aber er sieht gut aus, Lucinda.« Amelia griff nach Lucindas Hand. »Wir müssen dich heute Abend Mr Grigori vorstellen. Er hat so schönes blondes Haar, und seine Augen … Ach, seine Augen sind zum Dahinschmelzen!«

»Wenn Lucinda für Thomas Kennington und sein ganzes Geld zu schade ist, bezweifle ich stark, dass ihm ein einfacher Maler das Wasser reichen kann.« Margaret sprach in einem so scharfen Ton, dass Luce klar wurde, dass sie selbst etwas für Daniel empfinden musste.

»Ich würde ihn schrecklich gern kennenlernen«, bemerkte Lucinda, und nahm ihr leises Summen wieder auf.

Luce hielt den Atem an. Also war Lucinda ihm noch nicht einmal begegnet? Wie war das möglich, wenn sie so offensichtlich verliebt war?

»Dann lasst uns gehen«, sagte Amelia und zog an Lucindas Hand. »Wir verpassen das halbe Fest, wenn wir hier oben schwatzen.«

Luce musste etwas tun. Aber nach dem, was Bill und Roland gesagt hatten, war es unmöglich, ihr früheres Leben zu retten. Zu gefährlich, es auch nur zu versuchen. Selbst wenn sie es irgendwie schaffte, könnte der Zyklus der nachfolgenden Lucindas verändert werden. Luce selbst könnte verändert werden. Oder schlimmer noch:

Ausgelöscht.

Aber vielleicht gab es eine Möglichkeit für Luce, Lucinda zumindest zu warnen. Damit sie nicht schon von Liebe geblendet in diese Beziehung hineinspazierte. Damit sie nicht ohne den geringsten Funken Verständnis aufgrund einer uralten Bestrafung als Bauernopfer starb. Die Mädchen waren fast zur Tür hinaus, als Luce sich ein Herz fasste und hinter dem Vorhang hervorkam.

»Lucinda!«

Ihr früheres Ich fuhr herum, ihre Augen wurden schmal, als sie Luce' Dienstbotenkleid erblickte. »Hast du uns nachspioniert?«

Kein Funke des Erkennens zeigte sich in ihren Augen. Es war merkwürdig, dass Roland Luce in der Küche mit Lucinda verwechselt hatte, dass Lucinda selbst jedoch keine Ähnlichkeit zwischen ihnen zu sehen schien. Was sah Roland, das dieses Mädchen nicht sehen konnte? Luce holte tief Luft und zwang sich, ihren dürftigen Plan in die Tat umzusetzen. »N-Nicht spioniert, nein«, stammelte sie. »Ich muss mit Ihnen sprechen.«

Lucinda gluckste und sah ihre beiden Freundinnen an. »Wie bitte?«

»Verteilst du nicht die Tanzkarten?«, fragte Margaret Luce. »Mutter wird nicht sehr glücklich sein zu hören, dass du deine Pflichten vernachlässigst. Wie heißt du?«

»Lucinda.« Luce ging näher an die Mädchen heran und senkte die Stimme. »Es geht um den Maler. Mr Grigori.«

Lucinda sah Luce fest in die Augen und etwas geschah zwischen ihnen. Lucinda schien außerstande, den Blick von ihr abzuwenden. »Geht schon mal ohne mich«, sagte sie zu ihren Freundinnen. »Ich werde gleich unten sein.«

Die beiden Mädchen tauschten einen verwirrten Blick, aber es war klar, dass Lucinda die Anführerin der Gruppe war. Ihre Freundinnen glitten ohne ein weiteres Wort aus dem Zimmer.

Luce schloss die Tür des Salons.

»Was gibt es so Wichtiges?«, fragte Lucinda und verriet sich dann mit einem Lächeln. »Hat er sich nach mir erkundigt?«

»Lassen Sie sich nicht mit ihm ein«, antwortete Luce schnell. »Wenn Sie ihn heute Abend kennenlernen, werden Sie ihn für sehr gut aussehend halten. Sie werden sich in ihn verlieben wollen. Tun Sie das nicht.« Luce fühlte sich schrecklich, in so scharfen Worten über Daniel zu sprechen, aber es war die einzige Möglichkeit, das Leben ihres früheren Ichs zu retten.

Lucinda Biscoe schnaubte und wandte sich zum Gehen.

»Ich kannte mal ein Mädchen aus, ähm – Derbyshire«, fuhr Luce fort, »sie hat alle möglichen Geschichten über seinen Ruf erzählt. Er hat früher schon vielen Mädchen wehgetan. Er – er hat sie zerstört.«

Ein schockierter Laut kam von Lucindas rosigen Lippen. »Wie kannst du es *wagen*, so mit einer Dame zu reden! Für wen hältst du dich? Ob ich ein Interesse an diesem Maler hege oder nicht, geht dich überhaupt nichts an.« Sie zeigte mit einem Finger auf Luce. »Bist du selbst in ihn verliebt, du selbstsüchtige kleine Dirne?«

»Nein!« Luce zuckte zurück, als sei sie geschlagen worden.

Bill hatte sie gewarnt, dass Lucinda ganz anders sei als sie selbst, aber diese hässliche Seite Lucindas konnte nicht alles sein. Warum sollte Daniel sie sonst lieben? Warum konnte sie sonst ein Teil von Luce' Seele sein?

Etwas Tieferes musste sie miteinander verbinden.

Aber Lucinda beugte sich über das Cembalo und kritzelte einige Sätze auf ein Stück Papier. Dann richtete sie sich auf, faltete das Blatt und drückte es Luce in die Hand.

»Ich werde deine Unverschämtheit Mrs Constance nicht melden«, sagte sie und musterte Luce hochmütig, »*wenn* du Mr Grigori diesen Brief überbringst. Lass dir deine Chance, deine Anstellung zu retten, nicht entgehen.« Eine Sekunde später war sie nur noch eine weiße Silhouette, die den Flur entlang, die Treppe hinunter und zurück zum Fest schwebte.

Luce riss den Brief auf.

Lieber Mr Grigori,
seit wir uns kürzlich zufällig bei der Schneiderin begegnet sind,
denke ich unentwegt an Sie. Würden Sie sich heute Abend
um neun Uhr mit mir im Gartenhaus treffen? Ich werde warten.
Auf immer die Ihre,
Lucinda Biscoe

Luce riss den Brief in Fetzen und warf sie in den brennenden Kamin. Wenn sie Daniel den Brief nicht gab, würde Lucinda allein in der Gartenlaube sein. Luce konnte dort hingehen, auf sie warten und versuchen, sie noch einmal zu warnen.

Sie rannte in den Flur hinaus und bog scharf zur Dienstbotentreppe ab, die in die Küche hinunterführte. Dann lief sie an den Köchen, den Konditoren und an Henrietta vorbei.

»Du hast uns beide in Schwierigkeiten gebracht, Myrtle!«, rief das Mädchen Luce zu, aber Luce war bereits zur Tür hinaus.

Sie spürte beim Laufen die Abendluft kühl und trocken auf dem Gesicht. Es war fast neun Uhr, aber die Sonne war über dem Wäldchen im Westen des Anwesens noch immer nicht untergegangen. Luce rannte den rosa getönten Pfad entlang, vorbei an dem üppigen Garten und dem berauschenden süßen Duft der Rosen, vorbei an dem Heckenlabyrinth.

Ihr Blick fiel auf die Stelle, wo sie aus dem Verkünder in dieses Leben gestolpert war. Sie hetzte weiter den Pfad entlang, der zu dem leeren Gartenhäuschen führte. Als sie kurz davor stehen blieb, ergriff jemand ihren Arm.

Sie drehte sich um.

Und stand plötzlich Nase an Nase vor Daniel.

Ein leichter Wind wehte ihm das blonde Haar über die

Stirn. In seinem förmlichen schwarzen Anzug mit der goldenen Uhrkette und einer kleinen weißen Pfingstrose am Revers war Daniel noch atemberaubender, als sie ihn in Erinnerung gehabt hatte. Seine Haut leuchtete im Schein der untergehenden Sonne. Um seine Lippen spielte ein winziges Lächeln. Seine Augen glühten bei ihrem Anblick violett auf.

Ein leiser Seufzer entfuhr ihr. Sie sehnte sich danach, sich ein Stückchen weiter vorzubeugen, um ihre Lippen auf seine zu drücken. Um die Arme um ihn zu schlingen und die Stelle an seinen breiten Schultern zu spüren, wo seine Flügel sich entfalteten. Sie wollte vergessen, weshalb sie hierher gekommen war, und ihn einfach in den Armen halten, sich einfach von ihm halten lassen. Es gab keine Worte dafür, wie sehr sie ihn vermisst hatte.

Nein. Bei diesem Besuch ging es um Lucinda.

Daniel, *ihr* Daniel, war im Moment weit fort. Es war schwer, sich vorzustellen, was er jetzt gerade tat oder dachte. Es war sogar noch schwerer, sich ihr Wiedersehen vorzustellen, wenn all das vorbei war. Aber war das nicht der Punkt, worum es bei ihrer Suche ging? Genug über ihre Vergangenheit herauszufinden, damit sie in der Gegenwart wirklich mit Daniel zusammen sein konnte?

»Du solltest nicht hier sein«, sagte sie zu dem Helstoner Daniel. Er konnte nicht gewusst haben, dass die Helstoner Lucinda ihn hier treffen wollte. Aber da war er. Es war, als könne nichts ihr Zusammentreffen verhindern – was auch immer geschah, sie wurden zueinander hingezogen.

Daniels Lachen war genau das gleiche Lachen, an das Luce gewöhnt war, das Lachen, das sie in der Sword & Cross zum ersten Mal gehört hatte, als Daniel sie küsste, das

Lachen, das sie liebte. Aber *dieser* Daniel kannte sie eigentlich nicht. Er wusste nicht, wer sie war, woher sie kam oder was sie zu tun versuchte.

»Du solltest auch nicht hier sein.« Er lächelte. »Zuerst hätten wir drinnen tanzen sollen, und später, nachdem wir einander kennengelernt haben, sollte ich dich zu einem Mondscheinspaziergang nach draußen begleiten. Aber die Sonne ist noch nicht untergegangen. Was bedeutet, dass noch viele Tänze ausstehen.« Er streckte die Hand aus. »Mein Name ist Daniel Grigori.«

Er hatte nicht einmal bemerkt, dass sie kein Ballkleid trug, sondern eine Dienstbotenuniform, dass sie sich überhaupt nicht wie ein ordentliches britisches Mädchen benahm. Er hatte sie gerade zum ersten Mal gesehen, aber wie Lucinda war Daniel blind vor Liebe.

Die Möglichkeit, dies alles aus einem neuen Blickwinkel zu betrachten, verlieh ihrer Beziehung eine seltsame Klarheit. Diese Beziehung war wunderbar, aber sie war auf tragische Weise kurzsichtig. War es überhaupt Lucinda, die Daniel liebte, und umgekehrt, oder war es einfach ein Zyklus, aus dem sie sich nicht befreien konnten?

»Ich bin es nicht«, erklärte Luce ihm traurig.

Er ergriff ihre Hände. Sie schmolz ein wenig dahin.

»Natürlich bist du es«, widersprach er. »Immer bist du es.«

»Nein«, sagte Luce. »Es ist ihr gegenüber nicht fair, du bist nicht fair. Und außerdem, Daniel, sie ist *gemein*.«

»Von wem redest du?« Er sah aus, als wisse er nicht, ob er sie ernst nehmen oder lachen solle.

Aus dem Augenwinkel sah Luce eine Gestalt in Weiß vom hinteren Teil des Hauses auf sich zukommen.

Lucinda.

Die zu dem Treffen mit Daniel kam. Sie war früh dran. In ihrem Brief stand neun Uhr – zumindest *hatte* neun Uhr drin gestanden, bevor Luce die Papierschnipsel ins Feuer geworfen hatte.

Luce' Herz schlug schneller. Sie durfte hier nicht erwischt werden, wenn Lucinda auftauchte. Und doch konnte sie Daniel nicht so bald schon wieder verlassen.

»Warum liebst du sie?« Luce' Worte überschlugen sich förmlich. »Was bringt dich dazu, dich in sie zu verlieben, Daniel?«

Daniel legte ihr eine Hand auf die Schulter – es fühlte sich wunderbar an. »Immer langsam«, sagte er. »Wir haben uns gerade erst kennengelernt, aber ich kann dir versprechen, dass ich niemanden liebe, außer ...«

»Du da! Dienstmädchen!« Lucinda hatte sie entdeckt, und nach dem Tonfall ihrer Stimme zu schließen, war sie nicht glücklich darüber. Sie begann auf die Gartenlaube zuzulaufen und verfluchte dabei ihr Kleid, das schmutzige Gras und Luce. »Was hast du mit meinem Brief gemacht, Mädchen?«

»D-Dieses Mädchen, das auf uns zukommt«, stammelte Luce, »das bin ich, in gewisser Weise. Ich bin sie. Du liebst uns, und ich muss verstehen ...«

Daniel drehte sich zu Lucinda um, diejenige, die er geliebt hatte – die er in dieser Epoche lieben würde. Er konnte ihr Gesicht jetzt deutlich sehen. Er konnte sehen, dass es zwei von ihnen gab.

Als er sich wieder zu Luce umwandte, begann seine Hand auf ihrer Schulter zu zittern. »Die andere bist du. Was hast du getan? Wie hast du das gemacht?«

»Du! Mädchen!« Lucinda hatte Daniels Hand auf Luce'
Schulter bemerkt. Ihr ganzes Gesicht war verzerrt. »Wusste
ich es doch!«, kreischte sie und rannte noch schneller. »Geh
weg von ihm, du Flittchen!«

Panik schlug über Luce zusammen. Jetzt blieb ihr nichts
anderes übrig, als wegzurennen. Aber zuerst: Sie berührte
Daniels Wange. »Ist es Liebe? Oder ist es nur der Fluch, der
uns zusammenführt?«

»Es ist Liebe«, stieß er hervor. »Weißt du das nicht?«

Sie wand sich aus seinem Griff und floh, rannte hektisch
über den Rasen, zurück zu dem Wäldchen aus Silberbirken,
zurück zu dem überwucherten Rasen, wo sie angekommen
war. Ihre Füße verfingen sich, sie stolperte und landete auf
dem Gesicht. Alles tat weh. Und sie war sauer. Stinksauer.
Auf Lucinda, die so abscheulich war. Auf Daniel, der sich
einfach verliebte, ohne nachzudenken. Auf ihre eigene
Machtlosigkeit, irgendetwas zu tun, das etwas änderte.
Lucinda würde trotzdem sterben – Luce' Besuch hier spielte
nicht die geringste Rolle. Sie hämmerte mit den Fäusten auf
den Boden und stieß ein frustriertes Stöhnen aus.

»Na, na.« Eine winzige steinerne Hand tätschelte ihr
den Rücken.

Luce schlug sie weg. »Lass mich in Ruhe, Bill.«

»He, es war ein tapferer Versuch. Diesmal hast du wirklich die Drecksarbeit gemacht. Aber« – Bill zuckte die
Achseln – »jetzt ist es vorbei.«

Luce setzte sich auf und funkelte ihn wütend an. Beim
Anblick seiner selbstgefälligen Miene wollte sie gleich wieder zurückmarschieren und Lucinda erzählen, wer sie wirklich war – ihr erzählen, wie sich die Dinge in nicht allzu
ferner Zukunft entwickeln würden.

»Nein.« Luce stand auf. »Es ist nicht vorbei.«

Bill riss sie wieder herunter. Er war erschreckend stark für ein so kleines Geschöpf. »Oh doch, es ist vorbei. Komm, steig in den Verkünder.«

Luce drehte sich in die Richtung, in die Bill zeigte. Sie hatte das dicke schwarze Portal, das direkt vor ihr schwebte, noch nicht einmal bemerkt. Bei seinem modrigen Geruch wurde ihr übel.

»Nein.«

»*Doch*«, gab Bill zurück.

»Du hast selbst gesagt, ich solle langsamer machen.«

»Pass auf, ich gebe dir jetzt mal eine Lektürehilfe: Du bist in diesem Leben ein Miststück und Daniel ist das vollkommen egal. Schock! Er umwirbt dich einige Wochen lang, Blumen werden ausgetauscht. Ein dicker Kuss und dann *Krawumm*. Okay? Mehr gibt es nicht zu sehen.«

»Du verstehst das nicht.«

»Was? Ich verstehe nicht, warum Viktorianer so muffig sind wie ein Dachboden und so langweilig, als sehe man einer Tapete dabei zu, wie sie sich von der Wand löst? Ich bitte dich, wenn du schon im Zickzack durch deine Vergangenheit düst, dann mach es *richtig*. Nehmen wir uns ein paar *Highlights* vor.«

Luce ließ nicht locker. »Gibt es eine Möglichkeit, wie ich dich verschwinden lassen kann?«

»Muss ich dich in diesen Verkünder stopfen wie eine Katze in den Koffer? Los, Bewegung!«

»Ich muss herausfinden, ob er *mich* liebt, und nicht nur eine *Vorstellung* von mir, wegen irgendeines Fluches. Ich muss das Gefühl haben, dass es etwas Stärkeres gibt, das uns zusammenhält. Etwas Echtes.«

Bill setzte sich neben Luce ins Gras. Dann schien er sich eines Besseren zu besinnen und kroch ihr tatsächlich auf den Schoß. Zuerst wollte sie nach ihm und den Fliegen schlagen, die um seinen Kopf herum summten, aber als er zu ihr aufsah, wirkten seine Augen aufrichtig.

»Schätzchen, die Frage, ob Daniel dein wirkliches Ich liebt, ist das Letzte, worum du dir Sorgen machen solltest. Ihr seid gottverdammte *Seelengefährten*. Ihr zwei habt den Ausdruck erfunden. Du brauchst nicht weiter hier rumzuhängen, um das zu verstehen. Es ist in jedem Leben so.«

»Was?«

»Du willst wahre Liebe sehen?«

Sie nickte.

»Komm mit.« Er zog sie hoch. Der Verkünder schwebte vor ihnen und begann eine neue Gestalt anzunehmen, bis er beinahe den umgeschlagenen Türen eines Zeltes ähnelte. Bill flog in die Luft, legte den Finger an einen unsichtbaren Riegel und zog. Der Verkünder ordnete sich neu und senkte sich wie eine Zugbrücke herab, bis Luce nur noch einen dunklen Tunnel sehen konnte.

Luce warf einen Blick zu Daniel und Lucinda zurück, aber sie konnte sie nicht mehr sehen – nur ihre Umrisse, Farbkleckse, die miteinander verschmolzen.

Bill machte mit seiner freien Hand eine weit ausholende Bewegung und deutete auf den Bauch des Verkünders. »Hereinspaziert!«

Und das tat sie.

Acht

Blick aus der Kulisse

Daniels Kleider waren von der Sonne ausgebleicht, und seine Wange war sandverkrustet, als er an der trostlosen Küste von Cornwall erwachte. Es mochte ein Tag gewesen sein, eine Woche, ein Monat, wo er alleine dort draußen herumgewandert war. Wie lange es auch gewesen sein mochte, er hatte die ganze Zeit damit verbracht, sich selbst für seinen Fehler zu bestrafen.

Lucinda auf diese Art bei der Schneiderin zu begegnen war ein so schwerwiegender Fehler gewesen, dass Daniels Seele brannte, wann immer er daran dachte.

Und er musste ständig daran denken.

Ihre vollen rosigen Lippen, die die Worte formten: *Ich glaube, ich kenne Sie. Bitte. Warten Sie.*

So reizend und so gefährlich.

Oh, warum hatte es nicht etwas Unbedeutendes sein können? Ein kurzer Wortwechsel in ihrer Liebeswerbung? Dann hätte es vielleicht keine so große Rolle gespielt. Aber eine erste Begegnung! Lucinda Biscoes erste Begegnung war mit *ihm* gewesen, dem falschen Daniel. Er hätte alles gefährden können. Er hätte die Zukunft so schwer verzerren

150

können, dass seine Luce vielleicht schon hätte tot sein können, bis zur Unkenntlichkeit verändert ...

Aber nein: Wenn das so gewesen wäre, würde er sich nicht an seine Luce erinnern. Die Zeit hätte sich selbst geändert, und er hätte nicht das geringste Bedauern verspürt, weil seine Luce anders wäre.

Sein früheres Ich musste auf Lucinda Biscoe auf eine Weise reagiert haben, die Daniels Fehler kaschierte. Er konnte sich nicht recht daran erinnern, wie alles begonnen hatte, nur, wie es zu Ende gegangen war. Aber es spielte keine Rolle: Er würde nicht in die Nähe seines früheren Ichs kommen, um es zu warnen, aus Angst, Lucinda wieder über den Weg zu laufen und noch größeren Schaden anzurichten. Er konnte nichts weiter tun, als Abstand zu nehmen und zu warten, bis es vorbei war.

An die Ewigkeit war er gewöhnt, aber dies war die Hölle gewesen.

Daniel verlor das Zeitgefühl und ließ es in das Geräusch des Meeres fließen, das an den Strand schlug. Zumindest für eine kleine Weile.

Er konnte seine Suche mühelos wieder aufnehmen, indem er in einen Verkünder trat und Luce in das nächste Leben folgte, das sie besuchte. Aber aus irgendeinem Grund blieb er in Helston und wartete, bis Lucinda Biscoes Leben hier zu Ende ging.

Als er an diesem Abend erwachte und rote Wolken den Himmel durchschnitten, spürte Daniel es. Mittsommer. Die Nacht, in der sie sterben würde. Er wischte sich den Sand von der Haut und spürte die seltsame Empfindlichkeit in seinen versteckten Flügeln. Sein Herz hämmerte bei jedem Schlag.

Es war Zeit.

Lucinda würde erst nach Einbruch der Nacht sterben.

Daniels früheres Ich würde im Salon der Constances alleine sein. Er würde Lucinda Biscoe ein letztes Mal zeichnen. Seine Taschen würden vor der Tür stehen, leer wie gewöhnlich, bis auf ein mit Leder bezogenes Bleistiftetui, einige Skizzenbücher, sein Buch über das Wächteramt der Engel, ein zweites Paar Schuhe. Er hatte wirklich vorgehabt, am nächsten Morgen zu gehen. Was für eine Lüge.

In den Augenblicken, die zu ihren Toden führten, war Daniel selten ehrlich zu sich selbst. Er verlor sich immer in seiner Liebe. Jedes Mal machte er sich etwas vor, berauschte sich an ihrer Gegenwart und verlor den Überblick über das, was geschehen musste.

Besonders gut erinnerte er sich daran, wie es in diesem Helstoner Leben geendet hatte: Er hatte bis zu der Sekunde geleugnet, dass sie sterben musste, in der er sie gegen die rubinroten Samtvorhänge drückte und zu Tode küsste.

Damals hatte er sein Schicksal verflucht, er hatte eine hässliche Szene gemacht. Er konnte noch immer den Schmerz spüren, frisch wie ein Brandeisen auf seiner Haut. Und er erinnerte sich an den Besuch.

Während er den Sonnenuntergang beobachtete, stand er allein am Ufer und ließ das Wasser seine nackten Füße umspülen. Er schloss die Augen, breitete die Arme aus und ließ seine Flügel aus den Narben an seinen Schultern brechen. Sie blähten sich hinter ihm auf, bewegten sich im Wind und verliehen ihm eine Schwerelosigkeit, die ihm einen flüchtigen Frieden schenkte. In ihrem Spiegelbild im Wasser konnte er sehen, wie leuchtend hell sie waren, wie groß und beeindruckend sie ihn erscheinen ließen.

Manchmal, in den trostlosesten Augenblicken, weigerte Daniel sich, seine Flügel auszufahren. Es war eine Strafe, die er sich selbst zufügen konnte. Die tiefe Erleichterung, das greifbare, unglaubliche Gefühl von Freiheit, das das Entfalten seiner Flügel seiner Seele verlieh, fühlte sich dann nur falsch an, wie eine Droge. Heute Nacht gestattete er sich diesen Rausch.

Er ging im Sand in die Knie und stieß sich in die Luft ab.

Wenige Meter über der Wasseroberfläche drehte er sich schnell herum, sodass sein Rücken zum Meer gewandt war und seine Flügel sich unter ihm wie ein prachtvolles schimmerndes Floß ausbreiteten.

Er flog über das Wasser, dehnte mit jedem langen Schlag seiner Flügel die Muskeln und glitt über die Wellen, bis das Wasser von Türkis zu einem eisigen Blau wechselte. Dann tauchte er tief unter die Oberfläche. Seine Flügel waren warm im kühlen Meer und bildeten ein kleines violettes Kielwasser, das ihn umgab.

Daniel liebte es zu schwimmen. Die Kälte des Wassers, die Unberechenbarkeit der Strömung, das Zusammenspiel von Meer und Mond. Es war eine der wenigen irdischen Freuden, die er wirklich verstand. Vor allem liebte er es, mit Lucinda zu schwimmen.

Mit jedem Stoß seiner Flügel stellte Daniel sich vor, Lucinda sei bei ihm und gleite anmutig durchs Wasser und schwelge in dem warmen, flimmernden Licht, wie schon so oft zuvor.

Als der Mond hell am dunklen Himmel stand und Daniel irgendwo vor der Küste von Reykjavik war, schoss er senkrecht aus dem Wasser und schlug wild mit den Flügeln gegen die Kälte.

Der Wind peitschte ihm um den Leib und trocknete ihn in Sekundenschnelle, während er immer höher und höher in die Luft hinaufstieg. Er durchbrach dichte graue Wolkenbänke, dann kehrte er um und begann unter dem weiten Sternenhimmel dahinzugleiten.

Die Liebe und die Angst und die Gedanken an sie ließen seine Flügel kraftvoll schlagen. Sie kräuselten das Wasser unter ihm, sodass es wie Diamanten glitzerte. Er beschleunigte zu einem atemberaubenden Tempo, während er zurück über die Färöer-Inseln und das Irische Meer flog. Er segelte den St.-Georgs-Kanal entlang und schließlich zurück nach Helston.

Es war völlig gegen seine Natur, auf das Erscheinen und den Tod des Mädchens zu warten, das er liebte!

Aber Daniel musste über diesen Moment und diesen Schmerz hinausblicken. Er musste all den Lucindas entgegensehen, die nach diesem einen Opfer kommen würden – und zu der einen, die er verfolgte, der letzten Luce, die diesen verfluchten Kreislauf beenden würde.

Lucindas Tod heute Abend war die einzige Möglichkeit, wie sie beide gewinnen konnten, die einzige Möglichkeit, wie sie jemals eine Chance haben konnten.

Als er schließlich das Anwesen der Constances erreichte, war das Haus dunkel und die Luft heiß und still.

Er legte die Flügel eng an den Körper und verlangsamte seinen Sinkflug entlang der Südseite des Anwesens. Dort war das weiße Dach des Gartenpavillons. Dort der mondbeschienene Kiesweg, über den sie vor einigen Augenblicken gegangen sein musste, nachdem sie sich aus dem Haus ihres Vaters gestohlen hatte, sobald alle anderen schliefen. Sie hatte ihr Nachthemd mit einem langen schwarzen Mantel bedeckt – in ihrer Eile, ihn zu finden, hatte sie alle Sittsamkeit vergessen.

Und dort – das Licht im Salon, der einzelne Kerzenleuchter, der sie zu ihm geführt hatte. Die Vorhänge waren leicht geöffnet. Weit genug für Daniel, um gefahrlos und ungesehen hineinzuschauen.

Er erreichte das Salonfenster im zweiten Stock des großen Hauses und ließ seine Flügel sanft schlagen, während er draußen schwebte wie ein Spion.

War sie überhaupt da? Er atmete langsam ein, ließ seine Flügel sich mit Luft füllen und drückte das Gesicht an das Glas.

Nur Daniel saß dort in seiner Ecke und zeichnete wie besessen. Sein früheres Ich wirkte erschöpft und verzweifelt. Er konnte sich genau an das Gefühl erinnern – wie er die schwarzen Zeiger der Uhr an der Wand beobachtet hatte, wie er jeden Moment damit gerechnet hatte, dass sie durch die Tür gestürzt kam. Er war so verblüfft gewesen, als sie sich lautlos an ihn herangeschlichen hatte, als wäre sie hinter einem Vorhang hervorgekommen.

Als sie es jetzt tat, war er aufs Neue verblüfft.

An diesem Abend – an jedem Abend – überstieg ihre Schönheit seine unrealistischsten Erwartungen. Die Wangen gerötet von der Liebe, die sie empfand, aber nicht verstehen konnte. Ihr schwarzes Haar, das aus seinem langen, glänzenden Zopf fiel. Die wunderbare Zartheit ihres Nachthemds, fein wie Sommerfäden, die über ihrer perfekten Haut schwebten.

Genau in diesem Moment erhob sich sein früheres Ich und fuhr herum. Als er vor sich den zauberhaften Anblick sah, stand ihm der Schmerz unübersehbar ins Gesicht geschrieben.

Wenn Daniel irgendetwas hätte tun können, um seinem früheren Ich zu helfen, diese Sache durchzustehen, hätte er es getan. Doch er konnte nur von seinen Lippen ablesen.

Was machst du hier?

Luce kam näher und die Röte stieg ihr in die Wangen. Sie beide bewegten sich wie Magnete – angezogen von einer Kraft, die in einem Moment stärker war als sie selbst, nur um im nächsten Moment mit fast derselben Wucht voneinander abgestoßen zu werden.

Daniel schwebte draußen vor dem Fenster und litt.

Er konnte nicht zusehen. Er musste zusehen.

Die Art, wie sie sich einander näherten, war zaghaft bis zu dem Moment, da sie sich berührten. Dann wurden sie sofort von einer hungrigen Leidenschaft erfasst. Sie küssten sich nicht einmal, sondern redeten nur. Als ihre Lippen, ihre Seelen einander beinahe berührten, bildete sich um sie herum eine reine weiß glühende Aura, die keiner von ihnen wahrnahm.

Es war etwas, das Daniel noch nie von außen beobachtet hatte.

War es das, worauf Luce aus war? Ein sichtbarer Beweis dafür, wie echt ihre Liebe war? Für Daniel gehörte ihre Liebe zu ihm wie seine Flügel. Aber für Luce musste es anders sein. Sie hatte keinen Zugang zu der Pracht ihrer Liebe. Nur zu ihrem feurigen Ende.

Jeder Augenblick musste eine absolute Offenbarung sein.

Er legte die Wange an die Glasscheibe und seufzte. Im Innern des Raums gab sein früheres Ich nach und verlor die Entschlossenheit, die ohnehin von Anfang an eine Scharade gewesen war. Seine Taschen waren gepackt, aber es war Lucinda, die würde gehen müssen.

Jetzt nahm sein früheres Ich sie in die Arme, selbst durchs Fenster konnte Daniel den vollen süßen Duft ihrer Haut riechen. Er beneidete sich selbst, wie er ihren Hals küsste und ihr mit den Händen über den Rücken glitt. Sein Verlangen war so stark, dass es das Fenster hätte zerschmettern können, hätte er sich nicht mit Gewalt zurückgehalten.

Oh, zieh es in die Länge, schickte er seinem früheren Ich eine stumme Botschaft. Lass es ein klein wenig länger dauern. Noch einen einzigen Kuss. Eine weitere süße Berührung, bevor der Raum erzittert und die Verkünder beginnen, in ihren Schatten zu beben.

Das Glas an seiner Wange wurde warm. Es geschah.

Er wollte die Augen schließen, aber er konnte es nicht. Lucinda wand sich in den Armen seines früheren Ichs. Ihr Gesicht verzerrte sich vor Schmerz. Sie sah auf, und ihre Augen weiteten sich beim Anblick der Schatten, die an der Decke tanzten. Die allmähliche Erkenntnis von *irgendetwas* war bereits zu viel für sie.

Sie schrie.

Und zerbarst in einem glühenden Flammensturm.

Daniels früheres Ich wurde gegen die Wand und dann zu Boden geschleudert. Das Gesicht im Teppich vergraben, blieb er zitternd liegen.

Daniel sah mit einer Ehrfurcht zu, die er früher nie hatte aufbringen können, wie das Feuer in der Luft und an den Wänden immer höher stieg. Es zischte wie eine Soße, die im Topf siedete – und dann verschwand es und hinterließ keine Spur von ihr.

Ein Wunder. Jede einzelne Faser von Daniels Körper kribbelte. Wenn es sein früheres Ich nicht so vollkommen niedergeschmettert hätte, hätte er das Spektakel von Lucindas Tod beinahe schön finden können.

Sein altes Ich kam langsam auf die Füße. Der Mund stand ihm offen und seine Flügel schossen aus seinem schwarzen Frack und nahmen den größten Teil des Raumes ein. Dann ballte er die Fäuste gen Himmel und brüllte.

Daniel konnte es nicht länger ertragen. Er rammte seinen Flügel durchs Fenster, sodass Glassplitter in die Nacht hinausflogen. Dann schoss er durch das scharfkantige Loch.

»Was hast du hier zu suchen?«, stieß sein früheres Ich hervor. Tränen strömten ihm über die Wangen. Da jetzt beide Flügelpaare voll ausgestreckt waren, war in dem riesigen Salon kaum noch Platz für sie. Sie nahmen die Schultern so weit wie möglich zurück, um Abstand zu gewinnen. Beide wussten, wie gefährlich es war, sich zu berühren.

»Ich habe zugeschaut«, antwortete Daniel.

»Du hast – was? Du bist zurückgekommen, um *zuzuschauen*?« Sein früheres Ich breitete die Arme und die Flügel aus. »Ist es das, was du sehen wolltest?« Die Tiefe seines Unglücks war schmerzhaft deutlich.

»Es musste geschehen, Daniel.«

»Komm mir nicht mit diesen Lügen. Wage es bloß nicht. Bist du zurückgegangen, um dir wieder von Cam einen Rat zu holen?«

»Nein!« Daniel schrie sein früheres Ich beinahe an. »Hör zu: Wir werden in absehbarer Zeit eine Chance haben, dieses Spiel zu verändern. Irgendetwas hat sich bewegt und die Dinge sind anders. Wenn wir eine Gelegenheit haben, damit aufzuhören, diese Sache wieder und wieder zu tun. Wenn Lucinda vielleicht endlich …«

»Den Kreislauf durchbricht?«, flüsterte sein früheres Ich.

»Ja.« Daniel fühlte sich benommen. Einer von ihnen war zu viel in diesem Raum. Es war Zeit für ihn zu gehen. »Es wird lange dauern«, instruierte er sein früheres Ich, »aber gib die Hoffnung nicht auf.«

Dann schlüpfte Daniel durch das zerbrochene Fenster. Seine Worte – *gib die Hoffnung nicht auf* – hallten in seinem Kopf wider, als er sich in den Himmel aufschwang, tief hinein in die Schatten der Nacht.

Neun

So regen wir die Ruder

Luce fand sich auf einem splittrigen Holzbalken balancierend wieder.

Der Balken knarrte, als er sich leicht nach links neigte, dann knarrte er wieder und senkte sich ganz langsam nach rechts. Das Schaukeln war gleichmäßig und beständig, als sei der Balken an einem langen Pendel befestigt.

Ein heißer Wind peitschte ihr das Haar ins Gesicht und wehte ihr die Dienstbotenhaube vom Kopf. Der Balken unter ihr schwankte erneut und sie verlor den Halt.

Sie fiel auf den Balken und schaffte es mit Mühe, sich daran festzuklammern.

Wo war sie? Vor ihr lag das endlose Blau offenen Himmels. Ein dunkleres Blau an der Stelle, die der Horizont sein musste. Sie sah hinab.

Sie war unheimlich weit oben.

Ein wasserumspülter Stamm endete gut dreißig Meter unter ihr auf einem Holzboden. *Oh.* Es war ein Mast. Luce saß auf der Toprah eines sehr großen Segelschiffes.

Eines sehr großen *gekenterten* Segelschiffes, gleich vor der Küste einer Insel mit schwarzen Ufern.

Der Bug war gegen eine Gruppe rasiermesserscharfer

160

Lavafelsen gekracht, die ihn zerschmettert hatten. Das Großsegel war zerfetzt. Zerrissene Bahnen gelbbrauner Leinwand flatterten lose im Wind. Die Luft roch wie der Morgen nach einem großen Sturm, aber dieses Schiff war so verwittert, dass es aussah, als läge es schon seit Jahren hier.

Jedes Mal, wenn die Wellen den schwarzen Sand des Ufers hinaufrauschten, spritzte Wasser meterhoch aus den Felsspalten. Die Wellen ließen das Wrack – und den Balken, an den Luce sich klammerte – so heftig schaukeln, dass sie das Gefühl hatte, sich übergeben zu müssen.

Wie sollte sie hier runterkommen? Wie sollte sie an Land kommen?

»Aha! Ja, wer ist denn da wie ein Vögelchen auf der Stange gelandet?« Bills Stimme übertönte das Krachen der Wellen. Er erschien an der gegenüberliegenden Spitze der verfaulenden Rah und balancierte, die Arme seitlich ausgestreckt, wie auf einem Schwebebalken.

»Wo sind wir?«

Bill sog genüsslich die Luft ein. »Kannst du es nicht schmecken? Das ist die Nordküste von Tahiti!« Er ließ sich neben Luce plumpsen, baumelte mit seinen Stummelbeinen und reckte seine kurzen grauen Arme hoch, bevor er die Hände hinter dem Kopf verschränkte. »Ist das nicht das Paradies?«

»Ich glaube, ich muss gleich kotzen.«

»Unsinn. Du musst nur standfest werden.«

»Wie sind wir hierher…« Luce hielt wieder Ausschau nach einem Verkünder. Sie sah nicht einen einzigen Schatten, nur das endlose leere Blau eines wolkenlosen Himmels.

»Ich habe mich für dich um die Logistik gekümmert. Betrachte mich als deinen Reiseberater und dich selbst als Touristin im Urlaub!«

»Wir sind nicht im Urlaub, Bill.«

»Ach so? Ich dachte, wir unternähmen die Grand Tour der Liebe.« Er rieb sich die Stirn und steinige Schuppen rieselten von seiner Kopfhaut. »Habe ich da etwas falsch verstanden?«

»Wo sind Lucinda und Daniel?«

»Moment.« Er schwebte vor Luce in der Luft. »Hast du keine Lust auf eine kleine Geschichtsstunde?«

Luce beachtete ihn nicht und rutschte auf den Mast zu. Sie streckte unsicher einen Fuß nach der höchsten der Holzstreben aus, die seitlich aus dem Mast herausragten.

»Soll ich dir nicht wenigstens helfen?«

Sie hatte den Atem angehalten und versucht, nicht hinunterzuschauen, als ihr Fuß zum dritten Mal von dem Holzpflock abrutschte. Schließlich schluckte sie trocken und griff nach der kalten, rauen Kralle, die Bill ihr entgegenstreckte.

Kaum hatte sie Bills Hand ergriffen, zog er sie vorwärts und von dem Mast herunter. Sie stieß einen spitzen Schrei aus, als der Wind ihr ins Gesicht schlug und den Rock des Kleides um die Taille aufbauschte. Dann schloss sie die Augen und wartete darauf, durch das verrottete Deck zu krachen.

Tat sie aber nicht.

Luce hörte ein Rauschen und spürte, wie ihr Körper in der Luft gefangen wurde. Sie schlug die Augen auf. Bills Stummelflügel waren vom Wind gebläht. Er trug sie mit nur einer Hand und brachte sie langsam ans Ufer. Es war unfassbar, wie wendig er war, wie leicht. Luce entspannte sich zu ihrer eigenen Überraschung – irgendwie kam ihr das Gefühl des Fliegens inzwischen natürlich vor.

Daniel. Als sie von nichts als Luft umgeben war, wurde sie von Sehnsucht nach ihm überwältigt. Seine Stimme zu hören und seine Lippen zu schmecken – Luce konnte an nichts anderes denken. Was hätte sie nicht dafür gegeben, jetzt in diesem Augenblick in seinen Armen zu sein!

Der Daniel, dem sie in Helston begegnet war – mochte er auch noch so glücklich darüber gewesen sein, sie zu sehen –, hatte sie eigentlich kaum *gekannt*. Nicht so, wie ihr Daniel sie kannte. Wo war er in diesem Moment?

»Geht es dir besser?«, fragte Bill.

»Warum sind wir hier?«, fragte Luce zurück, während sie sich über das Wasser erhoben. Es war so klar, dass sie darunter die Bewegung tintenschwarzer Schatten sehen konnte – riesige Fischschwärme, die mühelos dahinglitten und dem Lauf der Küste folgten.

»Siehst du diese Palme?« Bill streckte seine freie Kralle aus. »Die größte, die dritte vom Einschnitt in der Sandbank aus?«

Luce kniff die Augen zusammen und nickte.

»Dort hat dein Vater in diesem Leben sein Häuschen gebaut. Die netteste Hütte am Strand!« Bill hustete. »Um genau zu sein, es ist die einzige Hütte am Strand. Die Briten haben diese Seite der Insel noch nicht entdeckt. Wenn dein Paps also fischen ist, habt ihr zwei, du und Daniel, das Haus meistens für euch allein.«

»Daniel und ich ... haben hier ... zusammen gelebt?«

Hand in Hand landeten Luce und Bill mit der Eleganz zweier Tänzer in einem *Pas de deux* am Ufer. Luce war dankbar – und ein wenig schockiert –, wie mühelos er sie von dem Schiffsmast heruntergeholt hatte, aber sobald sie fest auf dem Boden stand, zog sie die Hand aus seiner schmuddeligen Klaue und wischte sie an der Schürze ab.

Der Ort war von einer vollkommenen Schönheit. Das kristallklare Wasser spülte über den fremdartigen, herrlichen schwarzen Sand des Strandes. Haine aus Zitrusbäumen und Palmen bogen sich über die Küste, schwer beladen mit leuchtend orangefarbenen Früchten. Hinter den Bäumen erhoben sich niedrige Berge aus dem Nebel des Regenwaldes. Wasserfälle schossen an ihren Seiten herab. Der Wind hier unten war nicht so stark, besser noch, er war geschwängert vom Duft der Hibiskusblüten. Es war schwer vorstellbar, hier einen Urlaub verbringen zu können, geschweige denn ein ganzes Leben.

»Du hast hier gelebt.« Bill ging an der geschwungenen Küstenlinie entlang, wobei er kleine Krallenabdrücke in dem dunklen Sand hinterließ. »Dein Dad und die zehn anderen Eingeborenen, die in Kanu-Reichweite lebten, nannten dich – also, es klang wie *Lulu*.«

Luce hatte sich beeilen müssen, um mit ihm Schritt zu halten, und raffte die vielen Röcke ihrer Helstoner Dienstbotenuniform, damit sie nicht durch den Sand schleiften. Sie blieb stehen und verzog das Gesicht.

»Was ist?«, fragte Bill. »Lulu ist doch süß. *Lulululululu.*«

»Hör auf damit.«

»Wie dem auch sei, Daniel war eine Art schurkischer Entdecker. Siehst du dieses Boot dahinten? Dein toller Freund hat es vom privaten Liegeplatz Georgs III. gestohlen.« Er warf einen Blick zu dem Schiffswrack hinüber. »Aber Captain Bligh und seine meuternde Crew werden noch einige Jahre brauchen, um Daniel hier aufzuspüren, und bis dahin … du weißt schon.«

Luce schluckte. Bis dahin würde Daniel wahrscheinlich schon lange fort sein, weil Lucinda schon lange tot war.

Sie hatten eine Schneise zwischen den Palmen erreicht. Ein brackiger Fluss floss wirbelnd zwischen dem Ozean und einem kleinen Süßwasserteich im Inland. Luce schob sich an einigen flachen Steinen entlang, um das Wasser zu überqueren. Sie schwitzte in den Unterröcken und dachte daran, aus dem engen und warmen Kleid zu schlüpfen und direkt ins Meer zu springen.

»Wie viel Zeit habe ich mit Lulu?«, fragte sie. »Bevor es passiert?«

Bill hob die Hände. »Ich dachte, du wolltest dich nur mit eigenen Augen davon überzeugen, dass die Liebe zwischen Daniel und dir echt ist.«

»Ja, genau.«

»Dafür brauchst du nicht mehr als zehn Minuten.«

Sie kamen zu einem kurzen, von Orchideen gesäumten Pfad, der zu einem weiteren makellosen Strand führte. Eine kleine strohgedeckte Hütte erhob sich auf Pfählen am Rande des hellblauen Wassers. Hinter der Hütte wankte eine Palme im Wind.

Bill hockte sich in der Luft schwebend über ihre Schulter. »Guck sie dir an.« Dann zeigte er mit seiner steinernen Klaue auf die Palme.

Luce beobachtete voller Respekt, wie zwei Füße aus den Wedeln hoch oben auf dem Baumstamm auftauchten. Dann warf ein Mädchen, das nicht mehr trug als einen geflochtenen Rock und eine riesige Blütenkette, vier struppige braune

Kokosnüsse auf den Strand, bevor es den knorrigen Stamm hinunterglitt.

Ihr Haar war lang und offen und brach in seinen dunklen Strähnen das Licht der Sonne wie Diamanten. Luce wusste genau, wie es sich anfühlte, wenn es in Wellen über ihre Taille floss und sie am Arm kitzelte. In der Sonne hatte Lulus Haut einen dunklen goldbraunen Ton angenommen – dunkler, als Luce es je gewesen war, selbst als sie einen ganzen Sommer im Strandhaus ihrer Großmutter in Biloxi verbracht hatte –, und ihr Gesicht und ihre Arme waren mit dunklen, geometrischen Tätowierungen übersät. Sie war irgendwo zwischen überhaupt nicht wiederzuerkennen und Luce pur.

»Wow«, flüsterte Luce, als Bill sie hinter einen buschigen lila blühenden Baum zerrte. »He – Au! Was machst du da?«

»Dich zu einem sicheren Ausguck geleiten.« Bill zog sie wieder hinauf in die Luft. Sobald sie auf Höhe der Baumwipfel waren, flog er sie zu einem kräftigen Ast und ließ sie darauf plumpsen. Jetzt konnte sie den ganzen Strand sehen.

»Lulu!«

Die Stimme drang Luce durch die Haut und direkt ins Herz. Daniels Stimme. Er rief nach ihr. Er wollte sie. Brauchte sie. Luce wandte sich der Stimme zu. Sie bemerkte nicht einmal, dass sie sich bereits aufgerichtet hatte, als könne sie einfach aus dem Baumwipfel spazieren und zu ihm fliegen – bis Bill sie am Ellbogen packte.

»Genau deswegen musste ich deinen Popa'a-Popo hier heraufschleppen. Er spricht nicht mit dir. Er spricht mit *ihr*.«

»Oh.« Luce ließ sich auf den Ast zurücksinken. »Stimmt.«

Auf dem schwarzen Sand begann Lulu, das Mädchen mit den Kokosnüssen, zu rennen. Und von der anderen Seite des Strandes kam ihr Daniel entgegengelaufen.

Er trug nur abgeschnittene dunkelblaue Hosen, die an den Rändern ausgefranst waren. Sein Oberkörper war wunderschön gebräunt und muskulös und seine Haut glitzerte von einem erfrischenden Bad im Meer. Seine nackten Füße warfen Sand auf. Luce beneidete das Wasser, beneidete den Sand. Beneidete alles, das Daniel berühren durfte, während sie hier oben in diesem Baum festsaß. Am meisten beneidete sie ihr früheres Ich.

Luce konnte sich nicht daran erinnern, Daniel jemals so glücklich und natürlich gesehen zu haben wie jetzt, da er auf Lulu zulief. Sie hätte weinen mögen.

Als er bei ihr war, schlang Lulu die Arme um ihn, und er riss sie hoch und wirbelte sie herum. Dann stellte er sie wieder auf die Füße und bedeckte sie mit Küssen, küsste ihre Fingerspitzen und ihre Unterarme bis hinauf zu ihren Schultern, ihrem Hals, ihrem Mund.

Bill machte es sich an Luce' Schulter bequem. »Weck mich, wenn's zur Sache geht«, sagte er und gähnte.

»Du bist ja pervers!« Sie wollte ihn schlagen, aber sie wollte ihn nicht berühren.

»Du denkst auch immer nur an das Eine, was? Ich meine *das Tätowieren*. Ich stehe auf Tattoos, okay?«

Als Luce wieder zu dem Paar am Strand schaute, führte Lulu Daniel zu einer geflochtenen Matte, die nicht weit von der Hütte entfernt auf dem Sand ausgebreitet war. Daniel zog eine kurze Machete aus dem Gürtel seiner Hose und hackte auf eine der Kokosnüsse ein. Nach einigen Hieben trennte er den Deckel ab und reichte die geöffnete Frucht

Lulu. Sie trank in tiefen Zügen, wobei ihr Milch aus den Mundwinkeln rann. Daniel küsste sie fort.

»Es wird nicht tätowiert, sie haben bloß ...« Luce brach ab, als ihr früheres Ich in der Hütte verschwand. Einen Moment später kam Lulu mit einem kleinen, in Palmblätter gewickelten Päckchen wieder heraus. Sie packte ein Werkzeug aus, das wie ein Holzkamm aussah. Die Zinken glänzten in der Sonne, als seien sie nadelscharf. Daniel legte sich auf die Matratze und sah zu, wie Lulu den Kamm in eine große, flache Muschel tauchte, die mit schwarzem Pulver gefüllt war.

Lulu gab ihm einen schnellen Kuss, dann fing sie an.

Sie begann an seinem Brustbein, wo sie den Kamm in seine Haut presste. Sie arbeitete schnell, drückte fest und flink und hinterließ jedes Mal, wenn sie den Kamm bewegte, eine Spur schwarzen Pigments auf seiner Haut. Luce konnte allmählich ein Muster erkennen: Ein kleiner Brustpanzer im Schachbrettmuster. Er würde sich über seinen ganzen Oberkörper erstrecken. Luce war nur ein einziges Mal in einem Tätowierstudio gewesen, in New Hampshire mit Callie, die ein winziges rosafarbenes Herz auf der Hüfte wollte. Das Ganze hatte weniger als eine Minute gedauert und Callie hatte die ganze Zeit über gebrüllt. Daniel jedoch lag still da, gab keinen Laut von sich und wandte nicht eine Sekunde die Augen von Lulu ab. Es dauerte lange, und Luce rann der Schweiß den Rücken hinab, während sie zuschaute.

»Na? Was sagst du dazu?« Bill stieß sie an. »War es zu viel versprochen, dass ich dir ihre Liebe zeigen würde?«

»Klar, sie sehen schon verliebt aus.« Luce zuckte die Achseln. »Aber ...«

»Aber was? Hast du eine Ahnung, wie schmerzhaft das

ist? Sieh dir den Burschen doch an. Er lässt eine Tätowierung wie das Streicheln einer sanften Brise aussehen.«

Luce rutschte auf dem Ast herum. »Ist das die Lektion hier? Schmerz ist gleich Liebe?«

»Sag du es mir«, erwiderte Bill. »Es überrascht dich vielleicht, es zu hören, aber die Damen stehen nicht gerade vor Bills Tür Schlange.«

»Ich meine, wenn ich mir Daniels Namen auf den Körper tätowieren ließe, würde das bedeuten, dass ich ihn noch mehr liebe als ohnehin schon?«

»Es ist ein Symbol, Luce.« Bill stieß einen heiseren Seufzer aus. »Du nimmst das zu wörtlich. Sieh es mal so. Daniel ist der erste gut aussehende Junge, den Lulu je gesehen hat. Bis er vor einigen Monaten ans Ufer gespült wurde, bestand die ganze Welt dieses Mädchens aus ihrem Vater und ein paar fetten Eingeborenen.«

»Sie ist Miranda«, meinte Luce und dachte an die Liebesgeschichte aus *Der Sturm* von Shakespeare, das sie in der zehnten Klasse gelesen hatte.

»Wie überaus kultiviert von dir!« Bill schürzte anerkennend die Lippen. »Sie *sind* wie Ferdinand und Miranda: Der schöne Fremde strandet an ihren Ufern ...«

»Also war es für Lulu natürlich Liebe auf den ersten Blick«, murmelte Luce. Genau davor hatte sie Angst gehabt. Vor der gleichen gedankenlosen, automatischen Liebe, die ihr in Helston zu schaffen gemacht hatte.

»Genau«, bestätigte Bill. »Sie hatte keine andere Wahl, als sich in ihn zu verlieben. Aber was hier interessant ist, ist Daniel. Verstehst du, er *brauchte* ihr nicht beizubringen, wie man ein Segel webt und näht, er musste das Vertrauen ihres Vaters nicht gewinnen, indem er Fisch für ein Vierteljahr zum Trocknen brachte, oder, Beispiel C« – Bill deutete auf das Paar am Strand – »zustimmen, seinen ganzen Körper tätowieren zu lassen, wie es hier ihrer Sitte entspricht. Es hätte genügt, wenn Daniel einfach nur aufgetaucht wäre. Lulu hätte ihn trotzdem geliebt.«

»Er tut es, weil…«, überlegte Luce laut. »Weil er sich ihre Liebe verdienen will. Weil er sonst nur ihren Fluch ausnutzen würde. Weil seine Liebe zu ihr, egal an welchen Kreislauf sie gebunden sind, … echt ist.«

Warum war Luce dann aber nicht restlos überzeugt?

Am Strand setzte Daniel sich auf. Er fasste Lulu an den Schultern und begann, sie zärtlich zu küssen. Seine Brust blutete vom Tätowieren, aber keiner von beiden schien es zu bemerken. Ihrer beider Lippen öffneten sich kaum und sie ließen einander keine Sekunde aus den Augen.

»Ich will jetzt gehen«, sagte Luce plötzlich zu Bill.

»Echt?« Bill blinzelte und fuhr vom Ast hoch, als hätte sie ihn erschreckt.

»Ja, echt. Ich habe bekommen, wofür ich hergereist bin, und jetzt kann es weitergehen. Jetzt gleich.« Sie versuchte, ebenfalls aufzustehen, aber der Ast schwankte unter ihrem Gewicht.

»Ähm, na schön.« Bill fasste sie am Arm, um sie zu stützen. »Wohin?«

»Ich weiß es nicht, aber wir sollten uns beeilen.« Die Sonne versank hinter ihnen am Himmel und zog die Schatten der Liebenden auf dem Sand in die Länge. »Bitte. Ich möchte eine gute Erinnerung behalten. Ich möchte sie nicht sterben sehen.«

Bill verzog verwirrt das Gesicht, aber er schwieg.

Luce konnte nicht länger warten. Sie schloss die Augen

und ließ ihr Verlangen einen Verkünder herbeirufen. Als sie die Augen wieder öffnete, konnte sie ein Beben in dem Schatten eines nahen Passionsfruchtbaumes sehen. Sie konzentrierte sich und beschwor den Verkünder mit aller Macht, bis er zu zittern begann.

»Komm schon«, sagte sie zähneknirschend.

Endlich befreite sich der Verkünder, zischte von dem Baum weg und durch die Luft und kam direkt vor ihr schwebend zum Stehen.

»Immer mit der Ruhe«, murmelte Bill, der über dem Ast hockte. »Verzweiflung und Verkünderreisen passen nicht gut zusammen. Wie saure Gurken und Schokolade.«

Luce starrte ihn an.

»Ich meine: Sei nicht so verzweifelt, dass du aus den Augen verlierst, was du eigentlich willst.«

»Ich *will* weg von hier«, erklärte Luce, aber sie konnte den Schatten nicht in eine stabile Gestalt bringen, so sehr sie sich auch bemühte. Sie sah nicht zu dem Paar unten im Sand hinüber, aber trotzdem konnte sie die Dunkelheit spüren, die sich am Himmel über dem Strand bildete. Es waren keine Regenwolken. »Hilf mir, Bill.«

Er seufzte, griff nach der dunklen Masse in der Luft und zog sie zu sich hin. »Dies ist dein Schatten, verstehst du? Ich betätige ihn, aber es ist dein Verkünder und deine Vergangenheit.«

Luce nickte.

»Was heißt, dass du keine Ahnung hast, wo er dich hinbringt, und ich trage keine Verantwortung.«

Sie nickte wieder.

»Also schön.« Er rieb einen Teil des Verkünders, bis dieser dunkler wurde, dann fing er die dunkle Stelle mit einer

Klaue und riss daran. Es funktionierte wie eine Art Türknauf. Der Gestank von Moder wehte heraus und Luce musste husten.

»Ja, ich rieche es auch«, sagte Bill. »Das Teil ist nicht mehr das neuste.« Er bedeutete ihr voranzugehen. »Ladies first.«

PREUSSEN, 7. JANUAR 1758

Luce' Nase wurde von einer Schneeflocke geküsst.

Dann von noch einer und noch einer und immer mehr, bis ein Schneegestöber die Luft erfüllte und die ganze Welt weiß und kalt wurde. Sie blies eine lange Atemwolke in die Kälte.

Irgendwie hatte sie gewusst, dass sie hier landen würden, obwohl sie sich nicht sicher war, wo genau *hier* war. Sie wusste nur, dass der Nachmittagshimmel dunkel war von einem wilden Sturm und nasser Schnee ihre schwarzen Lederstiefel durchdrang, ihr in die Zehen biss und sie bis ins Mark frieren ließ.

Sie ging auf ihre eigene Beerdigung.

Sie hatte es in dem Moment gespürt, als sie durch den Verkünder geschritten war. Eine nahende Kälte, unerbittlich wie eine Eisdecke. Sie fand sich an den Toren eines Friedhofs wieder. Hinter ihr erstreckte sich eine baumbestandene Straße. Kahle Zweige reckten sich dem stahlgrauen Himmel entgegen. Vor ihr lag eine kleine Anhöhe von schneebedeckter Erde, Grabsteine und Kreuze ragten aus dem Weiß wie spitze, schmutzige Zähne.

Einige Schritte hinter ihr stieß jemand einen Pfiff aus. »Bist du dir sicher, dass du hierfür bereit bist?« Bill. Er klang atemlos, als habe er sie gerade erst eingeholt.

»Ja.« Sie schnatterte vor Kälte und drehte sich erst um, als Bill neben ihren Schultern heruntergerauscht kam.

»Hier«, sagte er und hielt ihr einen dunklen Nerzmantel hin. »Dachte, du frierst vielleicht.«

»Woher hast du ...«

»Ich hab ihn von einer Tussi abgegriffen, die von dem Markt dahinten nach Hause ging. Keine Bange, sie hatte schon genug natürliche Polsterung.«

»Bill!«

»He, du brauchst ihn!« Er zuckte die Achseln. »Halte ihn in Ehren.«

Er drapierte den dicken Mantel über Luce' Schultern und sie zog ihn fester um sich. Der Mantel war unglaublich weich und warm. Eine Welle der Dankbarkeit überflutete sie, sie streckte die Hand aus und ergriff seine Klaue, und es störte sie nicht einmal, dass sie kalt und klebrig war.

»In Ordnung«, sagte Bill und drückte ihre Hand. Für einen Moment spürte Luce eine seltsame Wärme in den Fingerspitzen. Doch dann war die Wärme verschwunden und Bills steinerne Finger waren eiskalt. Er atmete nervös durch. »Ähm. Äh. Preußen, Mitte des achtzehnten Jahrhunderts. Du wohnst in einem kleinen Dorf an den Ufern des Flusses Havel. Sehr hübsch.« Er räusperte sich und hustete einen großen Klecks Schleim aus, ehe er fortfuhr. »Ähm, ich sollte wohl sagen, du *hast* hier gelebt. Du bist gerade – nun ...«

»Bill?« Er saß vornübergebeugt auf ihrer Schulter, und sie verdrehte den Hals, um ihn anzuschauen. »Ist schon gut«, fügte sie leise hinzu. »Du brauchst nichts zu erklären. Lass es mich einfach, na ja, spüren.«

»Das ist wahrscheinlich das Beste.«

Während Luce geräuschlos durch die Friedhofstore ging, blieb Bill zurück. Er saß im Schneidersitz auf einem mit Flechten überzogenen Grabmal und knibbelte an dem Dreck unter seinen Krallen. Luce zog den Schal über den Kopf, um ihr Gesicht zu verbergen.

Vor ihr drängten sich Trauergäste wärmesuchend so dicht aneinander, dass sie zu einer schwarzen Menge verschmolzen. Bis auf eine Person, die abseits der Gruppe stand. Sie hielt den unbedeckten blonden Kopf gesenkt.

Niemand sprach mit Daniel oder sah ihn auch nur an. Luce konnte nicht erkennen, ob es ihm zu schaffen machte, dass sie ihn nicht beachteten, oder ob es ihm so lieber war.

Als sie den hinteren Teil der kleinen Menschenmenge erreichte, ging die Beerdigung ihrem Ende zu. Ein Name war in einen flachen grauen Grabstein gehauen: *Lucinda Müller*. Ein blasser Junge, nicht älter als zwölf, mit dunklem Haar und tränenüberströmtem Gesicht, half seinem Vater – ihr Vater aus diesem anderen Leben? –, die erste Lage Erde in das Grab zu schaufeln.

Diese Männer mussten mit ihrem früheren Ich verwandt gewesen sein. Sie mussten sie geliebt haben. Hinter ihnen standen weinende Frauen und Kinder, Lucinda Müller musste auch ihnen etwas bedeutet haben. Vielleicht hatte sie ihnen alles bedeutet.

Aber Luce Price kannte diese Leute nicht. Sie kam sich gefühllos und seltsam vor, als sie begriff, dass sie ihr nichts bedeuteten, obwohl sie den Schmerz auf ihren Gesichtern sah. Daniel war der Einzige hier, der für sie wirklich zählte, der Einzige, zu dem sie hinlaufen wollte, derjenige, von dem sie sich fernhalten musste.

Er weinte nicht. Er sah nicht einmal auf das Grab wie alle anderen. Seine Hände waren vor dem Leib gefaltet, und er blickte ins Leere – nicht in den Himmel hinauf, sondern in weite Ferne. Seine Augen waren in einem Moment violett und im nächsten grau.

Als die Familienmitglieder einige Schaufeln voll Erde auf den Sarg geworfen und Blumen auf der Grabstätte verstreut hatten, gingen die Trauergäste auseinander und kehrten auf die Hauptstraße zurück. Es war vorbei.

Nur Daniel blieb zurück. So reglos wie ein Toter.

Luce blieb ebenfalls. Sie duckte sich hinter ein Mausoleum einige Grabstellen weiter entfernt und wartete ab, was er tun würde.

Der Abend dämmerte. Sie hatten den Friedhof für sich allein. Daniel ließ sich neben Lucindas Grab auf die Knie nieder. Schnee rieselte auf den Friedhof und bedeckte Luce' Schultern, dicke Flocken fingen sich in ihren Wimpern und befeuchteten ihre Nasenspitze. Sie schob sich um die Ecke des Mausoleums herum und ihr ganzer Körper war angespannt.

Würde er ausrasten? Würde er mit bloßen Händen in der Erde wühlen und auf den Grabstein hämmern und heulen, bis es keine Tränen mehr zum Vergießen gab? Er *konnte* nicht so ruhig sein, wie er aussah. Es war unmöglich, eine Fassade. Aber Daniel betrachtete das Grab kaum. Er legte sich neben das Grab und schloss die Augen.

Luce starrte ihn an. Er war so hinreißend. Mit geschlossenen Lidern wirkte er, als habe er vollkommenen Frieden gefunden. Sie war halb verliebt, halb verwirrt und verharrte

175

mehrere Minuten – bis sie so durchgefroren war, dass sie sich die Arme reiben und mit den Füßen aufstampfen musste, um warm zu werden.

»Was macht er da?«, flüsterte sie schließlich.

Bill erschien hinter ihr und flatterte um ihre Schultern. »Sieht so aus, als würde er schlafen.«

»Aber warum? Ich wusste überhaupt nicht, dass Engel Schlaf brauchen ...«

»*Brauchen* ist nicht das richtige Wort. Sie können schlafen, wenn ihnen danach zumute ist. Nach deinem Tod schläft Daniel immer tagelang.« Bill warf den Kopf zurück, als sei ihm etwas Unerfreuliches eingefallen. »Na gut, nicht immer. Aber meistens. Muss ziemlich ermüdend sein, das Einzige zu verlieren, was man liebt. Machst du ihm deswegen einen Vorwurf?«

»I-irgendwie schon«, stammelte Luce. »Ich bin schließlich diejenige, die in Flammen aufgeht.«

»Und er ist derjenige, der alleingelassen wird. Die uralte Frage: Was ist schlimmer?«

»Aber er sieht noch nicht einmal *traurig* aus. Er wirkte während der ganzen Beerdigung gelangweilt. Wenn ich das wäre, dann würde ich ... dann würde ich ...«

»Du würdest was?«

Luce bewegte sich auf das Grab zu und blieb vor der losen Erde stehen, wo ihre Grabstelle begann. Ein Sarg lag darunter.

Ihr Sarg.

Bei dem Gedanken überlief sie ein Schauder. Sie ließ sich auf die Knie sinken und legte die Hände auf die Erde. Sie war feucht und dunkel und eiskalt. Luce grub die Hände hinein und hatte sofort das Gefühl, dass ihre Finger zu Eis wurden, doch es kümmerte sie nicht, sie hieß das Brennen willkommen. Sie hatte sich gewünscht, dass Daniel dies tat, dass er nach ihrem Körper in der Erde tastete. Dass er sie zurückwollte, lebendig und in seinen Armen, und darüber verrückt wurde.

Aber er *schlief* einfach, schlief so fest, dass er nicht einmal spürte, dass sie direkt neben ihm kniete. Sie wollte ihn berühren, ihn wecken, aber sie wusste nicht, was sie sagen könnte, wenn er die Augen öffnete.

Stattdessen wühlte sie in der schmutzigen Erde, bis die so behutsam abgelegten Blumen darauf zerstreut und zerfetzt waren, bis der schöne Nerzmantel besudelt war und ihre Arme und ihr Gesicht vor Dreck starrten. Sie grub und grub und warf die Erde beiseite, gelangte immer tiefer in die Erde zu ihrem toten Ich. Sie sehnte sich nach irgendeiner Form von Verbindung.

Endlich trafen ihre Finger auf etwas Hartes. Den Holzdeckel des Sarges. Sie schloss die Augen und wartete auf die Art von Blitz, die sie in Moskau gespürt hatte, die Explosion von Erinnerungen, die sie durchflutet hatten, als sie das Tor der verlassenen Kirche berührt und Luschkas Leben *gefühlt* hatte.

Nichts.

Nur Leere. Einsamkeit. Ein heulender weißer Wind.

Und Daniel, schlafend und unerreichbar.

Sie hockte sich auf die Fersen und schluchzte. Sie wusste nichts über das Mädchen, das gestorben war, rein gar nichts. Sie hatte das Gefühl, dass sie niemals etwas über sie wissen würde.

»Juhu«, sagte Bill leise von ihrer Schulter aus. »Du weißt, dass du nicht da drin bist?«

»Was?«

»Denk doch mal drüber nach. Du bist nicht da drin. Du bist inzwischen ein Häufchen Asche, wenn überhaupt. Es gab von dir keinen Körper zum Begraben, Luce.«

»Wegen des Feuers. Oh. Aber warum ...?«, fragte sie, dann brach sie ab. »Meine Familie wollte es.«

»Sie sind strenge Lutheraner.« Bill nickte. »Seit hundert Jahren hat jeder Müller einen Grabstein auf diesem Friedhof. Also auch dein früheres Ich. Es liegt bloß nichts darunter. Oder fast nichts. Dein Lieblingskleid. Eine Puppe aus deiner Kindheit. Deine Bibel. So was in der Art.«

Luce schluckte. Kein Wunder, dass sie sich innerlich so leer fühlte. »Also hat Daniel – deshalb hat er das Grab nicht angesehen.«

»Er ist der Einzige, der akzeptiert, dass deine Seele woanders ist. Er ist geblieben, weil er die Erinnerung an dich nirgendwo näher als hier bewahren kann.« Bill beugte sich so dicht über Daniel, dass das Schwirren seiner steinernen Flügel Daniels Haar zerzauste. Luce hätte Bill beinahe zur Seite gestoßen. »Er wird versuchen zu schlafen, bis deine Seele sich woanders niedergelassen hat. Bis du deine nächste Inkarnation gefunden hast.«

»Wie lange dauert das?«

»Manchmal Sekunden, manchmal Jahre. Aber er wird nicht jahrelang schlafen. So gern er das wahrscheinlich tun würde.«

Als Daniel sich bewegte, machte Luce einen Satz.

Er regte sich unter seiner Decke aus Schnee. Ein gequältes Stöhnen kam von seinen Lippen.

»Was passiert?«, fragte Luce, ließ sich auf die Knie nieder und streckte die Hand nach ihm aus.

»Nicht aufwecken!«, sagte Bill hastig. »Er wird im Schlaf von Albträumen geplagt, aber es ist besser für ihn, als wach zu sein. Bis deine Seele sich in einem neuen Leben niedergelassen hat, ist Daniels ganzes Dasein eine Art von Folter.«

Luce war hin und her gerissen zwischen dem Wunsch, Daniels Schmerz zu lindern, und dem Versuch zu verstehen, dass sie diesen Schmerz vielleicht nur verschlimmern würde, wenn sie ihn weckte.

»Wie ich schon sagte, gelegentlich leidet er unter einer Art Schlaflosigkeit ... und dann wird es *wirklich* interessant. Aber das würdest du nicht sehen wollen. Ganz bestimmt nicht.«

»Doch«, widersprach sie und richtete sich auf. »Was passiert dann?«

Bills fleischige Wangen zuckten, als sei er bei etwas erwischt worden. »Nun, ähm, die anderen gefallenen Engel sind sehr oft in der Nähe«, antwortete er, ohne ihr in die Augen zu sehen. »Sie kommen her und, na ja, versuchen, ihn zu trösten.«

»Ich habe sie in Moskau gesehen. Aber davon redest du gar nicht. Du verschweigst mir doch etwas. Was passiert, wenn ...«

»Es ist besser, wenn du diese Leben nicht siehst, Luce. Es ist eine Seite von ihm ...«

»Es ist eine Seite von ihm, die mich liebt, nicht wahr? Selbst wenn sie dunkel oder schlecht oder verstörend ist, muss ich sie sehen. Sonst werde ich nicht wirklich verstehen, was er durchmacht.«

Bill seufzte. »Du siehst mich so an, als brauchtest du meine Erlaubnis. Deine Vergangenheit gehört dir.«

Luce war schon auf den Beinen. Sie sah sich auf dem

Friedhof um, bis ihr Blick auf einen kleinen Schatten hinter ihrem Grabstein fiel. *Da. Das ist der Richtige.* Luce war verblüfft über ihre Gewissheit. Das war ihr noch nie passiert.

Auf den ersten Blick hatte dieser Schatten genauso ausgesehen wie alle anderen Schatten, die sie unbeholfen im Wald der Shoreline School heraufbeschworen hatte. Aber diesmal konnte Luce *irgendetwas* in dem Schatten selbst sehen. Es war kein Bild, das ein spezielles Ziel darstellte, sondern viel mehr ein seltsamer silbriger Schimmer, der anzudeuten schien, dass dieser Verkünder sie dort hinbringen würde, wo ihre Seele als Nächstes hingehen musste.

Er rief nach ihr.

Sie antwortete, ging in sich und bediente sich des Schimmers, um den Schatten vom Boden aufsteigen zu lassen.

Das Stück Dunkelheit löste sich von dem weißen Schnee und nahm Gestalt an, während es sich ihr näherte. Er war von einem tiefen Schwarz, kälter als der fallende Schnee, und er rauschte auf Luce zu wie ein riesiger, dunkler Bogen Papier. Ihre Finger waren rissig und taub von der Kälte, als sie den Verkünder zu einer größeren, kontrollierten Form auseinanderzog. Er stieß aus seinem Inneren den vertrauten Schwall widerlich riechenden Windes aus. Das Portal war breit und stabil, ehe Luce bewusst wurde, dass sie außer Atem war.

»Du wirst dabei langsam wirklich gut«, bemerkte Bill. Seine Stimme hatte einen seltsamen scharfen Unterton, auf dessen Analyse Luce jedoch keine Zeit verschwendete.

Sie verschwendete auch keine Zeit darauf, stolz auf sich zu sein – obwohl ihr irgendwie bewusst war, dass Miles oder Shelby, wären sie hier gewesen, in diesem Augenblick Purzelbäume geschlagen hätten. Es war mit Abstand die beste Beschwörung, die sie bisher allein zustande gebracht hatte.

Aber die beiden waren nicht hier. Luce war allein, also blieb ihr nichts anderes übrig, als zu dem nächsten Leben weiterzugehen, Lucinda und Daniel noch länger zu beobachten und alles in sich aufzunehmen, bis etwas anfing, einen Sinn zu ergeben. Sie befühlte die klebrigen Ränder nach einem Riegel oder Türknauf, nach einem Weg hinein. Schließlich öffnete sich der Verkünder mit einem Knarren.

Luce holte tief Luft. Dann drehte sie sich zu Bill um. »Kommst du jetzt mit oder nicht?«

Mit ernstem Gesichtsausdruck hüpfte er auf ihre Schulter und packte ihr Revers wie die Zügel eines Pferdes, und so schritten die beiden hindurch.

LHASA, TIBET, 30. APRIL 1740

Luce schnappte nach Luft.

Sie war aus der Dunkelheit des Verkünders in einen Wirbel schnell heraufziehenden Nebels geraten. Die Luft war dünn und kalt und jeder Atemzug stach ihr in der Brust. Sie schien nicht normal atmen zu können. Der kühle weiße Dunst des Nebels wehte ihr das Haar aus dem Gesicht, kroch ihr in die Ärmel, durchnässte ihre Kleidung mit Tau und war dann verschwunden.

Luce stellte fest, dass sie am Rand der höchsten Felswand stand, die sie je gesehen hatte. Sie schwankte und taumelte rückwärts, ihr wurde schwindelig, als sie sah, wie ihre Füße einen Stein lostraten. Er rollte ein Stückchen vor und über den Rand und stürzte endlos in die Tiefe.

Sie schnappte nochmals nach Luft, diesmal aus Höhenangst.

»Und atmen«, instruierte Bill sie. »Hier oben werden mehr Leute ohnmächtig, weil sie Panik haben, sie bekämen nicht genug Sauerstoff, und nicht weil sie *tatsächlich* nicht genug Sauerstoff bekommen.«

Luce atmete vorsichtig ein. Das war ein klein wenig besser. Sie ließ den schmutzigen Nerz von den Schultern gleiten und genoss die Sonne auf dem Gesicht. Aber die Aussicht machte ihr noch immer zu schaffen.

Von dem Felsvorsprung, auf dem sie stand, blickte sie über ein weites Tal, das hier und da von Ackerland und gefluteten Reisfeldern durchsetzt zu sein schien. Und zu beiden Seiten erhoben sich zwei gewaltige Berge in neblige Höhen.

Weit vor ihr, direkt in einen der steilen Berghänge gehauen, befand sich ein ehrfurchtgebietender Palast. Majestätisch weiß und von dunkelroten Dächern bekrönt, schwangen sich an seinen Außenmauern mehr Treppen empor, als sie zählen konnte. Der Palast sah aus, als stamme er aus einem uralten Märchen.

»Was ist das für ein Ort? Sind wir in China?«, fragte sie.

»Wenn wir lange genug hierblieben, wären wir es«, antwortete Bill. »Aber im Moment ist es Tibet, dem Dalai Lama sei Dank. Das da drüben ist seine Hütte.« Er zeigte auf den Monsterpalast. »Protzig, was?«

Aber Luce folgte seinem Finger nicht. Sie hatte irgendwo in der Nähe ein Lachen gehört und sich umgedreht, um nach seiner Quelle Ausschau zu halten.

Ihr Lachen. Das leise, glückliche Lachen, von dem sie gar nicht gewusst hatte, dass es ihres war, bis sie Daniel kennengelernt hatte.

Schließlich entdeckte sie einige hundert Meter weiter auf dem Felsen zwei Gestalten. Sie würde über ein paar Steinbrocken klettern müssen, um näher heranzukommen, aber allzu schwierig würde es nicht sein. Sie duckte sich und begann, sich vorsichtig einen Weg durch den Schnee zu bahnen, auf das Geräusch zu.

»He, Sekunde mal.« Bill packte sie am Mantelkragen. »Siehst du irgendeine Stelle, wo wir uns verstecken können?«

Luce betrachtete die kahle Landschaft. Nichts als blanker Fels und freie Flächen. Nichts, das ihnen auch nur als Schutz vor dem Wind dienen konnte.

»Wir befinden uns oberhalb der Baumgrenze, Mädel. Und du bist zwar klein, aber nicht unsichtbar. Du wirst hier warten müssen.«

»Aber ich kann nicht sehen, was ...«

»Manteltasche«, sagte Bill. »Gern geschehen.«

Sie tastete die Tasche des Mantels ab – desselben Mantels, den sie bei der Beerdigung in Preußen getragen hatte – und zog ein kleines, sehr teuer aussehendes Fernglas heraus. Sie machte sich nicht die Mühe, Bill zu fragen, wo oder wann er daran gekommen war, sie hielt es sich nur an die Augen und stellte es scharf.

Da.

Die beiden standen sich einige Schritte voneinander entfernt gegenüber. Das schwarze Haar ihres früheren Ichs war zu einem mädchenhaften Knoten frisiert und ihr gewebtes Leinenkleid war von dem Rosaton einer Orchidee. Sie sah jung und unschuldig aus. Sie lächelte Daniel an und wippte dabei auf den Füßen, als sei sie nervös, während sie jede seiner Bewegungen mit einer grenzenlosen Eindringlichkeit beobachtete. In Daniels Augen stand ein neckender Ausdruck. Er hielt einen Strauß runder weißer Pfingstrosen im Arm und reichte ihr eine nach der anderen, und mit jeder Blume musste sie noch mehr lachen.

Während Luce die beiden durch das Fernglas beobachtete, bemerkte sie, dass ihre Finger sich nie berührten. Sie hielten einen gewissen Abstand voneinander. Warum? Es war fast schon erschreckend.

In den anderen Leben, die sie heimlich beobachtet hatte, hatte Luce so viel Hunger und Leidenschaft gesehen. Aber hier war es anders. Luce' Körper begann zu summen, sie wartete auf nur einen einzigen Augenblick einer körperlichen Verbindung zwischen ihnen. Wenn *sie* Daniel schon nicht berühren konnte, so konnte es zumindest ihr altes Ich tun.

Doch sie standen nur da und gingen jetzt im Kreis herum, wobei sie sich weder näher kamen, noch voneinander entfernten.

Ab und zu wehte ihr Gelächter wieder zu Luce herüber.

»Nun?« Bill versuchte immer wieder, sein kleines Gesicht neben das von Luce zu quetschen, damit er durch eines der Okulare des Opernglases spähen konnte. »Was geht ab?«

»Sie *reden* nur. Sie flirten wie Fremde, aber gleichzeitig scheinen sie einander wirklich gut zu kennen. Ich verstehe es nicht.«

»Also lassen sie es langsam angehen. Was gibt es daran auszusetzen?«, fragte Bill. »Bei der Jugend von heute muss alles immer schnell gehen – Bumm Bumm BUMM.«

»Es langsam angehen zu lassen ist völlig in Ordnung, ich dachte nur ...« Luce brach ab.

Ihr früheres Ich fiel auf die Knie. Sie begann sich hin und her zu wiegen, legte die Hände um den Kopf und dann aufs Herz. Ein entsetzter Ausdruck glitt über Daniels Gesicht. Er wirkte so steif in seinen weißen Hosen und der Tunika, als sei er eine Statue seiner selbst. Er schüttelte den Kopf, sah zum Himmel hinauf und formte mit den Lippen die Worte: *Nein. Nein. Nein.*

Die haselnussbraunen Augen des Mädchens waren wild und feurig geworden, als sei sie von etwas besessen. Ein gellender Schrei hallte über die Berge. Daniel fiel zu Boden und vergrub das Gesicht in den Händen. Er streckte den Arm nach ihr aus, aber seine Hand hing in der Luft, ohne ihre Haut zu berühren. Sein Körper sackte zusammen und er zitterte und im entscheidenden Moment wandte er den Blick ab.

Luce war die Einzige, die beobachtete, wie das Mädchen aus heiterem Himmel zu einer Feuersäule wurde. So schnell.

Der beißende Rauch kreiselte über Daniel. Seine Augen waren geschlossen. Sein Gesicht glänzte – nass von Tränen. Er sah so unglücklich aus wie jedes Mal, wenn sie ihn dabei beobachtet hatte, wie er ihrem Sterben zusah. Aber diesmal schien er geradezu krank vor Bestürzung zu sein. Irgendetwas war anders. Irgendetwas stimmte nicht.

Als Daniel ihr das erste Mal von seiner Strafe erzählt hatte, hatte er gesagt, es habe einige Leben gegeben, in denen ein einziger Kuss sie getötet habe. Schlimmer noch, in denen etwas Geringeres als ein Kuss sie getötet hatte. Eine einzige Berührung.

Sie hatten sich nicht berührt. Luce hatte die ganze Zeit zugesehen. Er war so vorsichtig darauf bedacht gewesen, ihr nicht nahe zu kommen. Glaubte er, er hätte sie länger behalten können, wenn er ihr die Wärme seiner Umarmung vorenthielt? Glaubte er, er könne den Fluch überlisten, indem er sie immer auf Armeslänge von sich fernhielt?

»Er hat sie nicht einmal berührt«, murmelte sie.

»Loser«, meinte Bill.

Sie niemals zu berühren, nicht ein einziges Mal in der ganzen Zeit, die sie ineinander verliebt waren. Und jetzt würde er wieder warten müssen, ohne zu wissen, ob beim nächsten Mal irgendetwas anders sein würde. Wie konnte es angesichts einer solchen Niederlage Hoffnung geben? Nichts davon ergab einen Sinn.

»Wenn er sie nicht berührt hat, was hat dann ihren Tod ausgelöst?« Sie wandte sich zu Bill, der den Kopf in den Nacken legte und in den Himmel hinaufblickte.

»Berge«, sagte er. »Nett!«

»Du weißt etwas«, erwiderte Luce. »Was ist es?«

Er zuckte die Achseln. »Ich weiß gar nichts«, antwortete er. »Oder nichts, was ich dir sagen kann.«

Ein schrecklicher, verzweifelter Schrei schallte über den Fels. Er hallte wider, kehrte als vielfaches Echo zurück, so als schrien hundert Daniels zusammen auf. Luce hob das Fernglas wieder an die Augen und sah, wie er die Blumen zu Boden warf.

»Ich muss zu ihm!«, sagte sie.

»Zu spät«, meinte Bill. »Jetzt kommt's.«

Daniel wich vom Rand des Abgrunds zurück. Luce' Herz schlug vor Angst vor dem, was er gleich tun würde. Schlafen würde er jedenfalls nicht. Er nahm Anlauf, beschleunigte zu einer unmenschlichen Geschwindigkeit, und warf sich, als er den Felsrand erreichte, in die Luft.

Luce wartete darauf, dass seine Flügel sich ausbreiteten. Sie wartete auf das leise Donnern ihrer gewaltigen Entfaltung, wenn sie sich weit öffneten und der Wind in ehrfurchtgebietender Pracht hineinfuhr. Sie hatte ihn schon früher so in die Lüfte steigen sehen, und jedes Mal traf es sie bis ins Mark: Wie verzweifelt sie ihn liebte.

Aber seine Flügel schossen ihm nicht aus dem Rücken. Er stürzte wie ein Sterblicher in die Tiefe.

Luce schrie, ein lauter, langer, angstvoller Schrei, bis Bill ihr seine schmutzige Steinhand vor den Mund hielt. Sie schüttelte ihn ab, rannte zum Rand des Felsens und kroch vorwärts.

Daniel fiel noch immer. Es war weit bis nach unten. Sie beobachtete, wie sein Körper immer kleiner und kleiner wurde.

»Er wird doch seine Flügel ausbreiten, nicht wahr?«, stieß sie hervor. »Er wird begreifen, dass er fallen und fallen wird, bis ...«

Sie konnte es nicht einmal aussprechen.

»Nein«, sagte Bill.

»Aber ...«

»Ja, er wird da unten nach tausend Metern auf den Fels schmettern«, bestätigte Bill. »Er wird sich jeden Knochen im Leib brechen. Aber keine Sorge, er kann sich nicht umbringen. Er wünscht nur, er könnte es.« Er drehte sich zu ihr um und seufzte. »Glaubst ihm jetzt seine Liebe?«

»Ja«, flüsterte Luce, weil sie in diesem Moment keinen anderen Wunsch hatte, als sich auch in diesen Abgrund zu stürzen. So sehr liebte sie ihn.

Aber es würde nichts nützen.

»Sie waren so vorsichtig.« Ihre Stimme klang angespannt. »Wir haben beide gesehen, was passiert ist, Bill: *nichts*. Sie war so unschuldig. Wie konnte sie da sterben?«

Bill stieß ein prustendes Lachen aus. »Du denkst, du weißt alles über sie, nur weil du quer über einen Berggipfel die letzten drei Minuten ihres Lebens gesehen hast?«

»Du hast mich dazu gebracht, ein Fernglas zu benutzen ... oh!« Sie erstarrte. »Warte mal!« Irgendetwas ließ sie nicht los, die Art, wie die Augen ihres früheren Ichs sich ganz zum Schluss für einen kurzen Moment verändert hatten. Und plötzlich wusste Luce es: »Diesmal hat sie etwas umgebracht, was ich gar nicht hätte beobachten können ...«

Bill fuhr seine Krallen ein und aus und wartete darauf, dass sie den Gedanken zu Ende führte.

»Es ist in ihr geschehen.«

Er klatschte langsam Beifall. »Ich denke, jetzt könntest du so weit sein.«

»So weit wofür?«

»Erinnerst du dich daran, was ich dir in Helston gesagt habe? Nachdem du mit Roland gesprochen hattest?«

»Du warst anderer Meinung als er ... was meinen Wunsch betraf, meinen früheren Ichs nahe zu kommen.«

»Du kannst die Geschichte trotzdem nicht umschreiben, Luce. Du kannst die Erzählungen nicht verändern. Wenn du es versuchst ...«

»Ich weiß, es verzerrt die Zukunft. Ich will die Vergangenheit nicht verändern. Ich muss nur wissen, was geschieht – warum ich immer wieder sterbe. Ich dachte, es sei ein Kuss oder eine Berührung oder etwas Körperliches, aber es scheint komplizierter zu sein.«

Bill riss den Schatten hinter Luce' Füßen hervor wie ein Stierkämpfer, der ein rotes Cape schwang. Die Ränder des Schattens flackerten silbern. »Bist du bereit, Taten sprechen zu lassen?«, fragte er. »Bist du bereit für 3D?«

»Ich bin bereit.« Luce schlug den Verkünder auf und wappnete sich gegen den salzigen Wind darin. »Warte«, sagte sie und betrachtete Bill, der an ihrer Seite schwebte. »Was ist 3D?«

»Der Trend der Zukunft, Kind«, antwortete er.

Luce warf ihm einen durchdringenden Blick zu.

Bill tauchte in den dunklen Tunnel ein und winkte sie mit einem gekrümmten Finger heran. »Vertrau mir, du wirst es *lieben.*«

Zehn

Die Tiefen

Daniel kam rennend aus dem Verkünder.

Der Wind zerrte an seinem Körper. Die Sonne brannte auf seiner Haut. Er rannte und rannte und hatte keine Ahnung, wo er war. Er war, ohne es zu wissen, aus dem Verkünder geschossen, und obwohl es sich fast in jeder Hinsicht *richtig* anfühlte, nagte irgendetwas an seinem Gedächtnis. Irgendetwas stimmte nicht.

Seine Flügel.

Sie waren nicht *da*. Nein – sie waren natürlich noch da, aber er verspürte keinen Drang, sie herauszulassen, kein brennendes Verlangen zu fliegen. Statt der vertrauten Sehnsucht, in den Himmel aufzusteigen, zog es ihn *nach unten*.

Eine Erinnerung kam wieder hoch. Er näherte sich etwas Schmerzlichem, dem Rand von etwas Gefährlichem. Sein Blick konzentrierte sich auf das, was vor ihm lag …

Und er sah nichts als Luft.

Er warf sich zurück und schlitterte mit rudernden Armen über den Fels. Er fiel rückwärts zu Boden und blieb liegen, bevor er in eine unergründliche Tiefe gestürzt wäre.

Er holte Luft, dann rollte er sich vorsichtig herum, sodass er über den Rand spähen konnte.

Unter ihm: Ein Abgrund, der auf unheimliche Weise vertraut war. Er richtete sich auf Hände und Knie auf und sah hinab in die gewaltige Dunkelheit. War er immer noch dort unten? Hatte der Verkünder ihn ausgespien, bevor oder nachdem es geschehen war?

Das war der Grund, warum seine Flügel nicht aus seinen Schultern gebrochen waren. Sie hatten sich an die Qual dieses Lebens erinnert und sich nicht gerührt.

Tibet. Wo allein seine Worte sie getötet hatten. Die Lucinda dieses Lebens war so keusch erzogen worden, dass sie ihn nicht einmal berühren wollte. Obwohl er sich nach dem Gefühl ihrer Haut auf seiner gesehnt hatte, hatte Daniel ihre Wünsche respektiert. Insgeheim hatte er gehofft, dass ihre Weigerung vielleicht eine Möglichkeit wäre, ihren Fluch endlich zu überlisten. Aber er war einmal mehr ein Narr gewesen. Natürlich war eine Berührung nicht der Auslöser. Die Strafe ging viel tiefer.

Und jetzt war er wieder hier, an dem Ort, an dem ihr Tod ihn in eine so überwältigende Verzweiflung gestürzt hatte, dass er versucht hatte, seinem Schmerz ein Ende zu setzen.

Als ob das möglich gewesen wäre.

Den ganzen Weg nach unten hatte er gewusst, dass er scheitern würde. Selbstmord war ein sterblicher Luxus, der Engeln nicht vergönnt war.

Sein Körper zitterte bei der Erinnerung. Es war nicht nur der Schmerz all seiner zerschmetterten Knochen oder blauen Flecken, die er sich dabei zugezogen hatte. Nein, es war das, was danach gekommen war. Er hatte wochenlang dagelegen, sein Körper eingekeilt in die dunkle Leere zwischen zwei riesigen Felsblöcken. Manchmal war er zu sich gekommen, aber sein Geist schwamm so im Elend, dass er nicht an Lucinda hatte denken können. Er hatte an überhaupt nichts denken können.

Was genau der Punkt gewesen war.

Aber wie es die Art der Engel war, hatte sein Körper sich schneller und vollständiger geheilt, als seine Seele es jemals vermochte.

Seine Knochen waren wieder zusammengewachsen. Seine Wunden verschlossen sich zu sauberen Narben und waren mit der Zeit ganz verschwunden. Seine zerfetzten Organe gesundeten. Nur allzu bald war sein Herz wieder stark und schlug.

Es war Gabbe, die ihn mehr als einen Monat später gefunden hatte, Gabbe, die ihm geholfen hatte, aus der Felsspalte zu kriechen, die seine Flügel geschient und ihn von diesem Ort fortgetragen hatte. Sie hatte ihm das Gelübde abgenommen, es nie wieder zu tun. Sie hatte ihn schwören lassen, nie die Hoffnung zu verlieren.

Und jetzt war er wieder hier. Er erhob sich und stand schwankend über dem Abgrund.

»Bitte nicht. *Um Himmels willen,* tu das nicht! Ich könnte es einfach nicht ertragen, wenn du springen würdest.«

Es war nicht Gabbe, die jetzt auf dem Berg mit ihm sprach. Diese Stimme troff von Sarkasmus. Daniel wusste, wem sie gehörte, noch ehe er herumfuhr.

Cam lehnte lässig an einer Wand aus hohen schwarzen Steinblöcken. Über der farblosen Erde hatte er einen riesigen Gebetsteppich ausgebreitet, der aus dicken Strängen burgunderroten und ockerfarbenen Garns gewebt war. Er hielt eine verkohlte Yakkeule in der Hand und biss ein großes Stück von dem sehnigen Fleisch ab.

»Ach, was soll's.« Cam zuckte die Achseln und kaute.

»Nur zu, spring. Irgendwelche letzten Worte, die ich Luce ausrichten soll?«

»Wo ist sie?« Daniel ging auf ihn zu und ballte dabei die Fäuste. War der Cam, der vor ihm lümmelte, der Cam dieser Zeitperiode? Oder war er ein Anachronismus, der wie Daniel in der Zeit zurückgereist war?

Cam schleuderte den Yakknochen über den Felsrand, stand auf und wischte sich die fettigen Finger an seiner Jeans ab. Anachronismus, entschied Daniel.

»Du hast sie mal wieder knapp verpasst. Warum hast du so lange gebraucht?« Cam hielt ihm einen kleinen, randvoll mit Essen beladenen Blechteller hin. »Klößchen? Sie sind göttlich.«

Daniel schlug den Teller zu Boden. »Warum hast du sie nicht aufgehalten?« Er war auf Tahiti gewesen, in Preußen und jetzt hier in Tibet, und das Ganze in weniger Zeit, als ein Sterblicher brauchen würde, um eine Straße zu überqueren. Immer hatte er das Gefühl, Luce dicht auf den Fersen zu sein. Und immer entzog sie sich ihm. Wie schaffte sie es, stets schneller zu sein als er?

»Du hast gesagt, du brauchst meine Hilfe nicht.«

»Aber du hast sie gesehen?«, fragte Daniel scharf.

Cam nickte.

»Hat sie dich gesehen?«

Cam schüttelte den Kopf.

»Gut.« Daniel ließ die Augen über den kahlen Berggipfel schweifen und versuchte, sich Luce dort vorzustellen. Er warf einen schnellen Blick in die Runde, auf der Suche nach Spuren von ihr. Aber da war nichts. Graue Erde, schwarzer Fels, der schneidende Wind, überhaupt kein Leben hier oben – es schien ihm der einsamste Ort auf Erden zu sein.

»Was ist passiert?«, nahm er Cam ins Verhör. »Was hat sie getan?«

Cam lief lässig einmal um Daniel herum. »Sie hat, anders als der Gegenstand ihrer Zuneigung, ein untadeliges Timing. Sie ist genau im richtigen Moment gekommen, um ihren eigenen prachtvollen Tod mitanzusehen – ein guter diesmal, sieht ziemlich umwerfend aus vor dieser schroffen Landschaft. Selbst *du* musst das zugeben. Oder nicht?«

Daniel riss seinen Blick von ihm los.

»Jedenfalls, wo war ich? Hmm, ihr eigener prachtvoller Tod, das sagte ich bereits … ah, ja! Sie ist gerade lange genug geblieben, um zu sehen, wie du dich in den Abgrund gestürzt und vergessen hast, deine Flügel zu benutzen.«

Daniel ließ den Kopf hängen.

»Das kam nicht so gut an.«

Daniels Hand schnellte vor und packte Cam an der Gurgel. »Und ich soll glauben, dass du nur zugesehen hast? Du hast nicht mit ihr geredet? Hast nicht herausgefunden, wo sie als Nächstes hingeht? Hast nicht versucht, sie aufzuhalten?«

Cam ächzte und entwand sich Daniels Griff. »Ich war nicht einmal in der Nähe. Als ich diese Stelle erreichte, war sie schon weg. Noch einmal: Du hast gesagt, du brauchst meine Hilfe nicht.«

»Tue ich auch nicht. Halte dich heraus. Ich regele das alleine.«

Cam lachte in sich hinein, ließ sich wieder auf den Gebetsteppich fallen und legte die Beine vor sich übereinander. »Die Sache ist die, Daniel«, begann er und hob eine Handvoll getrockneter Goji-Beeren an die Lippen. »Selbst wenn ich darauf vertrauen würde, dass du diese Sache allein regeln *könntest*, was ich aufgrund deiner Vorgeschichte nicht tue« – er wedelte mit dem Zeigefinger –, »bist du nicht allein in dieser Sache. Alle suchen nach ihr.«

»Was meinst du damit, *alle?*«

»Als du in der Nacht, in der wir gegen die Outcasts gekämpft haben, hinter Luce her bist, glaubst du, wir anderen hätten da nur rumgesessen und Canasta gespielt? Gabbe, Roland, Molly, Arriane, selbst diese zwei verblödeten Nephilim-Kids – sie sind alle irgendwo da draußen und versuchen, sie zu finden.«

»Du hast ihnen *erlaubt*, das zu tun?«

»Ich bin niemandes Hüter, Bruder.«

»Nenn mich nicht so«, fuhr Daniel ihn an. »Ich glaub das einfach nicht. Wie konnten sie nur? Dies ist meine Verantwortung ...«

»Freier Wille.« Cam zuckte die Achseln. »Das ist im Moment total angesagt.«

Daniels Flügel brannten nutzlos an seinem Rücken. Was konnte er gegen ein halbes Dutzend Anachronismen tun, die durch die Vergangenheit stolperten? Die anderen gefallenen Engel würden wissen, wie zerbrechlich die Vergangenheit war, sie würden aufpassen. Aber Shelby und Miles? Sie waren *Kinder*. Sie würden leichtsinnig sein. Sie würden es nicht besser wissen. Sie könnten für Luce alles zerstören. Sie könnten Luce selbst zerstören.

Nein. Daniel würde ihnen nicht die Chance geben, sie vor ihm zu erreichen.

Und doch – Cam hatte es geschafft.

»Wie kann ich sicher sein, dass du dich nicht eingemischt hast?«, fragte Daniel und versuchte, sich seine Verzweiflung nicht anmerken zu lassen.

Cam verdrehte die Augen. »Weil *du* weißt, dass *ich* weiß, wie gefährlich eine Einmischung ist. Unsere Endziele mögen nicht die gleichen sein, aber wir wollen beide, dass sie dies überlebt.«

»Hör mir zu, Cam. Hier steht *alles* auf dem Spiel.«

»Erniedrige mich nicht. Ich weiß, was auf dem Spiel steht. Du bist nicht der Einzige, der schon viel zu lange gekämpft hat.«

»Ich – ich habe Angst«, gestand Daniel. »Wenn sie die Vergangenheit zu sehr verändert ...«

»Dann könnte das sie selbst verändern, wenn sie in die Gegenwart zurückkehrt? Ja, ich habe auch Angst.«

Daniel schloss die Augen. »Es würde bedeuten, dass für sie jede Chance, sich von diesem Fluch zu befreien ...«

»Vertan wäre.«

Daniel musterte Cam. Sie beide hatten seit Ewigkeiten nicht mehr so miteinander gesprochen – wie Brüder. »Sie war wirklich allein? Du bist dir sicher, dass auch keiner der anderen zu ihr gelangt ist?«

Einen Moment lang sah Cam an Daniel vorbei, zu einem Punkt auf dem Berggipfel hinter ihnen. Der Berg sah so verlassen aus, wie Daniel sich fühlte. Bei Cams Zögern kribbelte es ihm im Nacken.

»Keiner der anderen hat sie erreicht«, erklärte Cam schließlich.

»Bist du sicher?«

»Ich bin derjenige, der sie hier gesehen hat. Du bist derjenige, der nie rechtzeitig da ist. Und außerdem ist es ganz allein deine Schuld, dass sie hier draußen ist.«

»Das ist nicht wahr. Ich habe ihr nicht gezeigt, wie man die Verkünder benutzt.«

Cam stieß ein bitteres Lachen aus. »Ich meine nicht die Verkünder, du Holzkopf. Ich meine, dass sie denkt, es gehe hier nur um euch beide. Einen dummen Streit unter Liebenden.«

»Es *geht* um uns beide.« Daniels Stimme klang angespannt. Er hätte gerne den großen Stein hinter Cams Kopf aufgehoben und ihm auf den Schädel fallen lassen.

»Lügner.« Cam sprang auf und heißer Zorn blitzte in seinen grünen Augen auf. »Es ist viel bedeutender, und das weißt du genau.« Er nahm die Schultern zurück und entfaltete seine riesigen marmorierten Flügel. Sie erfüllten die Luft mit goldener Pracht und verbargen für einen Moment die Sonne. Als sie sich Daniel entgegenwölbten, trat er angewidert zurück. »Du solltest sie besser finden, bevor sie – oder jemand anders – auftaucht und unsere ganze Geschichte umschreibt. Denn dann haben du, ich, das alles hier« – Cam schnippte mit den Fingern – »ausgedient.«

Daniel knurrte, breitete seine eigenen silbrig weißen Flügel aus und spürte, wie sie sich immer weiter und weiter seitlich ausstreckten und erbebten, als sie neben denen von Cam pulsierten. Ihm war jetzt wärmer und er fühlte sich zu allem fähig. »Ich werde das regeln ...«, begann er.

Aber Cam hatte bereits abgehoben und der Rückstoß seines Abflugs wirbelte den Staub am Boden auf. Daniel beschirmte die Augen gegen die Sonne und sah empor, beobachtete, wie die goldenen Flügel durch die Luft schlugen und dann mit einem Mal verschwunden waren.

Elf

Coup de Foudre

Platsch.

Als Luce aus dem Verkünder kam, war sie unter Wasser.

Sie öffnete die Augen, aber das warme, trübe Wasser brannte so stark, dass sie die Augen sofort wieder zukniff. Ihre vollgesogenen Kleider zogen sie nach unten, daher kämpfte sie sich aus dem Nerzmantel. Als er in Richtung Boden sank, trat sie kräftig mit den Füßen, um an die Oberfläche zu gelangen, denn sie bekam keine Luft mehr.

Die Wasseroberfläche lag nur eine Handbreit über ihrem Kopf.

Sie schnappte nach Luft, dann fanden ihre Füße Grund, und sie stellte sich hin. Sie wischte sich das Wasser aus den Augen. Sie war in einer Badewanne.

Zugegeben, es war die größte Badewanne, die sie je gesehen hatte, so groß wie ein kleiner Swimmingpool. Sie war nierenförmig und aus glattem weißem Porzellan, und sie stand einsam in der Mitte eines riesigen Raumes, der aussah wie ein Museumssaal. Die hohen Decken waren mit Fresken bedeckt, Porträts dunkelhaariger Menschen, die wie

198

Mitglieder einer königlichen Familie wirkten. Jedes Bildnis wurde von einer goldenen Rosengirlande umrahmt und dazwischen schwebten pummelige Putten und bliesen ihre Trompeten dem Himmel entgegen. An jeder der Wände, die mit kunstvollen Ranken aus Türkis, Rosa und Gold tapeziert waren, stand ein übergroßer, mit üppigen Schnitzereien versehener Schrank.

Luce ließ sich wieder in die Wanne sinken. Wo war sie jetzt? Sie schöpfte die Oberfläche ab und zerteilte eine Handbreit Badeschaum, der so cremig war wie Schlagsahne. Ein kissengroßer Schwamm sprang an die Oberfläche, und ihr wurde bewusst, dass sie seit Helston nicht mehr gebadet hatte. Sie war schmutzig. Sie benutzte den Schwamm, um sich das Gesicht zu schrubben, dann machte sie sich daran, sich aus dem Rest ihrer Kleider zu schälen. Sie klatschte die ganzen durchweichten Sachen über den Rand der Wanne.

In diesem Moment stieg Bill langsam aus dem Badewasser auf und schwebte ein Stück über der Oberfläche. Der Teil der Wanne, aus der er gekommen war, war dunkel und trüb von Gargoyledreck.

»Bill!«, rief sie. »Merkst du nicht, dass ich ein paar Minuten für mich alleine brauche?«

Er hob eine Hand, um sich die Augen zuzuhalten. »Hast du nun genug herumgeplanscht, du weißer Hai?« Mit der anderen Hand wischte er sich Schaumbläschen von seinem kahlen Kopf.

»Du hättest mich warnen können, dass ich einen Tauchgang mache!«, entrüstete sich Luce.

»Ich habe dich doch gewarnt!« Er hüpfte auf den Rand der Wanne und wackelte ihn entlang, bis er direkt vor Luce'

Gesicht stand. »Gerade als wir aus dem Verkünder gekommen sind. Du hast mich nur nicht gehört, weil du unter Wasser warst!«

»Sehr hilfreich, vielen Dank.«

»Du hast sowieso ein Bad gebraucht«, sagte er. »Das ist eine große Nacht für dich, Schätzchen.«

»Wieso? Was ist los?«

»Was los ist, fragt sie!« Bill packte sie an den Schultern. »Bloß der prächtigste Ball, seit der Sonnenkönig den Löffel abgegeben hat! Und selbst wenn *la boum* von seinem schmierigen, pubertierenden Sohn veranstaltet wird – na und? Sie wird trotzdem gleich unten in dem größten, spektakulärsten Ballsaal in Versailles stattfinden – und *alle* werden dort sein!«

Luce zuckte die Achseln. Ein Ball klang gut, aber es hatte nichts mit ihr zu tun.

»Ich werde mich deutlicher ausdrücken«, fuhr Bill fort. »Alle werden dort sein, Lys Virgily eingeschlossen. Die Prinzessin von Savoyen! Klingelt da was?« Er knuffte Luce auf die Nase. »Das bist du.«

»Hmpf«, sagte Luce und lehnte den Kopf an die seifige Wand der Wanne zurück. »Klingt nach einer großen Nacht für *sie*. Aber was soll ich tun, während sie alle auf dem Ball sind?«

»Schau mal, erinnere dich daran, dass ich dir gesagt habe ...«

Der Knauf der Badezimmertür drehte sich. Bill beäugte ihn stöhnend. »Fortsetzung folgt.«

Als die Tür aufschwang, hielt er sich seine spitze Nase zu und verschwand unter Wasser. Luce zappelte herum und stieß ihn auf die andere Seite der Wanne. Er kam an die

Oberfläche, funkelte sie böse an und ließ sich auf dem Rücken durch den Seifenschaum treiben.

Bill mochte unsichtbar gewesen sein für das hübsche Mädchen mit den maisfarbenen Locken, das in einem langen preiselbeerfarbenen Gewand in der Tür stand – aber Luce war es nicht. Als das Mädchen sah, dass jemand in der Wanne lag, wich es zurück.

»Oh, Prinzessin Lys! Verzeiht mir!«, sagte sie auf Französisch. »Man hat mir gesagt, dieser Raum sei leer. Ich – ich hatte ein Bad für Prinzessin Elisabeth eingelassen« – sie zeigte auf die Wanne, in der Luce sich entspannte – »und wollte sie gerade mit ihren Damen hier heraufschicken.«

»Nun ...« Luce zermarterte sich das Gehirn und versuchte verzweifelt, königlicher zu wirken, als sie sich fühlte. »Ich ge-gestatte es nicht, dass sie heraufgeschickt wird. Und ihre Damen auch nicht. Dies ist mein Gemach, wo ich in Ruhe zu baden wünsche.«

»Ich bitte um Vergebung«, erwiderte das Mädchen und verbeugte sich, »tausend Mal Vergebung.«

»Schon gut«, sagte Luce schnell, als sie die aufrichtige Verzweiflung des Mädchens sah. »Es war wohl nur ein Missverständnis.«

Das Mädchen knickste und begann die Tür zu schließen. Bill streckte seinen gehörnten Kopf über die Oberfläche des Wassers und flüsterte: »Kleider!« Luce benutzte ihren nackten Fuß, um ihn runterzudrücken.

»Warte!«, rief Luce hinter dem Mädchen her, das die Tür langsam wieder aufdrückte. »Ich brauche deine Hilfe. Beim Ankleiden für den Ball.«

»Was ist mit Euren Hofdamen, Prinzessin Lys? Da wären Agatha oder Eloise ...«

»Nein, nein. Wir hatten einen Streit«, sprach Luce hastig weiter und versuchte, nicht zu viel zu reden, aus Angst, sich restlos zu verraten. »Sie haben das, ähm, abscheulichste Gewand für mich ausgewählt. Also habe ich sie weggeschickt. Schließlich ist es, wie du weißt, ein wichtiger Ball.«

»Ja, Prinzessin.«

»Könntest du etwas für mich heraussuchen?«, fragte Luce das Mädchen und deutete mit dem Kopf auf den Schrank.

»Ich? Euch beim A-Ankleiden helfen?«

»Du bist die Einzige hier, nicht wahr?«, erwiderte Luce in der Hoffnung, dass ihr irgendetwas in diesem Schrank passen und halbwegs anständig für einen Ball aussehen würde. »Wie heißt du?«

»Anne-Marie, Prinzessin.«

»Großartig«, sagte Luce und versuchte, Lucinda aus Helston nachzuahmen, indem sie sich einfach großspurig aufführte. Und sicherheitshalber gab sie noch ein wenig von Shelbys besserwisserischer Haltung hinzu. »Beeil dich, Anne-Marie. Ich will mich nicht wegen deiner Trägheit verspäten. Sei so lieb und hol mir ein Gewand.«

Zehn Minuten später stand Luce vor einem ausladenden dreiteiligen Spiegel und bewunderte die Stickerei am Oberteil des ersten Kleides, das Anne-Marie aus dem Schrank gezogen hatte. Das Gewand war aus gestuftem schwarzem Taft geschneidert, der an der Taille eng gerafft war und dann über dem Boden zu einer herrlichen weiten

Glockenform auseinanderfiel. Luce' Haar war nach oben zu einem Zopf gedreht und dann unter eine dunkle, schwere Perücke mit kunstvollen Locken gesteckt worden. Auf ihrem Gesicht schimmerte eine dünne Schicht Puder und Rouge. Sie trug so viele Unterkleider, dass es sich anfühlte, als hätte jemand ein fünfzig Pfund schweres Gewicht über ihren Körper gestülpt. Wie bewegten sich Mädchen in diesen Dingern? Und vor allem – wie tanzten sie darin?

Während Anne-Marie das Korsett enger schnürte, staunte Luce ihr Spiegelbild an. Die Perücke ließ sie fünf Jahre älter aussehen. Und sie war sich sicher, dass sie noch nie einen solchen Ausschnitt gehabt hatte. In keinem ihrer Leben.

Für einen winzigen Moment gestattete sie sich, ihre Nervosität angesichts der Begegnung mit ihrem früheren Prinzessinnen-Ich zu vergessen und nicht daran zu denken, ob sie Daniel wiederfinden würde, bevor sie ihre Liebe im großen Stil vermasselte – und sie empfand einfach, was jedes andere Mädchen, das an diesem Abend zu diesem Ball ging, empfunden haben musste: Atmen wurde in einem derart umwerfenden Kleid zu einem Luxus.

»Sie sind so weit, Prinzessin«, flüsterte Anne-Marie ehrfürchtig. »Ich werde jetzt gehen, wenn Ihr es mir gestattet.«

Sobald Anne-Marie die Tür hinter sich geschlossen hatte, schoss Bill aus dem Wasser und verspritzte kalten Seifenschaum. Er segelte über den Schrank und landete auf einem kleinen türkisfarbenen Seidenhocker. Dann zeigte er auf Luce' Gewand, auf ihre Perücke und schließlich wieder auf ihr Gewand. »Oh là, là. Heiße Braut.«

»Du hast meine Schuhe noch nicht gesehen.« Sie hob

den Saum des Rockes, um ein Paar vorne spitz zulaufender smaragdgrüner Schuhe mit hohen Absätzen vorzuzeigen, die mit Jadeblumen eingelegt waren. Sie passten zu der smaragdgrünen Spitze, mit der das Oberteil des Kleides eingefasst war, und sie waren bei Weitem die unglaublichsten Schuhe, die sie je gesehen, geschweige denn getragen hatte.

»Ooooh!«, kreischte Bill. »*Sehr* Rokoko.«

»Ich mache das also wirklich? Ich gehe einfach da runter und tue so, als ob …«

»Du tust überhaupt nicht, als ob.« Bill schüttelte den Kopf. »Sei stolz auf das, was du hast. Sei stolz auf dieses Dekolleté, Mädchen, du weißt genau, dass du es willst.«

»Okay, ich tu jetzt mal so, als hättest du das nicht gesagt.« Luce lachte und wand sich innerlich. »Ich gehe also nach unten und ›bin stolz auf das, was ich habe‹, oder was auch immer. Aber was mache ich, wenn ich auf mein früheres Ich stoße? Ich weiß überhaupt nichts von ihr. Soll ich einfach …«

»Nimm ihre Hand«, meinte Bill geheimnisvoll. »Sie wird bestimmt sehr *berührt* von dieser Geste sein.«

Bill deutete irgendetwas an, so viel stand fest, aber Luce wurde daraus nicht klug. Dann erinnerte sie sich an seine Worte, unmittelbar bevor sie durch den letzten Verkünder gesprungen waren.

»Erzähl mir mehr über diese 3D-Geschichte.«

»Aha.« Bill machte eine Pantomime, so als lehne er sich gegen eine unsichtbare Wand. Seine Flügel verschwammen, als er vor ihr flatterte. »Du weißt, dass einige Dinge einfach zu fantastisch sind, um sie in langweilige alte Wörter zu fassen? Zum Beispiel die Art, wie dir ganz anders wird, wenn Daniel dir einen langen Kuss gibt, oder das Gefühl der Wärme, das sich in deinem Körper ausbreitet, wenn seine Flügel sich in einer dunklen Nacht entfalten ...«

»Nicht.« Luce griff sich unwillkürlich ans Herz. Die Gefühle, die Daniel in ihr auslöste, waren mit Worten nicht zu beschreiben. Bill verspottete sie, aber das hieß nicht, dass ihr Trennungsschmerz von Daniel nachließ.

»Genauso ist es mit 3D. Du wirst es einfach erleben müssen, um es zu verstehen.«

Sobald Bill Luce die Tür aufhielt, drangen die fernen Klänge von Orchestermusik und das höfliche Gemurmel einer großen Menschenmenge in den Raum. Sie spürte, dass sie etwas dort hinunterzog. Vielleicht war es Daniel. Vielleicht war es Lys.

Bill verneigte sich in der Luft. »Nach Euch, Prinzessin.«

Sie folgte dem Lärm zwei breite, geschwungene goldene Treppen hinunter und die Musik wurde mit jedem Schritt lauter. Während sie durch eine leere Galerie nach der anderen glitt, stiegen ihr die köstlichen Aromen von gebratenen Wachteln, Bratäpfeln und Kartoffelgratin in die Nase. Und Parfüm – so viel, dass sie kaum atmen konnte, ohne zu husten.

»Na, bist du nicht froh darüber, dass ich dich ein Bad nehmen ließ?«, fragte Bill. »Eine Flasche Eau de Stinkette weniger, die Löcher in l'ozone reißt.«

Luce antwortete nicht. Sie war in einen langen Spiegelsaal gelangt. Vor ihr gingen zwei Frauen und ein Mann auf den Eingang zu einem Hauptraum zu. Das heißt, die Frauen gingen nicht, sie schwebten. Ihre gelben und blauen Gewänder rauschten geradezu über den Boden. Der Mann, der zwischen ihnen ging, trug ein modisches weißes Rüschenhemd unter seiner langen silbernen Jacke, und seine Absätze waren fast so hoch wie die an Luce' Schuhen. Ihre drei Perücken überragten die Perücke von Luce, die sich schon riesig anfühlte und eine Tonne wog, um einen vollen Kopf. Verglichen mit den dreien kam Luce sich mit ihren beim Gehen hin und her schwingenden Röcken unbeholfen vor.

Als die zwei Frauen und der Mann sich umdrehten, um zu sehen, wer hinter ihnen ging, verengten sich alle drei Augenpaare, so als wüssten sie sofort, dass Luce nicht dazu erzogen worden war, Bälle der feinen Gesellschaft zu besuchen.

»Beachte sie nicht«, riet Bill ihr. »Es gibt in jedem Leben Snobs. Letztendlich können sie dir nicht das Wasser reichen.«

Luce nickte und ließ sich ein Stück hinter das Trio fallen, das durch zwei verspiegelte Türen in den Ballsaal trat. Den ultimativen Ballsaal. Den unglaublichsten Ballsaal aller Zeiten.

Luce konnte nicht anders. Sie blieb wie angewurzelt stehen und flüsterte: »Wow.«

Der Raum war majestätisch: Ein Dutzend Kronleuchter hing tief unter der hohen Decke und glitzerte von hellen weißen Kerzen. Wo die Wände nicht verspiegelt waren, waren sie mit Gold bedeckt. Der Tanzboden aus Parkett schien sich bis in die nächste Stadt zu erstrecken. Er war von langen weiß eingedeckten Tischen umgeben, und darauf standen Porzellangedecke, Teller mit Kuchen und Gebäck und große, mit rubinrotem Wein gefüllte Kristallkelche. Tausende weißer Narzissen steckten in Hunderten von dunkelroten Vasen, die auf Dutzenden von Esstischen standen.

Am anderen Ende des Raums warteten vor einer großen goldenen Tür erlesen gekleidete junge Frauen, die miteinander tuschelten und lachten.

Eine riesige Punschschale aus Kristall in der Nähe des Orchesters war dicht umlagert. Luce nahm sich ein Glas.

»Verzeiht?«, fragte sie zwei Frauen neben sich. Ihre kunstvollen grauen Locken bildeten Zwillingstürme auf ihren Köpfen. »Warum haben sich diese Mädchen dort aufgereiht?«

»Natürlich, um dem König zu gefallen.« Eine Frau kicherte. »Diese *demoiselles* sind hier, um festzustellen, ob sie ihm so gut gefallen, dass er sie heiraten will.«

Heiraten? Aber sie sahen so jung aus. Plötzlich fühlte Luce' Haut sich ganz heiß und klebrig an. Dann traf es sie: *Lys steht in dieser Reihe.*

Luce schluckte und musterte die jungen Frauen. Da war sie, die dritte von vorne, prachtvoll in ein langes schwarzes Gewand gehüllt, das sich nur geringfügig von dem unterschied, das Luce selber trug. Darüber hatte sie ein Schultercape aus schwarzem Samt gelegt und ihr Blick war die ganze Zeit über auf den Boden geheftet. Sie lachte nicht mit den anderen Mädchen. Sie wirkte so frustriert, wie Luce sich fühlte.

»Bill«, flüsterte sie.

Der Gargoyle flog direkt vor ihr Gesicht und brachte sie mit einem Finger auf seinen fetten Steinlippen zum Schweigen. »Nur Verrückte reden mit ihren unsichtbaren Gargoyles«, zischte er, »und Verrückte werden nicht oft zu Bällen eingeladen. Also, sei still.«

»Aber was ist mit ...«

»*Still.*«

Was war mit 3D?

Luce holte tief Luft. Als Letztes hatte er sie angewiesen, Lys an der Hand zu nehmen ...

Sie durchquerte den Tanzsaal, vorbei an den Dienern, die schwer beladene Tabletts mit Gänseleber und Chambord trugen. Beinahe wäre sie mit dem Mädchen hinter Lys zusammengestoßen, das versuchte, sich in der Schlange vor Lys zu drängeln, indem es so tat, als flüstere es einer Freundin etwas zu.

»Entschuldigt«, sagte Luce zu Lys, deren Augen sich weiteten. Dann öffnete sie die Lippen und stieß einen kleinen verwirrten Laut aus.

Aber Luce konnte nicht darauf warten, dass Lys reagierte. Sie nahm ihre Hand. Sie passte in ihre eigene wie ein Puzzlestück. Sie drückte sie.

Luce wurde flau im Magen, als sei sie gerade den ersten Berg einer Achterbahn hinuntergefahren. Ihre Haut begann zu vibrieren, und sie fühlte sich schläfrig, als würde sie sanft geschaukelt. Ihre Lider flatterten, doch ein Instinkt sagte ihr, dass sie Lys' Hand festhalten musste.

Sie blinzelte, und Lys blinzelte, und dann blinzelten sie beide gleichzeitig – und Luce konnte sich selbst in Lys' Augen sehen ... und dann konnte sie Lys aus ihren eigenen Augen sehen ... und dann ...

Dann konnte sie überhaupt niemanden mehr vor sich sehen.

»Oh!«, rief sie aus, und ihre Stimme klang genauso wie immer. Sie blickte auf ihre Hände hinab, die genauso aussahen wie immer. Sie betastete ihr Gesicht, ihr Haar, ihre Perücke. Alles fühlte sich genauso an wie zuvor. Aber etwas ... irgendetwas hatte sich verändert.

Sie hob den Saum ihres Kleides und spähte auf ihre Schuhe hinab.

Sie waren tiefrot. Mit rautenförmigen hohen Absätzen und am Knöchel mit einer eleganten silbernen Schleife zugeschnürt.

Was hatte sie getan?

Dann begriff sie, was Bill mit 3D gemeint hatte.

Sie war buchstäblich in Lys' Körper getreten.

Panisch sah Luce sich um. Zu ihrem Entsetzen standen die anderen Mädchen in der Schlange regungslos da. Überhaupt war jeder, den Luce ansah, vollkommen erstarrt. Es war, als habe jemand bei der Party auf die Stopp-Taste gedrückt.

»Siehst du?« Bills Stimme drang ihr heiß ans Ohr. »Dafür gibt es keine Worte, stimmt's?«

»Was geht hier vor, Bill?« Ihre Stimme wurde lauter.

»Jetzt gerade nicht besonders viel. Ich musste die Party unterbrechen, für den Fall, dass du ausflippst. Sobald wir die 3D-Sache kapiert haben, werde ich sie wieder starten.«

»Also … kann niemand das jetzt sehen?«, fragte Luce und wedelte langsam mit der Hand vor dem Gesicht der hübschen Brünetten herum, die vor Lys gestanden hatte. Das Mädchen zuckte mit keiner Wimper. Sie blinzelte nicht. Ihr Gesicht war zu einem endlosen Grinsen mit offenem Mund erstarrt.

»Nö.« Bill demonstrierte es, indem er mit der Zunge neben dem Ohr eines älteren Mannes wackelte, der wie erstarrt einen *escargot* mit den Fingern zum Mund führte. »Nicht, bis ich mit den Fingern schnippe.«

Luce atmete aus und war einmal mehr seltsam erleichtert darüber, Bills Hilfe zu haben. Sie brauchte einige Minuten,

um sich an die Vorstellung zu gewöhnen, dass sie wirklich –
dass sie *wirklich* …

»Ich bin in meinem früheren Ich«, sagte sie.

»Ja.«

»Wo bin ich dann geblieben? Wo ist mein Körper?«

»Du steckst irgendwo da drin.« Er tippte ihr auf das
Schlüsselbein. »Du wirst wieder heraushüpfen, wenn …
nun, im richtigen Moment. Aber jetzt bist du erst mal ganz
in dein früheres Ich geschlüpft. Wie eine niedliche kleine
Schildkröte in einem geborgten Panzer. Nur dass es mehr
ist als das. Wenn du in Lys' Körper bist, sind eure beiden
Wesen miteinander vereint, und das bedeutet, du besitzt
auch ihre Erinnerungen, ihre Leidenschaften, ihre Manie-
ren – ein Glück für dich. Natürlich musst du dich auch mit
ihren Fehlern herumschlagen. Wenn ich mich recht ent-
sinne, tritt sie oft ins Fettnäpfchen. Also sieh dich vor.«

»Unglaublich«, flüsterte Luce. »Wenn ich also Daniel
finden könnte, würde ich genau das für ihn empfinden, was
sie für ihn empfindet.«

»Ja, ich schätze schon. Aber dir ist doch klar, dass Lys
auf diesem Ball Verpflichtungen hat, die Daniel nicht betreffen. Dies ist nicht seine Bühne, und damit meine ich,
dass die Wachen unter keinen Umständen einen armen
Stallburschen hier hereinlassen würden.«

Luce war das alles egal. Armer Stallbursche oder nicht,
sie würde ihn finden. Sie konnte es nicht erwarten. In Lys'
Körper konnte sie ihn sogar in die Arme nehmen, ihn vielleicht sogar küssen. Die Vorfreude war beinahe überwältigend.

»Hallo?« Bill tippte ihr mit dem Finger fest gegen die
Schläfe. »Bist du so weit? Geh da rein, schau dir alles an,

und dann hau ab, solange du noch kannst, wenn du weißt, was ich meine.«

Luce nickte. Sie strich Lys' schwarzes Gewand glatt und hielt den Kopf ein bisschen höher. »Ich bin bereit.«

»Und … *los*.« Bill schnippte mit den Fingern.

Für den Bruchteil einer Sekunde schien die Party wie eine zerkratzte Schallplatte zu hängen. Dann setzte jede Silbe mitten im Gespräch, jeder Hauch von Parfum in der Luft, jeder Tropfen Punsch, der durch juwelengeschmückte Kehlen rann, jeder Ton von jedem Musiker im Orchester wieder ein und wurde fortgeführt, als sei überhaupt nichts geschehen.

Nur Luce hatte sich verändert. Tausend Worte und Bilder stürmten in ihrem Kopf auf sie ein. *Ein weitläufiges, strohgedecktes Landhaus in den Ausläufern der Alpen. Ein fuchsfarbenes Pferd namens Gauche. Überall der Geruch von Stroh. Eine langstielige weiße Pfingstrose quer über ihrem Kissen. Und Daniel. Daniel. Daniel. Er kam vom Brunnen zurück und balancierte vier schwere Wassereimer an einer Stange auf seinen Schultern. Jeden Morgen striegelte er gleich als Erstes Gauche, damit Lys mit ihm ausreiten konnte. Wenn es um kleine Liebesdienste für Lys ging, gab es nichts, was Daniel übersah, auch nicht, wenn er Arbeiten für ihren Vater zu verrichten hatte. Seine violetten Augen fanden sie immer. Daniel in ihren Träumen, in ihrem Herzen, in ihren Armen.* Es war wie die aufblitzende Erinnerung Luschkas in Moskau, als sie das Kirchentor berührt hatte – aber stärker, überwältigender, ein wesenhafter Teil von ihr.

Daniel war hier. In den Ställen oder in den Quartieren der Dienstboten. Er war hier. Und sie würde ihn finden.

Etwas raschelte an Luce' Hals. Sie zuckte zusammen.

»Ich bin's nur.« Bill huschte über das Schultercape. »Du machst das großartig.«

Die riesigen goldenen Türen an der Stirnseite des Raumes wurden von zwei Lakaien geöffnet, die links und rechts davon strammstanden. Die Mädchen vor Luce in der Schlange begannen vor Aufregung zu kichern, dann legte sich Stille über den Raum. In der Zwischenzeit suchte Luce nach dem schnellsten Weg hinaus aus dem Ballsaal und hinein in Daniels Arme.

»Bleib bei der Sache, Luce«, befahl Bill, als hätte er ihre Gedanken gelesen. »Du wirst gleich zur Pflicht gerufen.«

Die Streicher des Orchesters stimmten die barocken Eröffnungsakkorde des *Ballet de Jeunesse* an und der ganze Raum richtete seine Aufmerksamkeit auf ein neues Ziel. Luce folgte den Blicken der anderen und schnappte nach Luft: Sie *erkannte* den Mann, der dort in der Tür stand und mit einer Klappe über einem Auge das Fest betrachtete.

Es war der Duc de Bourbon, der Cousin des Königs.

Er war groß und mager, so verwelkt wie eine Bohnenpflanze bei Dürre. Sein schlecht sitzender blauer Samtanzug war mit einer malvenfarbenen Schärpe geschmückt, die zu den malvenfarbenen Strümpfen an seinen spindeldürren Beinen passte. Seine pompöse gepuderte Perücke und sein milchigweißes Gesicht waren beide außerordentlich hässlich.

Sie erkannte den Herzog nicht von einer Abbildung in einem Geschichtsbuch. Sie wusste viel zu viel über ihn. Sie wusste *alles*. Zum Beispiel, dass die königlichen Hofdamen derbe Witze über die traurige Größe des Zepters des Herzogs rissen. Sie wusste, wie er sein Auge verloren hatte (Unfall bei einem Jagdausflug, an dem er teilgenommen hatte, um den König zu besänftigen). Und sie wusste, dass der Herzog in diesem Moment die Mädchen hineinschicken würde, die er zuvor als geeignete Heiratskandidatinnen für den zwölfjährigen König ausgewählt hatte, der drinnen wartete.

Und Luce – nein, Lys – war eine Favoritin des Herzogs. Das war der Grund für das quälende Gefühl in ihrer Brust: Lys konnte den König nicht heiraten, weil sie Daniel liebte. Sie liebte ihn schon seit Jahren leidenschaftlich. Aber in diesem Leben war Daniel ein Dienstbote, und sie waren gezwungen, ihre Liebe zu verbergen. Luce spürte Lys' lähmende Angst – wenn der König heute Abend an ihr Gefallen fand, wäre jede Hoffnung auf ein Leben mit Daniel verloren.

Bill hatte sie davor gewarnt, dass 3D intensiv sein würde, aber Luce hätte sich unmöglich gegen diesen Ansturm von Gefühlen wappnen können: Alle Ängste und Zweifel, die Lys je erlebt hatte, übermannten Luce. Alle Hoffnungen und Träume. Es war zu viel.

Sie atmete laut aus und sah sich im Ballsaal um – schaute überallhin, nur nicht zu dem Herzog. Ihr wurde klar, dass sie alles wusste, was es über diese Zeit und diesen Ort zu wissen gab. Sie verstand plötzlich, warum der König nach einer Frau suchte, obwohl er bereits verlobt war. Sie erkannte die Hälfte der Gäste, die sich um sie herum im Ballsaal bewegten, kannte ihre Geschichten und wusste, wer sie beneidete. Sie wusste, wie man in dem geschnürten Gewand stehen musste, um bequem atmen zu können. Und dem geübten Blick nach zu schließen, mit dem sie die Tänzer betrachtete, wusste Luce, dass Lys von Kindesbeinen an in der Kunst der Gesellschaftstänze unterrichtet worden war.

Es war ein unheimliches Gefühl, in Lys' Körper zu

stecken, als sei Luce der Geist und gleichzeitig diejenige, bei der er spukte.

Das Orchester beendete das Lied, und ein Mann neben der Tür trat vor, um von einer Schriftrolle abzulesen. »Prinzessin Lys von Savoyen.«

Luce hob den Kopf mit mehr Eleganz und Selbstbewusstsein, als sie erwartet hatte, und nahm die Hand des jungen Mannes in der hellgrünen Weste, der erschienen war, um sie in das Empfangszimmer des Königs zu geleiten.

Sobald sie sich in dem gänzlich pastellblauen Raum befand, versuchte Luce, den König nicht anzustarren. Seine turmhohe graue Perücke sah über seinem kleinen, ausgezehrten Gesicht albern aus. Mit seinen hellblauen Augen blickte er lüstern die Reihe von Herzoginnen und Prinzessinnen entlang – alle schön, alle edel gekleidet –, so wie ein ausgehungerter Mann vielleicht nach einem Spanferkel gieren würde.

Die pickelige Gestalt auf dem Thron war kaum mehr als ein Kind.

Ludwig XV. hatte die Krone übernommen, als er erst fünf Jahre alt gewesen war. Den Wünschen seines Vaters auf dem Sterbebett entsprechend, war er mit der spanischen Prinzessin verlobt worden, der Infantin. Aber sie war immer noch ein kleines Kind. Diese Verbindung wurde in der Hölle geschlossen. Von dem jungen zarten und kränklichen König erwartete man nicht, dass er lange genug lebte, um mit der spanischen Prinzessin einen Erben zu zeugen, die ihrerseits ebenfalls sterben könnte, bevor sie das gebärfähige Alter erreichte. Also musste der König eine Gemahlin finden, die einen Erben hervorbringen konnte. Was dieses extravagante Fest erklärte und die zur Schau gestellten Damen.

Luce fingerte an der Spitze ihres Kleides herum und kam sich lächerlich vor. Die anderen Mädchen wirkten alle so geduldig. Vielleicht *wollten* sie wirklich den von Akne geplagten zwölfjährigen König Ludwig heiraten, obwohl Luce nicht verstand, wie das möglich sein sollte. Sie waren alle so elegant und schön. Von der russischen Prinzessin, Elizabeth, deren saphirblaues Samtgewand einen pelzbesetzten Kragen hatte, bis hin zu Maria, der Prinzessin aus Polen, deren winzige Stupsnase und voller roter Mund sie auf eine verwirrende Weise reizvoll machten, sahen alle Mädchen den Knabenkönig mit großen, hoffnungsvollen Augen an.

Aber er richtete den Blick auf Luce. Mit einem zufriedenen Grinsen, bei dem sich ihr der Magen umdrehte.

»Die da.« Er streckte träge die Hand nach ihr aus. »Ich will sie mir aus der Nähe ansehen.«

Der Herzog erschien neben Luce und schob sie sanft mit seinen langen, eisigen Fingern an den Schultern vorwärts: »Stellen Sie sich vor, Prinzessin«, sagte er leise. »Diese Gelegenheit bietet sich nur einmal im Leben.«

Innerlich stöhnte der Teil, der Luce war, aber nach außen hatte Lys das Kommando, und die schwebte geradezu nach vorne, um den König zu grüßen. Sie knickste, neigte dabei vorbildhaft ihren Kopf und streckte die Hand zum Kuss aus. Es war das, was ihre Familie von ihr erwartete.

»Wirst du irgendwann fett werden?«, platzte der König heraus und betrachtete ihre in das Korsett gezwängte Taille. »Ich mag es, wie sie jetzt aussieht«, bemerkte er zum Herzog. »Ich will nicht, dass sie fett wird.«

Wäre Luce in ihrem eigenen Körper gewesen, hätte sie dem König vielleicht genau gesagt, was sie von seiner unattraktiven Erscheinung hielt. Aber Lys blieb vollkommen gelassen, und Luce spürte, wie sie selbst antwortete: »Ich möchte hoffen, dass ich dem König immer mit meinem Aussehen und mit meinem Temperament gefalle.«

»Ja, natürlich«, schnurrte der Herzog und schritt in einem engen Kreis um Luce herum. »Ich bin mir sicher, dass seine Majestät dafür sorgen könnte, dass die Prinzessin eine Diät seiner Wahl einhält.«

»Was ist mit der Jagd?«, fragte der König.

»Euer Majestät«, begann der Herzog, »das ist für eine Königin nicht geziemend. Ihr habt allerhand andere Jagdgefährten. Mich zu Beispiel ...«

»Mein Vater ist ein hervorragender Jäger«, unterbrach ihn Luce. Ihre Gedanken überschlugen sich, und sie suchte nach etwas – irgendetwas –, das ihr helfen würde, dieser Szene zu entfliehen.

»Sollte ich das Bett dann mit deinem Vater teilen?«, höhnte der König.

»Da ich weiß, dass Eure Majestät Waffen lieben«, sagte Luce und bemühte sich um einen höflichen Tonfall, »habe ich Euch ein Geschenk mitgebracht – das kostbarste Jagdgewehr meines Vaters. Er hat mich gebeten, es Euch heute Abend zu übergeben, aber ich war mir nicht sicher, wann ich das Vergnügen haben würde, Eure Bekanntschaft zu machen.«

Sie hatte die volle Aufmerksamkeit des Königs. Er hockte auf der Kante seines Thrones.

»Wie sieht es denn aus? Sind Juwelen in den Kolben eingearbeitet?«

»Der ... der Schaft ist aus handgeschnitztem Kirschholz«, antwortete sie und lieferte dem König die Einzelheiten, die ihr Bill, der neben dem Stuhl des Königs stand, zurief. »Die Bohrung wurde gefräst von ... von ...«

»Oh, was würde beeindruckend klingen? Von einem russischen Metallarbeiter, der inzwischen für den Zaren arbeitet.« Bill beugte sich über die Pasteten des Königs und beschnüffelte sie hungrig. »Die sehen gut aus.«

Luce wiederholte Bills Spruch und fügte dann hinzu: »Ich könnte Eurer Majestät das Gewehr bringen, wenn Ihr mir nur erlauben würdet, es aus meinen Gemächern zu holen ...«

»Ein Diener kann das Gewehr unzweifelhaft morgen herbeibringen«, fiel der Herzog ihr ins Wort.

»Ich will es *jetzt* sehen.« Der König verschränkte die Arme und sah dadurch noch jünger aus, als er tatsächlich war.

»Bitte.« Luce wandte sich an den Herzog. »Es würde mir große Freude bereiten, das Gewehr seiner Majestät selbst zu überreichen.«

»Geht.« Der König schnippte mit den Fingern und Luce war entlassen.

Sie wollte auf dem Absatz herumwirbeln, aber Lys wusste es besser – man wandte dem König niemals den Rücken zu –, verneigte sich und ging rückwärts aus dem Raum. Sie zeigte die anmutigste Zurückhaltung und glitt hinaus, als habe sie keine Füße – bis sie auf der anderen Seite der Spiegeltür war.

Dann rannte sie los.

Durch den Ballsaal, vorbei an den prächtigen Tanzpaaren und dem Orchester, schwirrte sie von einem Raum in Pastellgelb in den nächsten, der ganz in einem kräftigen Zartgrün gehalten war. Sie lief an japsenden Damen und ächzenden Herren vorbei, über Parkett und dicke, üppige

Perserteppiche, bis die Lichter schwächer und die Gäste weniger wurden, und endlich fand sie die Sprossentüren, die nach draußen führten. Sie stieß sie auf und atmete in ihrem Korsett tief ein, um die frische Luft der Freiheit in ihre Lungen zu saugen. Dann trat sie auf einen riesigen Balkon aus leuchtend weißem Marmor, der um den ganzen ersten Stock des Palastes lief.

Die Nacht war sternenhell. Luce wollte nichts weiter, als in Daniels Armen sein und zu diesen Sternen emporzufliegen. Wenn er nur hier an ihrer Seite wäre, um sie weit fortzubringen ...

»Was machst du hier draußen?«

Sie fuhr herum. Er war zu ihr gekommen. Er stand auf der anderen Seite des Balkons in schlichten Dienstbotenkleidern und wirkte verwirrt, erschrocken und tragisch, hoffnungslos verliebt.

»Daniel.« Sie eilte zu ihm. Auch er bewegte sich auf sie zu, und seine violetten Augen leuchteten auf, er riss die Arme auseinander und strahlte sie an. Als sie sich endlich eng umschlungen hielten, dachte Luce, sie würde vor Glück zerplatzen.

Aber das tat sie nicht.

Sie legte einfach den Kopf an seine wunderbare breite Brust. Sie war zu Hause. Er schlang seine Arme um sie und zog sie so nah wie möglich an sich heran. Sie spürte seinen Atem und roch den kräftigen Duft von Stroh an seinem Hals. Luce küsste ihn unter dem linken Ohr, dann unterm Kinn. Sanfte, leichte Küsse, bis sie seine Lippen erreichte, die sich unter ihren teilten. Die Küsse wurden länger, erfüllt von einer Liebe, die aus den Tiefen ihrer Seele zu strömen schien.

Schließlich löste Luce sich aus der Umarmung und sah Daniel in die Augen. »Ich habe dich so vermisst.«

Daniel lachte leise. »Ich habe dich auch vermisst, in diesen letzten … drei Stunden. Geht es – geht es dir gut?«

Luce fuhr mit den Fingern durch Daniels seidiges blondes Haar. »Ich brauchte nur etwas frische Luft und dich.« Sie drückte ihn fest an sich.

Daniel kniff die Augen zusammen. »Ich denke nicht, dass wir hier draußen sein sollten, Lys. Sie erwarten dich sicher wieder im Empfangsraum.«

»Das ist mir egal. Ich gehe da nicht wieder rein. Und ich würde dieses Schwein niemals heiraten. Ich werde dich und niemand anderen heiraten.«

»Scht.« Daniel zuckte zusammen und strich ihr mit dem Finger über die Wange. »Jemand könnte dich hören. Sie haben schon für weniger Köpfe abgeschlagen.«

»Es hat Euch tatsächlich *jemand* gehört«, rief eine Stimme aus der offenen Tür. Der Duc de Bourbon stand da, die Arme vor der Brust verschränkt, und feixte beim Anblick von Lys in den Armen eines gewöhnlichen Dieners. »Ich glaube, davon sollte der König erfahren.« Und dann verschwand er wieder im Palast.

Luce' Herz raste, getrieben von Lys' und ihrer eigenen Furcht: Hatte sie die Geschichte verändert? Sollte Lys' Leben anders weitergehen?

Aber Luce konnte es nicht wissen. Das war es, was Roland zu ihr gesagt hatte: Ihre Änderungen in der Zeit würden sofort ein Teil dessen werden, was geschehen war. Doch Luce war immer noch hier. Wenn sie also die Geschichte veränderte, indem sie den König einfach sitzen ließ – nun, für die Lucinda Price des einundzwanzigsten Jahrhunderts schien es keine Rolle zu spielen.

Als sie mit Daniel sprach, war ihre Stimme ruhig. »Es ist mir egal, ob dieser abscheuliche Herzog mich tötet. Eher sterbe ich, als dass ich dich aufgebe.«

Ein heißer Schauer durchfuhr sie und sie taumelte. »Oh«, sagte sie und legte eine Hand an den Kopf. Sie kannte das Gefühl irgendwie, wie etwas, das sie schon tausend Mal wahrgenommen hatte, ohne es zu beachten.

»Lys«, flüsterte er. »Weißt du, was kommt?«

»Ja«, flüsterte sie zurück.

»Und du weißt, dass ich bis zum Ende bei dir bleibe?« Daniel sah sie durchdringend mit einem zärtlichen und besorgten Ausdruck an. Er belog sie nicht. Er hatte sie nie belogen. Er würde es auch nie tun. Das wusste sie jetzt, sie konnte es sehen. Er offenbarte gerade genug, um sie noch wenige Augenblicke länger am Leben zu erhalten, um all das anzudeuten, was Luce bereits allein herauszufinden im Begriff war.

»Ja.« Sie schloss die Augen. »Aber da ist noch so vieles, das ich nicht verstehe. Ich weiß nicht, was ich tun kann, damit dies nicht mehr geschieht. Ich weiß nicht, wie ich diesen Fluch brechen kann.«

Daniel lächelte, aber in seinen Augen schwammen Tränen.

Luce hatte keine Angst. Sie fühlte sich frei. Freier, als sie sich je zuvor gefühlt hatte.

Eine seltsame, tiefe Erkenntnis wuchs in ihr. Irgendetwas in ihrem Kopf wurde klarer. Ein Kuss von Daniel würde eine Tür öffnen und sie vor einer lieblosen Ehe mit einem verzogenen Bengel retten, würde sie aus dem Käfig dieses

Körpers befreien. Dieses Körpers, der nicht wirklich sie war. Er war nur eine Hülle, Teil einer Bestrafung. Und deshalb war der Tod dieses Körpers überhaupt nicht tragisch – es war nur das Ende eines Kapitels. Eine schöne, notwendige Erlösung.

Auf der Treppe hinter ihnen erklangen Schritte. Der Herzog kehrte mit seinen Männern zurück. Daniel packte sie an den Schultern.

»Lys, hör mir zu ...«

»Küss mich«, flehte sie. Daniels Gesicht veränderte sich, als war es nur das, was er hören wollte. Er hob sie hoch und drückte sie eng an seine Brust. Eine heiße Welle durchlief ihren Körper, als sie ihn immer leidenschaftlicher küsste und sich vollkommen in dem Kuss verlor. Sie bog den Rücken und wandte ihr Gesicht dem Himmel zu und küsste Daniel, bis ihr schwindlig war vor Glück. Bis finster wirbelnde Schattenspuren die Sterne über ihnen verdunkelten. Eine schwarzglänzende Sinfonie. Aber dahinter: Da war Licht. Zum ersten Mal konnte Luce spüren, wie das Licht hindurchschien.

Es war absolut himmlisch.

Es war Zeit für sie zu gehen.

Hau ab, solange du noch kannst, hatte Bill sie gewarnt. Solange sie noch lebte.

Aber sie konnte jetzt noch nicht gehen. Alles war noch so warm und schön. Daniel küsste sie noch immer, wild vor Leidenschaft. Sie öffnete die Augen, und die Farben seiner Haare und seines Gesichtes und der Nacht selbst brannten heller und schöner, von einem intensiven Strahlen erleuchtet.

Dieses Strahlen kam tief aus Luce' Innerem.

Mit jedem Kuss näherte sich ihr ganzer Körper dem Licht. Dies war der einzig wahre Weg zurück zu Daniel. Aus einem irdischen Leben hinaus und in ein anderes hinein. Luce würde mit Freuden tausendmal sterben, solange sie nur auf der anderen Seite wieder mit ihm zusammen sein konnte.

»Bleib bei mir«, flehte Daniel, als sie schon spürte, wie sie erglühte.

Sie stöhnte. Tränen strömten ihr übers Gesicht. Ein unendlich sanftes Lächeln öffnete ihre Lippen.

»Was ist los?«, fragte Daniel. Er wollte nicht aufhören, sie zu küssen. »Lys?«

»Es ist … so viel *Liebe*«, sagte sie und öffnete die Augen in dem Moment, als das Feuer in ihrer Brust aufloderte. Eine Lichtsäule explodierte in die Nacht hinein und schoss Hitze und Flammen hoch in den Himmel hinauf, riss Daniel von den Füßen, riss Luce aus dem Tod von Lys heraus und in eine Finsternis hinein, wo sie fror und nichts sehen konnte. Sie zitterte, als sie ein Schwindel überkam.

Dann: Ein winzig kleiner Lichtblitz.

Sie konnte Bills Gesicht erkennen. Es schwebte mit einem besorgten Ausdruck über ihr. Sie lag bäuchlings auf einer flachen Oberfläche, hörte Wasser in der Nähe tröpfeln, roch kühle, modrige Luft. Sie war in einem Verkünder gelandet.

»Du hast mich erschreckt«, beklagte sich Bill. »Ich wusste nicht … ich meine, als sie starb, wusste ich nicht, wie … wusste ich nicht, ob du vielleicht irgendwie feststecken würdest.« Er schüttelte den Kopf, als wolle er den Gedanken vertreiben.

Sie versuchte aufzustehen, aber ihre Beine waren wackelig, und alles um sie herum fühlte sich unglaublich kalt an. Sie saß im Schneidersitz an die steinerne Mauer gelehnt. Sie trug wieder das schwarze Kleid mit dem smaragdgrünen Besatz. Die smaragdgrünen Pantöffelchen standen nebeneinander in der Ecke. Bill musste sie ihr ausgezogen und sie hingelegt haben, nachdem sie... nachdem Lys... Luce konnte es immer noch nicht fassen.

»Ich konnte Dinge *sehen*, Bill. Dinge, von denen ich bisher nichts gewusst hatte.«

»Zum Beispiel?«

»Zum Beispiel, dass sie glücklich war, als sie starb. *Ich war glücklich. Ekstatisch.* Es war einfach alles so wunderschön.« Ihre Gedanken rasten. »Zu wissen, dass er auf der anderen Seite für mich da sein würde, zu wissen, dass ich nur vor etwas floh, das falsch und unterdrückend war. Dass die Schönheit unserer Liebe den Tod überdauert, alles überdauert. Es war unglaublich.«

»Unglaublich gefährlich«, sagte Bill knapp. »Das machen wir nicht noch einmal, okay?«

»Verstehst du denn nicht? Seit ich Daniel in der Gegenwart verlassen habe, ist dies das Beste, was mir passiert ist. Und...«

Aber Bill war wieder in die Dunkelheit verschwunden. Sie hörte das Plätschern des Wasserfalls. Einen Moment später folgte das Geräusch von kochendem Wasser. Als Bill zurückkam, hatte er Tee gemacht. Er trug die Kanne auf einem dünnen Metalltablett und reichte Luce einen dampfenden Becher.

»Wo hast du das her?«, fragte sie.

»Ich *sagte*, das machen wir nicht noch einmal, okay?«

Aber Luce war zu sehr mit ihren eigenen Gedanken

beschäftigt, um ihm zuzuhören. So nah war sie einem Gefühl der Klarheit noch nie zuvor gekommen. Sie würde noch einmal 3D erleben. Sie würde ihre Leben bis zum Ende verfolgen, eins nach dem anderen, bis sie in einem dieser Leben den genauen Grund herausfand, warum es geschah.

Und dann würde sie diesen Fluch brechen.

Zwölf

Der Gefangene

Daniel fluchte.

Der Verkünder hatte ihn auf ein Bett aus feuchtem, schmutzigem Stroh gekippt. Er rollte sich herum und setzte sich auf, den Rücken an eine eisige Steinwand gedrückt. Von der Decke fielen kalte, ölige Tropfen auf seine Stirn, aber es war nicht hell genug, um zu sehen, was es war.

Ihm gegenüber befand sich ein offener Fensterschlitz, grob in den Stein gehauen und kaum breit genug, um eine Faust hindurchzustecken. Das Fenster ließ nur einen Streifen Mondlicht herein, aber genug stürmische Nachtluft, um die Temperatur bis fast auf den Gefrierpunkt zu senken.

Er konnte die Ratten nicht sehen, die durch die Zelle huschten, aber er konnte ihre Körper spüren, wenn sie durch das verfaulte Stroh unter seinen Beinen schlüpften. Er konnte ihre scharfen Zähne spüren, wenn sie an dem Leder seiner Schuhe nagten. Er konnte kaum atmen, so sehr stanken ihre Exkremente. Schließlich trat er um sich und es folgte ein Kreischen. Dann zog er die Füße unter sich und hockte sich hin.

»Du bist spät dran.«

Daniel fuhr der Schreck in die Glieder. Er hatte unvorsichtigerweise angenommen, er sei allein. Es war ein trockenes, heiseres Flüstern, aber trotzdem war die Stimme vertraut.

Dann hörte er ein Kratzen, wie von Metall, das über Stein gezogen wurde. Daniel versteifte sich, als sich aus der Dunkelheit ein schwärzeres Stück Schatten löste, und beugte sich vor. Die Gestalt bewegte sich in das hellgraue Licht unter dem Fenster, wo schließlich der Umriss eines Gesichtes schwach sichtbar wurde.

Seines eigenen Gesichtes.

Er hatte diese Zelle, diese Strafe vergessen. Hier war er also gelandet.

In mancher Hinsicht sah Daniels früheres Ich genauso aus wie er jetzt: Dieselbe Nase, derselbe Mund, derselbe Abstand zwischen denselben grauen Augen. Sein Haar war ungepflegter und steif vor Fett, aber es war von dem gleichen hellen Goldton wie jetzt. Und doch sah der Gefangene Daniel so *anders* aus. Sein Gesicht war schrecklich ausgezehrt und bleich, seine Stirn war dreckverschmiert. Sein Körper wirkte ausgemergelt und seine Haut war mit Schweißperlen bedeckt.

Das war es, was ihre Abwesenheit ihm antat. Ja, er trug die Kugel und die Kette eines Gefangenen – aber der wirkliche Gefängniswärter hier war seine eigene Schuld.

Jetzt fiel ihm alles wieder ein. Und er erinnerte sich an den Besuch seines zukünftigen Ichs und an ein frustrierendes, bitteres Gespräch. Paris. Die Bastille. Wo ihn die Wachen des Duc de Bourbon eingesperrt hatten, nachdem Lys aus dem Palast verschwunden war. Es hatte andere Gefängnisse, härtere Lebensbedingungen und schlechteres Essen in

Daniels Dasein gegeben, aber die Unbarmherzigkeit seines eigenen Bedauerns in jenem Jahr in der Bastille war eine der härtesten Prüfungen, die er jemals überstanden hatte.

Einiges, aber nicht alles davon, hatte mit der Ungerechtigkeit zu tun, dass man ihn wegen ihrer Ermordung angeklagt hatte.

Aber ...

Wenn Daniel bereits hier war, eingesperrt in die Bastille, bedeutete das, dass Lys längst tot war. Also war Luce schon hier gewesen ... und wieder gegangen.

Sein früheres Ich hatte recht. Er war spät dran – zu spät.

»Warte«, sagte er zu dem Gefangenen in der Dunkelheit und rückte näher heran, aber nicht so nah, dass sie Gefahr liefen, sich zu berühren. »Woher wusstest du, weshalb ich zurückgekommen bin?«

Das Scharren der über den Stein geschleiften Kugel sagte ihm, dass sein früheres Ich sich an die Wand zurückgelehnt hatte. »Du bist nicht der Erste, der auf der Suche nach ihr hier durchkommt.«

Daniels Flügel brannten und ließen einen heißen Schauer über seine Schultern laufen. »Cam.«

»Nein, nicht Cam«, antwortete sein früheres Ich. »Zwei Jugendliche.«

»Shelby?« Jetzt schlug Daniel mit der Faust auf den Steinboden. »Und der andere ... Miles. Das ist doch nicht dein Ernst? Diese Nephilim? Sie waren *hier*?«

»Vor etwa einem Monat, denke ich.« Er deutete auf die Wand hinter sich, wo eine schiefe Strichliste in den Stein geritzt war. »Ich habe versucht, mir den Tag zu notieren, aber du weißt, wie es ist. Man verliert jedes Zeitgefühl.«

»Ich erinnere mich.« Daniel schauderte. »Aber die

Nephilim. Hast du mit ihnen geredet?« Er zermarterte sich das Gehirn, und schwache Bilder von seiner Einkerkerung stiegen in ihm auf, Bilder von einem Mädchen und einem Jungen. Er hatte sie immer für Phantome der Trauer gehalten, für zwei weitere Wahnvorstellungen, die ihn quälten, nachdem sie gegangen und er ein weiteres Mal allein war.

»Nur kurz.« Die Stimme des Gefangenen klang müde und wie aus weiter Ferne. »Sie waren nicht besonders an mir interessiert.«

»Gut.«

»Sobald sie herausfanden, dass sie tot war, hatten sie es plötzlich sehr eilig, weiterzukommen.« Seine grauen Augen waren unheimlich und durchdringend. »Was wir beide verstehen können.«

»Wohin sind sie gegangen?«

»Keine Ahnung.« Der Gefangene lächelte ein Lächeln, das zu groß war für sein mageres Gesicht. »Ich glaube, sie wussten es selbst nicht. Du hättest sehen sollen, wie lange sie gebraucht haben, um einen Verkünder zu öffnen. Haben ausgesehen wie zwei Tollpatsche.«

Daniel musste unwillkürlich lachen.

»Es ist nicht komisch«, bemerkte sein früheres Ich. »Sie haben sie wirklich gern.«

Aber Daniel empfand keine Zuneigung zu den Nephilim. »Sie sind eine Bedrohung für uns alle. Der Schaden, den sie anrichten könnten …« Er schloss die Augen. »Sie haben keine Ahnung, was sie tun.«

»Warum bekommst du Luce nicht zu fassen, Daniel?« Sein früheres Ich lachte trocken. »Wir haben einander im Laufe der Jahrtausende schon gesehen – ich erinnere mich daran, dass du ihr nachgejagt bist. Und dass du sie nie eingeholt hast.«

»Ich – ich weiß nicht.« Die Worte blieben Daniel im Hals stecken und er unterdrückte zitternd ein Schluchzen. »Ich kann sie nicht erreichen. Irgendwie komme ich jedes Mal einen Herzschlag zu spät, als ob jemand oder etwas hinter den Kulissen daran arbeitet, mich von ihr fernzuhalten.«

»Deine Verkünder werden dich immer dort hinbringen, wo du sein musst.«

»*Ich muss bei ihr sein.*«

»Vielleicht wissen sie besser als du selbst, was du brauchst.«

»Was?«

»Vielleicht soll sie nicht aufgehalten werden.« Der Gefangene rasselte teilnahmslos mit seiner Kette. »Dass sie überhaupt reisen kann, bedeutet, dass sich etwas Grundlegendes verändert hat. Vielleicht kannst du sie nicht einfangen, bis sie diese Veränderung in den ursprünglichen Fluch eingearbeitet hat.«

»Aber ...« Er wusste nicht, was er sagen sollte. Das Schluchzen stieg in Daniels Brust empor und erstickte sein Herz in einer Welle der Scham und des Kummers. »Sie braucht mich. Jede Sekunde ist eine verlorene Ewigkeit. Und wenn sie einen Fehler macht, könnte alles verloren sein. Sie könnte die Vergangenheit verändern und ... aufhören zu existieren.«

»Aber das ist doch das Wesen des Risikos. Du setzt alles auf die kleinste Hoffnung.« Sein früheres Ich streckte die Hand aus und berührte beinahe Daniels Arm. Sie beide wollten eine Verbindung spüren. Im letzten Moment zuckte Daniel zurück.

Sein vergangenes Ich seufzte. »Was ist, wenn *du* es bist, Daniel? Was, wenn *du* derjenige bist, der die Vergangenheit ändern muss? Was, wenn du Luce nicht zu fassen bekommst, bis du den Fluch umgeschrieben hast, um ein Schlupfloch einzubauen?«

»Unmöglich.« Daniel schnaubte. »Sieh mich doch an. Sieh dich an. Ohne sie geht es uns furchtbar. Wir sind nichts, wenn wir nicht bei Lucinda sind. Es gibt keinen Grund, warum meine Seele sie nicht so schnell wie möglich finden möchte.«

Daniel wollte von hier fortfliegen. Aber etwas nagte an ihm.

»Warum hast du nicht angeboten, mich zu begleiten?«, fragte er schließlich. »Ich würde es natürlich ablehnen, aber einige der anderen – als ich mir selbst in einem anderen Leben begegnet bin – wollten sich mir anschließen. Warum willst du es nicht?«

Eine Ratte kroch am Bein des Gefangenen entlang und hielt inne, um die blutigen Ketten an seinen Knöcheln zu beschnuppern.

»Ich bin einmal entkommen«, antwortete er langsam. »Erinnerst du dich?«

»Ja«, sagte Daniel, »du – *wir* sind entkommen, ganz am Anfang. Wir sind direkt nach Savoyen zurückgegangen.« Er blickte zu der falschen Hoffnung hinauf, die das Licht vor dem Fenster bot. »Warum haben wir das getan? Wir hätten wissen müssen, dass wir geradewegs in eine Falle spazieren.«

Der Gefangene lehnte sich zurück und klirrte mit den Ketten. »Wir hatten keine andere Wahl. Es war der Ort, der ihr am nächsten war.« Er holte rasselnd Atem. »Es ist so schwer, wenn sie von einem Leben in das nächste übergeht. Ich habe immer das Gefühl, ich kann nicht weitermachen. Ich war froh, als der Herzog meine Flucht vorausgesehen hat und dahintergekommen ist, wohin ich gehen würde. Er wartete in Savoyen, wartete mit seinen Männern am Esstisch meines Wirtes. Wartete darauf, mich hierher zurückschleifen zu können.«

Daniel erinnerte sich. »Die Strafe kam mir vor, als hätte ich sie verdient.«

»Daniel.« Das verzweifelte Gesicht des Gefangenen sah so aus, als sei ein Stromstoß hindurchgefahren. Er wirkte wieder lebendig, zumindest seine Augen. Sie leuchteten violett. »Ich glaube, ich habe es.« Die Worte überschlugen sich. »Der Herzog – lass dir das eine Lehre sein.«

Daniel leckte sich die Lippen. »Wie bitte?«

»So oft ich dir begegnet bin, sagst du, du seist ihr gefolgt. Tu das, was der Herzog mit uns getan hat. Sieh voraus, wohin sie will. Versuche nicht, sie einzuholen. Komme ihr zuvor. Erwarte sie dort, wo sie hingehen wird.«

»Aber ich weiß doch nicht, wohin ihre Verkünder sie bringen werden.«

»Natürlich weißt du es«, beharrte sein früheres Ich. »Du musst schwache Erinnerungen daran haben, wo sie landen wird. Vielleicht nicht an jeden einzelnen Schritt, aber irgendwann muss alles dort enden, wo es begonnen hat.«

Zwischen beiden herrschte ein stummes Einvernehmen. Daniel strich mit den Händen über die Wand neben dem Fenster und beschwor einen Schatten herauf. Er konnte ihn in der Dunkelheit nicht sehen, aber er konnte spüren, wie er sich auf ihn zu bewegte, und er brachte ihn geschickt in Form. Dieser Verkünder wirkte so mutlos, wie Daniel sich fühlte. »Du hast recht«, sagte er und zog das Portal auf. »Es gibt einen Ort, an den sie mit Sicherheit gehen wird.«

»Ja.«

»Und du auch. Du solltest deinen eigenen Rat beherzigen und verschwinden«, meinte Daniel grimmig. »Du verrottest hier drin.«

»Zumindest lenkt mich der körperliche Schmerz von dem Schmerz meiner Seele ab«, erwiderte sein früheres Ich. »Nein. Ich wünsche dir Glück, aber ich werde diese Mauern jetzt nicht verlassen. Nicht, bis sie sich in ihrer nächsten Inkarnation eingerichtet hat.«

Daniels Flügel stellten sich an seinem Hals auf. Er versuchte, Zeit und Leben und Erinnerungen in seinem Kopf zu sortieren, aber er kreiste ständig um den gleichen ärgerlichen Gedanken. »Sie – sie sollte sich inzwischen eingerichtet haben. In der geistigen Vorstellung. Kannst du es nicht spüren?«

»Oh«, sagte sein eingekerkertes früheres Ich leise. Er schloss die Augen. »Ich weiß nicht, ob ich überhaupt noch etwas fühlen kann.« Der Gefangene seufzte schwer. »Das Leben ist ein Albtraum.«

»Nein, ist es nicht. Nicht mehr. Ich werde sie finden. Ich werde uns beide erlösen«, rief Daniel, der nur noch dieses Verlies verlassen wollte und verzweifelt einen weiteren Sprung des Glaubens durch die Zeit unternahm.

Dreizehn

Unter einem schlechten Stern

Unter Luce' Füßen knirschte etwas.

Sie hob den Saum ihres schwarzen Kleides: Eine Schicht weggeworfener Walnussschalen auf dem Boden war so dick, dass die holzigen braunen Stückchen bis über die Schnallen ihrer smaragdgrünen, hochhackigen Schuhe reichten.

Sie befand sich am hinteren Rand einer lärmenden Menschenmenge. Fast jeder um sie herum war in gedämpften Braun- oder Grautönen gekleidet, die Frauen in langen Gewändern mit bestickten Miedern und breiten Spitzenmanschetten an den Enden ihrer engen Ärmel. Die Männer trugen Kniehosen, breite Mäntel um die Schultern und flache Wollmützen. Luce war noch nie zuvor an einem so öffentlichen Ort aus einem Verkünder getreten, doch nun stand sie mitten in einem vollbesetzten Rundtheater. Es war erschreckend – und unglaublich laut.

»Vorsicht!« Bill packte sie an ihrem samtenen Schultercape, riss sie zurück und drückte sie gegen das hölzerne Geländer einer Treppe.

Einen Moment später stürmten zwei schmutzige Jungen in einem ungestümen Fangenspiel an ihr vorbei und warfen

233

drei Frauen um, die ihnen im Weg standen. Die Frauen rappelten sich wieder hoch und riefen den Jungen Verwünschungen nach, die nur johlten und ihr Tempo kaum drosselten.

»Nächstes Mal«, rief Bill ihr ins Ohr und legte seine steinernen Klauen um den Mund, »möchte ich dich bitten, deine kleinen Zeitsprünge an einen etwas ruhigeren Schauplatz zu lenken. Wie soll ich in diesem Gedränge einen Kostümwechsel hinkriegen?«

»Klar, Bill, ich werde daran arbeiten.« Luce wich genau in dem Moment zurück, als die Jungen in ihrer wilden Jagd wieder an ihnen vorbeischossen. »Wo sind wir?«

»Sie haben den Globus umkreist, um sich im Globe wiederzufinden, Mylady.« Bill deutete eine kleine Verbeugung an.

»Das Globe Theatre?« Luce duckte sich, als die Frau vor ihr ein angenagtes Hühnerbein über die Schulter warf. »Meinst du etwa Shakespeare?«

»Nun, er behauptet, er habe sich zurückgezogen. Du kennst ja diese Künstlertypen. So launenhaft.« Bill ging in die Knie, zupfte am Saum ihres Kleides herum und summte vor sich hin. »Hier ist *Othello* gespielt worden«, sagte Luce und nahm sich einen Moment Zeit, um das alles zu verdauen. »*Der Sturm. Romeo und Julia.* Wir stehen praktisch mitten in den größten Liebesgeschichten, die je geschrieben wurden.«

»Du stehst in Walnussschalen.«

»Elender Besserwisser. Das hier ist unglaublich!«

»Tut mir leid, mir war nicht klar, dass wir etwas Zeit zur Bardenvergötterung brauchen.« Er lispelte wegen der Nadel zwischen seinen spitzen Zähnen. »Jetzt mal stillhalten.«

»Autsch!« Luce jaulte auf, als er ihr heftig ins Knie stach. »Was machst du da?«

»Ich passe dich der Zeit an. Diese Leute werden gutes Geld für eine Freak Show bezahlen, aber sie gehen davon aus, dass sie sich auf der Bühne abspielt.« Bill arbeitete schnell und legte den langen, drapierten Stoff ihres schwarzen Kleides aus Versailles unauffällig in Falten, bis es seitlich gerafft war. Er schlug ihr die schwarze Perücke vom Kopf und zog ihr Haar in krause Locken. Dann beäugte er das Samtcape um ihre Schultern. Er riss den weichen Stoff herunter. Schließlich räusperte er sich und spuckte in eine Hand, rieb die Handflächen aneinander und formte das Cape in einen hohen jakobäischen Kragen um.

»Das ist absolut ekelhaft, Bill.«

»Sei still«, blaffte er. »Gib mir nächstes Mal mehr Platz zum Arbeiten. Glaubst du etwa, ich mag so einen Notbehelf? Das tue ich nicht.« Er deutete mit dem Kopf auf die johlende Menge. »Zum Glück sind die meisten zu betrunken, um das Mädchen zu bemerken, das hinter ihnen aus der Dunkelheit getreten ist.«

Bill hatte recht: Niemand sah sie an. Alle zankten herum und versuchten, sich näher an die Bühne zu drängen. Es war nur ein etwa eineinhalb Meter hohes Podest, und Luce, die hinten in der ungebärdigen Menge stand, konnte es kaum sehen.

»Jetzt macht schon!«, rief ein Junge von hinten. »Lass uns nicht den ganzen Tag warten!«

Über der Menge befanden sich drei Ränge mit Logenplätzen, und dann nichts mehr: Das O-förmige Rundtheater öffnete sich einem Mittagshimmel von hellem Graublau. Luce hielt Ausschau nach ihrem früheren Ich. Und nach Daniel.

»Wir sind bei einer Premiere des Globe.« Sie dachte wieder an Daniels Worte unter den Pfirsichbäumen der Sword & Cross. »Daniel hat mir gesagt, dass wir hier waren.«

»Sicher, ihr wart hier«, bestätigte Bill. »Vor etwa vierzehn Jahren. Du hast auf den Schultern deines älteren Bruders gehockt. Du bist mit deiner Familie hergekommen, um *Julius Cäsar* zu sehen.«

Bill schwebte auf Armeslänge vor ihr in der Luft. Es war unappetitlich, aber der hohe Kragen um ihren Hals schien tatsächlich seine Form zu behalten. Sie ähnelte fast den aufwendig gekleideten Frauen in den höheren Logen.

»Und Daniel?«, fragte sie.

»Daniel war ein Spieler ...«

»He!«

»So haben sie die Schauspieler genannt.« Bill verdrehte die Augen. »Er stand damals ganz am Anfang. Den anderen im Publikum blieb sein Debüt nicht in Erinnerung. Aber der kleinen dreijährigen Lucinda.« Bill zuckte die Achseln. »Es hat das Feuer in dir geweckt. Du hast seither darauf« – Bill machte Gänsefüßchen in der Luft – »gebrannt, auf die Bühne zu kommen. Heute Abend ist dein Abend.«

»Ich bin eine Schauspielerin?«

Nein. Ihre Freundin Callie war die Schauspielerin, nicht sie. In Luce' letztem Semester an der Dover Highschool hatte Callie Luce angefleht, mit ihr für *Unsere kleine Stadt* vorzusprechen. Sie hatten beide wochenlang geprobt. Luce hatte einen Satz sagen dürfen, aber Callie hatte mit ihrer Darstellung der Emily Webb stürmischen Beifall geerntet. Luce hatte beeindruckt aus der Kulisse zugeschaut und war stolz auf ihre Freundin gewesen. Callie hätte alles dafür gegeben, um für eine Minute in dem alten Globe Theatre zu sein, geschweige denn auf der Bühne zu stehen.

Aber dann erinnerte Luce sich an Callies bleiches Gesicht, als sie gesehen hatte, wie die Engel gegen die Outcasts kämpften. Was war mit Callie geschehen, nachdem Luce gegangen war? Wo waren die Outcasts jetzt? Wie sollte Luce Callie oder ihren Eltern nur erklären, was geschehen war – das hieß, falls Luce jemals in ihren Garten und in ihr eigentliches Leben zurückkehrte?

Denn Luce wusste jetzt, dass sie nicht eher in dieses Leben zurückkehren würde, bis sie herausgefunden hatte, wie sie verhindern konnte, dass es endete. Bis sie das Rätsel dieses Fluches gelöst hatte, der sie und Daniel dazu zwang, dieselbe Liebesgeschichte, die unter einem schlechten Stern stand, wieder und wieder zu durchleben.

Es musste einen Grund geben, weshalb sie hier in diesem Theater war. Ihre Seele hatte sie hierher gezogen, doch warum?

Sie schob sich in die Menge und drängte sich weiter, bis sie die Bühne sehen konnte. Die Bretter waren mit einer dicken, hanfähnlichen Matte bedeckt worden, die wie wildes Gras aussehen sollte. Zwei Kanonen in Originalgröße standen wie Wachposten am rechten und linken Rand der Bühne und eine Reihe von Orangenbäumen in Töpfen säumte die hintere Wand. Nicht weit von Luce entfernt führte eine wacklige Holzleiter zu einem Raum, der mit Vorhängen abgetrennt war: Es war die Garderobe – sie erinnerte sich daran von dem Schauspielkurs, den sie zusammen mit Callie belegt hatte –, wo die Schauspieler ihre Kostüme anzogen und sich auf ihre Szenen vorbereiteten.

»Warte!«, rief Bill, als sie rasch die Leiter hinaufkletterte.

Der Raum hinter dem Vorhang war klein, eng und schwach beleuchtet. Luce kam an Stapeln von Manuskripten und offenen Kleiderschränken voller Kostüme vorbei und bestaunte eine gewaltige Löwenkopfmaske und Reihen von goldenen und samtenen Umhängen an Wandhaken. Dann erstarrte sie: Mehrere Schauspieler standen in unterschiedlichen Stadien der Bekleidung im Raum – Jungen mit halb zugeknöpften Gewändern, Männer, die ihre braunen Lederstiefel schnürten. Glücklicherweise waren die Schauspieler damit beschäftigt, sich das Gesicht zu pudern und hektisch ihre Zeilen zu proben, sodass der Raum von laut vorgetragenen kurzen Passagen des Theaterstücks erfüllt war.

Bevor auch nur einer der Schauspieler aufschauen und sie sehen konnte, flog Bill an Luce' Seite und schob sie in einen der Kleiderschränke. Gewänder schlossen sich um sie herum.

»Was soll das?«, fragte sie.

»Darf ich dich daran erinnern, dass du in einer Zeit Schauspieler warst, in der es keine Schauspielerinnen gab.« Bill runzelte die Stirn. »Als Frau hast du hier nichts zu suchen. Nicht dass dich das aufgehalten hätte. Dein früheres Ich hat einige Risiken in Kauf genommen, um eine Rolle in *Alles ist wahr* zu bekommen.«

»*Alles ist wahr*?«, wiederholte Luce. Sie hatte gehofft, dass sie zumindest den Titel kennen würde. Doch dem war leider nicht so. Sie spähte aus dem Kleiderschrank in den Raum.

»Du kennst das Stück als *Heinrich VIII*.«, erklärte Bill und riss sie am Kragen zurück. »Aber hör zu: Warum, glaubst du, würde dein früheres Ich lügen und sich verkleiden, um eine Rolle in …«

»Daniel.«

Er war gerade in die Garderobe getreten. Die Tür zum Innenhof draußen stand noch immer hinter ihm offen, er hatte die Sonne im Rücken. Daniel kam allein, vertieft in ein handgeschriebenes Rollenheft, und nahm die anderen Schauspieler um sich herum kaum wahr. Er sah anders aus als in ihren sämtlichen anderen Leben. Sein blondes Haar war lang und ein wenig gewellt und er hatte es im Nacken mit einem schwarzen Band zusammengebunden. Außerdem trug er einen sauber gestutzten Bart, der eine Spur dunkler war als das Haar auf seinem Kopf.

Luce verspürte den Drang, seinen Bart zu berühren, sein Gesicht zu streicheln und ihm mit den Fingern durch das Haar zu fahren und an seinem Nacken entlang und jeden Teil von ihm zu berühren. Sein weißes Hemd stand offen und darunter zeichneten sich deutlich seine Brustmuskeln ab. Er trug schwarze Pluderhosen und kniehohe schwarze Stiefel.

Als er näher kam, begann ihr Herz heftiger zu schlagen. Das Lärmen der Menge unten im Hof trat in den Hintergrund. Der Schweißgeruch der Kostüme im Kleiderschrank verschwand. Es gab nur das Geräusch ihres Atems und seiner Schritte, die auf sie zukamen. Sie trat aus dem Schrank.

Bei ihrem Anblick leuchteten Daniels gewittergraue Augen violett auf. Er lächelte überrascht.

Sie konnte nicht länger an sich halten. Sie stürzte auf ihn zu, vergaß Bill, vergaß die Schauspieler, vergaß das frühere Ich, das überall sein konnte, Schritte entfernt, das Mädchen, zu dem dieser Daniel wirklich gehörte. Sie vergaß alles bis auf ihr Bedürfnis, von ihm festgehalten zu werden.

Er legte ihr die Arme um die Taille und führte sie schnell auf die andere Seite des wuchtigen Kleiderschranks, wo sie vor den übrigen Schauspielern verborgen waren. Ihre Hände fanden seinen Nacken. Ein warmer Schauder durchlief sie. Sie schloss die Augen und spürte, wie ihre Lippen sich trafen, federleicht – beinahe zu leicht. Sie wartete darauf, den Hunger in seinem Kuss zu spüren. Sie wartete. Und wartete.

Luce richtete sich ein wenig höher auf und bog den Kopf zurück, sodass er sie heftiger und intensiver küssen konnte. Sie brauchte diesen Kuss, denn er erinnerte sie daran, warum sie dies tat, warum sie sich in der Vergangenheit verlor und sich selbst wieder und wieder sterben sah: seinetwegen, wegen ihres Zusammenseins. Wegen ihrer Liebe.

Als sie ihn nun hier berührte, musste sie an Versailles denken. Sie wollte ihm dafür danken, dass er sie davor bewahrt hatte, den König heiraten zu müssen. Und sie wollte ihn anflehen, sich selbst nie wieder so zu verletzen, wie er es in Tibet getan hatte. Sie wollte fragen, wovon er geträumt hatte, als er nach ihrem Tod in Preußen tagelang geschlafen hatte. Sie wollte hören, was er zu Luschka gesagt hatte, unmittelbar bevor sie in jener schrecklichen Nacht in Moskau gestorben war. Sie wollte ihre Liebe geben und zusammenbrechen und weinen und ihn wissen lassen, dass sie ihn jede Sekunde jedes ihrer Leben, durch die sie gegangen war, von ganzem Herzen vermisst hatte.

Aber es war unmöglich, etwas davon diesem Daniel zu vermitteln. Dieser Daniel hatte davon bisher noch gar nichts erlebt. Außerdem hielt er sie für die Lucinda dieser Ära, für das Mädchen, das nichts von den Dingen wusste, die Luce erfahren hatte. Es gab keine Worte, ihm all das zu erklären.

Ihr Kuss war die einzige Möglichkeit ihm zu zeigen, dass sie verstand.

Aber Daniel küsste sie einfach nicht so, wie sie es wollte. Je enger sie sich an ihn drückte, desto weiter lehnte er sich zurück.

Schließlich schob er sie ganz von sich. Er hielt sie nur an den Händen, als sei der Rest von ihr gefährlich.

»Lady.« Er küsste ihre Fingerspitzen und ein Schauder durchlief sie. »Wäre es zu kühn zu behaupten, Eure Liebe verführte Euch zu einem unschicklichen Benehmen?«

»Unschicklich?« Luce errötete.

Daniel nahm sie wieder in die Arme, langsam und ein wenig nervös. »Gute Lucinda, Ihr dürft in diesen Kleidern nicht an diesem Ort sein.« Sein Blick kehrte immer wieder zu ihrem Kleid zurück. »Was sind dies für Gewänder? Wo ist Euer Kostüm?« Er griff in einen Kleiderschrank und schob ein Gewand nach dem anderen zur Seite.

Schnell begann Daniel seine Stiefel aufzuschnüren und warf sie mit einem dumpfen Aufprall auf den Boden. Luce versuchte, nicht hinzustarren, als er seine Hose fallen ließ. Er trug darunter enge graue Unterhosen, die der Fantasie nur wenig Spielraum ließen.

Ihre Wangen brannten, als Daniel sich sein weißes Hemd vom Leib riss und die volle Schönheit seiner Brust enthüllte. Luce hielt den Atem an. Das Einzige, was fehlte, waren seine entfalteten Flügel. Daniel war so unglaublich schön – und er schien keine Ahnung von seiner Wirkung auf Luce zu haben, als er nun in seiner Unterwäsche vor ihr stand.

Sie schluckte und fächelte sich Luft zu. »Es ist ziemlich heiß hier.«

»Zieht diese Sachen an, bis ich Euch Euer Kostüm holen kann«, sagte er und warf ihr die Kleider zu. »Beeilt Euch, bevor Euch jemand sieht.« Er eilte zu dem Kleiderschrank in der Ecke, stöberte darin und zog ein Kleid in einem kräftigen Grün und Gold heraus, ein weiteres weißes Hemd und ein Paar knielanger grüner Hosen. Er schlüpfte hastig in die neuen Kleider – sein Kostüm, vermutete Luce –, während sie seine Straßenkleidung aufsammelte.

Luce erinnerte sich daran, dass das Dienstmädchen in Versailles eine halbe Stunde gebraucht hatte, um sie in dieses Kleid zu zwängen. Da waren Schnüre und Bänder und Spitzen an allen möglichen intimen Stellen. Es war ausgeschlossen, dass sie einigermaßen würdevoll wieder daraus herauskommen konnte.

»Es gab, ähm, einen Kostümwechsel.« Luce umfasste den schwarzen Stoff ihres Rockes. »Ich dachte, dies würde für meine Rolle hübsch aussehen.«

Luce hörte Schritte hinter sich, aber ehe sie sich umdrehen konnte, zerrte Daniel sie neben sich tief in den Schrank hinein. Der Schrank war eng und dunkel, und es war wunderbar, ihm so nahe zu sein. Er zog die Tür so weit zu wie möglich und stand dann in seiner grün-goldenen Robe vor ihr wie ein König.

»Woher habt Ihr diese Kleider? Stammt unsere Anne Boleyn plötzlich vom Mars?« Er lachte leise. »Ich dachte immer, sie sei aus Wiltshire.«

Luce' Gedanken rasten, um zu verstehen, was er meinte. Sie spielte Anne Boleyn? Sie hatte dieses Stück nie gelesen, aber Daniels Kostüm ließ darauf schließen, dass er den König spielte, Heinrich VIII.

»Mr Shakespeare – äh, Will – dachte, es würde gut aussehen ...«

»Oh, hat Will das?« Daniel feixte, er glaubte ihr nicht, aber es schien ihm nichts auszumachen. Es war seltsam, das

242

Gefühl zu haben, dass Daniel alles charmant finden würde, egal was sie tat oder sagte. »Ihr seid ein wenig verrückt, nicht wahr, Lucinda?«

»Ich – na ja …«

Er strich mit der Rückseite eines Fingers über ihre Wange. »Ich bete Euch an.«

»Ich bete Euch ebenso an.« Die Worte stürzten aus ihrem Mund und kamen ihr nach den letzten gestammelten Lügen so echt und so wahr vor. Es war, als stoße sie einen lange angehaltenen Atemzug aus. »Ich habe nachgedacht, viel nachgedacht, und ich möchte Euch sagen, dass – dass …«

»Ja?«

»Die Wahrheit ist, dass das, was ich für Euch empfinde … tiefer geht als Anbetung.« Sie legte ihm die Hände auf das Herz. »Ich vertraue Euch. Ich vertraue Eurer Liebe. Ich weiß jetzt, wie stark sie ist und wie wunderbar.« Luce war klar, dass sie ihre Karten nicht auf den Tisch legen und sagen konnte, was sie wirklich meinte – sie sollte eigentlich eine andere Version ihrer selbst sein, und Daniel hatte bisher jedes Mal, wenn er dahintergekommen war, wer sie war und woher sie gekommen war, sofort dichtgemacht und sie weggeschickt. Aber vielleicht würde Daniel verstehen, wenn sie ihre Worte sorgfältig wählte. »Es mag so erscheinen, als würde ich – als würde ich manchmal vergessen, was Ihr mir bedeutet und was ich Euch bedeute, aber tief im Innern … weiß ich es. Ich weiß es, weil wir füreinander bestimmt sind. Ich liebe Euch, Daniel.«

Daniel wirkte schockiert. »Ihr – Ihr liebt mich?«

»Natürlich.« Luce musste beinahe darüber lachen, wie offensichtlich es war – aber dann erinnerte sie sich: Sie hatte keine Ahnung, in welchen Augenblick ihrer Vergangenheit sie hineingeraten war. Vielleicht hatten sie in diesem Leben nur scheue Blicke getauscht.

Daniels Brust hob und senkte sich und seine Unterlippe begann zu zittern. »Ich will, dass Ihr mit mir fortgeht«, sagte er schnell. In seiner Stimme lag ein verzweifelter Unterton.

Luce wollte Ja! ausrufen, aber irgendetwas hielt sie zurück. Es war so einfach, sich in Daniel zu verlieren, wenn sein Körper so dicht an ihren gedrängt war und sie durch sein Hemd die Wärme seiner Haut und das Schlagen seines Herzens spüren konnte. Sie hatte das Gefühl, dass sie ihm jetzt alles sagen konnte – angefangen damit, was für ein herrliches Gefühl es gewesen war, in Versailles in seinen Armen zu sterben, bis hin zu ihrer Niedergeschlagenheit, als sie das Ausmaß seines Leidens kannte. Aber sie hielt sich zurück: Das Mädchen, für das er sie in diesem Leben hielt, würde nicht über solche Dinge reden, würde nichts davon wissen. Und Daniel ebenso wenig. Als sie also schließlich den Mund öffnete, brach ihre Stimme.

Daniel legte ihr einen Finger auf die Lippen. »Wartet. Protestiert noch nicht. Lasst mich Euch auf die schickliche Weise fragen. Gleich, meine Liebste.«

Er spähte durch die aufgesprungene Schranktür zum Vorhang hinüber. Von der Bühne kam Jubel. Das Publikum brüllte vor Lachen und applaudierte. Luce hatte nicht einmal gemerkt, dass das Stück begonnen hatte.

»Das ist mein Auftritt. Ich werde Euch bald wiedersehen.« Er küsste sie auf die Stirn, dann eilte er hinaus auf die Bühne.

Luce wollte ihm nachlaufen, aber zwei Gestalten stellten sich vor die Tür des Kleiderschranks.

Die Tür öffnete sich knarrend und Bill kam hereingeflattert. »Du wirst langsam wirklich gut«, bemerkte er und ließ sich auf einen Sack mit alten Perücken plumpsen.

»Wo hast du dich versteckt?«

»Wer, ich? Nirgends. Wovor sollte ich mich denn verstecken?«, fragte er. »Dieser kleine Schwindel mit dem Kostümwechsel war fast schon ein Geniestreich«, sagte er und hob seine winzige Hand für ein High five.

Es verdarb ihr immer ein bisschen den Spaß, daran erinnert zu werden, dass Bill während jeder Begegnung mit Daniel Mäuschen spielte.

»Willst du mich wirklich so hängen lassen?« Bill zog langsam die Hand zurück.

Luce ignorierte ihn. Irgendetwas in ihrer Brust fühlte sich schwer und wund an. Sie hörte immer wieder die Verzweiflung in Daniels Stimme, als er sie gebeten hatte, mit ihm fortzulaufen. Was hatte das zu bedeuten?

»Nicht wahr, Bill, ich werde heute Nacht sterben?«

»Nun ...« Bill schlug die Augen nieder. »Ja.«

Luce schluckte hörbar. »Wo ist Lucinda? Ich muss wieder in sie hineinschlüpfen, damit ich dieses Leben verstehen kann.« Sie drückte gegen die Kleiderschranktür, aber Bill zog sie an der Schleife ihres Gewandes zurück.

»Hör mal, Mädchen, mach keine Gewohnheit draus. Betrachte es als eine Fähigkeit für spezielle Anlässe.« Er schürzte die Lippen. »Was denkst du, was du diesmal erfahren wirst?«

»Natürlich wovor sie fliehen muss«, erwiderte Luce. »Wovor rettet Daniel sie? Ist sie mit jemand anderem verlobt? Lebt sie bei einem grausamen Onkel? Ist sie beim König in Ungnade gefallen?«

»Oh-oh.« Bill kratzte sich am Kopf. Es machte ein knirschendes Geräusch, wie Nägel auf einer Tafel. »Ich muss irgendwo einen dummen pädagogischen Fehler gemacht haben. Du denkst, es gäbe jedes Mal einen Grund für deinen Tod?«

»Gibt es den nicht?« Sie konnte förmlich spüren, wie ihr Gesicht länger wurde.

»Ich meine, deine Tode sind nicht direkt bedeutungslos ...«

»Aber als ich in Lys gestorben bin, habe ich alles gespürt – sie glaubte, dass das Verbrennen sie befreie. Sie war glücklich, weil eine Heirat mit diesem König bedeutet hätte, dass ihr Leben eine Lüge war. Und Daniel konnte sie retten, indem er sie tötete.«

»Oh, Schätzchen, denkst du das wirklich? Dass deine Tode ein Ausweg für schlechte Ehen oder so etwas sind?«

Sie kniff die Augen fest zusammen, um gegen die plötzlich aufsteigenden Tränen anzukämpfen. »Es muss etwas in der Art sein. Es muss einfach. Anderenfalls wäre es einfach sinnlos.«

»Es ist nicht sinnlos«, widersprach Bill. »Du stirbst tatsächlich aus einem Grund. Nur nicht aus einem so einfachen Grund. Du kannst nicht erwarten, alles auf einmal zu verstehen.«

Sie stieß einen frustrierten Laut aus und schlug mit der Faust gegen eine Wand des Schrankes.

»Ich kann verstehen, warum du die Nase vollhast«, meinte Bill schließlich. »Du hattest ein 3D-Erlebnis, und du denkst, du hättest das Geheimnis deines Universums gelüftet. Aber die Dinge sind nicht immer so klar und einfach. Erwarte Chaos. Nimm das Chaos an. Du solltest trotzdem versuchen, von jedem Leben, das du besuchst, so viel wie möglich zu lernen. Vielleicht wird am Ende alles einen Sinn ergeben. Vielleicht wirst du am Schluss mit Daniel zusammen sein ... Oder vielleicht wirst du zu dem Schluss kommen, dass das Leben mehr zu bieten hat als ...«

Ein Rascheln erschreckte sie. Luce spähte durch die Schranktür.

Ein Mann von etwa fünfzig Jahren, mit graumeliertem Ziegenbärtchen und einem kleinen Bierbauch, stand direkt hinter einem Schauspieler in einem Kleid. Sie flüsterten miteinander. Als das Mädchen den Kopf leicht umwandte, erhellten die Bühnenlichter ihr Profil. Luce erstarrte bei dem Anblick: Eine zierliche Nase und kleine, mit rosafarbenem Puder geschminkte Lippen. Eine dunkelbraune Perücke, unter der ein paar Strähnen langen schwarzen Haares hervorlugten. Ein wunderschönes goldfarbenes Gewand.

Es war Lucinda im Kostüm der Anne Boleyn und kurz davor, die Bühne zu betreten.

Luce tastete sich vorsichtig aus dem Kleiderschrank. Sie war nervös und brachte keinen Ton heraus, fühlte sich aber gleichzeitig seltsam gestärkt: Wenn Bill die Wahrheit gesagt hatte, blieb nicht mehr viel Zeit.

»Bill?«, flüsterte sie. »Du musst diese Sache machen, wo du auf Pause drückst, damit ich ...«

»Scht!« Bills Zischen war von einer Endgültigkeit, die bedeutete, dass Luce auf sich allein gestellt war. Sie würde einfach warten müssen, bis dieser Mann wieder ging, damit sie Lucinda allein ansprechen konnte.

Unerwartet trat Lucinda vor den Kleiderschrank, in dem Luce sich wieder versteckt hatte. Lucinda griff hinein. Ihre Hand wanderte zu dem goldenen Umhang direkt neben

Luce' Schulter. Luce hielt die Luft an und ergriff Lucindas Finger.

Lucinda fuhr erschreckt auf und öffnete die Tür ganz, dann sah sie tief in Luce' Augen und schwankte am Rande eines unerklärlichen Verstehens. Der Boden unter ihnen schien sich zu neigen. Luce wurde schwindlig, sie schloss die Augen und hatte das Gefühl, als sei ihre Seele aus ihrem Körper gefallen. Sie sah sich selbst von außen: Ihr seltsames Kleid, das Bill eilig umgearbeitet hatte, die nackte Angst in ihren Augen. Die Hand in ihrer war weich, so weich, dass sie sie kaum spüren konnte.

Sie blinzelte, und Lucinda blinzelte, und dann spürte Luce die Hand nicht mehr. Als sie hinabsah, war ihre Hand leer. Sie war zu dem Mädchen geworden, dessen Hand sie gehalten hatte. Schnell schnappte sie sich den Umhang und warf ihn sich über die Schultern.

Außer ihr befand sich in der Garderobe nur der Mann, der mit Lucinda geflüstert hatte. Luce wurde klar, dass es William Shakespeare war. William Shakespeare. Sie kannte ihn. Sie drei – Lucinda, Daniel und Shakespeare – waren Freunde. Daniel hatte Lucinda einmal an einem Nachmittag im Sommer mit nach Stratford genommen und ihn dort besucht. Gegen Sonnenuntergang hatten sie in der Bibliothek gesessen, und während Daniel am Fenster an seinen Skizzen gearbeitet hatte, hatte Will ihr eine Frage nach der anderen gestellt – und währenddessen eifrig Notizen gemacht –, wann sie Daniel das erste Mal begegnet sei, welche Gefühle sie für ihn hege, und ob sie denke, sie könne sich eines Tages in ihn verlieben.

Neben Daniel war Shakespeare der Einzige, der das Geheimnis von Lucindas Identität – dass sie eine Frau war –

und der Liebe kannte, die die Schauspieler abseits der Bühne miteinander verband. Als Gegenleistung für seine Diskretion hütete Lucinda das Geheimnis, dass Shakespeare an diesem Abend im Globe anwesend war. Alle anderen in der Truppe vermuteten, dass er in Stratford sei, dass er die Leitung des Theaters an Master Fletcher übergeben habe. Stattdessen war Will inkognito erschienen, um die Premiere des Stückes zu sehen.

Als sie wieder an seine Seite trat, blickte Shakespeare Lucinda tief in die Augen. »Du hast dich verändert.«

»Ich – nein, ich bin immer noch …« Sie betastete den weichen Brokat um ihre Schultern. »Ja, ich habe den Umhang gefunden.«

»Den Umhang, wie?« Er lächelte sie an und zwinkerte. »Er steht dir.«

Dann legte Shakespeare Lucinda eine Hand auf die Schulter, wie immer, wenn er Regieanweisungen gab: »Hör mir zu: Alle hier kennen deine Geschichte. Sie werden dich in dieser Szene sehen, und du wirst nicht sehr viel sagen oder tun. Aber Anne Boleyn ist ein aufgehender Stern am Hof. Dein Schicksal wird auch jeden Einzelnen hier betreffen.« Er schluckte. »Außerdem: Vergiss nicht, am Ende deines Textes genau auf der Markierung zu stehen. Du musst vorne links auf der Bühne sein, wenn der Tanz beginnt.«

Luce konnte spüren, wie ihr die Sätze aus dem Stück durch den Kopf gingen. Sie würde ihren Text kennen, wenn sie vor all diesen Leuten auf die Bühne trat. Sie war bereit.

Das Publikum tobte und applaudierte von Neuem. Eine Gruppe von Schauspielern verließ die Bühne und drängte sich an ihr vorbei in den Raum. Shakespeare war wieder verschwunden. Sie konnte Daniel am anderen Ende der

Bühne sehen. Er überragte die anderen Schauspieler mit seiner königlichen Haltung. Er war unglaublich schön.

Ihr Stichwort kam, die Bühne zu betreten. Dies war der Beginn der Bankettszene in Kardinal Wolseys Palast, wo der König – Daniel – ein prächtiges Maskenspiel aufführen würde, bevor er zum ersten Mal Anne Boleyns Hand ergriff. Sie sollten miteinander tanzen und sich leidenschaftlich verlieben. Es sollte der Beginn einer Romanze sein, die alles veränderte.

Der Beginn.

Aber für Daniel war es keineswegs der Beginn.

Für Lucinda jedoch und für die Rolle, die sie spielte, war es Liebe auf den ersten Blick. Es war Lucinda wie das erste echte Erlebnis ihres Lebens vorgekommen, als sie Daniel erblickt hatte, genau wie Luce in der Sword & Cross. Ihre ganze Welt hatte plötzlich eine völlig neue Bedeutung erlangt. Luce konnte nicht glauben, wie viele Menschen sich in das Globe quetschten. Sie standen den Schauspielern praktisch auf den Füßen und waren so dicht an die Bühne gedrängt, dass mindestens zwanzig Zuschauer die Ellbogen auf die Bühne gestützt hatten. Sie konnte sie riechen. Sie konnte sie atmen hören.

Alle Augen waren auf sie gerichtet. Doch anstatt deswegen in Panik zu geraten, fühlte Luce sich irgendwie ruhig, sogar wie neu belebt – als ob Lucinda zum Leben erwache.

Es war eine Festszene. Luce war von Anne Boleyns Hofdamen umringt, sie hätte beinahe darüber gelacht, wie komisch ihre »Damen« aussahen. Die Adamsäpfel dieser halbwüchsigen Jungen hüpften deutlich sichtbar unter dem grellen Licht der Bühnenbeleuchtung. Schweißringe bildeten sich unter den Achseln ihrer ausgepolsterten Kleider.

Von der anderen Seite der Bühne her sahen Daniel und sein Hofstaat sie unverhohlen an, und seine Liebe stand ihm ins Gesicht geschrieben. Sie spielte ihre Rolle mühelos und warf Daniel nur verstohlen bewundernde Blicke zu, um sowohl sein Interesse als auch das des Publikums zu erregen. Sie improvisierte sogar eine Bewegung – sie strich ihr Haar zurück und legte ihren langen, blassen Hals bloß –, eine unheilvolle Andeutung dessen, was die echte Anne Boleyn bekanntermaßen erwartete.

Zwei Schauspieler stellten sich rechts und links neben Luce. Sie waren die Edelmänner des Stückes, Lord Sands und Lord Wolsey.

»*Die Damen sind nicht munter, sagt an, ihr Herren, wes ist die Schuld?*«, dröhnte Lord Wolseys Stimme. Er war der Gastgeber des Festes – und der Schurke. Der Schauspieler, der ihn spielte, hatte eine unglaubliche Bühnenpräsenz.

Dann drehte er sich um und heftete den Blick auf Luce. Sie erstarrte.

Kardinal Wolsey wurde von Cam gespielt.

Luce hätte schreien, fluchen oder fliehen mögen. Doch sie war jetzt ein professioneller Schauspieler, daher blieb sie gefasst und wandte sich Wolseys Begleiter zu, Lord Sands, der seinen Text mit einem Lachen vorbrachte.

»*Erst muss des Weines Purpur die schönen Wangen röten, Herr.*«

Als Lucinda an der Reihe war, ihre Zeile zu sprechen, zitterte sie am ganzen Körper, und sie warf einen verstohlenen Blick auf Daniel. Seine violetten Augen vertrieben das Unbehagen, das sie empfand. Er glaubte an sie.

»*Ihr seid ein lust'ger Spielmann, Mylord Sands*«, hörte Luce sich laut und mit dem genau rechten Maß an Neckerei sagen.

Dann trat Daniel vor, und eine Trompete erklang, gefolgt

von einer Trommel. Der Tanz begann. Daniel nahm ihre Hand. Als er sprach, sprach er zu ihr und nicht wie die anderen Schauspieler zum Publikum.

»*Die schönste Hand, die ich berührt!*«, sagte Daniel. »*O Schönheit, dich ahnet' ich bis heut' noch nie!*« Als seien die Zeilen eigens für sie beide geschrieben worden.

Dann begann der Tanz und Daniel schaute sie die ganze Zeit über an. Seine Augen waren klar und violett, und die Art, wie er sie unverwandt ansah, schnitt ihr ins Herz. Sie wusste, dass er sie immer geliebt hatte, aber bis zu diesem Moment, da sie vor all diesen Menschen mit ihm auf der Bühne tanzte, hatte sie nie richtig darüber nachgedacht, was es bedeutete.

Es bedeutete, dass Daniel bereits in sie verliebt war, wenn sie ihn in jedem Leben zum ersten Mal sah. Jedes Mal. Und er war es immer gewesen. Und jedes Mal musste sie sich wieder von Neuem in ihn verlieben. Er konnte sie niemals bedrängen oder dazu zwingen, ihn zu lieben. Er musste sie jedes Mal von Neuem gewinnen.

Daniels Liebe zu ihr war ein langer, ununterbrochener Strom. Es war die reinste Form der Liebe, die es gab, reiner noch als die Liebe, die Luce ihm zurückgab. Seine Liebe zu ihr zerbrach nicht und hörte nie auf. Während Luce' Liebe mit jedem Tod verflogen war, wuchs Daniels Liebe im Laufe der Zeit, im Laufe der Ewigkeit. Wie ungeheuer stark musste diese Liebe inzwischen sein? Die Liebe aus Hunderten von Leben zusammengenommen? Es war für Luce kaum zu begreifen.

Er liebte sie so sehr, und doch musste er in jedem Leben immer wieder von Neuem darauf warten, dass sie ihn einholte.

Die ganze Zeit über hatten sie mit den anderen Schauspielern getanzt und waren, wenn die Musik aussetzte, hinter der Bühne verschwunden, waren für weitere Galanterien, für längere Stücke mit kunstvolleren Schritten wieder nach vorne gekommen, bis die ganze Truppe tanzte.

Am Schluss der Szene – obwohl es nicht im Textbuch stand und obwohl Cam sie genau beobachtete – hielt Luce Daniels Hand fest und zog ihn zu sich, neben die Töpfe mit den Orangenbäumen. Er sah sie an, als sei sie verrückt, und versuchte, sie zu der Markierung zurückzuziehen, die ihre Bühnenanweisung vorsah. »Was tut Ihr da?«, murmelte er.

Er hatte schon zuvor an ihr gezweifelt, hinter der Bühne, als sie versucht hatte, frei über ihre Gefühle zu sprechen. Sie *musste* ihn dazu bringen, ihr zu glauben. Vor allem, wenn Lucinda heute Nacht starb, würde es ihm alles bedeuten, die Tiefe ihrer Liebe zu verstehen. Es würde ihm helfen, weiter zu kämpfen, sie noch für Hunderte weitere Jahre zu lieben, dem Schmerz und dem Elend, die sie mitangesehen hatte, bis in die Gegenwart hinein zu trotzen.

Es stand nicht im Stück, aber Luce konnte sich nicht bremsen: Sie packte Daniel und küsste ihn.

Sie erwartete, dass er versuchen würde, sie abzuhalten, aber stattdessen riss er sie in die Arme und erwiderte ihren Kuss. Er war hart und leidenschaftlich, und Daniel reagierte er mit solcher Intensität, dass Luce sich fühlte, als würden sie fliegen, obwohl sie wusste, dass ihre Füße fest auf dem Boden standen.

Einen Moment herrschte Schweigen im Publikum. Dann begannen die Leute zu brüllen und zu johlen. Jemand warf einen Schuh nach Daniel, aber er ignorierte es. Seine Küsse sagten Luce, dass er ihr glaubte, dass er die Tiefe ihrer Liebe verstand, aber sie wollte ganz sicher sein.

»Ich werde dich immer lieben, Daniel.« Nur schien das nicht richtig zu klingen – oder nicht ganz richtig. Sie musste es ihm verständlich machen, und zur Hölle mit den Konsequenzen. Wenn sie die Geschichte veränderte, dann war es nun mal so. »Ich werde immer *dich* wählen.« Ja, das war das Wort. »In jedem einzelnen Leben werde ich dich wählen. Genauso, wie du immer mich gewählt hast. Für alle Ewigkeit.«

Seine Lippen öffneten sich. Glaubte er ihr? Wusste er es bereits? Es *war* eine Wahl, eine uralte, tief verwurzelte Wahl, die über alles hinausging, wessen Luce fähig war. Etwas Machtvolles stand dahinter. Etwas Schönes und ...

Schatten begannen in dem Schnürboden über ihnen zu kreiseln. Hitze lief durch ihren Körper und ließ sie zucken, während sie verzweifelt auf die feurige Erlösung wartete, von der sie wusste, dass sie kommen würde.

Daniels Augen blitzten vor Schmerz auf. »Nein«, wisperte er. »Bitte, geh noch nicht.«

Irgendwie traf es sie beide immer überraschend.

Als der Körper ihres früheren Ichs in Flammen aufging, glaubte Luce Kanonendonner zu hören, aber sie war sich nicht sicher. Von dem grellen Licht verschwamm ihr alles vor den Augen, und sie wurde weit nach oben und aus Lucindas Körper geschleudert, in die Luft, in die Dunkelheit.

»Nein!«, rief sie, als sich die Wände des Verkünders um sie schlossen. Zu spät.

»Was ist denn nun schon wieder los?«, fragte Bill.

»Ich war noch nicht bereit. Ich *weiß*, dass Lucinda sterben musste, aber ich – ich war einfach ...« Sie war kurz davor gewesen, zu verstehen, warum sie sich für Daniel entschieden hatte. Und jetzt waren diese letzten Augenblicke mit Daniel zusammen mit ihrem früheren Ich in Flammen aufgegangen.

»Nun, es gab nicht mehr zu sehen«, erwiderte Bill. »Nur das Übliche, wenn ein Gebäude Feuer fängt: Rauch, lodernde Flammen, schreiende Menschen, die auf die Ausgänge zuströmen und die weniger Glücklichen niedertrampeln – du verstehst schon. Das Globe ist bis auf die Grundmauern niedergebrannt.«

»*Was?*«, fragte sie. Ihr war übel. »Ich habe das Feuer im Globe ausgelöst?« Das berühmteste Theater in der englischen Geschichte niedergebrannt zu haben, würde im Lauf der Zeiten sicher nicht folgenlos bleiben.

»Oh, bilde dir ja nichts ein. Es wäre ohnehin passiert. Wenn du nicht in Flammen aufgegangen wärst, hätte die Kanone auf der Bühne danebengeschossen und das ganze Gebäude in Schutt und Asche gelegt.«

»Das ist so viel bedeutender als Daniel und ich. All die Menschen . . .«

»Hör mal, Mutter Teresa, an diesem Abend ist niemand gestorben . . . außer dir. Es wurde noch nicht einmal jemand *verletzt*. Erinnerst du dich an diesen Betrunkenen, der dich aus der dritten Reihe so lüstern angeglotzt hat? Seine Hosen haben Feuer gefangen. Das ist das Schlimmste, was passiert ist. Fühlst du dich jetzt besser?«

»Eigentlich nicht. Überhaupt nicht.«

»Wie wär's damit: Du bist nicht hier, um deinen Berg von Schuldgefühlen zu vergrößern. Oder die Vergangenheit zu ändern. Es gibt ein Textbuch und du hast deine Auftritte und deine Abgänge.«

»Ich war noch nicht bereit für meinen Abgang.«

»Warum nicht? *Heinrich VIII.* ist sowieso ätzend.«

»Ich wollte Daniel *Hoffnung* schenken. Er sollte wissen, dass ich mich immer für ihn entscheide, dass ich immer ihn lieben werde. Aber Lucinda starb, bevor ich mir sicher sein konnte, dass er es verstanden hat.« Sie schloss die Augen. »Seine Hälfte unseres Fluches ist viel schlimmer als meine.«

»Das ist doch gut, Luce!«

»Wie meinst du das? Das ist *schrecklich!*«

»Ich meine dieses kleine Juwel der Erkenntnis – dieses ›*Oh, Daniels Qualen sind unendlich viel schrecklicher als meine*‹ –, das du hier gewonnen hast. Je mehr du verstehst, umso mehr näherst du dich der Ursache des Fluches, und umso wahrscheinlicher ist es, dass du irgendwann einen Ausweg finden wirst. Richtig?«

»Ich – ich weiß es nicht.«

»Aber ich weiß es. Jetzt komm, du hast größere Rollen zu spielen.«

Daniels Teil des Fluches war schlimmer. Luce hatte das jetzt begriffen. Aber was bedeutete es? Sie hatte nicht das Gefühl, dass sie den Fluch bald würde brechen können. Die Antwort entzog sich ihr. Aber sie wusste, dass Bill in einem Punkt recht hatte: In diesem Leben konnte sie nichts mehr ausrichten. Sie konnte nur weiter zurückgehen.

Vierzehn

Der steile Abhang

GRÖNLAND, WINTER 1100

Der Himmel war schwarz, als Daniel hindurch-
schritt. Hinter ihm blähte sich das Portal wie ein
zerfetzter Vorhang im Wind, verfing sich und riss sich
selbst in Stücke, bevor es auf dem nachtblauen Schnee
zerfiel.

Ihn überkam ein Frösteln. Auf den ersten Blick kam es
ihm so vor, als sei hier überhaupt nichts. Nichts als arkti-
sche Nacht, die ewig zu dauern schien und am Ende nur
einen winzigen Blick auf den Tag gewährte.

Jetzt erinnerte er sich: Diese Fjorde waren der Ort, an
dem er und die anderen gefallenen Engel ihre Treffen ab-
hielten: Nichts als ein trostloses Halbdunkel und strenge
Kälte, ein Zweitagesmarsch nach Norden von der Sterb-
lichensiedlung Brattahlíð. Aber sie würde er hier nicht finden. Dieses Land war niemals ein Teil von Lucindas Vergangenheit gewesen, daher würde ihr Verkünder sie nicht
hierher bringen.

Nur Daniel. Und die anderen.

Er zitterte und stapfte über Schnee und Eis auf einen
warmen Schimmer am Horizont zu. Sieben von ihnen hatten sich um das leuchtend orangefarbene Feuer versammelt.

Aus der Entfernung sah der Kreis ihrer Flügel wie ein riesiger Heiligenschein auf dem Schnee aus. Daniel brauchte ihre schimmernden Umrisse nicht zu zählen, um zu wissen, dass sie alle da waren.

Keiner von ihnen bemerkte, dass er sich ihrer Versammlung durch den Schnee näherte. Sie hatten immer jeder einen Sternenpfeil griffbereit, aber es war denkbar unwahrscheinlich, dass jemals ein ungeladener Besucher zu ihrer Ratssitzung erscheinen würde. Und sie waren viel zu sehr damit beschäftigt, sich zu zanken, um den Anachronismus zu bemerken, der hinter einem eisbedeckten Felsblock kauerte und lauschte.

»Das ist doch nur Zeitverschwendung.« Gabbes Stimme war die erste, die Daniel erkennen konnte. »Es wird uns auch nicht weiterbringen.«

Gabbe verlor immer schnell die Geduld. Zu Beginn des Krieges hatte ihre Rebellion im Vergleich zu Daniels nur den Bruchteil einer Sekunde gedauert. Seitdem fühlte sie sich ihrer Seite zutiefst verpflichtet. Sie erfreute sich wieder der Huld des Himmels, und Daniels Zögern verstieß gegen alles, woran sie glaubte. Während sie um das Feuer herumging, schleiften die Federspitzen ihrer riesigen weißen Flügel hinter ihr durch den Schnee.

»Du bist diejenige, die dieses Treffen einberufen hat«, erinnerte sie eine leise Stimme. »Willst du es jetzt vertagen?« Roland saß auf einem kurzen schwarzen Stück Holzstamm einige Schritte vor der Stelle, wo Daniel hinter dem Felsbrocken hockte. Rolands Haare waren lang und ungepflegt. Sein dunkles Profil und seine marmorierten goldschwarzen Flügel glitzerten wie die sterbende Glut eines Feuers.

Es war alles genauso, wie Daniel es in Erinnerung hatte.

»Das Treffen, das ich einberufen habe, war für *sie*.« Gabbe hielt in ihrem rastlosen Auf und Ab inne und warf ihren Flügel herum, um auf die beiden Engel zu zeigen, die Roland gegenüber am Feuer saßen.

Arrianes schlanke, in allen Farben schillernde Flügel waren ausnahmsweise einmal still und ragten hoch über ihren Schulterblättern auf. Ihr Leuchten sah in der farblosen Nacht beinahe phosphoreszierend aus, aber alles andere an Arriane, angefangen von ihrem kurzen schwarzen Bob bis hin zu ihren bleichen, schmalen Lippen, wirkte entsetzlich ernst und gemessen.

Der Engel neben Arriane war ebenfalls stiller als gewöhnlich. Annabelle starrte mit leerem Blick tief in die Nacht hinein. Ihre Flügel waren von einem dunklen Silberton, beinahe stahlgrau. Sie waren breit und muskulös und wölbten sich schützend in einem breiten Bogen um sie und Arriane. Es war lange her, seit Daniel sie das letzte Mal gesehen hatte.

Gabbe blieb hinter Arriane und Annabelle stehen und schaute zur anderen Seite hinüber, zu Roland, Molly und Cam, die sich eine raue Felldecke teilten. Sie war über ihre Flügel drapiert. Im Gegensatz zu den Engeln auf der anderen Seite des Feuers zitterten die Dämonen vor Kälte.

»Wir haben nicht damit gerechnet, eure Seite heute Nacht zu sehen«, erklärte Gabbe ihnen, »noch sind wir glücklich darüber.«

»Diese Angelegenheit betrifft uns auch«, erwiderte Molly grob.

»Nicht so wie uns«, konterte Arriane. »Daniel wird sich euch niemals anschließen.«

Wenn Daniel sich nicht daran erinnert hätte, wo er bei diesem Treffen vor über tausend Jahren gesessen hatte, hätte er sein früheres Ich vielleicht völlig übersehen. Dieses frühere Ich saß alleine da, in der Mitte der Gruppe, direkt auf der anderen Seite des Felsbrockens. Daniel veränderte seine Position, um besser sehen zu können.

Die Flügel seines früheren Ichs blähten sich hinter ihm auf, große weiße Segel, die so still waren wie die Nacht. Während die anderen über ihn sprachen, als sei er gar nicht da, benahm Daniel sich, als sei er allein auf der Welt. Er warf Schneebälle ins Feuer und sah zu, wie die gefrorenen Klumpen zischten und sich in Dampf auflösten.

»Ach, tatsächlich?«, fragte Molly. »Magst du uns nicht erklären, warum er unserer Seite mit jedem Leben näher rückt? Diese kleine gotteslästerliche Nummer, die er jedes Mal abzieht, wenn Luce explodiert? Ich glaube nicht, dass das oben allzu gut ankommt.«

»Er *leidet*!«, rief Annabelle Molly zu. »Du kannst das nicht verstehen, weil du nicht weißt, wie man liebt.« Sie rutschte näher an Daniel heran, wobei die Spitzen ihrer Flügel durch den Schnee schleiften, und sprach ihn direkt an. »Das sind nur vorübergehende Phänomene. Wir wissen alle, dass deine Seele rein ist. Wenn du dich nun doch für eine Seite entscheiden möchtest, dich für uns entscheiden möchtest, Daniel, wenn du dich jetzt ...«

»*Nein.*«

Die klare Endgültigkeit des Wortes ließ Annabelle so schnell vor ihm zurückweichen, als hätte Daniel eine Waffe gezogen. Daniels früheres Ich wollte keinen von ihnen ansehen. Und hinter dem Steinbrocken erinnerte sich Daniel daran, was während dieser Ratssitzung geschehen war, und er schauderte angesichts des Grauens der Erinnerung.

»Wenn du dich *ihnen* nicht anschließen willst«, sagte Roland zu Daniel, »warum schließt du dich dann nicht *uns* an? Soweit ich das sehe, gibt es keine schlimmere Hölle als die, durch die du jedes Mal gehst, wenn du sie verlierst.«

»Oh, das ist unfair, Roland!«, bemerkte Arriane. »Das meinst du nicht so. Du glaubst doch nicht etwa ...« Sie rang die Hände. »Das sagst du nur, um mich zu provozieren.«

Gabbe legte Arriane von hinten eine Hand auf die Schulter. Ihre Flügelspitzen berührten sich und ließen helle silberne Funken aufblitzen. »Arriane meint, dass die Hölle keine bessere Alternative ist, wie schrecklich Daniels Schmerz auch sein mag. Es gibt nur einen Platz für Daniel. Es gibt nur einen Platz für uns alle. Ihr seht ja, wie reuig die Outcasts sind.«

»Verschone uns mit deiner Predigt, ja?«, sagte Molly. »Es gibt da oben einen Chor, der vielleicht an deiner Gehirnwäsche interessiert wäre, aber ich bin es nicht, und ich glaube auch nicht, dass Daniel es ist.«

Alle Engel und Dämonen schauten zu Daniel, als gehörten sie nach wie vor zu den Heerscharen. Sieben Flügelpaare warfen eine leuchtende Aura silbriggoldenen Lichtes. Sieben Seelen, die er so gut kannte wie seine eigene.

Und selbst Daniel hinter seinem Felsblock fühlte sich bedrückt. Er erinnerte sich an diesen Moment: Sie hatten so viel von ihm verlangt, als er von seinem gebrochenen Herzen so geschwächt war. Er spürte sich wieder von Gabbes Bitte bedrängt, dass er sich dem Himmel anschließen solle.

Und auch Rolands Flehen, sich der Hölle anzuschließen. Daniel spürte wieder die Macht dieses einen Wortes, das er bei dem Treffen ausgesprochen hatte, wie einen fremden Geist in seinem Mund: *Nein*.

Langsam erinnerte Daniel sich noch an etwas anderes, und dabei beschlich ihn ein Gefühl der Übelkeit: Dieses *Nein*. Er hatte es nicht so gemeint. In jenem Moment war Daniel kurz davor gewesen, *Ja* zu sagen.

Das war die Nacht, in der er beinahe aufgegeben hätte.

Jetzt brannten seine Schultern. Der plötzliche Drang, seine Flügel herauszulassen, ließ ihn beinahe in die Knie gehen. Ein schamerfülltes Grauen wühlte ihn auf. Allmählich drohte er der Versuchung, gegen die er so lange angekämpft hatte, zu erliegen.

In dem Kreis um das Feuer richtete Daniels früheres Ich seinen Blick auf Cam. »Du bist heute Nacht ungewöhnlich still.«

Cam antwortete nicht sofort. »Was soll ich deiner Meinung nach sagen?«

»Du hattest dieses Problem schon mal. Du *weißt* ...«

»*Und was soll ich deiner Meinung nach sagen?*«

Daniel holte tief Luft. »Etwas, das charmant und überzeugend ist.«

Annabelle schnaubte. »Oder etwas, das verschlagen und durch und durch böse ist.«

Alle warteten. Daniel wollte hinter dem Fels hervorspringen, wollte sein früheres Ich von hier wegreißen. Aber er konnte nicht. Sein Verkünder hatte ihn aus einem ganz bestimmten Grund hergebracht. Er musste das Ganze noch einmal durchleben.

»Du sitzt in der Falle«, meinte Cam schließlich. »Du

denkst, nur weil es einen Anfang gab und weil du jetzt irgendwo in der Mitte bist, würde es auch ein Ende geben. Aber unsere Welt beruht nicht auf Teleologie. Es hat nicht alles einen Zweck. Es ist nicht alles vorherbestimmt. In unserer Welt herrscht Chaos.«

»*Unsere* Welt ist nicht dieselbe wie deine ...«, hob Gabbe an.

»Es gibt keinen Ausweg aus diesem Kreislauf, Daniel«, fuhr Cam fort. »Sie kann ihn nicht durchbrechen, und du auch nicht. Mir ist es egal, ob du den Himmel oder die Hölle wählst, und dir auch. Es ändert nichts ...«

»Genug.« Gabbes Stimme brach. »Es *wird* sehr wohl etwas ändern. Wenn Daniel dorthin zurückkehrt, wo er hingehört, dann wird Lucinda ... dann wird Lucinda ...«

Aber sie konnte nicht weiterreden. Gabbe wollte die Blasphemie nicht aussprechen. Sie fiel im Schnee auf die Knie.

Daniel beobachtete, wie sein früheres Ich Gabbe die Hand reichte und ihr vom Boden aufhalf. Alles spielte sich nun so vor seinen Augen ab, wie er es in Erinnerung hatte:

Er blickte in ihre Seele und sah, wie hell sie brannte. Er schaute zurück und sah die anderen – Cam und Roland, Arriane und Annabelle, sogar Molly – und ihm wurde bewusst, wie lange er sie alle schon durch seine epische Tragödie geschleift hatte.

Und wozu?

Lucinda. Und die Entscheidung, die sie beide vor langer Zeit und dann immer wieder von Neuem getroffen hatten: Ihre Liebe über alles andere zu stellen.

In dieser Nacht auf dem ewigen Eis befand sich ihre vom

letzten Körper befreite Seele zwischen zwei Inkarnationen. Und wenn er die Suche nach ihr aufgab? Daniel war müde bis ins Mark. Er wusste nicht, ob er noch genug Kraft hatte, weiterzukämpfen.

Während er seinen früheren Kampf beobachtete und spürte, dass er kurz vor einem völligen Zusammenbruch stand, erinnerte Daniel sich daran, was er tun musste. Es war gefährlich. Verboten. Aber es war unbedingt notwendig. Jetzt verstand er zumindest, warum sein künftiges Ich ihn in diese lang vergangene Nacht geführt hatte – um ihm Kraft zu verleihen, um ihn rein zu halten. In diesem entscheidenden Augenblick in seiner Vergangenheit war er schwach geworden. Und der Daniel der Zukunft konnte nicht zulassen, dass diese Schwäche im Laufe der Geschichte wuchs, konnte nicht zulassen, dass sie seine und Lucindas Chancen verdarb.

Also rief er sich in Erinnerung, was ihm vor neunhundert Jahren geschehen war. Er würde es heute Nacht wiedergutmachen, indem er sich mit seiner Vergangenheit verbündete – nein, indem er sie *überwand*.

3D.

Es war der einzige Weg.

Er nahm die Schultern zurück und öffnete seine zitternden Flügel. Er konnte spüren, wie ihm der Wind von hinten hineinfuhr. Über ihm färbte ein extrem starkes Polarlicht den Himmel grün, rot und blau. Es war hell genug, um einen Sterblichen zu blenden, hell genug, um die Aufmerksamkeit von sieben zankenden Engeln zu erregen.

Auf der anderen Seite des Felsblocks gerieten die Engel in Bewegung. Daniel hörte Rufe, Ahs und Ohs und Flügelschlagen.

264

Er stieß sich vom Boden ab und schoss in die Höhe, sodass er bereits über dem Felsen schwebte, als Cam hinter ihm auftauchte. Sie hatten sich um eine Flügelspanne verfehlt, aber Daniel blieb in Bewegung und stieß so schnell auf sein früheres Ich hinab, wie es ihm seine Liebe zu Luce ermöglichte.

Sein früheres Ich wich zurück und streckte abwehrend die Hände aus.

Alle Engel kannten die Risiken des Verschmelzens mit ihrem früheren Ich. War man erst einmal mit seinem früheren Ich verbunden, war es fast unmöglich, sich wieder von ihm zu befreien. Aber Daniel wusste, dass er es in der Vergangenheit bereits einmal getan hatte. Also musste er es wieder tun.

Er tat es, um Luce zu helfen.

Er nahm die Flügel zusammen und stieß auf sein früheres Ich hinab. Der Aufprall war so hart, dass er ihn zerschmettert hätte – wenn er nicht von seinem früheren Ich aufgenommen worden wäre. Er schauderte, und sein früheres Ich schauderte, und Daniel kniff die Augen fest zusammen und knirschte mit den Zähnen, um gegen die seltsame, stechende Übelkeit anzukämpfen, die ihn überkam. Er fühlte sich, als rolle er einen Hügel hinunter: Es gab kein Zurück. Unaufhaltsam ging es abwärts, bis er unten aufschlug.

Dann hörte plötzlich alles auf.

Daniel öffnete die Augen und konnte nur seinen Atem hören. Er war müde, aber wachsam. Die anderen starrten ihn an. Er wusste nicht, ob sie verstanden, was gerade geschehen war. Sie alle schienen Angst zu haben, sich ihm zu nähern oder auch nur mit ihm zu sprechen.

Er breitete die Flügel aus, drehte sich einmal im Kreis und legte den Kopf in den Nacken. »Ich wähle meine Liebe zu Lucinda«, rief er Himmel und Erde zu, rief es den Engeln zu, die ihn umgaben und denen, die nicht da waren. Rief es der Seele des einen wahren Geschöpfes zu, das er am meisten liebte, wo immer es auch war. »Ich bestätige jetzt meine Entscheidung: Ich ziehe Lucinda *allem* anderen vor. Und das werde ich bis zum Ende tun.«

Fünfzehn

Das Opfer

Der Verkünder warf Luce in die drückende Hitze eines Sommertages. Der Boden unter ihren Füßen war ausgedörrt, nichts als rissige Erde und braune, vertrocknete Grashalme. Der leere Himmel war blau, keine einzige Wolke versprach Regen. Selbst der Wind wirkte durstig.

Sie stand auf einem Platz, der an drei Seiten von einer seltsamen hohen Mauer umgeben war. Die Mauer schien wie ein Mosaik aus Riesenperlen zusammengesetzt zu sein, aus etwas unregelmäßig geformten, nicht ganz runden Perlen, deren Farbspektrum von Elfenbein bis zu Hellbraun reichte. Hier und da gab es kleine Lücken zwischen den Perlen, durch die von der anderen Seite der Wand Licht hindurchschien.

Abgesehen von einem halben Dutzend Geier, das lustlos hoch oben am Himmel kreiste, war der Ort wie ausgestorben. Der Wind wehte ihr heiß durch das Haar und roch nach … Sie konnte den Geruch nicht einordnen, aber er war metallisch, beinahe wie Rost.

Das schwere Kleid, das sie seit dem Ball in Versailles trug, war schweißgetränkt. Es stank bei jedem Atemzug nach

Rauch und Asche und Schweiß. Sie musste raus aus diesen Klamotten. Luce verrenkte sich, um an die Bänder und Knöpfe zu kommen. Jetzt könnte sie eine helfende Hand gebrauchen – selbst eine kleine aus Stein.

Wo *steckte* Bill überhaupt? Ständig verschwand er. Manchmal hatte Luce das Gefühl, dass der Gargoyle ein eigenes Programm verfolgte und sie nach *seinem* Zeitplan vorangetrieben wurde.

Sie kämpfte im Gehen mit dem Kleid, riss an der grünen Spitze am Kragen und zerrte Haken auf. Zum Glück sah ihr niemand dabei zu. Schließlich ging sie in die Knie und schob sich aus dem Kleid, indem sie sich die Röcke über den Kopf zog.

Als sie sich – nur noch in einem dünnen Baumwollhemd – auf die Fersen hockte, wurde Luce plötzlich klar, wie erschöpft sie war. Wie lange hatte sie schon nicht mehr geschlafen? Sie stolperte durch das trockene Gras auf den Schatten der Mauer zu. Vielleicht, so dachte sie, konnte sie sich für ein Weilchen hinlegen und die Augen schließen.

Ihre Lider flatterten schläfrig.

Dann riss sie die Augen auf. Und bekam eine Gänsehaut.

Köpfe.

Die knochenfarbenen Palisaden waren miteinander verbundene Gestelle mit aufgespießten menschlichen *Köpfen.*

Sie unterdrückte einen Aufschrei. Plötzlich konnte sie auch den Geruch zuordnen, den der Wind herbeitrug – es war der Gestank von Blut und Verwesung, von verfaulendem Fleisch.

Die Schädel unten am Fuß der Palisaden waren weiß und sauber, von der Sonne ausgeblichen und verwittert. Entlang der oberen Reihe sahen die Schädel frischer aus. Das heißt,

sie waren immer noch klar als menschliche *Köpfe* erkennbar –
mit schwarzen Haarmähnen und fast unversehrter Haut. Die
Schädel in der Mitte aber waren halb Mensch, halb Monster:
Die zerfetzte Haut schälte sich ab und ließ nur trockenes
braunes Blut auf den Knochen. Die Gesichter schienen vor
Wut oder Entsetzen bis zum Zerreißen gespannt.

Luce stolperte zurück und hoffte auf einen Lufthauch,
der nicht nach Fäulnis stank. Vergebens.

»Es ist nicht ganz so grausig, wie es aussieht.«

Erschreckt wirbelte sie herum. Aber es war nur Bill.

»Wo bist du gewesen? Wo *sind* wir hier?«

»Es ist eine große Ehre, so aufgespießt zur Schau gestellt
zu werden«, erklärte er und marschierte geradewegs auf die
zweite Reihe von unten zu. Er sah einem Kopf in die Augen.
»Diese ganzen unschuldigen Lämmchen fahren direkt in
den Himmel auf. Genau das, was die Gläubigen wollen.«

»Warum hast du mich hier mit diesen . . .«

»Ach, komm schon. Sie werden schon nicht beißen.«
Er warf ihr einen Seitenblick zu. »Was hast du mit deinen
Klamotten gemacht?«

Luce zuckte die Achseln. »Es ist heiß.«

Er stieß einen langen Seufzer gekünstelter Weltmüdig-
keit aus. »*Jetzt* frag mich, wo ich gewesen bin. Und diesmal
bitte nicht in diesem tadelnden Ton.«

Ihr Mund zuckte. Bills gelegentliches Verschwinden
hatte etwas Undurchsichtiges. Aber jetzt stand er vor ihr,
die kleinen Klauen hinter dem Rücken verschränkt, und sah
sie mit einem unschuldigen Lächeln an. Sie seufzte. »Wo
bist du gewesen?«

»Einkaufen!« Vergnügt streckte Bill beide Flügel aus und
präsentierte einen hellbraunen Wickelrock, der von einer

Flügelspitze herabhing, und eine kurze, passende Tunika, die an der anderen Spitze hing. »Und die Krönung des Ganzen«, sagte er und zog hinter seinem Rücken eine klobige weiße Kette hervor. Knochen.

Sie nahm die Tunika und den Rock, lehnte jedoch die Kette winkend ab. Sie hatte genug Knochen gesehen. »Nein, danke.«

»Wenn du dich unauffällig unters Volk mischen willst, musst du das Zeug tragen.«

Luce überwand ihren Abscheu und zog sich die Kette über den Kopf. Die polierten Knochenstücke waren auf irgendeine Art von Faser aufgefädelt worden. Die Kette war lang und schwer und, wie Luce zugeben musste, doch ganz hübsch.

»Und ich denke, das hier« – er gab ihr einen bemalten Metallreif – »kommt in dein Haar.«

»Woher hast du die Sachen?«, fragte sie.

»Sie gehören dir. Ich meine, nicht dir als Lucinda Price, aber sie gehören dir schon, in einem größeren kosmischen Sinne. Sie gehören dem Du, das aus diesem Leben stammt – Ix Cuat.«

»Ix *wer*?«

»Ix Cuat. Dein Name in diesem Leben hat ›Kleine Schlange‹ bedeutet.« Bill beobachtete, wie ihr Gesichtsausdruck sich veränderte. »In der Mayakultur war es ein Kosewort. Jedenfalls so was Ähnliches.«

»So wie es eine Ehre war, wenn der eigene Kopf auf einen Stock aufgespießt wurde?«

Bill verdrehte seine steinernen Augen. »Sei nicht so ethnozentrisch. Das bedeutet, dass man seine eigene Kultur anderen Kulturen für überlegen hält.«

270

»Ich weiß, was es bedeutet«, gab sie zurück und drückte sich den Reif in ihr schmutziges Haar. »Aber ich bin nicht überlegen. Ich würde es bloß nicht so toll finden, wenn mein Kopf in einem dieser Gestelle stecken würde.« Ein schwaches Dröhnen wie von fernen Trommeln war zu hören.

»Genau das Gleiche hätte Ix Cuat auch gesagt! Du *warst* immer ein bisschen schwer von Begriff!«

»Wie meinst du das?«

»Verstehst du, du – Ix Cuat – wurdest während der Unglückstage geboren, das sind diese fünf merkwürdigen Tage am Ende des Mayajahres, und die Leute sind total abergläubisch, weil sie nicht in den Kalender passen. Etwa so wie Tage in einem Schaltjahr. Es bringt einem nicht gerade Glück, an einem dieser Tage geboren zu werden. Also hat es niemanden gewundert, dass du eine alte Jungfer geworden bist.«

»Alte Jungfer?«, wiederholte Luce. »Ich dachte, ich wäre nie älter als siebzehn geworden ... mehr oder weniger.«

»Hier in Chichén Itzá ist siebzehn *uralt*«, erklärte Bill, der von einem Kopf zum nächsten flog. Seine Flügel summten beim Flattern. »Aber es stimmt, du bist *früher* nicht älter als siebzehn oder so geworden. Es ist schon ein Rätsel, warum du im Leben von Lucinda Price so lange durchhältst.«

»Daniel hat gesagt, es liege daran, dass ich nicht getauft worden bin.« Jetzt war Luce sich sicher, Trommeln zu hören – und dass sie näher kamen. »Aber warum ist das wichtig? Ich meine, ich wette, dass Ix-Ca-soundso getauft wurde ...«

Bill machte eine wegwerfende Handbewegung. »*Taufe* ist nur ein Wort für eine Art Sakrament oder Bund, bei dem deine Seele mehr oder weniger eingefordert wird. So etwas Ähnliches hat so ziemlich jeder Glauben. Christen, Juden, Mohammedaner, selbst die Maya, die gleich vorbeimarschieren werden« – er nickte in Richtung der Trommeln, die jetzt so laut waren, dass Luce sich fragte, ob sie sich nicht besser verstecken sollten –, »sie alle haben irgendeine Art von Sakrament, in dem man seine Hingabe an seinen Gott zum Ausdruck bringt.«

»Also bin ich in meinem gegenwärtigen Leben in Thunderbolt noch am Leben, weil meine Eltern mich nicht haben taufen lassen?«

»Nein«, erwiderte Bill, »du kannst in deinem gegenwärtigen Leben in Thunderbolt *getötet* werden, weil deine Eltern dich nicht haben taufen lassen. Du *lebst* in deinem gegenwärtigen Leben, weil, na ja ... niemand weiß so genau, warum.«

Es *musste* einen Grund geben. Vielleicht war es das Schlupfloch, von dem Daniel in dem Krankenhaus in Mailand gesprochen hatte. Aber selbst er schien nicht zu verstehen, wie Luce durch die Verkünder reisen konnte. Mit jedem Leben, das sie besuchte, konnte Luce spüren, dass sie dem Ziel, die Bruchstücke ihrer Vergangenheit zusammenzufügen, näher kam ... aber erreicht hatte sie es noch nicht.

»Wo ist das Dorf?«, wollte sie wissen. »Wo sind die Leute? Wo ist *Daniel*?« Die Trommeln wurden so laut, dass sie die Stimme heben musste.

»Oh«, sagte Bill, »sie sind auf der anderen Seite des *Tzompantli*.«

»Des *was*?«

»Dieser Wand aus Köpfen. Komm mit – das musst du dir ansehen!«

Durch die Zwischenräume in den Gestellen mit den Schädeln blitzten immer wieder Farben auf. Bill führte Luce an den Rand der Schädelwand und bedeutete ihr mit einer Handbewegung, sich das Spektakel anzuschauen.

Hinter der Wand defilierte eine ganze Zivilisation vorbei. Ein langer Zug von Menschen tanzte stampfend auf einer breiten Lehmstraße, die an dem Schädelgestell entlangführte. Sie hatten seidiges schwarzes Haar und Haut in der Farbe von Kastanien. Die Jüngsten waren drei und die Ältesten ließen sich nicht mehr schätzen. Sie alle waren lebhaft und schön und fremd. Sie waren nur spärlich mit wettergegerbten Tierfellen bekleidet, die ihren Leib kaum bedeckten und die Tätowierungen und bemalten Gesichter betonten. Es war eine äußerst bemerkenswerte Körperkunst – kunstvolle, farbenprächtige Darstellungen von bunt gefiederten Vögeln, Sonnen und geometrischen Mustern, die sie auf dem Rücken, auf den Armen und auf der Brust trugen.

In der Ferne standen Gebäude – ein wohlgeordnetes Raster von verblichenen Steinhäusern und eine Gruppe kleinerer Gebäude mit flachen Strohdächern. Dahinter lag der Dschungel, aber das Laub seiner Bäume sah trocken und verwelkt aus.

Die Menge marschierte vorbei, ohne Luce zu bemerken, versunken in den Rausch ihres Tanzes. »Komm!«, sagte Bill und stieß sie vorwärts.

»Was?«, rief sie. »Ich soll da mittanzen?«

»Es wird Spaß machen!«, gackerte Bill und flog voraus. »Du kannst doch tanzen, oder?«

Anfangs noch zurückhaltend, gesellten sich Luce und der kleine Gargoyle zu der Parade, als sie über den Marktplatz zog, oder was sie dafür hielten – ein langer, schmaler

Streifen Land, an dem sich dicht an dicht hölzerne Fässer und Schüsseln voller Waren zum Kauf reihten: grobporige schwarze Avocados, dunkelrote Maiskolben, getrocknete Kräuter, zu Bündeln zusammengeschnürt, und viele andere Dinge, die Luce nicht kannte. Sie drehte den Kopf hierhin und dorthin, um im Vorbeigehen so viel wie möglich zu sehen, aber sie konnte nirgendwo stehen bleiben. Der Strom der Menge trieb sie unaufhaltsam vorwärts.

Die Maya folgten der Straße, die im Bogen auf eine breite Ebene führte. Der Lärm ihres Tanzes verebbte und sie versammelten sich leise und murmelten miteinander. Es waren mehrere Hundert. Auf den wiederholten Druck von Bills scharfen Krallen auf ihre Schultern ließ sich Luce wie die anderen auf die Knie nieder und folgte dem emporgewandten Blick der Menge.

Hinter dem Marktplatz überragte ein Gebäude alle anderen: eine Stufenpyramide aus reinweißem Stein. In der Mitte der beiden Seiten, die Luce sehen konnte, führten steile Treppen zu einem einstöckigen Gebäude hinauf, das blau und rot bemalt war. Ein Schauder überlief Luce. Sie erkannte sie wieder und verspürte eine unerklärliche Furcht.

Sie hatte diese Pyramide schon einmal gesehen. Auf den Abbildungen in den Geschichtsbüchern war der Mayatempel nur noch eine Ruine gewesen. Aber jetzt war er alles andere als eine Ruine. Er war überwältigend.

Vier Männer mit Trommeln aus Holz und gespannter Tierhaut standen in einer Reihe auf der Plattform der Pyramide. Ihre gebräunten Gesichter waren mit roten, gelben und blauen Streifen bemalt, was den Anschein erweckte, sie trügen Masken. Ihre Trommeln schlugen im Einklang, schneller und schneller, bis jemand aus der Tür trat.

Der Mann war größer als die Trommler. Unter einem hohen rotweiß gefiederten Kopfschmuck war sein ganzes Gesicht mit einem dichten türkisfarbenen Linienmuster bemalt. Sein Hals, seine Handgelenke, seine Knöchel und seine Ohrläppchen waren mit der gleichen Art von Knochenschmuck verziert, die Bill Luce gegeben hatte. Und er trug einen langen, mit aufgemalten Federn und glänzenden weißen Scherben geschmückten Stock. An einem Ende funkelte etwas Silbernes.

Als er sich den Menschen zuwandte, verstummte die Menge beinahe wie durch Magie.

»Wer ist dieser Mann?«, flüsterte Luce Bill zu. »Was tut er?«

»Das ist der Stammesführer, Zotz. Ziemlich hager, nicht? Die Zeiten sind hart, wenn dein Volk seit dreihundertvierundsechzig Tagen keinen Regen gesehen hat. Nicht dass sie das an diesem steinernen Kalender dort drüben abzählen würden oder so.« Er zeigte auf eine graue Steinplatte, die mit Hunderten rußiger schwarzer Linien beschriftet war.

Kein Tropfen Wasser seit fast einem Jahr? Luce konnte den Durst der Menschenmenge beinahe spüren. »Sie sterben«, sagte sie.

»Sie hoffen, nicht. Hier kommst du ins Spiel«, erwiderte Bill. »Du und einige andere arme Teufel. Daniel auch – er spielt allerdings nur eine kleine Rolle. Chaak hat inzwischen *sehr* großen Hunger, deshalb heißt es wirklich, alle Mann an Deck.«

»Chaak?«

»Der Regengott. Die Maya haben die absurde Vorstellung, dass die Lieblingsspeise eines zornigen Gottes Blut ist. Verstehst du, worauf ich hinauswill?«

»Menschenopfer«, sagte Luce langsam.

»Jepp. Dies ist der Beginn eines langen Opfertages. Noch mehr Schädel für die Gestelle. Aufregend, nicht?«

»Wo ist Lucinda? Ich meine, Ix Cuat?«

Bill zeigte auf den Tempel. »Sie ist mit den anderen Opfern da drinnen eingesperrt und wartet auf das Ende des Ballspiels.«

»Das Ballspiel?«

»Diese Menge ist auf dem Weg dorthin, die Leute wollen es sich ansehen. Der Stammesführer veranstaltet nämlich gerne ein Ballspiel vor einer großen Opferzeremonie.« Bill hustete und strich seine Flügel zurück. »Es ist eine Art Kreuzung zwischen Basketball und Fußball, bei der jede Mannschaft nur zwei Spieler hat, der Ball eine Tonne wiegt und den Verlierern der Kopf abgeschlagen wird, damit man Chaak ihr Blut zu trinken geben kann.«

»Auf den Platz!«, rief Zotz laut von der obersten Stufe des Tempels. Die Mayaworte klangen seltsam kehlig und waren für Luce dennoch verständlich. Sie fragte sich, wie Ix Cuat sich fühlen mochte, eingesperrt in dem Raum hinter Zotz.

Die Menge brach in Jubel aus. Dann erhoben sich alle gleichzeitig und rannten auf einen Bau am anderen Ende der Ebene zu, der wie eine große steinerne Arena aussah. Er war rechteckig und flach – ein Spielfeld aus brauner Erde, umgeben von einer treppenförmigen Tribüne.

»Ah – da ist ja unser Junge!« Bill deutete auf jemanden in den vordersten Reihen der Menge, die sich dem Platz näherte.

Ein schlanker, muskulöser Junge rannte schneller als die anderen. Er wandte Luce den Rücken zu. Sein Haar war dunkelbraun und glänzend, seine Schultern sonnengebräunt und mit verschlungenen roten und schwarzen Streifen bemalt. Als er den Kopf etwas nach links drehte, konnte Luce einen schnellen Blick auf sein Profil erhaschen. Er war ganz anders als der Daniel, den sie im Garten ihrer Eltern zurückgelassen hatte. Und doch …

»Daniel!«, sagte Luce. »Er sieht aus …«

»Er sieht anders aus und trotzdem genau wie immer?«, fragte Bill.

»Ja.«

»Du erkennst seine Seele wieder. Egal wie ihr beide ausseht, ihr werdet immer die Seele des anderen erkennen.«

Bis jetzt war es Luce gar nicht in den Sinn gekommen, wie bemerkenswert es war, dass sie Daniel in jedem Leben erkannte. Ihre *Seele* fand seine Seele. »Das ist … wunderschön.«

Bill kratzte mit einer knorrigen Kralle an einem Stück Schorf an seinem Arm. »Wenn du das meinst.«

»Du hast gesagt, Daniel habe irgendwie mit dem Opfer zu tun. Er ist ein Ballspieler, nicht wahr?«, fragte Luce und reckte den Hals in Richtung der Menge, gerade als Daniel in der Arena verschwand.

»Ja«, bestätigte Bill ihre Vermutung. »Es gibt da eine reizende kleine Zeremonie« – er zog eine steinerne Braue hoch –, »in der die Gewinner die Opfer in ihr nächstes Leben führen.«

»Die Gewinner töten die Gefangenen?«, sagte Luce leise.

Sie beobachteten die Menge, während sie in die Ballspielarena strömte. Aus dem Inneren erklangen Trommelschläge. Das Spiel würde gleich beginnen.

»Nicht *töten*. Sie sind keine gemeinen Mörder. *Opfern*. Zuerst hacken sie ihnen den Kopf ab. Die Köpfe kommen da rüber.« Bill deutete mit dem Kopf auf das Schädelgestell. »Die Körper werden in ein dreckiges – Pardon, *heiliges* – Kalksteinloch draußen im Dschungel geworfen.« Er schnupperte. »Also, wenn man mich fragt, dann verstehe ich nicht, wieso es dadurch regnen soll, aber wer bin ich schon, dass ich mir da ein Urteil erlauben kann?«

»Wird Daniel gewinnen oder verlieren?«, fragte Luce und kannte die Antwort, noch bevor die Worte über ihre Lippen gekommen waren.

»Ich kann nachvollziehen, dass die Vorstellung, von Daniel enthauptet zu werden, nicht gerade romantisch ist«, erwiderte Bill, »aber ist es denn wirklich so ein großer Unterschied, ob er dich nun durch Feuer tötet oder durch das Schwert?«

»Daniel würde das nicht tun.«

Bill schwebte vor Luce in der Luft. »Ach nein?«

Im Innern der Arena schwoll plötzlich der Lärm der Menge an. Luce hatte das Gefühl, dass sie auf das Spielfeld laufen und zu Daniel gehen sollte, dass sie ihn in die Arme nehmen und ihm das sagen sollte, was sie im Globe durch ihr frühes Gehen nicht mehr gekonnt hatte: Dass sie jetzt alles verstand, was er durchgemacht hatte, um mit ihr zusammen zu sein. Dass sie sich ihrer Liebe durch seine Opfer noch stärker verbunden fühlte. »Ich sollte zu ihm gehen.«

Aber da war auch noch Ix Cuat, eingesperrt in einen Raum oben auf der Pyramide, wo sie darauf wartete, getötet zu werden. Ein Mädchen, das vielleicht eine wertvolle Information in sich trug, die Luce brauchte, um den Fluch zu brechen.

Luce schwankte hin und her – von einem Fuß in Richtung Arena auf den anderen Fuß in Richtung Pyramide.

»Und, wer macht das Rennen?«, verspottete Bill sie. Sein Lächeln war zu breit.

Sie rannte los, weg von Bill und auf die Pyramide zu.

»Gute Wahl!«, rief er und flatterte schnell hinterher.

Die Pyramide ragte über ihr auf. Der bemalte Tempel auf der Spitze – wo sie laut Bill Ix Cuat finden würde – kam ihr so fern vor wie ein Stern. Luce hatte einen solchen Durst. Ihre Kehle sehnte sich nach Wasser, der Boden verbrannte ihre Fußsohlen. Es schien, als würde die ganze Welt verbrennen.

»Dieser Ort ist sehr heilig«, flüsterte Bill ihr ins Ohr. »Der Tempel wurde über einen früheren Tempel gebaut, der über einen weiteren Tempel gebaut wurde, und so weiter, und sie sind alle so ausgerichtet, dass sie die Tagundnachtgleiche im Frühling und im Herbst anzeigen. An diesen beiden Tagen kann man bei Sonnenuntergang den Schatten einer Schlange die Stufen der nördlichen Treppe hinabgleiten sehen. Cool, was?«

Luce schnaubte nur und begann die Treppe hinaufzusteigen.

»Die Maya waren Genies. An diesem Punkt in ihrer Zivilisation haben sie bereits das Ende der Welt im Jahre 2012 vorausgesagt.« Er hüstelte theatralisch. »Aber das bleibt abzuwarten. Es wird sich zeigen.«

Als Luce sich dem Tempel näherte, rauschte Bill wieder heran. »Jetzt hör zu«, begann er. »Wenn du diesmal 3D machst ...«

»Scht«, unterbrach Luce ihn.

»Niemand außer dir kann mich hören!«

»Genau. *Scht!*« Sie machte einen weiteren, nun leisen Schritt die Pyramide hinauf und betrat den oberen Umgang. Sie drückte sich dicht neben der offenen Tür an die heiße Steinmauer des Tempels. Aus dem Inneren hörte sie Gesang.

»Ich würde es jetzt tun«, meinte Bill, »solange die Wachen auf dem Ballplatz sind.«

Luce schob sich auf den Eingang zu und spähte hindurch.

Das Sonnenlicht, das durch die offene Tür fiel, erhellte einen großen Thron in der Mitte des Tempels. Er hatte die Form eines Jaguars und war rot bemalt, mit Flecken aus eingelegter Jade. Links davon sah Luce eine große Statue – eine Gestalt, die auf dem Rücken lag und eine Schale über den Bauch hielt. Die Statue war von ölgefüllten Steinlämpchen umgeben, die ein flackerndes Licht warfen. Sonst gab es in dem Raum nur drei Mädchen, die mit einem Seil an den Handgelenken aneinandergebunden waren und sich in der Ecke zusammenkauerten.

Luce schnappte nach Luft und die drei Mädchen rissen die Köpfe hoch. Sie waren alle hübsch, mit dunklem, geflochtenem Haar und Ohrringen aus Jade. Das Mädchen auf der linken Seite hatte die dunkelste Haut. Die Arme des Mädchens rechts waren von oben bis unten mit dunkelblauen Spiralen bemalt. Und in der Mitte … war Luce.

Ix Cuat war klein und zart. Ihre Füße waren schmutzig und ihre Lippen rissig. Sie hatte von den drei verängstigten Mädchen die wildesten Augen.

»Worauf wartest du?«, rief Bill von seinem Platz auf dem Kopf der Statue aus.

»Werden sie mich nicht sehen?«, flüsterte Luce durch zusammengebissene Zähne. Bei den anderen Malen, als sie sich mit ihren früheren Ichs verbunden hatte, waren sie entweder allein gewesen, oder Bill hatte geholfen, sie abzuschirmen. Wie würde es für diese anderen Mädchen aussehen, wenn Luce in Ix Cuats Körper glitt?

»Diese Mädchen sind halb wahnsinnig vor Angst, seit sie als Opfer ausgewählt wurden. Was meinst du, wie viele Leute sich drum kümmern werden, wenn sie jetzt laut um Hilfe schreien?« Bill zählte gespielt übertrieben an den Fingern ab. »Richtig. *Null*. Es wird sie noch nicht einmal jemand hören.«

»Wer bist du?«, fragte eines der Mädchen mit erstickter Stimme.

Luce konnte nicht antworten. Als sie vortrat, flammte in Ix Cuats Augen so etwas wie Furcht auf. Doch dann streckten sie zu Luce' großem Entsetzen beide gleichzeitig die Arme nacheinander aus, und ihr früheres Ich packte Luce' Hände schnell mit hartem Griff. Ix Cuats Hände zitterten, doch sie waren warm und weich.

Sie setzte an, etwas zu sagen. Ix Cuat hatte angefangen zu sagen …

Fliege mit mir davon.

Luce hörte es in ihrem Kopf, als der Boden unter ihnen erbebte und alles zu vibrieren begann. Sie sah Ix Cuat, das Mädchen, das an einem Unglückstag geboren worden war und dessen Augen Luce sagten, dass es nichts über die Verkünder wusste. Aber es hatte Luce gepackt, als sei sie seine Rettung. Und Luce blickte von außen auf sich selbst und erkannte, dass sie müde und hungrig und zerlumpt aussah. Und irgendwie älter. Und stärker.

Dann kam die Welt wieder zur Ruhe.

Bill war vom Kopf der Statue verschwunden, aber Luce

konnte nicht nach ihm suchen, weil sie sich nicht bewegen konnte. Ihre gefesselten Hände waren wund und mit schwarzen Opfertätowierungen versehen. Nicht, dass die Stricke von großer Bedeutung gewesen wären – Angst fesselte ihre Seele stärker, als jedes Seil es jemals vermocht hätte. Diese Reise in ihre eigene Vergangenheit war anders als sonst. Ix Cuat wusste genau, was sie erwartete. Der Tod. Und anders als Lys in Versailles schien sie ihn nicht zu begrüßen.

Ix Cuats Mitgefangene waren beide ein Stück von ihr abgerückt, so weit es ihre Fesseln ihnen erlaubten. Das dunkelhäutige Mädchen auf der linken Seite – Hanhau – weinte, das andere mit dem blau bemalten Körper – Ghanan – betete. Sie hatten Angst vor dem Tod.

»Du bist von einem Geist besessen!«, schluchzte Hanhau unter Tränen. »Du wirst das Opfer verunreinigen!«

Ghanan fand keine Worte.

Luce beachtete die Mädchen nicht und konzentrierte sich auf Ix Cuats eigene lähmende Angst. Ihr ging etwas durch den Kopf: Ein Gebet. Aber kein Gebet zur Vorbereitung auf das Opfer. Nein, Ix Cuat betete für Daniel.

Luce wusste, dass Ix Cuat beim Gedanken an ihn errötete und ihr Herz schneller schlug. Ix Cuat hatte ihn ihr ganzes Leben lang geliebt – aber nur von Ferne. Er war ein paar Häuser vom Heim ihrer Familie entfernt aufgewachsen. Manchmal hatte er ihrer Mutter auf dem Markt Avocados verkauft. Ix Cuat hatte jahrelang versucht, den Mut aufzubringen, ihn anzusprechen. Es quälte sie zu wissen, dass er nun auf dem Ballspielplatz war. Luce begriff, dass Ix Cuat darum betete, dass Daniel verlieren möge. Sie betete einzig darum, nicht von seiner Hand sterben zu müssen.

»Bill?«, flüsterte Luce.

Der kleine Gargoyle kam zurück in den Tempel geflogen. »Das Spiel ist vorbei! Die Menschen sind jetzt zum Cenote unterwegs. Das ist das Kalksteinloch, wo die Opferung stattfindet. Zotz und die Gewinner des Spiels kommen hier herauf, um euch Mädels zur Zeremonie zu begleiten.«

Luce zitterte, als der Lärm der Menge verebbte. Auf der Treppe waren Schritte zu hören. Daniel würde jetzt jeden Augenblick durch diese Tür kommen.

Drei Schatten verdunkelten den Eingang. Zotz, der Anführer mit dem rot und weiß gefiederten Kopfschmuck, betrat den Tempel. Keines der Mädchen rührte sich, sie starrten voller Entsetzen auf den langen Prunkspeer in seiner Hand. Ein menschlicher Kopf war darauf aufgespießt. Die Augen waren offen und schielten vor Anspannung, aus dem Hals tropfte noch Blut.

Luce sah weg, und ihr Blick fiel auf einen anderen, sehr muskulösen Mann, der jetzt in den Tempel kam. Auch er trug einen bemalten Speer, auf dessen Spitze ein Kopf steckte. Wenigstens waren dessen Augen geschlossen. Die wulstigen, toten Lippen umspielte ein schwaches Lächeln.

»Die Verlierer«, sagte Bill und schwirrte dicht an die Köpfe heran, um sie zu begutachten. »Na, bist du nicht froh, dass Daniels Mannschaft gewonnen hat? Was sie vor allem diesem Burschen hier zu verdanken haben.« Er schlug dem muskulösen Mann auf die Schulter, obwohl Daniels Mannschaftskollege nichts zu spüren schien. Dann schoss Bill wieder zur Tür hinaus.

Als Daniel endlich den Tempel betrat, ließ er den Kopf hängen. Seine Hände waren leer und seine Brust war nackt. Sein Haar und seine Haut waren dunkel, und seine Haltung war steifer, als Luce es von ihm gewohnt war. Alles, angefangen von der Art, wie die Bauchmuskeln auf die Brustmuskeln trafen, bis hin zu der Art, wie er die Hände schlaff herunterhängen ließ, war anders. Er war immer noch unwahrscheinlich schön, immer noch das schönste Wesen, das Luce je gesehen hatte, obwohl er dem Jungen, an den Luce sich gewöhnt hatte, überhaupt nicht ähnlich sah.

Doch dann sah er auf und seine Augen erstrahlten in genau dem gleichen Violett wie immer.

»Oh«, sagte sie leise und kämpfte verzweifelt gegen ihre Fesseln an, um sich aus den Klauen der Geschichte dieses Lebens zu befreien – von den Schädeln und der Dürre und dem Opfer – und Daniel für alle Ewigkeit festzuhalten.

Daniel schüttelte schwach den Kopf. Seine Augen blitzten kurz auf, als er sie ansah. Sein Blick beruhigte sie. Als würde er ihr sagen, dass sie sich keine Sorgen machen solle.

Zotz bedeutete den drei Mädchen, aufzustehen, dann verließen auf sein Nicken alle den Tempel durch die Nordtür. Hanhau zuerst, mit Zotz an ihrer Seite, dicht hinter ihr Luce, und Ghanan bildete die Nachhut. Das Seil zwischen ihnen war gerade lang genug, dass jedes Mädchen die Hände am Körper halten konnte. Daniel trat neben Luce und der andere Sieger ging neben Ghanan her.

Daniels Fingerspitzen strichen flüchtig über ihre gefesselten Handgelenke. Bei der Berührung prickelte Ix Cuats Haut.

Die vier Trommler warteten auf dem Umgang vor der Tempeltür. Sie schlossen sich der Prozession an, und während die Gruppe die steile Treppe der Pyramide hinabstieg, schlugen sie die gleichen rasenden Rhythmen, die Luce gehört hatte, als sie in dieses Leben eingetreten war. Sie konzentrierte sich auf das Gehen und fühlte sich, als schwimme sie auf einer Welle, statt von sich aus eine Stufe nach der anderen zu nehmen. Und dann betrat sie am Fuß der Treppe den breiten, staubigen Pfad, der in den Tod führte.

Sie hörte nichts als die Trommeln, bis Daniel sich zu ihr beugte und flüsterte: »Ich werde dich retten.«

Etwas tief in Ix Cuat jubelte. Das war das erste Mal, dass er sie in diesem Leben angesprochen hatte.

»Wie?«, flüsterte sie zurück. Sie lehnte sich zu ihm und sehnte sich danach, dass er sie befreite und sie weit, weit fortflog.

»Keine Sorge.« Wieder strich er sanft über ihre Fingerspitzen. »Ich verspreche es, ich passe auf dich auf.«

Tränen brannten ihr in den Augen. Der Boden fühlte sich immer noch sengend heiß unter ihren Fußsohlen an, und sie marschierte immer noch zu dem Ort, an dem Ix Cuat sterben sollte, aber zum ersten Mal, seit sie in diesem Leben angekommen war, hatte Luce keine Angst.

Der Pfad führte durch zwei Reihen von Bäumen in den Dschungel hinein. Die Trommeln verstummten. Gesänge füllten Luce' Ohren, die Gesänge der Menschenmenge tiefer im Dschungel am Cenote. Es war ein Lied, mit dem Ix Cuat aufgewachsen war, ein Gebet um Regen. Die beiden anderen Mädchen sangen mit bebender Stimme leise mit.

Luce dachte an Ix Cuats Worte, als Luce in ihren Körper eingedrungen war: *Fliege mit mir davon*, hatte sie in ihrem Kopf geschrien. *Fliege mit mir davon.*

Plötzlich blieben sie alle stehen.

Tief in dem durstigen, ausgetrockneten Dschungel öffnete sich vor ihnen der Pfad. Luce blickte auf einen riesigen, mit Wasser gefüllten Kalksteinkrater, der gut dreißig Meter breit war. Um ihn herum leuchteten ungeduldig die Augen der Maya. Es waren Hunderte. Sie hatten aufgehört zu singen. Der Augenblick, auf den sie gewartet hatten, war gekommen.

Der Cenote war ein Kalksteinloch, tief und bemoost und mit leuchtend grünem Wasser gefüllt. Ix Cuat war schon früher hier gewesen – sie hatte zwölf andere Opferzeremonien wie diese gesehen. Unter dieser stillen Wasseroberfläche lagen die verwesenden Überreste von hundert Leichen, hundert Seelen, die angeblich direkt in den Himmel gefahren waren – nur dass Luce in dem Moment wusste, dass Ix Cuat sich nicht sicher war, ob sie irgendetwas von alldem glauben sollte.

Ix Cuats Familie stand am Rand des Cenote. Ihre Mutter, ihr Vater, ihre zwei jüngeren Schwestern, die beide Babys in den Armen hielten. Sie glaubten an das Ritual, an das Opfer, das ihnen ihre Tochter nehmen und ihnen das Herz brechen würde. Sie liebten sie, aber da Ix Cuat an einem Unglückstag geboren worden war, dachten sie, dies sei die beste Möglichkeit für sie, sich reinzuwaschen.

Ein Mann mit Zahnlücken und langen goldenen Ohrringen führte Ix Cuat und die beiden anderen Mädchen zu Zotz, der einen prominenten Platz am Rand des Kalksteinbeckens eingenommen hatte. Er warf einen Blick in das tiefe Wasser. Dann schloss er die Augen und setzte zu einem neuen Singsang an. Die versammelte Menge und die Trommler fielen ein.

Jetzt stand der Mann mit den Zahnlücken zwischen Luce und Ghanan und schlug mit seiner Axt auf das Seil, das sie aneinanderband. Luce spürte einen Ruck nach vorn und das Seil war durchtrennt. Ihre Hände waren noch immer gefesselt, aber sie war jetzt nur noch mit Hanhau auf ihrer rechten Seite verbunden. Ghanan wurde zu Zotz geführt.

Das Mädchen wiegte sich leise singend vor und zurück. Schweiß rann ihm den Nacken hinunter.

Als Zotz das Gebet an den Regengott zu sprechen begann, beugte Daniel sich zu Luce vor. »Sieh nicht hin.«

Also heftete Luce den Blick auf Daniel und er schaute auf sie. Überall um den Cenote herum hielten die Menschen den Atem an. Daniels Mannschaftskollege grunzte und ließ die Axt schwer auf den Hals des Mädchens niedersausen. Luce hörte die Klinge glatt hindurchgehen, dann den leisen Aufprall von Ghanans Kopf, der auf dem Boden landete.

Das Gebrüll der Menge schwoll wieder an: Dankesrufe an Ghanan, Gebete für ihre Seele im Himmel, inbrünstige Wünsche nach Regen.

Wie konnten Menschen ernsthaft denken, dass die Ermordung eines unschuldigen Mädchens ihre Probleme lösen könnte? Normalerweise würde Bill jetzt auftauchen. Aber Luce konnte ihn nirgendwo sehen. Er hatte ein Talent dafür, zu verschwinden, wenn Daniel erschien.

Dann hörte Luce ein tiefes, hallendes Platschen und wusste, dass der Leichnam des Mädchens seinen letzten Ruheort gefunden hatte.

Der Mann mit den Zahnlücken trat zu ihnen. Diesmal durchtrennte er die Fesseln, mit denen Ix Cuat an Hanhau gebunden war. Luce zitterte, als er sie vor den Stammesführer brachte. Die spitzen Steine bohrten sich in ihre Füße. Sie spähte über den Kraterrand in den Cenote. Ihr wurde fast übel, aber dann erschien Daniel an ihrer Seite, und sie fühlte sich besser. Er bedeutete ihr mit einem Nicken, Zotz anzusehen.

Der Stammesführer strahlte sie an und zeigte dabei zwei Topase in seinen Schneidezähnen. Dann stimmte er ein Gebet an, dass Chaak sie akzeptieren und der Gemeinschaft viele Monate fruchtbaren Regens bringen möge.

Nein, dachte Luce. Es war alles falsch. *Flieg mit mir davon!*, rief sie im Stillen Daniel zu. Er wandte sich ihr zu, beinahe so, als habe er sie gehört.

Der Mann mit den Zahnlücken wischte Ghanans Blut mit einem Stück Tierhaut von der Axt. Feierlich überreichte er Daniel die Klinge, der Luce nun gegenüberstand. Daniel wirkte erschöpft, als ziehe ihn das Gewicht der Axt nach unten. Seine Lippen waren geöffnet und blutleer und seine violetten Augen waren fest auf Luce gerichtet.

Die Menge schwieg und hielt den Atem an. Heißer Wind raschelte in den Bäumen, als die Axt in der Sonne aufblitzte. Luce konnte spüren, dass das Ende nahte, aber warum? Warum hatte ihre Seele sie hierher gezerrt? Welchen Einblick in ihre Vergangenheit oder den Fluch konnte sie dadurch gewinnen, dass man ihr den Kopf abschlug?

Dann ließ Daniel die Axt zu Boden fallen.

»Was tust du da?«, fragte Luce.

Daniel antwortete nicht. Er ließ die Schultern kreisen, wandte das Gesicht dem Himmel zu und streckte die Arme aus. Zotz trat vor, um einzugreifen, aber als er Daniel an der Schulter berührte, schrie er auf und prallte zurück, als habe er sich verbrannt.

Und dann …

Daniels weiße Flügel entfalteten sich auf seinen Schultern. Als sie sich vollständig ausbreiteten, riesig und erschreckend hell vor der braunen, ausgedörrten Landschaft, schleuderten sie zwanzig Maya zurück.

Rufe erschollen rings um den Cenote:

»Was ist er?«

»Der Junge hat Flügel!«

»Er ist ein Gott! Von Chaak zu uns gesandt!«

Luce kämpfte mit den Seilen an ihren Händen und Füßen. Sie musste zu Daniel. Sie versuchte, zu ihm zu kommen, bis ...

Bis sie sich nicht mehr bewegen konnte.

Daniels Flügel waren so strahlend hell, dass es fast unerträglich war. Nur dass es jetzt nicht nur Daniels Flügel waren, die leuchtenden. Es war ... sein ganzer Körper. Als habe er die Sonne verschluckt.

Musik erfüllte die Luft. Nein, nicht Musik, sondern ein einziger harmonischer Akkord. Ohrenbetäubend und endlos, herrlich und erschreckend.

Luce hatte ihn schon einmal irgendwo gehört. Auf dem Friedhof der Sword & Cross, in der letzten Nacht, die sie dort verbracht hatte, der Nacht, in der Daniel gegen Cam gekämpft hatte und Luce nicht hatte zusehen dürfen. In der Nacht, in der Miss Sophia sie weggezerrt hatte und Penn gestorben war und nichts mehr so gewesen war wie zuvor. Es hatte mit genau demselben Akkord begonnen und der Akkord ging von Daniel aus. Er leuchtete so hell, dass sein Körper summte.

Sie schwankte, außerstande, den Blick loszureißen. Ein Schwall heißer Luft schlug ihr entgegen.

Hinter Luce schrie jemand auf. Dem Schrei folgte ein weiterer Schrei und dann noch einer, und dann schrie ein ganzer Chor von Stimmen.

Irgendetwas brannte. Es roch sauer, nahm ihr die Luft und drehte ihr den Magen um. Dann sah sie aus dem

Augenwinkel einen plötzlichen Feuerball, genau da, wo eben noch Zotz gestanden hatte. Der Knall warf sie zurück und sie wandte sich von der brennenden Helligkeit Daniels ab. Die schwarze Asche und der bittere Rauch ließen sie husten.

Hanhau war verschwunden, und der Boden, wo sie gestanden hatte, war schwarz versengt. Der Mann mit den Zahnlücken versteckte sein Gesicht und tat alles, nur um Daniels Strahlen nicht anzuschauen. Aber es war unwiderstehlich. Luce sah, wie der Mann zwischen den Fingern hindurchspähte und in einer Säule aus Flammen aufging.

Überall um den Cenote herum starrten die Maya Daniel an. Und einer nach dem anderen wurde von seinem Licht in Brand gesetzt. Bald erleuchtete ein heller Ring aus Feuer den Dschungel, entzündete jeden einzelnen außer Luce.

»Ix Cuat!« Daniel streckte die Hände nach ihr aus.

Sein Glühen ließ Luce vor Schmerzen aufschreien, aber obwohl sie Angst hatte, zu ersticken, sprudelte es aus ihr heraus. »Du bist *wunderbar.*«

»Schau mich nicht an«, flehte er. »Wenn ein Sterblicher das wahre Wesen eines Engels erblickt, dann – du siehst ja, was mit den anderen passiert. Ich kann dich nicht so schnell wieder gehen lassen. Nicht schon wieder so schnell ...«

»Ich bin noch hier«, beruhigte Luce ihn.

»Du bist noch ...« Er weinte. »Kannst du mich sehen? Mein wahres Ich?«

»Ich kann dich sehen.«

Und für den Bruchteil einer Sekunde konnte sie es tatsächlich. Ihr Blick klärte sich. Sein Strahlen war immer noch hell, aber nicht mehr so blendend. Sie konnte seine

Seele sehen. Sie war weiß glühend und makellos, und sie schaute aus wie – es gab keine andere Möglichkeit, es auszudrücken –, wie *Daniel*. Und es kam ihr so vor, als komme sie nach Hause. Ein unbeschreibliches Glücksgefühl durchflutete Luce. Irgendwo in ihrem Kopf klingelte etwas. Etwas kam ihr bekannt vor. Sie hatte ihn schon einmal so gesehen.

Oder etwa nicht?

Während ihr Verstand sich bemühte, in die Vergangenheit zu sehen, die sie nicht ganz greifen konnte, wurde sie von seinem Licht überwältigt.

»Nein!«, rief sie und spürte, wie ihr das Feuer das Herz verbrannte und ihr Körper sich von etwas Unbestimmtem frei machte.

»Und?« Bills knirschende Stimme tat ihr in den Ohren weh.

Sie lag auf einer kalten Steinplatte. Sie war wieder in einer der Höhlen eines Verkünders, gefangen an einem eisigen Zwischenort, wo es schwer war, an irgendetwas außerhalb dieses Ortes festzuhalten. Verzweifelt versuchte sie, sich vorzustellen, wie Daniel dort draußen ausgesehen hatte – die Schönheit seiner unverhüllten Seele –, doch es war vergebens. Es entglitt ihr bereits. War es überhaupt geschehen?

Luce schloss die Augen und versuchte, sich genau daran zu erinnern, wie er ausgesehen hatte. Es gab keine Worte dafür. Es war einfach eine unglaubliche, von Glück erfüllte Verbindung.

»Ich habe ihn gesehen.«

»Wen, Daniel? Ja, ich habe ihn auch gesehen. Er war der Bursche, der die Axt fallen ließ, als er mit dem Köpfen an der Reihe war. Großer Fehler. Riesengroßer Fehler.«

»Nein, ich habe ihn *wirklich* gesehen. So wie er wahrhaft ist.« Ihre Stimme zitterte. »Er war so schön.«

»Ach *das*.« Bill warf verärgert den Kopf in den Nacken.

»Ich habe ihn *erkannt*. Ich denke, ich habe ihn schon früher gesehen.«

»Glaube ich nicht.« Bill hüstelte. »Das war das erste und *letzte* Mal, dass du die Möglichkeit hattest, ihn so zu sehen. Du hast ihn gesehen, und dann bist du gestorben. Das geschieht, wenn ein Sterblicher einen Engel in all seiner Herrlichkeit erblickt. Sofortiger Tod. Verbrannt von der Schönheit des Engels.«

»Nein, so war es nicht.«

»Du hast gesehen, was mit allen anderen geschehen ist. *Puff*. Tot.« Bill ließ sich neben sie fallen und tätschelte ihr Knie. »Warum denkst du wohl, dass die Maya danach mit Feueropfern angefangen haben? Ein benachbarter Stamm hat die verkohlten Überreste gefunden und musste es irgendwie erklären.«

»Ja, sie sind sofort in Flammen aufgegangen. Aber ich habe länger gelebt.«

»Zwei Sekunden länger? Weil du dich abgewandt hattest? Herzlichen Glückwunsch.«

»Du irrst dich. Und ich weiß, dass ich das schon einmal gesehen habe.«

»Du hast vielleicht schon seine *Flügel* gesehen. Aber dass Daniel seine menschliche Tarnung fallen lässt und dir seine wahre Gestalt als Engel zeigt? Das bringt dich jedes Mal um.«

»Nein.« Luce schüttelte den Kopf. »Du sagst, er könne mir niemals zeigen, wer er wirklich ist?«

Bill zuckte die Achseln. »Nicht, ohne dich und jeden in deiner Nähe einzudampfen. Was denkst du wohl, warum Daniel ständig so vorsichtig ist, wenn er dich küsst? Seine Herrlichkeit scheint verdammt hell, wenn ihr beiden wild rummacht.« Luce hatte das Gefühl, sich kaum auf den Beinen halten zu können. »Sterbe ich deshalb manchmal, wenn wir uns küssen?«

»Bitte einen donnernden Applaus für unsere Luce, Leute!«, sagte Bill höhnisch.

»Aber was ist mit all diesen anderen Malen, wenn ich sterbe, *bevor* wir uns küssen, bevor ...«

»Bevor du auch nur eine Chance hattest zu sehen, wie stressig eure Beziehung werden könnte?«

»Halt den Mund.«

»Ehrlich, wie oft musst du dieselbe Handlung sehen, bis du begreifst, dass sich niemals *irgendetwas* ändern wird?«

»Irgendetwas *hat* sich geändert«, widersprach Luce. »Das ist der Grund, warum ich auf dieser Reise bin, der Grund, warum ich noch lebe. Wenn ich ihn nur wiedersehen könnte – alles, was ihn ausmacht –, weiß ich, dass ich damit umgehen könnte.«

»Du kapierst es nicht.« Bills Stimme wurde lauter. »Du redest über diese Sache in ziemlich weltlichen Begriffen.« Als er sich weiter ereiferte, flog Speichel von seinen Lippen. »Dies ist deine große Stunde und du kannst damit ganz offensichtlich *nicht* umgehen.«

»Warum bist du plötzlich so wütend?«

»*Deshalb!* Deshalb.« Er ging auf dem Vorsprung auf und ab und knirschte mit den Zähnen. »Hör mir zu: Daniel ist dieses eine Mal ein Ausrutscher passiert, er hat sich selbst gezeigt, aber das tut er nie wieder. Niemals. Er hat seine Lektion gelernt. Jetzt hast du auch eine gelernt: Ein Sterblicher kann die wahre Gestalt eines Engels *nicht* anschauen, ohne zu sterben.«

Luce wandte sich von ihm ab und wurde jetzt selbst immer wütender. Vielleicht änderte sich Daniel nach diesem Leben in Chichén Itzá, vielleicht würde er in Zukunft vorsichtiger werden. Aber was war mit der Vergangenheit?

Sie näherte sich dem Rand des Vorsprungs und schaute in die gewaltige, klaffende Schwärze, die sich oben ins unbekannte Dunkel grub.

Bill schwebte über ihr und umkreiste ihren Kopf, als versuche er hineinzugelangen. »Ich weiß, was du denkst, und du wirst am Ende nur enttäuscht werden.« Er flog dicht an ihr Ohr heran und flüsterte: »Oder Schlimmeres.«

Egal, was er sagte, er konnte sie nicht aufhalten. Wenn es einen früheren Daniel gab, der noch unachtsam war, dann würde Luce ihn finden.

Sechzehn

Trauzeuge

JERUSALEM, ISRAEL, 27. NISAN 2760
(UNGEFÄHR 1. APRIL, 1000 VOR UNSERER ZEITRECHNUNG)

Daniel war nicht ganz er selbst.

Er war noch immer ein Teil des Körpers, mit dem er an den dunklen Fjorden Grönlands verschmolzen war. Er versuchte, das Tempo zu drosseln, als er den Verkünder verließ, aber sein Schwung war zu groß. Völlig aus dem Gleichgewicht gebracht, schoss er aus der Dunkelheit heraus und rollte über steinige Erde, bis sein Kopf gegen etwas Hartes stieß, und blieb bewegungslos liegen.

Die Verschmelzung mit seinem früheren Ich war ein Riesenfehler gewesen.

Die einfachste Methode, um zwei miteinander verbundene Inkarnationen einer Seele wieder zu trennen, bestand darin, den Körper zu töten. Vom Käfig des Leibes befreit, löste die Seele den Rest dann alleine. Aber sich selbst zu töten war für einen Unsterblichen unmöglich. Es sei denn ...

Der Sternenpfeil.

Daniel hatte den Pfeil in Grönland an sich gerissen, wo er am Rand des Feuers der Engel im Schnee gelegen hatte. Gabbe hatte ihn als symbolischen Schutz mitgebracht, und sie hatte nicht damit rechnen können, dass

Daniel mit seinem früheren Ich verschmelzen und ihn stehlen würde.

Hatte er wirklich gedacht, er könnte die stumpfe Silberspitze einfach über seine Brust ziehen und seine Seele spalten, sodass sein früheres Ich in die Zeit zurückgeschleudert wurde?

Dumm.

Nein. Die Wahrscheinlichkeit war zu groß, dass er einen Fehler machte, dass er scheiterte und seine Seele versehentlich tötete, anstatt sie zu spalten. Daniels irdische Tarnung, dieser langweilige Körper, würde ewig auf Erden wandeln und nach seiner verlorenen Seele suchen, um sich dann mit dem Nächstbesten zu begnügen: Luce. Er würde sie bis in den Tod hinein verfolgen und vielleicht darüber hinaus.

Was Daniel brauchte, war ein Partner. Was er brauchte, konnte er nicht bekommen.

Er ächzte, rollte sich auf den Rücken und blinzelte in die grelle Sonne am Himmel.

»Siehst du?«, fragte von oben eine Stimme. »Ich habe dir doch gesagt, dass wir hier richtig sind.«

»Ich verstehe nicht, warum *das*« – eine andere Stimme, die eines Jungen diesmal – »beweisen soll, dass wir überhaupt etwas richtig machen.«

»Ach, komm schon, Miles. Dein Streit mit Daniel soll uns bei der Suche nach Luce nicht aufhalten. Er weiß doch sicher, wo sie ist.«

Die Stimmen kamen näher. Daniel öffnete die Augen einen Spaltbreit und sah gegen die Sonne einen Arm, der sich nach ihm ausstreckte.

»Hallo, du. Brauchst du Hilfe?«

Shelby. Eine Nephilim und Luce' Freundin von der Shoreline.

Und Miles. Der, den sie geküsst hatte.

»Was macht ihr zwei denn hier?« Daniel setzte sich ruckartig auf und wies Shelbys Hand zurück. Er rieb sich die Stirn und schaute hinter sich – er war gegen den grauen Stamm eines Olivenbaums gestoßen.

»Was *denkst* du wohl, was wir hier tun? Wir suchen nach Luce.« Shelby starrte auf Daniel hinab und rümpfte die Nase. »Was ist *los* mit dir?«

»*Nichts.*« Daniel versuchte aufzustehen, aber ihm war so schwindelig, dass er sich schnell wieder hinlegte. Von der Verschmelzung – vor allem davon, seinen früheren Körper in ein anderes Leben zu zerren – war ihm übel geworden. Er kämpfte gegen seine Vergangenheit an, warf sich von innen dagegen und schürfte sich die Seele an den Knochen und der Haut auf. Er wusste, dass die Nephilim spüren konnten, dass mit ihm etwas Unaussprechliches geschehen war. »Geht nach Hause, Eindringlinge. Wessen Verkünder habt ihr benutzt, um hierher zu kommen? Wisst ihr, wie viel Ärger ihr bekommen könntet?«

Plötzlich glänzte unter seiner Nase etwas Silbernes auf.

»Bring uns zu Luce.« Miles hielt einen Sternenpfeil an Daniels Hals. Der Schirm seiner Baseballkappe verbarg seine Augen, aber um seinen Mund zuckte es.

Daniel war sprachlos. »Du – du hast einen Sternenpfeil.«

»Miles!«, flüsterte Shelby grimmig. »*Was machst du mit diesem Ding?*«

Die stumpfe Spitze des Pfeils zitterte. Miles war offensichtlich *nervös*. »Du hast sie im Garten liegen lassen, nachdem die Outcasts gegangen waren«, sagte er zu Daniel. »Cam hat sich einen genommen, und in dem ganzen Durcheinander hat niemand gemerkt, dass ich den hier aufgehoben habe. Dann bist du hinter Luce hergejagt. Und wir sind hinter dir her.« Er wandte sich an Shelby. »Ich dachte, wir könnten ihn vielleicht brauchen. Zur Selbstverteidigung.«

»Wage es nicht, ihn zu töten«, sagte Shelby zu Miles. »Du bist ein Idiot.«

»Nein«, warf Daniel ein und richtete sich dabei ganz langsam auf. »Ist schon gut.«

Seine Gedanken überschlugen sich. Wie standen die Chancen? Er hatte bisher nur ein einziges Mal gesehen, wie es gemacht wurde. Daniel war kein Experte, was die Verschmelzung mit seinem früheren Ich betraf. Aber seine Vergangenheit wand sich in ihm – er konnte so nicht weitermachen. Es gab nur eine Lösung. Miles hielt sie in der Hand.

Aber wie konnte er den Jungen dazu bringen, ihn anzugreifen, ohne alles zu erklären? Und konnte er den Nephilim trauen?

Daniel rutschte zurück, bis er an dem Baumstamm lehnte. Er richtete sich daran auf und hielt beide Hände offen ausgestreckt, um Miles zu zeigen, dass es nichts gab, wovor er Angst haben musste. »Hast du Fechten belegt?«

»Was?« Miles wirkte verwirrt.

»In der Shoreline. Hast du einen Fechtkurs belegt oder nicht?«

»Das haben alle. Es war irgendwie sinnlos, und ich war nicht besonders gut, aber ...«

Mehr brauchte Daniel nicht zu hören. »*En garde!*«, rief

er und zückte seinen verborgenen Sternenpfeil wie ein Schwert.

Miles' Augen wurden groß. Schon hatte auch er seinen Pfeil erhoben.

»Oh, Mist«, sagte Shelby und ging eilig aus dem Weg. »Ihr zwei, jetzt mal ernsthaft. Aufhören!«

Die Sternenpfeile waren kürzer als ein Florett, aber ein gutes Stück länger als normale Pfeile. Sie waren federleicht, aber hart wie Diamant, und wenn Daniel und Miles sehr, sehr vorsichtig waren, konnten sie es beide lebend überstehen. Vielleicht würde sich Daniel mit Miles' Hilfe irgendwie von seiner Vergangenheit befreien können.

Er durchschnitt mit seinem Sternenpfeil die Luft und kam einige Schritte näher an den Nephilim heran.

Miles reagierte und wehrte Daniels Schlag ab, wobei sein Pfeil weit nach rechts prallte. Als die Sternenpfeile aufeinanderschlugen, machten sie nicht das blecherne Geräusch wie Florette, sondern ein tiefes, dröhnendes *Wumm*, das von den Bergen hallte und den Boden unter ihren Füßen erzittern ließ.

»Dein Fechtunterricht war nicht sinnlos«, bemerkte Daniel, als ihre Pfeile sich kreuzten. »Er diente der Vorbereitung auf einen Augenblick wie diesen.«

»Was für einen« – Miles stieß mit einem Ächzen vor und führte seinen Sternenpfeil nach oben, bis er sich mit Daniels Pfeil kreuzte – »Augenblick?«

Ihre Arme dehnten sich. Die Sternenpfeile bildeten in der Luft ein erstarrtes X.

»Du musst mich von einer früheren Inkarnation befreien, die mit meiner Seele verschmolzen ist«, antwortete Daniel schlicht.

»Was zum …«, murmelte Shelby im Hintergrund.

Miles machte ein verwirrtes Gesicht und sein Arm zögerte. Seine Klinge fiel ihm aus der Hand und landete klirrend auf dem Boden. Er schnappte nach Luft und tastete danach, während er gleichzeitig voller Angst zu Daniel hinübersah.

»Ich bin nicht hinter dir her«, sagte Daniel. »Du musst hinter mir her sein.« Er brachte ein herausforderndes Grinsen zustande. »Komm schon. Du weißt, dass du es willst. Du willst es doch schon lange.«

Miles griff an und hielt den Sternenpfeil wie einen Pfeil und nicht wie ein Schwert. Daniel war bereit für ihn und wich gerade rechtzeitig zur Seite und wirbelte herum, um ihre Sternenpfeile aufeinanderprallen zu lassen.

Sie hielten sich in ihrem Griff gefangen: Daniel drängte den Nephilim mit aller Kraft zurück, wobei sein Sternenpfeil an Miles' Schulter vorbeizeigte, doch der Pfeil von Miles war nur eine Handbreit von Daniels Herzen entfernt.

»Wirst du mir helfen?«, fragte Daniel scharf.

»Was springt für uns dabei raus?«, entgegnete Miles.

Daniel musste kurz darüber nachdenken. »Luce' Glück«, antwortete er schließlich.

Miles sagte nicht Ja. Aber er sagte auch nicht Nein.

»Also« – Daniels Stimme brach, als er die Anweisungen gab –, »zieh nur deine Klinge ganz vorsichtig in einer geraden Linie über die Brust. Du darfst die Haut nicht verletzen oder du wirst mich töten.«

Miles schwitzte. Sein Gesicht war weiß. Er warf einen Blick zu Shelby hinüber.

»Tu es, Miles«, flüsterte sie.

Der Sternenpfeil zitterte. Alles lag in den Händen dieses Jungen. Das stumpfe Ende des Pfeils berührte Daniels Haut und glitt nach unten.

»Heilige Scheiße.« Shelby verzog entsetzt die Lippen. »Er *schmilzt.*«

Daniel konnte es spüren, es war, als hebe sich eine Schicht Haut von seinen Knochen ab. Der Körper seines früheren Ichs spaltete sich langsam von seinem eigenen ab. Das Gift der Trennung floss durch ihn hindurch und drang tief in die Fasern seiner Flügel ein. Der Schmerz war so stark, dass ihm übel wurde, er wallte tief in ihm auf wie eine große Flutwelle. Ihm wurde schwarz vor Augen und er hatte ein Klingeln in den Ohren. Der Sternenpfeil fiel ihm aus der Hand. Dann spürte er gleichzeitig einen gewaltigen Stoß und einen scharfen kalten Luftzug, gefolgt von einem lang gezogenen Ächzen und zwei dumpfen Schlägen, und dann …

Sein Blick wurde klarer. Das Klingeln in seinen Ohren verebbte. Er fühlte sich leicht.

Er war frei.

Miles lag schwer atmend unter ihm auf dem Boden.

Der Sternenpfeil in Daniels Hand war verschwunden. Daniel wirbelte herum, und ein schemenhafter Geist seines früheren Ichs stand hinter ihm, mit grauer Haut und schwarzen Augen. Er hielt den Sternenpfeil in der Hand. Sein Profil flimmerte im heißen Wind wie das Bild eines kaputten Fernsehers.

»Es tut mir leid«, sagte Daniel und packte sein früheres Ich unten an den Flügeln. Als er den Schatten seines Selbst vom Boden hob, fühlte sein Körper sich schwach und unzulänglich an. Seine Finger fanden das ergrauende Portal des

Verkünders, durch das beide Daniels gereist waren, kurz bevor der Verkünder zerbrochen war. »Dein Tag wird kommen«, versprach er.

Dann stieß er sein früheres Ich zurück in den Verkünder.

Er sah zu, wie die Leere in der heißen Sonne verblasste. Der Körper gab ein lang gezogenes Pfeifen von sich, als er in die Zeit fiel, als stürze er von einer Klippe. Der Verkünder zersplitterte in tausend Stücke und war verschwunden.

»Was zum Geier war das denn gerade?«, fragte Shelby, während sie Miles auf die Füße half.

Der Nephilim war totenbleich und starrte auf seine Hände, drehte sie um und untersuchte sie, als habe er sie noch nie zuvor gesehen.

Daniel wandte sich an Miles. »Danke.«

Die blauen Augen des Nephilim wirkten zugleich eifrig und verängstigt, als wolle er aus Daniel jede Einzelheit über das, was gerade geschehen war, herausquetschen, ohne sich seine Aufregung anmerken zu lassen. Shelby war sprachlos – ein noch nie da gewesenes Ereignis.

Bisher hatte Daniel Miles verachtet. Über Shelby, die die Outcasts praktisch direkt zu Luce geführt hatte, war er verärgert gewesen. Aber in diesem Moment unter dem Olivenbaum konnte er verstehen, warum Luce sich mit den beiden angefreundet hatte. Und er war froh darüber.

In der Ferne wurde ein Horn geblasen. Miles und Shelby machten einen Satz.

Es war ein Shofar, ein heiliges Widderhorn, das einen langen, nasalen Ton von sich gab – oft dazu benutzt, um Gottesdienste und religiöse Feste anzukündigen. Bis dahin hatte Daniel sich noch nicht richtig umgeschaut, um zu sehen, wo sie waren.

Sie standen oben auf einem Hügel unter dem Olivenbaum in dem vom Laub gefilterten Licht. Vor ihnen lief der Hügel in ein breites, flaches Tal aus, das braun von den hohen einheimischen Gräsern war, die nie von Menschenhand geschnitten worden waren. Durch die Mitte des Tals zog sich ein grüner Streifen, wo Wildblumen an einem schmalen Fluss wuchsen.

Östlich vom Flussbett stand eine kleine Gruppe von Zelten nah beieinander vor einem größeren, quadratischen Gebäude aus weißen Steinen mit einem Gitterdach aus Holz. Die Töne der Shofar mussten aus diesem Tempel gekommen sein.

Eine Reihe von Frauen in bunten, knöchellangen Umhängen ging in den Tempel hinein, während andere herauskamen. Sie trugen Tonkrüge und Bronzetabletts mit Speisen, wie zur Vorbereitung eines Festmahls.

»Oh«, sagte Daniel laut, während ihn eine tiefe Schwermut überkam.

»Oh was?«, fragte Shelby.

Daniel ergriff die Kapuze von Shelbys Tarn-Sweatshirt. »Wenn ihr hier nach Luce sucht, werdet ihr sie nicht finden. Sie ist tot. Sie ist vor einem Monat gestorben.«

Miles hätte sich beinahe verschluckt.

»Du meinst die Luce aus diesem Leben«, sagte Shelby. »Nicht unsere Luce. Richtig?«

»Unsere Luce – meine Luce – ist auch nicht hier. Sie wusste nicht, dass dieser Ort existiert, also würden ihre Verkünder sie auch nicht hierher bringen. Und eure Verkünder auch nicht.«

Shelby und Miles blickten sich an. »Du sagst, du suchst nach Luce«, begann Shelby, »aber warum bist du überhaupt noch hier, wenn du weißt, dass Luce es nicht ist?«

Daniel sah an ihnen vorbei hinunter ins Tal. »Ich muss hier noch etwas erledigen.«

»Wer ist *das*?«, fragte Miles und zeigte auf eine Frau in einem langen weißen Kleid. Sie war groß und schlank, mit rotem Haar, das im Sonnenlicht schimmerte. Ihr Kleid war tief ausgeschnitten und zeigte viel goldbraune Haut. Sie sang eine leise, schöne Melodie, ein neckisches Lied, das sie kaum hören konnten.

»Das ist Lilith«, sagte Daniel langsam. »Sie soll heute heiraten.«

Miles ging ein paar Schritte einen Pfad hinunter, der von dem Olivenbaum ins Tal führte, wo der Tempel stand, als wolle er es sich genauer anschauen.

»Miles, warte!« Shelby rannte ihm hinterher. »Das ist hier nicht so wie damals in Las Vegas. Das hier ist eine verdammt ... andere Zeit oder sonst was. Du kannst nicht einfach eine heiße Braut sehen und zu ihr hinspazieren, als würde dir hier alles gehören.« Sie drehte sich mit einem hilfesuchenden Blick zu Daniel um.

»Haltet euch bedeckt«, wies Daniel sie an. »Hebt den Kopf nicht über das Gras. Und bleibt stehen, wenn ich ›Stehen bleiben‹ sage.«

Vorsichtig gingen sie den Pfad hinunter und machten schließlich stromabwärts vom Tempel am Flussufer Halt. Alle Zelte in der kleinen Gemeinschaft waren mit Girlanden aus Ringelblumen und Johannisbeerblüten behängt. Sie konnten jetzt die Stimmen Liliths und der Mädchen hören, die ihr halfen, sich auf die Hochzeit vorzubereiten. Die

Mädchen lachten und fielen in Liliths Lied ein, während sie ihr das lange rote Haar flochten und in einem Kranz um ihren Kopf feststeckten.

Shelby wandte sich zu Miles. »Sieht sie nicht irgendwie so aus wie die Lilith aus unserer Klasse in der Shoreline?«

»*Nein*«, erwiderte Miles sofort. Er musterte die Braut für einen Moment. »Okay, ein bisschen vielleicht. Komisch.«

»Luce hat sie wahrscheinlich nie erwähnt«, erklärte Shelby Daniel. »Sie ist das teuflischste Miststück, das man sich vorstellen kann.«

»Ja, das könnte sein«, sagte Daniel. »Eure Lilith könnte aus der gleichen lange Reihe von bösen Frauen stammen. Sie sind alle Nachkommen von der ursprünglichen Mutter Lilith. Sie war die erste Frau von Adam.«

»Adam hatte mehr als eine Ehefrau?«, stieß Shelby hervor. »Was ist mit Eva?«

»Vor Eva.«

»*Prä-Eva*? Unmöglich.«

Daniel nickte. »Sie waren noch nicht lange verheiratet, als Lilith ihn verließ. Es hat ihm das Herz gebrochen. Er hat sehr lange auf sie gewartet, aber irgendwann lernte er Eva kennen. Und Lilith hat es Adam nie verziehen, dass er über sie hinweggekommen ist. Sie verbrachte den Rest ihrer Tage damit, auf Erden zu wandeln und die Familie zu verfluchen, die Adam mit Eva gegründet hatte. Und ihre Nachfahrinnen – manchmal sind sie anfangs ganz in Ordnung, aber irgendwann, na ja, der Apfel fällt nun mal nicht weit vom Stamm.«

»Das ist ja völlig abgedreht«, meinte Miles, obwohl er von Liliths Schönheit hypnotisiert zu sein schien.

»Du willst mir erzählen, dass Lilith Clout, das Mädchen,

das in der neunten Klasse meine Haare in Brand gesteckt hat, *buchstäblich* ein teuflisches Miststück sein könnte? Dass all meine Voodoo-Maßnahmen gegen sie vielleicht gerechtfertigt waren?«

»Ich schätze schon.« Daniel zuckte die Achseln.

»Ich habe mich noch nie so bestätigt gefühlt.« Shelby lachte. »Warum stand davon nichts in unseren Büchern über Engelkunde in der Shoreline?«

»Scht.« Miles zeigte auf den Tempel. Lilith hatte ihre Brautjungfern verlassen, um die Dekorationen für die Hochzeit zu vollenden – sie streute gelbe und weiße Mohnblumen vor den Eingang des Tempels, hängte Bänder und kleine Silberglöckchen in die niedrigen Zweige der Eichenbäume – und ging dann in westlicher Richtung auf den Fluss zu, wo Daniel, Shelby und Miles sich versteckten.

Sie trug einen Strauß weißer Lilien. Als sie das Flussufer erreichte, zupfte sie einige Blütenblätter ab und streute sie über das Wasser, und die ganze Zeit über sang sie leise vor sich hin. Dann drehte sie sich um und ging am Ufer entlang nach Norden, auf einen großen, alten Johannisbrotbaum zu, dessen Äste in den Fluss hinabhingen.

Ein Junge saß darunter und sah in den Strom. Er hatte seine langen Beine eng an die Brust gezogen und einen Arm darum gelegt. Mit dem anderen warf er Steine ins Wasser. Seine grünen Augen hoben sich funkelnd von seiner braunen Haut ab. Sein pechschwarzes Haar war noch ein wenig feucht und strubbelig nach einem Bad im Fluss.

»Oh mein Gott, das ist …« Daniel erstickte Shelbys Ausruf mit seiner Hand über ihrem Mund.

Er hatte diesen Moment gefürchtet. »Ja, es ist Cam, aber nicht der Cam, den du kennst. Dies ist ein früherer Cam.

Wir sind um Tausende von Jahren in die Vergangenheit gereist.«

Miles kniff die Augen zusammen. »Aber er ist trotzdem böse.«

»Nein«, widersprach Daniel. »Das ist er nicht.«

»Wie das?«, fragte Shelby.

»Es gab eine Zeit, da gehörten wir alle zu einer Familie. Cam war mein Bruder. Er war nicht böse, noch nicht. Vielleicht ist er es auch jetzt noch nicht.«

Äußerlich unterschied sich dieser Cam von dem, den Shelby und Miles kannten, nur darin, dass die Tätowierung der aufgehenden Sonne in seinem Nacken fehlte, die er von Satan bekommen hatte, als er sich der Hölle angeschlossen hatte. Davon abgesehen sah Cam genauso aus wie jetzt.

Außer, dass dieser Cam aus der Vergangenheit ein vor Sorge starres Gesicht machte. Es war ein Gesichtsausdruck, den Daniel bei Cam schon seit Jahrtausenden nicht mehr gesehen hatte. Wahrscheinlich sogar seit diesem Augenblick nicht mehr.

Lilith blieb hinter Cam stehen und schlang ihm die Arme um den Hals, sodass ihre Hände direkt über seinem Herzen lagen. Ohne sich umzudrehen oder ein Wort zu sagen, umfasste Cam ihre Hände. Beide schlossen die Augen, sichtlich zufrieden.

»Das scheint ein sehr privater Augenblick zu sein«, bemerkte Shelby. »Sollten wir nicht besser – ich meine, mir ist nicht ganz wohl dabei.«

»Dann geh«, erwiderte Daniel langsam. »Aber verhalte dich unauffällig, wenn du …«

Daniel brach ab. Jemand kam auf Cam und Lilith zu.

Der junge Mann war hochgewachsen und braun gebrannt, trug ein langes weißes Gewand und hatte eine dicke Pergamentrolle in der Hand. Er hielt den blonden Kopf gesenkt, aber es war ohne jeden Zweifel Daniel.

»Ich bleibe hier.« Miles musterte Daniels früheres Ich.

»Moment mal, ich dachte, wir hätten diesen Kerl gerade zurück in die Verkünder geschickt«, meinte Shelby verwirrt.

»Das war eine spätere frühere Version meiner Selbst«, sagte Daniel.

»*Eine spätere frühere Version meiner Selbst,* sagt er!« Shelby schnaubte. »Wie viele Daniels *gibt* es denn nun genau?«

»Er kam aus zweitausend Jahren in der Zukunft, von da an gerechnet, wo wir uns gerade befinden, was immer noch tausend Jahre in der wahren Vergangenheit liegt. Dieser Daniel hätte gar nicht hier sein dürfen.«

»Wir befinden uns jetzt dreitausend Jahre in der Vergangenheit?«, fragte Miles nach.

»Ja, und ihr solltet wirklich nicht hier sein.« Daniel starrte Miles an, bis dieser den Blick abwandte. »Aber diese frühere Version von mir« – er zeigte auf den Jungen, der neben Cam und Lilith stehen geblieben war – »gehört hierher.«

Auf der anderen Seite des Flusses lächelte Lilith. »Wie geht es dir, Dani?«

Sie beobachteten, wie Dani sich neben das Paar kniete und die Schriftrolle entrollte. Daniel erinnerte sich: Es war ihre Heiratserlaubnis. Er hatte sie selbst auf Aramäisch verfasst. Er sollte die Zeremonie abhalten. Cam hatte ihn schon vor Monaten darum gebeten.

Lilith und Cam überflogen das Dokument. Sie passten

gut zusammen, erinnerte sich Daniel. Lilith schrieb Lieder für ihn und verbrachte Stunden damit, Wildblumen zu pflücken und in seine Kleider zu flechten. Er öffnete sich ihr voll und ganz. Er lauschte ihren Träumen und brachte sie zum Lachen, wenn sie traurig war. Beide hatten sie ihre launischen Seiten, und wenn sie miteinander stritten, hörte es der ganze Stamm – aber keiner von ihnen war zu diesem Zeitpunkt schon das dunkle Wesen, das sie beide nach ihrer Trennung werden würden.

»Dieser Teil hier«, sagte Lilith und zeigte auf eine Zeile im Text. »Da steht, dass wir am Fluss getraut werden. Aber du weißt, dass ich im Tempel heiraten will, Cam.«

Cam und Daniel tauschten einen Blick. Cam ergriff Liliths Hand. »Meine Liebste. Ich habe dir bereits erklärt, dass ich das nicht tun kann.«

Liliths Stimme wurde schrill. »Du weigerst dich, mich unter den Augen Gottes zu heiraten? An dem einzigen Ort, an dem meine Familie unsere Vereinigung gutheißen wird! Warum?«

»Holla«, flüsterte Shelby auf der anderen Seite des Stroms. »Ich verstehe, was da los ist. Cam kann nicht im Tempel heiraten ... er kann nicht einmal einen Fuß in den Tempel setzen, weil ...«

Miles begann ebenfalls zu flüstern: »Wenn ein gefallener Engel das Heiligtum Gottes betritt ...«

»Geht das ganze Ding in Flammen auf«, beendete Shelby den Satz.

Die Nephilim hatten natürlich recht, aber Daniel war überrascht von seiner eigenen Frustration. Cam liebte Lilith und Lilith liebte Cam. Ihre Liebe hatte eine Chance, und was Daniel betraf, konnte ihm alles andere gestohlen bleiben. Warum beharrte Lilith so darauf, im Tempel zu heiraten? Warum konnte Cam ihr nicht erklären, warum er sich weigerte?

»Ich werde keinen Fuß dort hineinsetzen.« Cam zeigte auf den Tempel.

Lilith war den Tränen nah. »Dann liebst du mich nicht.«

»Ich liebe dich mehr, als ich es je für möglich gehalten hätte, aber das ändert nichts.«

Liliths schlanke Gestalt schien vor Zorn zu platzen. Konnte sie spüren, dass hinter Cams Weigerung mehr steckte, als ihr nur einen Wunsch abzuschlagen? Daniel glaubte es nicht. Sie ballte die Fäuste und stieß einen langen, spitzen Schrei aus.

Er schien die Erde zu erschüttern. Lilith packte Cam an den Handgelenken und drückte ihn gegen den Baum. Er wehrte sich nicht einmal.

»Meine Großmutter konnte dich noch nie leiden.« Ihre Arme bebten, als sie ihn festhielt. »Sie hat von dir immer nur schlecht gesprochen und ich habe dich immer verteidigt. Doch jetzt weiß ich, dass sie recht hat. Ich sehe es in deinen Augen und in deiner Seele.« Sie durchbohrte ihn mit ihrem Blick. »Sag es.«

»Was soll ich sagen?«, fragte Cam entsetzt.

»Dass du ein schlechter Mann bist. Du bist ein … ich weiß, was du bist.«

Es war klar, dass Lilith es nicht wusste. Sie klammerte sich an die Gerüchte, die im Umlauf waren – dass er ein böser Zauberer sei und sich okkulter Praktiken bediene. Sie wollte endlich aus Cams Mund die Wahrheit hören.

Daniel wusste, dass Cam es Lilith sagen *konnte*, aber er wollte es nicht tun. Er hatte Angst davor.

310

»Lilith, ich bin nicht der böse Mensch, für den mich jeder hält«, erwiderte Cam.

Daniel wusste, dass er die Wahrheit sagte, aber es klang wie eine Lüge. Cam stand kurz vor der schlechtesten Entscheidung, die er jemals treffen würde. Dies war der Moment, der Cam das Herz brach, sodass es zu etwas Schwarzem verfaulte.

»Lilith«, flehte Dani sie an und zog ihre Hände von Cams Kehle weg. »Er ist nicht ...«

»Dani«, warnte ihn Cam. »Du kannst es nicht wiedergutmachen, egal was du sagst.«

»Das ist richtig. Man kann es nicht wiedergutmachen.« Lilith ließ Cam los, der rückwärts zu Boden fiel. Sie griff nach ihrem Ehevertrag und warf ihn in den Fluss. Er wirbelte langsam in der Strömung, bevor er versank. »Ich hoffe, dass ich tausend Jahre lebe und tausend Töchter habe, damit es immer eine Frau gibt, die deinen Namen verfluchen kann.« Sie spuckte ihm ins Gesicht, dann drehte sie sich um und rannte zum Tempel zurück. Ihr weißes Kleid blähte sich hinter ihr wie ein Segel.

Cams Gesicht wurde so weiß wie Liliths Hochzeitskleid. Er griff nach Danis Hand, um sich daran hochzuziehen. »Hast du einen Sternenpfeil, Dani?«

»Nein.« Danis Stimme zitterte. »Rede nicht so. Du wirst sie zurückbekommen, oder aber ...«

»Ich war naiv zu denken, ich könne ungestraft damit davonkommen, eine sterbliche Frau zu lieben.«

»Wenn du es ihr doch nur gesagt hättest«, sagte Dani.

»*Es ihr sagen?* Ich soll ihr sagen, was mit mir, was mit uns allen passiert ist? Ich soll ihr von dem Sturz erzählen und von allem, was seitdem geschehen ist?« Cam beugte sich näher zu Dani vor. »Vielleicht hat sie recht, was mich betrifft. Du hast gehört, was sie gesagt hat: Das ganze Dorf hält mich für einen Dämon. Selbst wenn sie dieses Wort nicht aussprechen.«

»Sie wissen gar nichts.«

Cam wandte sich ab. »Ich wollte es die ganze Zeit über nicht wahrhaben, aber Liebe ist unmöglich, Dani.«

»Nein, ist sie nicht.«

»*Oh doch*. Für Seelen wie unsere. Du wirst schon sehen. Du wirst vielleicht länger durchhalten als ich, aber du wirst es sehen. Wir beide werden uns irgendwann entscheiden müssen.«

»*Nein.*«

»Du musst immer widersprechen, Bruder.« Cam drückte Danis Schulter. »Das gibt mir zu denken über dich. Denkst du nie darüber nach … die Seiten zu wechseln?«

Dani schüttelte Cams Hand ab. »Ich denke an sie und nur an sie. Ich zähle die Sekunden, bis sie wieder bei mir sein wird. Ich erwähle sie, so wie sie mich erwählt.«

»Wie einsam.«

»Es ist nicht einsam«, blaffte Dani. »Es ist Liebe. Die Liebe, die du auch für dich selbst willst …«

»Ich meinte: *Ich* bin einsam. Und ich bin längst nicht so heldenhaft wie du. Ich fürchte, es wird eine Veränderung geben.«

»Nein.« Jetzt ging Dani auf Cam zu. »Das würdest du nicht wagen.«

Cam zuckte zurück und spuckte aus. »Wir haben nicht alle das Glück, durch einen Fluch an unsere Geliebte gebunden zu sein.«

Daniel erinnerte sich an diese Beleidigung: Sie hatte

ihn rasend gemacht. Aber trotzdem hätte er nicht sagen sollen:

»Dann geh. Man wird dich nicht vermissen.«

Er bedauerte es sofort, aber es war zu spät.

Cam rollte die Schultern zurück und streckte die Arme aus. Als seine Flügel sich seitlich auffalteten, wehten sie einen Schwall heiße Luft über das Gras, wo Daniel, Shelby und Miles sich versteckten. Die drei schauten auf. Seine Flügel waren gewaltig und leuchtend und ...

»Moment mal«, flüsterte Shelby. »Sie sind ja gar nicht golden!«

Miles blinzelte. »Wie können sie nicht golden sein?«

Die Nephilim hatten allen Grund dazu, verwirrt zu sein. Die Verteilung der Flügelfarbe war so klar wie Tag und Nacht: Gold für Dämonen, Silber oder Weiß für alle anderen. Und der Cam, den sie kannten, war ein Dämon. Daniel war nicht in der Stimmung, Shelby zu erklären, warum Cams Flügel von einem strahlend reinen Weiß waren, so funkelnd wie Diamanten, so gleißend hell wie von der Sonne geküsster Schnee.

Dieser Cam aus der Vergangenheit hatte noch nicht die Seite gewechselt. Er stand nur kurz davor.

An diesem Tag hatte Lilith Cam als Geliebten und Daniel ihn als Bruder verloren. Von diesem Tag an würden sie Feinde sein. Hätte Daniel ihn aufhalten können? Was wäre gewesen, wenn er sich nicht rasch von Cam fortgedreht und seine eigenen Flügel wie einen Schild ausgebreitet hätte – so wie er es jetzt Dani tun sah?

Er hätte es versuchen sollen. Er brannte darauf, aus dem Gebüsch hervorzustürzen und Cam aufzuhalten. Was hätte nicht alles anders sein können!

Cams und Danis Flügel besaßen noch nicht ihre quälende gegenseitige Anziehungskraft. Alles, was sie in diesem Moment voneinander abstieß, war eine hartnäckige Meinungsverschiedenheit, eine philosophische Rivalität unter Geschwistern.

Beide Engel erhoben sich gleichzeitig vom Boden, doch jeder blickte in eine andere Richtung. Als Dani also nach Osten über den Himmel davonflog und Cam nach Westen, waren die drei Anachronismen, die sich im Gras versteckten, die Einzigen, die sahen, wie ein goldenes Glitzern in Cams Flügel hineinfuhr. Wie ein funkelnder Blitz.

Siebzehn

Auf Knochen geschrieben

YIN, CHINA, QINGMING-FEST
(UNGEFÄHR 4. APRIL 1046 VOR UNSERER ZEITRECHNUNG)

Das Tunnelende des Verkünders war von einem hellen Licht durchflutet. Es küsste ihre Haut wie ein Sommermorgen im Haus ihrer Eltern in Georgia.

Luce stürmte darauf zu.

All seine Herrlichkeit. So hatte Bill das brennende Licht von Daniels wahrer Seele genannt. Der bloße Anblick von Daniels reinem, engelhaftem Ich hatte eine ganze Gemeinschaft von Menschen bei der Opferzeremonie der Maya in Flammen aufgehen lassen – darunter auch Ix Cuat, Luce' vergangenes Ich.

Aber da *hatte* es einen Augenblick gegeben.

Einen Augenblick puren Staunens, unmittelbar bevor sie gestorben war, als Luce sich Daniel näher gefühlt hatte als je zuvor. Es war ihr egal, was Bill sagte: Sie *erkannte* den Glanz von Daniels Seele. Sie *musste* ihn noch einmal sehen. Vielleicht gab es eine Möglichkeit, es zu überleben. Sie musste es zumindest versuchen.

Sie stürmte aus dem Verkünder in die kalte Leere eines gewaltigen Schlafzimmers.

Der Raum war mindestens zehn Mal größer als jeder

andere Raum, den Luce je gesehen hatte, und alles daran war luxuriös. Die Böden bestanden aus glattem Marmor und waren mit riesigen Tierfellen als Teppichen bedeckt, an einem hing noch ein unversehrter Tigerkopf. Vier Holzsäulen trugen eine sorgfältig mit Stroh gedeckte Dachschräge. Die Wände bestanden aus geflochtenen Bambusmatten. An dem offenen Fenster stand ein riesiges Himmelbett mit Laken aus goldgrüner Seide.

Auf der Fensterbank lag ein winziges Teleskop. Luce nahm es in die Hand und teilte den goldenen Seidenvorhang, um hinauszuspähen. Das Teleskop war schwer und kalt, als sie es ans Auge hob.

Sie befand sich in der Mitte einer großen, umfriedeten Stadt und schaute aus einem Fenster im ersten Stock. Ein Gewirr gepflasterter Straßen verband dicht gedrängte, uralt wirkende Gebäude mit lehmverputzten Wänden aus Flechtwerk. Die Luft war warm und duftete schwach nach Kirschblüten. Zwei Pirole flogen am blauen Himmel.

Luce drehte sich zu Bill um. »Wo sind wir?«

Dieser Ort erschien ihr genauso fremd wie die Welt der Maya und genauso weit in der Zeit zurück.

Er zuckte die Achseln und öffnete den Mund, um etwas zu erwidern, aber dann ...

»Scht«, flüsterte Luce.

Schniefen.

Jemand weinte leise, unterdrückte Tränen. Luce wandte sich dem Geräusch zu. Es kam aus dem angrenzenden Raum.

Luce glitt barfuß über den Steinboden und bewegte sich auf den Bogen in der gegenüberliegenden Wand zu. Das Schluchzen hallte im Raum wider und rief nach ihr. Ein schmaler Durchgang führte in einen weiteren höhlenartigen Raum. Dieser war fensterlos, niedrig und nur schwach vom Schein eines Dutzends kleiner Bronzelampen beleuchtet.

Sie konnte ein großes Steinbecken ausmachen, außerdem einen kleinen Lacktisch, auf dem schwarze Tonfläschchen mit aromatischen Ölen standen, die den ganzen Raum mit einem warmen, würzigen Duft erfüllten. In der Ecke stand ein riesiger geschnitzter Jadeschrank. Dünne grüne Drachen, die in die Jade geschnitten waren, grinsten Luce an, als wüssten sie alles, was sie nicht wusste.

Und in der Mitte des Raums lag ein toter Mann ausgestreckt auf dem Boden.

Doch bevor Luce noch mehr erkennen konnte, wurde sie von einem hellen Licht geblendet, das sich auf sie zubewegte. Es war das gleiche Leuchten, das sie von der anderen Seite des Verkünders aus gespürt hatte.

»Was ist das für ein Licht?«, fragte sie Bill.

»Das ... ähm, siehst du das etwa?« Bill klang überrascht. »Das ist deine Seele. Eine weitere Möglichkeit für dich, deine früheren Leben zu erkennen, wenn sie sich körperlich von dir zu unterscheiden scheinen.« Er hielt inne. »Ist dir das vorher noch nie aufgefallen?«

»Das ist das erste Mal, denke ich.«

»Hm«, sagte Bill. »Das ist ein gutes Zeichen. Du machst Fortschritte.«

Luce fühlte sich plötzlich erschöpft. »Ich dachte, es wäre Daniel.«

Bill räusperte sich, als wolle er noch etwas sagen, aber er schwieg. Das Licht brannte noch für einen Herzschlag hell, dann erlosch es so plötzlich, dass sie einen Moment lang nichts sehen konnte, bis ihre Augen sich an die Dunkelheit gewöhnt hatten.

»Was tust du hier?«, fragte jemand grob.

In der Mitte des Raumes, dort, wo das Licht gewesen war, sah Luce eine zarte, hübsche Chinesin von etwa siebzehn Jahren – zu jung und zu elegant, um über dem Leichnam eines Mannes zu stehen.

Dunkles Haar fiel ihr bis zur Taille und hob sich von ihrem bodenlangen weißen Seidengewand ab. So zierlich sie auch war, schien sie die Art Mädchen zu sein, die nicht vor einem Kampf zurückschreckt.

»Also, das bist du«, erklang Bills Stimme in Luce' Ohr. »Dein Name ist Lu Xin und du hast außerhalb der Hauptstadt von Yin gelebt. Wir befinden uns am Ende der Shang-Dynastie, etwa 1000 vor Christus, für den Fall, dass du dir eine Notiz in dein Scrapbook machen willst.«

Lu Xin musste Luce für eine Verrückte halten, so wie sie hier hereinplatzte, bekleidet mit einer versengten Tierhaut und einer Kette aus Knochen, das Haar zerzaust. Wann hatte sie das letzte Mal in einen Spiegel geschaut? Ein Bad genommen? Außerdem redete sie mit einem unsichtbaren Gargoyle.

Aber andererseits stand Lu Xin Wache über einem Toten und warf Luce einen Lass-mich-bloß-in-Ruhe-Blick zu, daher wirkte sie selbst ein bisschen verrückt.

Oh Mann. Luce hatte das Jademesser mit den Türkisen im Griff nicht bemerkt, ebenso wenig die kleine Blutlache in der Mitte des Marmorbodens.

»Was soll ich ...«, begann sie Bill zu fragen.

»Du da.« Lu Xins Stimme war erstaunlich laut. »Hilf mir, seinen Leichnam zu verstecken.«

318

Der Tote hatte weiße Schläfen. Unter seinen kostbaren Roben und bestickten Mänteln war er schlank und muskulös. Luce schätzte ihn auf etwa sechzig Jahre.

»Ich – ähm, ich glaube wirklich nicht ...«

»Sobald sie erfahren, dass der König tot ist, werden wir beide ebenfalls tot sein.«

»Was?«, fragte Luce. »Ich?«

»Du, ich, die meisten Menschen innerhalb dieser Mauern. Wo sollen sie sonst tausend Opferleiber finden, die mit dem Despoten begraben werden müssen?« Das Mädchen wischte sich mit schlanken, jadeberingten Fingern die Wangen trocken. »Hilfst du mir nun oder nicht?«

Auf die Bitte des Mädchens hin nahm Luce die Beine des Königs. Lu Xin machte sich bereit, ihn unter den Armen anzuheben. »Der König«, sagte Luce, und die alte Shang-Sprache kam ihr so flüssig über die Lippen, als habe sie sie schon immer gesprochen. »War er ...«

»Es ist nicht so, wie es scheint.« Lu Xin ächzte unter dem Gewicht des Leichnams. Der König war schwerer, als er aussah. »Ich habe ihn nicht getötet. Zumindest nicht« – sie hielt inne – »körperlich. Er war schon tot, als ich in den Raum kam.« Sie schniefte. »Er hat sich selbst einen Dolch ins Herz gestoßen. Ich habe immer gesagt, er habe gar kein Herz, aber hat mir das Gegenteil bewiesen.«

Luce betrachtete das Gesicht des Mannes. Eins seiner Augen stand offen. Sein Mund war verzerrt. Er sah so aus, als habe er diese Welt unter Qualen verlassen. »War er dein Vater?«

Inzwischen hatten sie den riesigen Jadeschrank erreicht. Lu Xin drückte die Tür mit der Hüfte auf, machte einen Schritt rückwärts und warf den Oberkörper des Königs hinein.

»Er sollte mein Gemahl werden«, antwortete sie kalt. »Und ein schrecklicher noch dazu. Die Vorfahren haben unserer Heirat zugestimmt, aber ich nicht. Reiche, mächtige ältere Männer sind nichts, wofür man dankbar sein muss, wenn man Romantik liebt.« Sie musterte Luce, die die Füße des Königs langsam auf den Boden des Kleiderschranks herabließ. »Von welchem Teil der Ebenen kommst du, dass die Nachricht vom Verlöbnis des Königs dich nicht erreicht hat?« Lu Xin hatte Luce' Maya-Kleidung bemerkt. Sie zupfte an dem Saum des kurzen braunen Rockes. »Haben sie dich eingestellt, um bei unserer Hochzeit aufzutreten? Bist du eine Art Tänzerin? Ein Clown?«

»Nicht direkt.« Luce merkte, dass sie rot wurde, als sie sich den Rock tiefer über die Hüften zog. »Hör mal, wir können seine Leiche nicht einfach hierlassen. Irgendjemand wird es herausfinden. Ich meine, er ist schließlich der König. Und alles ist voller Blut.«

Lu Xin griff in den Drachenschrank und holte eine dunkelrote Seidenrobe hervor. Dann ließ sie sich auf die Knie fallen und riss einen großen Streifen Stoff ab. Es war ein schönes, weiches Seidengewand, mit kleinen schwarzen Blüten, die um den Halsausschnitt gestickt waren. Aber Lu Xin zögerte nicht, damit das Blut vom Boden aufzuwischen. Sie riss eine zweite blaue Robe aus dem Schrank und warf sie Luce zu, damit sie ihr beim Aufwischen half.

»In Ordnung«, sagte Luce. »Da ist aber immer noch dieses Messer.« Sie zeigte auf den glänzenden Jadedolch, der bis zum Heft mit dem Blut des Königs verschmiert war.

Lu Xin ließ das Messer blitzschnell in einer Falte ihrer Robe verschwinden. Sie schaute zu Luce auf, als wolle sie sagen: *Sonst noch was?*

»Was ist das dort drüben?« Luce zeigte auf etwas, das wie der obere Teil eines kleinen Schildkrötenpanzers aussah. Sie hatte es aus der Hand des Königs fallen sehen, als sie seinen Leichnam durch den Raum getragen hatten.

Lu Xin warf den klatschnassen, blutbefleckten Lumpen weg und nahm den Panzer in ihre Hände. »Der Orakelknochen«, sagte sie leise. »Wichtiger als jeder König.«

»Was ist das?«

»Er birgt die Antworten des Herrn des Himmels.«

Luce trat näher und kniete sich hin, um den Gegenstand zu betrachten, der eine solche Wirkung auf das Mädchen hatte. Der Orakelknochen war nichts weiter als ein Schildkrötenpanzer, aber er war poliert und makellos. Als Luce sich weiter vorbeugte, sah sie, dass jemand etwas mit weichen schwarzen Strichen auf die glatte Unterseite des Panzers geschrieben hatte:

Ist Lu Xin mir treu oder liebt sie einen anderen?

Frische Tränen stiegen in Lu Xins Augen auf, und die kühle Entschlossenheit, die sie Luce gegenüber an den Tag gelegt hatte, bekam einen Riss. »Er hat die Ahnen befragt«, flüsterte sie und schloss die Augen. »Sie müssen ihm von meinem Verrat erzählt haben. Ich – ich konnte nicht anders.«

Daniel. Sie musste von Daniel sprechen. Eine geheime Liebe, die sie vor dem König verborgen hatte. Aber sie hatte sie nicht gut genug verbergen können.

Luce verspürte tiefes Mitgefühl mit Lu Xin. Sie wusste mit jeder Faser ihrer Seele, wie das Mädchen sich fühlte. Sie teilten eine Liebe, die ihnen kein König nehmen konnte, eine Liebe, die niemand auslöschen konnte. Eine Liebe, die machtvoller war als die Natur.

Sie nahm Lu Xin fest in den Arm.

Und spürte, wie sie den Boden unter den Füßen verlor.

Sie wollte es gar nicht tun! Aber ihr wurde bereits übel, ihr verschwamm alles vor den Augen, und sie sah sich selbst: fremd und wild und sich an ihre Vergangenheit klammernd, als ginge es um ihr Leben. Dann hörte der Raum auf, sich zu drehen. Luce war allein und hielt den Orakelknochen in der Hand. Es war getan. Sie war Lu Xin geworden.

»Kaum verschwinde ich mal für drei Minuten, machst du schon 3D«, sagte Bill eingeschnappt und war wieder da. »Kann ein Gargoyle nicht mal eine schöne Tasse Jasmintee genießen, ohne bei seiner Rückkehr feststellen zu müssen, dass seine Schutzbefohlene sich ihr eigenes Grab geschaufelt hat? Hast du überhaupt daran gedacht, was passiert, wenn die Wachen an diese Tür klopfen?«

Von der großen Bambustür im Hauptraum erklang ein scharfes Klopfen.

Luce zuckte zusammen.

Bill verschränkte die Arme vor der Brust. »Wenn man vom Teufel spricht«, bemerkte er. Dann rief er in einem hohen, affektierten Kreischen: »Oh, Bill! Hilf mir, Bill, was soll ich jetzt tun? Ich habe gar nicht daran gedacht, dir irgendwelche Fragen zu stellen, *bevor* ich mich in eine *sehr dumme Situation* gebracht habe, Bill!«

Aber Luce brauchte Bill gar keine Fragen zu stellen. In Lu Xins Kopf drang das Wissen in ihr Bewusstsein: Sie wusste, dass der Selbstmord eines beschissenen Königs nicht das einzige Ereignis dieses Tages sein würde Es würde noch etwas Größeres, Dunkleres, Blutigeres geschehen: ein gewaltiges Aufeinanderprallen von Armeen. Und wer da an die Tür klopfte, war der Rat des Königs, der darauf wartete, ihn in den Krieg zu geleiten. Er sollte die Truppen in die Schlacht führen.

Aber der König war tot und in einen Kleiderschrank gestopft. Und Luce war in Lu Xins Körper, eingesperrt in die privaten Gemächer des Königs. Würde man sie hier allein vorfinden ...

»König Shang.« Ein schweres Klopfen hallte durch den Raum. »Wir warten auf Eure Befehle.«

Luce stand vollkommen reglos da, wie erstarrt in Lu Xins Seidenrobe. Es gab keinen König Shang. Sein Selbstmord hatte der Dynastie den König geraubt, den Tempeln den Hohen Priester und der Armee den General – unmittelbar vor einer Schlacht, die der Erhaltung der Dynastie dienen sollte.

»Na, wenn das kein ungünstiger Zeitpunkt für einen Königsmord ist«, ätzte Bill.

»Was mache ich jetzt?« Luce wirbelte wieder zu dem Drachenschrank herum und zuckte innerlich zusammen, als sie zum König hineinspähte. Sein Hals war unnatürlich verdreht, und das Blut auf seiner Brust war zu einer rostbraunen Kruste getrocknet. Lu Xin hatte den König gehasst, als er noch gelebt hatte. Luce wusste jetzt, dass die Tränen, die sie geweint hatte, keine Tränen der Traurigkeit gewesen waren, sondern der Furcht vor dem, was aus De, ihrem Geliebten, werden würde.

Bis vor drei Wochen hatte Lu Xin auf der Hirsefarm ihrer Familie an den Ufern des Flusses Huan gelebt. Als der König eines Nachmittags auf seinem glänzenden Streitwagen durch ihr Flusstal gekommen war, hatte er Lu Xin bei der Arbeit auf dem Feld gesehen. Sie gefiel ihm. Am nächsten Tag hatten zwei Soldaten vor ihrer Tür gestanden. Sie musste ihre Familie und ihr Zuhause verlassen. Sie musste De verlassen, den gut aussehenden jungen Fischer aus dem Nachbardorf.

Vor dem Ruf des Königs hatte der junge Fischer Lu Xin gezeigt, wie er mit seinen beiden zahmen Kormoranen fischt. Er band ihnen ein Seil gerade so fest um den Hals, dass sie mehrere Fische im Maul fangen, aber nicht hinunterschlucken konnten. Während Lu Xin zugesehen hatte, wie De die Fische behutsam aus den Tiefen der Schnäbel dieser komischen Vögel hervorholte, hatte sie sich in ihn verliebt. Doch schon am nächsten Morgen hatte sie ihm Lebewohl sagen müssen. Für immer.

Zumindest hatte sie das gedacht.

Es waren neunzehn Sonnenuntergänge verstrichen, seit Lu Xin ihn das letzte Mal gesehen hatte, sieben Sonnenuntergänge, seit sie von daheim eine Schriftrolle mit schlechten Nachrichten empfangen hatte: De und einige andere Jungen von den benachbarten Bauernhöfen waren davongelaufen, um sich der Rebellenarmee anzuschließen, und kaum war er fort, hatten die Männer des Königs das Dorf auf der Suche nach den Deserteuren geplündert.

Nun, da der König tot war, würden die Männer Shangs mit Lu Xin kein Erbarmen haben, und sie würde De niemals finden, würde nie wieder mit Daniel zusammen sein.

Es sei denn, der Rat des Königs erfuhr gar nicht, dass der König tot war.

Der Schrank war voll mit bunten, exotischen Gewändern, aber ein Gegenstand erregte ihre Aufmerksamkeit: ein großer, gewölbter Helm. Er war schwer und bestand größtenteils aus dicken Lederstreifen, die fest zusammengenäht waren. Die Stirn zierte eine glatte Bronzeplatte mit einem kunstvollen feuerspeienden Drachen, der in das Metall eingraviert worden war. Der Drache war das Tierkreiszeichen des Geburtsjahres des Königs.

Bill kam auf sie zugeschwebt. »Was machst du mit dem Helm des Königs?«

Luce setzte sich den Helm auf den Kopf und schob ihr schwarzes Haar darunter. Dann öffnete sie die andere Seite des Kleiderschranks, nervös und aufgeregt über ihren Fund.

»Dasselbe, was ich mit der Rüstung des Königs machen werde«, erklärte sie und wuchtete einen Armvoll schwerer Teile aus dem Schrank. Sie zog eine weite Lederhose an, eine dicke Ledertunika, ein Paar Kettenhandschuhe, Lederschuhe, die sicher zu groß waren, aber sie musste sich mit ihnen begnügen, und einen Brustpanzer, der aus überlappenden Bronzeplatten bestand. Auf die Vorderseite der Tunika war der gleiche schwarze feuerspeiende Drache wie auf dem Helm aufgestickt. Es war kaum zu glauben, dass man unter dem Gewicht dieser Kleidung noch kämpfen konnte, aber Lu Xin wusste, dass der König selbst nicht kämpfte – er leitete die Schlacht vom Sitz in seinem Streitwagen aus.

»Das ist jetzt nicht die Zeit, um Verkleiden zu spielen!« Bill stach mit einer Klaue nach ihr. »So kannst du nicht rausgehen.«

»Wieso nicht? Es passt doch. Fast.« Sie legte den Hosenbund um, sodass sie den Gürtel ganz eng schnallen konnte.

Neben dem Wasserbecken fand sie einen schlichten Spiegel aus poliertem Blech in einem Bambusrahmen. Sie sah im Spiegelbild, dass Lu Xins Gesicht durch die dicke Bronzeplatte des Helms verborgen wurde. Unter der Lederrüstung wirkte ihr Körper stark und massig.

Luce ging aus dem Ankleideraum zurück ins Schlafzimmer.

»Warte!«, rief Bill. »Was wirst du ihnen bezüglich des Königs sagen?«

Luce drehte sich zu Bill um und hob den schweren Lederhelm an, sodass er ihre Augen sehen konnte. »*Ich* bin jetzt der König.«

Bill blinzelte und konterte ausnahmsweise einmal nicht schlagfertig.

Eine neue Kraft durchströmte Luce. Ihr wurde klar, dass sich als Anführer der Armee zu verkleiden genau das war, was Lu Xin getan hätte. Als gemeiner Soldat würde De natürlich in dieser Schlacht an vorderster Front kämpfen. Und sie würde ihn finden.

Wieder hämmerte jemand gegen die Tür. »König Shang, die Armee von Zhou rückt vor. Wir müssen dringend um Euer Erscheinen bitten!«

»Ich glaube, da spricht jemand mit Euch, *König Shang*.« Bills Stimme hatte sich verändert. Sie war tief und rau und hallte so stark durch den Raum, das Luce zusammenzuckte, aber sie drehte sich nicht zu ihm um. Sie entriegelte die dicke Bambustür und zog an dem schweren Bronzegriff.

Drei Männer in prächtigen rotgelben Kampfroben begrüßten sie ängstlich. Luce erkannte die drei engsten Ratgeber des Königs sofort: Hu mit den winzigen Zähnen und den schmalen gelben Augen. Cui, der Größte, mit breiten Schultern und weit auseinanderliegenden Augen. Huang, das jüngste und freundlichste Mitglied des Rates.

»Der König ist bereits für den Krieg gekleidet«, sagte Huang und spähte fragend an Luce vorbei in den leeren Raum. »Der König sieht ... verändert aus.«

Luce erstarrte. Was sollte sie sagen? Sie hatte die Stimme des toten Königs nie gehört und ihre Imitationen von anderen Leuten waren mehr als lausig.

»Ja.« Hu stimmte Huang zu. »Gut ausgeruht.«

Nach einem tiefen, erleichterten Seufzer nickte Luce steif und achtete darauf, dass ihr dabei der Helm nicht vom Kopf flog.

Die drei Männer bedeuteten dem König – Luce –, den Marmorflur hinabzuschreiten. Sie ging zwischen Huang und Hu, die leise etwas über den traurigen Zustand der Moral der Soldaten murmelten. Cui war dicht hinter Luce, was ihr Unbehagen bereitete.

Der Palast schien kein Ende zu nehmen – hohe Giebeldecken, allesamt glänzend weiß, die gleichen Statuen aus Jade und Onyx an jeder Ecke, die gleichen Spiegel mit Bambusrahmen an jeder Wand. Als sie endlich die letzte Türschwelle überschritten und in den grauen Morgen hinaustraten, entdeckte Luce in der Ferne den Streitwagen aus rotem Holz, und die Knie gaben beinahe unter ihr nach.

Sie musste Daniel in diesem Leben finden, aber sie hatte furchtbare Angst davor, in eine Schlacht zu ziehen.

Beim Streitwagen angekommen, verbeugten sich die Mitglieder des königlichen Rates und küssten ihren Kettenhandschuh. Sie war dankbar für die gepanzerten Handschuhe, zog die Hand aber dennoch schnell zurück, aus Angst, ihr Griff könne sie verraten. Huang überreichte ihr einen langen Speer mit einem Holzschaft und einem gebogenen Haken eine Handbreit unter der Speerspitze. »Eure Hellebarde, Majestät.«

Sie hätte das schwere Ding beinahe fallen lassen.

»Sie werden Euch zu dem Aussichtspunkt oberhalb der Frontlinien bringen«, erklärte er. »Wir werden Euch folgen und Euch dort mit der Kavallerie treffen.«

Luce drehte sich zu dem Streitwagen um. Es war im Grunde ein Holzrahmen auf einer langen Achse, die zwei große Räder miteinander verband, und gezogen wurde das Ganze von zwei gewaltigen schwarzen Pferden. Der Wagen bestand aus glänzendem rot lackiertem Holz und bot Platz für etwa drei Personen, die darin sitzen oder stehen konnten. Ein ledernes Sonnendach und Vorhänge ließen sich während der Schlacht entfernen, aber für den Moment hingen sie herab und boten dem Passagier einen gewissen Schutz vor neugierigen Blicken.

Luce kletterte hinauf, schob die Vorhänge zur Seite und setzte sich. Der Platz war mit Tigerfellen gepolstert. Ein Fahrer mit einem dünnen Schnurrbart ergriff die Zügel und ein anderer Soldat mit hängenden Augenlidern und einer Streitaxt kletterte hinauf und stellte sich neben ihn. Beim Knall einer Peitsche galoppierten die Pferde los, und Luce spürte, wie sich unter ihr die Räder zu drehen begannen.

Als sie durch die hohen, schmucklosen Tore des Palastes rollten, fielen Sonnenstrahlen durch Nebelschwaden auf weite grüne Felder im Westen. Das Land war wunderschön, aber Luce war zu nervös, um den Anblick zu genießen.

»Bill«, flüsterte sie. »Ich brauche Hilfe.«

Keine Antwort.

»*Bill?*«

Sie spähte durch die Vorhänge, aber damit erregte sie nur die Aufmerksamkeit des Soldaten mit den schweren Lidern, der während der Fahrt der Leibwächter des Königs sein sollte. »Eure Majestät, bitte, ich muss darauf bestehen,

denkt an Eure Sicherheit.« Er bedeutete Luce, sich zurückzuziehen.

Luce stöhnte und lehnte sich in den gepolsterten Sitz
des Streitwagens zurück. Sie mussten die gepflasterten Straßen der Stadt verlassen haben, denn die Fahrt wurde unglaublich holprig. Luce wurde gegen den Sitz geschleudert
und fühlte sich wie auf einer hölzernen Achterbahn. Sie
klammerte sich an das Tigerfell.

Bill hatte nicht gewollt, dass sie das tat. Wollte er ihr
eine Lektion erteilen, indem er gerade jetzt verschwand, wo
sie seine Hilfe am nötigsten brauchte?

Ihre Knie stießen bei jedem Rumpeln zusammen. Sie
hatte nicht die geringste Ahnung, wie sie De finden sollte.
Wenn die Wachen des Königs ihr nicht einmal einen Blick
durch den Vorhang gewährten, wie sollte sie dann erst zur
Front gelangen?

Aber andererseits:

Früher einmal, vor Tausenden von Jahren, hatte ihr vergangenes Ich alleine in diesem Streitwagen gesessen, ver-
kleidet als der verstorbene König. Luce konnte es spüren –
selbst wenn sie nicht mit ihrem früheren Körper verschmolzen wäre, hätte Lu Xin jetzt in diesem Moment auch hier
gesessen.

Ohne die Hilfe eines sonderbaren, störrischen Gargoyles.
Und, wichtiger noch, ohne das ganze Wissen, das Luce bisher auf ihrer Suche gewonnen hatte. Sie hatte Daniel in all
seiner Herrlichkeit in Chichén Itzá gesehen. Sie war in
London Zeuge der Abgründe seines Fluches geworden und
hatte ihn endlich verstanden. Sie hatte gesehen, wie er vom
Selbstmörder in Tibet zu ihrem Retter in Versailles geworden war, der sie vor einem erbärmlichen Leben bewahrte.

Sie hatte zugesehen, wie er in Preußen durch den Schmerz über ihren Tod geschlafen hatte, als stünde er unter einem Bann. Sie hatte gesehen, dass er sich in sie verliebte, selbst als sie in Helston so patzig und unreif gewesen war. Sie hatte die Narben seiner Flügel in Mailand berührt und verstanden, wie viel er im Himmel nur für sie aufgegeben hatte. Sie hatte den gequälten Ausdruck in seinen Augen gesehen, als er sie in Moskau verloren hatte, wieder und immer wieder das gleiche Leid.

Luce war es ihm schuldig, einen Weg zu finden, um diesen Fluch zu brechen.

Der Streitwagen kam mit einem Ruck zum Stehen und Luce wurde fast von ihrem Sitz geschleudert. Sie hörte das donnernde Schlagen von Pferdehufen – was seltsam war, denn der Streitwagen des Königs stand still.

Dort draußen war noch jemand.

Luce vernahm ein Klirren von Metall und ein langes, schmerzerfülltes Ächzen. Der Streitwagen erhielt einen heftigen Stoß. Etwas Schweres fiel mit einem dumpfen Laut zu Boden.

Nochmals hörte sie ein Klirren, ein Ächzen, einen scharfen Schrei und einen weiteren dumpfen Aufprall auf dem Boden. Mit zitternden Händen teilte Luce die Ledervorhänge einen winzigen Spaltbreit und sah den Soldaten mit den hängenden Augenlidern in einer Blutlache auf dem Boden liegen.

Der Streitwagen des Königs war in einen Hinterhalt geraten.

Die Vorhänge vor ihr wurden von einem der Rebellen auseinandergerissen. Der fremde Kämpfer hob sein Schwert.

Luce konnte sich nicht bremsen: Sie schrie.

Das Schwert stockte in der Luft – und dann wurde Luce von einem Gefühl der Wärme überflutet, es durchströmte ihre Adern, beruhigte ihre Nerven und ließ ihr Herz wieder langsamer schlagen.

Der Kämpfer auf dem Streitwagen war De.

Sein Lederhelm bedeckte sein schwarzes schulterlanges Haar, ließ sein Gesicht aber wunderbarerweise frei. Seine violetten Augen stachen von seiner olivfarbenen Haut ab. Er wirkte verblüfft und zuversichtlich zugleich. Sein Schwert war gezückt, aber er hielt es, als spüre er, dass er nicht angreifen sollte. Schnell hob Luce ihren Helm vom Kopf und warf ihn auf den Sitz.

Ihr dunkles Haar wallte herab, die Haare fielen bis unter ihren bronzenen Brustpanzer. Dann konnte sie nur noch verschwommen sehen, da ihre Augen sich mit Tränen füllten.

»Lu Xin?« De nahm sie in die Arme. Ihre Nasen berührten sich sanft und sie lehnte ihre Wange an seine und fühlte sich warm und geborgen. Sie hob den Kopf und küsste den schönen Schwung seiner Lippen. Er reagierte hungrig auf ihren Kuss, und Luce sog jeden wunderbaren Augenblick in sich auf, spürte das Gewicht seines Körpers und verwünschte die schwere Rüstung zwischen ihnen.

»Du bist die Letzte, die ich hier erwartet habe«, sagte De leise.

»Ich könnte das Gleiche von dir sagen«, erwiderte sie. »Was machst du hier?«

»Als ich mich den Rebellen von Zhou angeschlossen habe, habe ich geschworen, den König zu töten und dich zurückzuholen.«

»Der König ist ... oh, das spielt alles keine Rolle mehr«,

flüsterte Luce, küsste seine Wangen und seine Lider und umfasste seinen Nacken.

»Nichts spielt eine Rolle«, bekräftigte De. »Nur dass ich mit dir zusammen bin.«

Luce dachte an sein leuchtendes Glühen in Chichén Itzá. Ihn in diesem anderen Leben zu sehen, an Orten und zu Zeiten, die so weit von daheim entfernt waren – jedes einzelne davon bestätigte nur, wie sehr sie ihn liebte. Das Band zwischen ihnen war unzerstörbar –, so, wie sie einander ansahen, wie einer die Gedanken des anderen lesen konnte, wie einer dem anderen das Gefühl gab, vollkommen zu sein, konnte es daran keinen Zweifel geben.

Aber wie konnte sie den Fluch vergessen, unter dem sie seit einer Ewigkeit litten? Und die Mission, auf der sie war, um diesen Fluch zu brechen? Sie war zu weit gekommen, um zu vergessen, dass es noch immer Hindernisse zu überwinden galt, bevor sie wirklich mit Daniel zusammen sein konnte.

Bisher hatte sie jedes Leben etwas gelehrt. Dieses Leben barg sicher seinen eigenen Schlüssel. Wenn sie nur gewusst hätte, wonach sie suchen sollte.

»Wir haben die Nachricht erhalten, dass der König hier eintreffen würde, um die Truppen dort unten zu führen«, erklärte De. »Die Rebellen hatten geplant, die Kavallerie des Königs in einen Hinterhalt zu locken.«

»Sie sind unterwegs«, erwiderte Luce und erinnerte sich an Huangs Anweisungen. »Sie werden jeden Moment hier sein.«

Daniel nickte. »Und wenn sie hier ankommen, werden die Rebellen von mir erwarten, dass ich kämpfe.«

Luce zuckte zusammen. Sie war bereits zweimal mit

Daniel zusammen gewesen, als er sich für die Schlacht rüstete, und beide Male hatte es zu etwas geführt, das sie nie wieder sehen wollte. »Was soll ich tun, während du ...«

»Ich werde nicht kämpfen, Lu Xin.«

»Was?«

»Dies ist nicht unser Krieg. Das war er nie. Wir können bleiben und anderer Leute Schlachten schlagen, oder wir können das tun, was wir *immer* getan haben und uns füreinander entscheiden und gegen alles andere. Verstehst du, was ich meine?«

»Ja«, flüsterte sie. Lu Xin verstand die tiefere Bedeutung von Des Worten nicht, aber Luce war sich fast sicher, dass sie es begriff – dass Daniel sie liebte, dass sie ihn liebte und dass sie sich dafür entschieden, zusammen zu sein.

»Sie werden uns nicht so ohne Weiteres gehen lassen. Die Rebellen werden mich wegen Fahnenflucht töten.« Er setzte ihr den Helm wieder auf den Kopf. »Du wirst ebenfalls kämpfen müssen, um hier wegzukommen.«

»Was?«, flüsterte sie. »Ich kann nicht kämpfen. Ich kann dieses Ding kaum heben« – sie deutete auf die Hellebarde. »Ich kann nicht ...«

»Doch«, unterbrach er sie und vermittelte ihr mit diesem einen Wort eine tiefe Bedeutung. »Du kannst.«

Der Wagen füllte sich mit Licht. Für einen Moment dachte Luce, dies sei der Moment, in dem ihre Welt in Flammen aufgehen würde, in dem Lu Xin sterben würde, in dem ihre Seele in die Dunkelheit verbannt werden würde.

Doch das geschah nicht. Das Leuchten kam aus Des Brust. Es war das Leuchten von Daniels Seele. Es war nicht so stark oder so strahlend, wie es bei dem Maya-Opfer gewesen war, aber es war genauso atemberaubend. Es erinnerte

Luce an das Leuchten ihrer eigenen Seele, als sie Lu Xin das erste Mal gesehen hatte. Vielleicht lernte sie, die Welt wirklich so zu *sehen*, wie sie war. Vielleicht verblassten schließlich doch ihre Illusionen.

»In Ordnung«, sagte sie und stopfte sich ihr langes Haar wieder unter den Helm. »Gehen wir.«

Sie teilten die Vorhänge. Vor ihnen wartete ein berittener Rebellentrupp von zwanzig Mann am Rande des Hügels etwa fünfzehn Meter vor der Stelle, wo der Streitwagen des Königs überfallen worden war. Sie hatten schlichte Bauernkleidung an, braune Hosen und grobe, schmutzige Hemden. Ihre Schilde trugen das Zeichen der Ratte, das Symbol der Armee von Zhou. Alle Augen waren erwartungsvoll auf De gerichtet. Sie wollten Befehle.

Aus dem Tal unter ihnen kam der donnernde Hufschlag von Hunderten von Pferden. Luce wurde bewusst, dass die ganze Armee von Shang dort unten war und nach Blut dürstete. Sie hörte einen alten Schlachtgesang, den Lu Xin kannte, seit sie sprechen konnte.

Und Luce wusste, dass irgendwo hinter ihnen Huang und der Rest der Soldaten des Königs auf dem Weg zu dem Treffen am Aussichtspunkt waren, oder zumindest dachten sie das. Sie ritten in ein Blutbad, in einen Hinterhalt, und Luce und Daniel mussten von hier verschwinden, ehe sie eintrafen.

»Reite mir nach«, murmelte De. »Wir reiten in Richtung der Hügel im Westen, so weit von dieser Schlacht fort, wie unsere Pferde uns tragen können.«

Er machte eins der Pferde vom Streitwagen los und führte es zu Luce. Es war ein schönes Tier, kohlschwarz mit einem rautenförmigen weißen Fleck auf der Brust. De half

Luce hinauf und hielt in einer Hand die Hellebarde des Königs hoch und in der anderen eine Armbrust. Luce hatte noch nie im Leben eine Armbrust berührt, geschweige denn abgefeuert, und Lu Xin hatte nur einmal eine benutzt, um einen Luchs von der Wiege ihrer kleinen Schwester zu vertreiben. Aber die Waffe fühlte sich leicht an in Luce' Händen, und sie wusste, dass sie sie abfeuern konnte, wenn es hart auf hart kam.

De lächelte über ihre Entscheidung und pfiff nach seinem Pferd. Eine schöne gestromte Stute kam herbeigetrabt. Er sprang auf ihren Rücken.

»De! Was machst du da?«, rief eine erschrockene Stimme aus der Reihe der Rebellen. »Du wolltest den König töten! Und ihn nicht auf eins unserer Pferde setzen!«

»Ja! Töte den König!«, rief ein Chor wütender Stimmen.

»Der König ist tot!«, erklärte Luce mit lauter Stimme und brachte die Soldaten zum Schweigen. Die Frauenstimme hinter dem Helm verschlug ihnen allen den Atem. Sie standen da wie erstarrt, unsicher, ob sie ihre Waffen erheben sollten.

De lenkte sein Pferd dicht an das von Luce heran. Er nahm ihre Hände in seine. Sie waren wärmer und stärker und beruhigender als alles, was sie je gespürt hatte.

»Was immer geschieht, ich liebe dich. Unsere Liebe bedeutet mir alles.«

»Mir auch«, flüsterte Luce zurück.

De stieß einen Schlachtruf aus und ihre Pferde setzten sich in halsbrecherischem Tempo in Bewegung. Luce hätte beinahe die Armbrust verloren, als sie sich nach vorn warf, um die Zügel zu ergreifen.

Dann begannen die Rebellensoldaten zu rufen: »Verräter!«

»Lu Xin!« Des Stimme erhob sich über den spitzesten Schrei, den schwersten Pferdehuf. *Los!* Er hob den Arm und zeigte auf die Hügel.

Ihr Pferd galoppierte so schnell, dass Luce kaum noch etwas klar erkennen konnte. Die Welt rauschte in einem beängstigenden Tempo an ihr vorbei. Eine Gruppe von Rebellen nahm die Verfolgung auf und die Hufschläge ihrer Pferde waren so laut wie ein unaufhörliches Erdbeben.

Erst als ein Rebell mit seiner Hellebarde auf Daniel losging, erinnerte sich Luce wieder an die Armbrust in ihren Händen. Jetzt hob sie die Waffe mühelos an, jedoch immer noch unsicher, wie sie sie benutzen musste. Sie wusste nur, dass sie jeden niedermetzeln würde, der versuchte, Daniel etwas zuleide zu tun.

Jetzt.

Sie schoss ihren Pfeil ab. Es erschreckte sie, als er den Rebellen traf und vom Pferd warf. Der Mann brach in einer Staubwolke zusammen. Voller Entsetzen warf sie über die Schulter einen Blick auf den Toten, aus dessen Brust der Pfeil ragte.

»Weiter!«, rief De.

Sie schluckte und ließ sich von ihrem Pferd führen. Irgendetwas ging mit ihr vor. Sie begann sich im Sattel leichter zu fühlen, als hätte die Schwerkraft plötzlich weniger Macht über sie, als würde sie von Des Glauben an sie vorwärtsgetrieben. Sie konnte es schaffen. Sie konnte mit ihm entkommen. Sie schob einen weiteren Bolzen in die Armbrust, schoss und schoss wieder. Sie zielte auf niemanden, außer zur Selbstverteidigung, aber es stürmten so viele Soldaten auf sie zu, dass ihr schon bald die Pfeile auszugehen drohten. Nur zwei waren noch übrig.

»De!«, rief sie.

Er war fast ganz aus dem Sattel gerutscht und schlug hart mit einer Axt auf einen von Shangs Soldaten ein. Seine Flügel waren nicht ausgestreckt, aber sie hätten es ebenso gut sein können – er schien leichter als Luft zu sein und schlug doch treffsicher zu. Daniel tötete seine Feinde schnell und schmerzlos. Sie waren sofort tot.

»De!«, rief Luce noch einmal lauter.

Beim Klang ihrer Stimme schoss sein Kopf hoch. Luce beugte sich über ihren Sattel und zeigte ihm ihren fast leeren Köcher. Er warf ihr ein Doppel-Haken-Schwert zu. Sie fing es am Griff auf. Es kam ihr seltsam natürlich vor, es zu halten. Dann erinnerte sie sich – der Fechtunterricht, den sie an der Shoreline belegt hatte. In ihrem allerersten Übungskampf hatte sie Lilith geschlagen, eine zimperliche, grausame Klassenkameradin, die ihr Leben lang gefochten hatte.

Das konnte sie bestimmt noch einmal schaffen.

In dem Moment sprang ein Krieger auf ihr Pferd. Das plötzliche Gewicht des Mannes ließ ihr Reittier stolpern, und Luce schrie auf, aber schon war seine Kehle aufgeschlitzt und sein Leichnam zu Boden gestoßen, und die Klinge ihres Schwertes glänzte von frischem Blut.

Eine heiße Welle schoss durch ihre Brust. Ihr ganzer Körper summte. Sie stürmte voran, trieb ihr Pferd zu voller Geschwindigkeit an, schneller und schneller, bis …

Alles wurde weiß.

Und dann plötzlich schwarz.

Bis schließlich alles in einem Feuerwerk leuchtender Farben aufflammte.

Luce hob die Hand gegen das blendende Licht, aber es

kam nicht von außen. Ihr Pferd galoppierte immer weiter. Sie hielt ihr Schwert noch immer in der Faust und rammte es nach links und rechts in Kehlen, in Brustkörbe. Noch immer fielen Feinde unter ihr.

Aber irgendwie war Luce nicht mehr ganz da. Visionen stürmten wild auf sie ein, Visionen, die Lu Xin gehört haben mussten – und dann waren da Visionen, die unmöglich Lu Xin gehört haben konnten.

Sie sah Daniel, wie er sich in seinen einfachen Bauernkleidern über sie beugte ... doch dann, einen Moment später, sah sie ihn mit nacktem Oberkörper und langem blondem Haar ... und plötzlich trug er den Helm eines Ritters und hob das Visier, um ihre Lippen zu küssen ... Aber bevor er es tat, verwandelte er sich in sein gegenwärtiges Ich, in den Daniel, den sie im Garten ihrer Eltern in Thunderbolt verlassen hatte, als sie ihren Gang durch die Zeit angetreten hatte.

Sie begriff, dass er der Daniel war, nach dem sie die ganze Zeit gesucht hatte. Sie streckte die Arme nach ihm aus, sie rief seinen Namen, doch dann verwandelte er sich wieder. Und wieder. Sie sah mehr Daniels, als sie je für möglich gehalten hätte, einer schöner als der andere. Sie schoben sich ineinander wie ein riesiges Akkordeon, wobei jedes Bild sich vor dem Licht des Himmels neigte und veränderte. Der Schnitt seiner Nase, die Linie seines Kiefers, der Ton seiner Haut, die Form seiner Lippen, alles wurde scharf und unscharf und wandelte beständig die Form. Alles veränderte sich, bis auf seine Augen.

Seine violetten Augen blieben immer gleich. Sie verfolgten sie, sie verbargen etwas Schreckliches, etwas, das sie nicht verstand. Etwas, das sie nicht verstehen wollte.

Angst?

In den Visionen war das Entsetzen in Daniels Augen so groß, dass Luce sich von der Schönheit dieser Augen abwenden wollte. Was konnte ein so mächtiges Wesen wie Daniel fürchten?

Es gab nur eins: Luce' Tod.

Sie erlebte eine Montage ihres Todes, immer und immer wieder durch die Zeit hindurch. So also hatten Daniels Augen in dem Moment ausgesehen, kurz bevor ihr Leben in Flammen aufgegangen war. Sie hatte diese Furcht schon früher bei ihm gesehen. Sie hasste sie, weil sie immer bedeutete, dass ihre Zeit um war. Sie sah diese Furcht jetzt in jedem einzelnen seiner Gesichter. Die Angst blitzte aus unendlichen Zeiten und Räumen auf. Plötzlich wusste sie, dass da noch mehr war:

Er hatte keine Angst *um* sie, hatte keine Angst, weil sie in die Dunkelheit eines weiteren Todes ging. Er befürchtete nicht, dass sie dabei Schmerzen erleiden könnte.

Daniel hatte Angst *vor* ihr.

»Lu Xin!«, erklang seine Stimme vom Schlachtfeld. Sie konnte ihn durch den Nebel von Visionen sehen. Er war das Einzige, was klar zu erkennen war – weil alles andere um sie herum in einem blendenden Weiß erleuchtet war. Auch *in* *ihr* war alles weiß. Wurde sie von ihrer Liebe zu Daniel verbrannt? War es ihre eigene Leidenschaft, nicht seine, die sie jedes Mal umbrachte?

»Nein!« Er streckte eine Hand nach ihr aus. Doch es war zu spät.

Ihr Kopf tat weh. Sie wollte die Augen nicht aufmachen.

Bill war wieder da, der Boden war kühl und Luce befand sich in einem willkommenen Schatten. Ein Wasserfall zersprühte irgendwo im Hintergrund und nieselte auf ihre heißen Wangen.

»Du hast dich da draußen doch ganz gut geschlagen«, bemerkte er.

»Kling nicht so enttäuscht«, erwiderte Luce. »Wie wär's, wenn du mir erklären würdest, wohin du verschwunden bist?«

»Geht nicht.« Bill saugte seine fetten Lippen ein, um zu zeigen, dass sie versiegelt seien.

»Warum nicht?«

»Was Persönliches.«

»Geht es um Daniel?«, fragte sie. »Er würde dich sehen können, nicht wahr? Und aus irgendeinem Grund möchtest du nicht, dass er erfährt, dass du mir hilfst.«

Bill schnaubte. »Bei meinen Angelegenheiten geht es nicht immer nur um *dich*, Luce. Ich habe noch andere Dinge am Laufen. Außerdem scheinst du in letzter Zeit ziemlich unabhängig zu sein. Vielleicht wird es Zeit, unser kleines Arrangement zu beenden und deine Stützräder abzumachen. Wofür zum Teufel brauchst du mich überhaupt noch?«

Luce war zu erschöpft, um auf ihn einzugehen, und zu benommen von dem, was sie gerade gesehen hatte. »Es ist hoffnungslos.«

Die ganze Wut wich aus Bill wie die Luft aus einem Ballon. »Wie meinst du das?«

»Wenn ich sterbe, dann nicht, weil Daniel etwas *tut*. Es ist etwas, das in mir geschieht. Vielleicht bringt seine Liebe es zum Vorschein, aber … es ist meine Schuld. Das muss ein

Teil des Fluches sein, ich habe bloß keine Ahnung, was es bedeutet. Ich weiß nur, dass ich kurz vor meinem Tod einen Ausdruck in seinen Augen gesehen habe – es ist immer der gleiche Ausdruck.«

Er legte den Kopf schräg. »Bis jetzt.«

»Ich mache ihn öfter unglücklich als glücklich«, sagte sie. »Wenn er mich noch nicht aufgegeben hat, dann sollte er es tun. Ich kann ihm das nicht länger antun.«

Sie vergrub den Kopf in den Händen.

»Luce?« Bill setzte sich auf ihr Knie. Da war die seltsame Zärtlichkeit, die er ihr bei ihrer ersten Begegnung entgegengebracht hatte. »Willst du, dass diese endlose Scharade aufhört? Um Daniels willen?«

Luce schaute auf und wischte sich die Augen. »Du meinst, damit er das nicht noch einmal durchmachen muss? Gibt es etwas, das ich tun kann?«

»Wenn du den Körper eines deiner früheren Ichs annimmst, gibt es in jedem Leben einen Moment, kurz bevor du stirbst, wo deine Seele und die beiden Körper – der vergangene und der gegenwärtige – sich voneinander trennen. Es geschieht nur für den Bruchteil eines Moments.«

Luce blinzelte. »Ich glaube, das habe ich gespürt. Passiert es in dem Moment, wenn ich begreife, dass ich sterben werde, kurz bevor ich tatsächlich sterbe?«

»Genau. Es hat etwas damit zu tun, wie deine Leben miteinander verbunden sind. In diesem Bruchteil eines Moments gibt es eine Möglichkeit, deine verfluchte Seele von deinem gegenwärtigen Körper zu trennen. So als würdest du deine Seele herausschneiden. Es würde tatsächlich dieses lästige Reinkarnationselement deines Fluches aufheben.«

»Aber ich dachte, ich sei bereits am Ende meines Rein-

karnationszyklus angelangt, sodass ich nicht mehr zurückkommen würde. Wegen der Taufgeschichte. Weil ich nie ...«

»Das spielt keine Rolle. Du musst trotzdem den Zyklus
zu Ende bringen. Sobald du in die Gegenwart zurückkehrst,
könntest du trotzdem jeden Moment sterben, wegen ...«

»Meiner Liebe zu Daniel.«

»Genau, etwas in der Art«, erwiderte Bill. »Ähem. Das
heißt, es sei denn, du brichst die Verbindung mit deiner
Vergangenheit.«

»Also würde ich mich von meiner Vergangenheit lösen,
und sie würde trotzdem so sterben wie immer ...«

»Und du würdest trotzdem so wie immer aus der Zeit
geschleudert werden, nur dass deine Seele zurückbleiben
und ebenfalls sterben würde. Und der Körper, in den du
zurückkehren würdest«, er pikste ihr in die Schulter –
»nämlich dieser hier –, würde frei sein, er wäre befreit von
dem Fluch, der seit Anbeginn der Zeit über dir hängt.«

»Kein Sterben mehr?«

»Nicht, solange du nicht von einem Hochhaus springst
oder zu einem Mörder ins Auto steigst oder eine Menge
Schlaftabletten nimmst oder ...«

»Ich versteh schon«, fiel sie ihm ins Wort. »Aber es wird
nicht so« – sie hatte Mühe, ihre Stimme unter Kontrolle zu
halten –, »es wird nicht so sein, dass Daniel mich küsst, und
ich ... oder ...«

»Nein. Daniel wird überhaupt nichts tun.« Bill sah sie
entschlossen an. »Du wirst dich nicht mehr zu ihm hingezogen fühlen. Du wirst über ihn hinwegkommen und neu
anfangen. Wahrscheinlich irgendeinen langweiligen Schatz
heiraten und zwölf Kinder kriegen.«

»Nein.«

»Du und Daniel, ihr wäret frei von dem Fluch, den du so verabscheust. *Frei.* Hörst du? Er könnte auch neu anfangen und glücklich sein. Willst du nicht, dass Daniel glücklich ist?«

»Aber Daniel und ich ...«

»Daniel und du, ihr wäret nichts. Es ist eine harte Realität, gut, schön. Aber denk doch mal darüber nach: Du müsstest ihm nicht länger *wehtun.* Werde erwachsen, Luce. Das Leben besteht nicht nur aus Teenager-Liebe.«

Luce öffnete den Mund, wollte aber nicht hören, wie ihre Stimme brach. Ein Leben ohne Daniel war unvorstellbar. Aber genauso unvorstellbar war es, in ihr gegenwärtiges Leben zurückzukehren und zu versuchen, mit Daniel zusammen zu sein, nur damit es sie endgültig tötete. Sie hatte sich solche Mühe gegeben, einen Weg zu finden, um diesen Fluch zu brechen, aber sie hatte immer noch keine Lösung gefunden. Vielleicht war das der Weg. Es klang jetzt erst einmal schrecklich, aber wenn sie in ihr Leben zurückkehrte und Daniel nicht einmal kannte, würde sie ihn auch nicht vermissen. Und er würde sie nicht vermissen. Vielleicht wäre das besser. Für sie beide.

Nein. Sie waren Seelengefährten. Und Daniel gab ihrem Leben viel mehr als nur seine Liebe. Arriane, Roland und Gabbe. Selbst Cam. Sie alle hatten ihr geholfen, viel über sich selbst zu lernen – was sie wollte, was sie nicht wollte, wie sie sich selbst behaupten konnte. Sie war erwachsen und ein besserer Mensch geworden. Ohne Daniel wäre sie nie auf die Shoreline gegangen, hätte niemals in Shelby und Miles wahre Freunde gefunden. Wäre sie überhaupt auf die Sword & Cross gegangen? Wo würde sie bloß sein? *Wer* würde sie sein?

Konnte sie eines Tages ohne ihn glücklich sein? Sich in jemand anderen verlieben? Sie konnte den Gedanken daran nicht ertragen. Ein Leben ohne Daniel klang düster und farblos – bis auf einen Lichtblick, zu dem Luce immer wieder zurückkehrte:

Was, wenn sie ihm nie wieder wehtun musste?

»Mal angenommen, ich möchte es doch in Erwägung ziehen.« Luce brachte kaum ein Flüstern zustande. »Nur um mal darüber nachzudenken. Wie funktioniert das überhaupt?«

Bill griff hinter sich und zog langsam etwas Langes und Silbernes aus einem winzigen schwarzen Gurt an seinem Rücken. Es war ihr bisher gar nicht aufgefallen. Er hielt einen matten silbernen Pfeil mit flacher Spitze in der Hand, den sie sofort erkannte.

Dann lächelte er. »Hast du schon mal einen Sternenpfeil gesehen?«

Achtzehn

Falsche Anweisungen

JERUSALEM, ISRAEL, 27. NISAN 2760

»Du bist also gar kein so schlechter Kerl?«, sagte Shelby zu Daniel.

Sie saßen am grünen Ufer des alten Flussbettes in Jerusalem und blickten zum Horizont, wo sich soeben die zwei gefallenen Engel voneinander getrennt hatten. Ein winziger Hauch eines goldgefärbten Lichtes hing am Himmel, wo Cam soeben entlanggeflogen war, und die Luft begann ein wenig nach faulen Eiern zu riechen.

»Natürlich nicht.« Daniel tauchte die Hand in das kühle Wasser. Seine Flügel und seine Seele fühlten sich immer noch heiß an, nachdem er zugesehen hatte, wie Cam seine Entscheidung getroffen hatte. Wie einfach sie für ihn gewesen zu sein schien. Wie leicht und wie schnell.

Und alles wegen eines gebrochenen Herzens.

»Es ist nur so, dass Luce völlig fertig war, als sie herausfand, dass du mit Cam diesen Waffenstillstand geschlossen hast. Keiner von uns konnte es verstehen.« Shelby sah Miles an, damit er es bestätigte. »Stimmt's?«

»Wir dachten, dass du ihr etwas verheimlichst.« Miles nestelte an seiner Baseballkappe. »Wir wissen von Cam nur, dass er angeblich durch und durch böse ist.«

Shelby machte Krallen mit ihren Fingern. »Mit *Zisch!* Und *Knurr!* und so was in der Art.«

»Es gibt nur wenige Seelen, die durch und durch gut oder böse sind«, bemerkte Daniel, »egal ob im Himmel, in der Hölle oder auf Erden.« Er wandte sich ab und schaute hoch zum Himmel im Osten, auf der Suche nach einem An-flug von Silberstaub, den Daniel hinterlassen haben könnte, als er seine Flügel entfaltete und davonflog. Doch da war nichts.

»Tut mir leid«, sagte Shelby, »aber es ist echt merkwür-dig, sich euch als Brüder vorzustellen.«

»Wir waren einmal alle eine Familie.«

»Ja, gut, aber vor einer *Ewigkeit.*«

»Du denkst, nur weil etwas einige Tausend Jahre lang besteht, dass es für alle Ewigkeit so bleiben wird.« Daniel schüttelte den Kopf. »Alles fließt. Ich war mit Cam zu An-beginn der Zeit zusammen und ich werde ihm in der End-zeit beistehen.«

Shelby zog ungläubig die Augenbrauen hoch. »Du denkst, dass Cam noch mal die Seite wechseln wird? Dass er die helle Seite wiedersieht?«

Daniel machte Anstalten aufzustehen. »Nichts bleibt, wie es ist.«

»Was ist mit deiner Liebe zu Luce?«, fragte Miles.

Daniel hielt in der Bewegung inne. »Die verändert sich auch. Luce wird nach dieser Erfahrung anders sein. Ich hoffe nur...« Er schaute auf Miles hinab, der noch immer am Ufer saß, und Daniel wurde klar, dass er Miles nicht hasste. Auf ihre leichtsinnige, idiotische Art und Weise hat-ten die Nephilim versucht zu helfen.

Zum ersten Mal konnte Daniel wahrheitsgemäß sagen,

dass er keine Hilfe mehr brauchte, er hatte von jedem seiner früheren Ichs stets alle Hilfe bekommen, die er benötigt hatte. Jetzt war er endlich bereit, Luce einzuholen.

Warum stand er dann noch hier?

»Es wird Zeit, dass ihr zwei nach Hause geht«, erklärte er und half erst Shelby, dann Miles auf die Füße.

»Nein«, widersprach Shelby und nahm die Hand von Miles. Er drückte ihre Hand. »Wir haben einen Pakt geschlossen. Wir gehen nicht eher zurück, bis wir wissen, dass sie ... «

»Es wird nicht lange dauern«, unterbrach Daniel sie. »Ich denke, ich weiß, wo ich sie finden kann, und dorthin könnt ihr beide nicht mit.«

»Komm schon, Shel.« Miles löste bereits den Schatten ab, den der Olivenbaum am Flussufer warf. Der Schatten sammelte sich in seinen Händen, wirbelte darin herum und sah für einen Moment unhandlich aus, wie Ton, der von der Töpferscheibe zu fliegen droht. Aber dann bändigte Miles den Schatten und zog ihn zu einem beeindruckend großen schwarzen Portal auseinander. Er drückte den Verkünder sachte auf und bedeutete Shelby, als Erste hindurchzutreten.

»Du hast den Bogen langsam raus.« Daniel hatte seinen eigenen zitternden Verkünder aus dem Schatten seines Körpers beschworen.

Da die Nephilim nicht aufgrund ihrer eigenen früheren Erfahrungen hier waren, würden sie von Verkünder zu Verkünder springen müssen, um in ihre Zeit zurückzukehren. Das würde schwierig werden, und Daniel beneidete sie nicht um ihre Reise, aber er beneidete sie dennoch, weil sie nach Hause gingen.

»Daniel.« Shelby streckte den Kopf aus dem Verkünder. Durch die Schatten sah ihr Körper verzerrt und dunkel aus. »Viel Glück.«

Sie und Miles winkten, dann traten die beiden in den Verkünder. Der Schatten zog sich immer mehr zusammen, bis er zu einem Punkt geschrumpft war und verschwand.

Daniel sah es nicht. Er war bereits fort.

Kalter Wind nagte an ihm.

Er rannte durch den Verkünder, schneller, als er je zuvor gereist war. Er hätte nie gedacht, dass er diesen Ort und diese Zeit je wiedersehen würde.

»He«, rief eine Stimme. Sie war heiser und schroff und der Sprecher schien direkt neben Daniel zu sein. »Immer schön langsam, ja?«

Daniel wich vor der Stimme zurück. »Wer bist du?«, rief er in die unsichtbare Dunkelheit. »Gib dich zu erkennen.«

Als nichts vor ihm erschien, entfaltete Daniel seine gewellten weißen Flügel – um den Eindringling in seinem Verkünder zur Rede zu stellen, und auch, um sein Tempo zu drosseln. Seine Flügel erhellten den Verkünder mit ihrem Schein, und Daniel spürte, wie seine Anspannung ein wenig nachließ.

Voll ausgestreckt nahmen seine Flügel die ganze Breite des Tunnels ein. Die empfindlichste Stelle waren die schmalen Spitzen; als sie über die feuchten Wände des Verkünders strichen, überkam Daniel ein unbehagliches, klaustrophobisches Gefühl.

Vor sich in der Dunkelheit konnte er allmählich eine Gestalt erkennen.

Zuerst die Flügel: klein und hauchdünn. Dann dunkelten die Farben des Körpers gerade so viel nach, dass Daniel sehen konnte, dass er den Verkünder mit einem kleinen, bleichen Engel teilte. Daniel kannte ihn nicht. Die Züge des Engels waren sanft und unschuldig wie die eines Babys. Bei jedem Schlag von Daniels Flügeln wehte ihm in dem engen Tunnel das feine blonde Haar über die silbrigen Augen. Er sah so jung aus, aber er war natürlich genauso alt wie Daniel und die anderen Engel.

»Wer bist du?«, fragte Daniel wieder. »Wie bist du hier hereingekommen? Gehörst du zur Waage?«

»Ja.« Trotz seines unschuldigen, kindlichen Äußeren war die Stimme des Engels tief und heiser. Er griff kurz hinter sich, und Daniel dachte, dass er vielleicht etwas hinter dem Rücken verbarg – vielleicht eines der Geräte zum Fallenstellen, denen sich seine Art bediente –, aber der Engel drehte sich einfach um und entblößte die Narbe in seinem Nacken. Das siebenzackige goldene Zeichen der Waage. »Ich gehöre zur Waage.« Er hatte eine tiefe, raue Stimme. »Ich möchte mit dir sprechen.«

Daniel knirschte mit den Zähnen. Die Waage musste gewusst haben, dass er für ihre Mitglieder und ihre lästigen Pflichten keinerlei Achtung hegte. Aber es spielte keine Rolle, wie sehr er ihr Gehabe verabscheute und dass sie stets versuchten, die gefallenen Engel auf eine Seite zu drängen: Er musste trotzdem ihren Bitten nachkommen. Irgendetwas schien seltsam an diesem Engel, aber wer außer einem Mitglied der Waage hätte einen Weg in seinen Verkünder finden können?

»Ich habe es eilig.«

Der Engel nickte, als wisse er das bereits. »Du suchst nach Lucinda?«

»Ja«, platzte Daniel heraus. »Ich – ich brauche keine Hilfe.«

»Oh doch.« Der Engel nickte. »Du hast deinen Ausgang verpasst.« Er zeigte nach unten, auf die Stelle in dem vertikalen Tunnel, aus dem Daniel gerade gekommen war. »Gleich dort drüben.«

»Nein...«

»Doch.« Der Engel lächelte und zeigte eine Reihe winziger, spitzer Zähne. »Wir warten und beobachten. Wir sehen, wer durch Verkünder reist und wohin er geht.«

»Ich wusste gar nicht, dass es in die Zuständigkeit der Waage fällt, die Verkünder zu überwachen.«

»Es gibt vieles, was du nicht weißt. Unser Monitor hat festgestellt, dass sie hindurchgeschritten ist. Sie wird jetzt schon ein gutes Stück weit gereist sein. Du musst ihr folgen.«

Daniel versteifte sich. Die Engel der Waage waren die Einzigen, denen Einblick in das Geschehen zwischen zwei Verkündern gewährt war. Es war möglich, dass ein Mitglied der Waage Luce gesehen hatte.

»Warum solltest du mir helfen, sie zu finden?«

»Oh, Daniel.« Der Engel runzelte die Stirn. »Lucinda ist ein Teil deines Schicksals. Wir wollen, dass du sie findest. Wir wollen, dass du deiner Natur treu bleibst...«

»Und dass ich mich dann auf die Seite des Himmels schlage«, knurrte Daniel.

»Eins nach dem anderen.« Der Engel legte die Flügel an und ließ sich in den Tunnel fallen. »Wenn du sie einholen willst«, dröhnte seine tiefe Stimme, »bin ich hier, um dir den Weg zu zeigen. Ich weiß, wo die Verbindungspunkte sind. Ich kann ein Portal zwischen dem Gewebe früherer Zeiten öffnen.« Dann fügte er schwach hinzu: »Ohne Bedingungen.«

Daniel war ratlos. Seit dem Krieg im Himmel war ihm die Waage ein Ärgernis gewesen, aber zumindest waren ihre Motive durchschaubar. Sie wollte, dass er sich auf die Seite des Himmels schlug. Das war es. Er schätzte, dass es ihre Pflicht war, ihn zu Luce zu führen, wenn sie es konnte.

Vielleicht hatte der Engel recht. Immer eins nach dem anderen. Alles, was ihn interessierte, war Luce.

Er legte die Flügel an und spürte, wie sein Körper durch die Dunkelheit schoss. Als er den Engel eingeholt hatte, verharrte er.

Der Engel zeigte auf eine Stelle. »Dort ist Lucinda ausgestiegen.«

Der Schattenweg war schmal und bog scharf von dem Pfad ab, den Daniel eingeschlagen hatte. Es sah nicht besser oder schlechter aus als Daniels alte Richtung.

»Wenn es funktioniert«, sagte er, »werde ich in deiner Schuld stehen. Wenn nicht, werde ich hinter dir her sein.«

Der Engel schwieg.

Also folgte Daniel dem Prinzip: erst handeln, dann denken, und spürte einen feuchten Windhauch über seine Flügel streichen, einen Luftstrom, der wieder stärker wurde und ihn mitriss, und er hörte – irgendwo weit hinter sich – ganz schwach ein schallendes Gelächter.

Neunzehn

Die sterbliche Hülle

MEMPHIS, ÄGYPTEN, PERET – »DIE JAHRESZEIT DER AUSSAAT«
(HERBST, UNGEFÄHR 3100 VOR UNSERER ZEITRECHNUNG)

»Du da«, brüllte jemand, als Luce über die Schwelle des Verkünders trat. »Ich hätte gern meinen Wein. Auf einem Tablett. Und bring meine Hunde herein. Nein – meine Löwen. Nein – alle.«

Sie trat in einen gewaltigen weißen Raum mit Alabasterwänden und dicken Säulen, die eine hohe Decke trugen. Ein schwacher Duft nach gebratenem Fleisch lag in der Luft.

Der Raum war leer bis auf ein hohes Podest am anderen Ende, das mit Antilopenfellen bezogen worden war. Darauf stand ein gewaltiger, aus Marmor gehauener Thron, der mit dicken smaragdgrünen Kissen gepolstert und an der Rückseite mit dekorativ verschränkten Elefantenstoßzähnen bekrönt war.

Der Mann auf dem Thron – mit seinen kajalgeschminkten Augen, seiner nackten, muskulösen Brust, seinen vergoldeten Zähnen, seinen beringten Fingern und dem Turm ebenholzschwarzen Haares – sprach mit ihr. Er hatte sich von einem schmallippigen blaugewandeten Schreiber abgewandt, der eine Papyrusrolle in der Hand hielt, und nun blickten beide Männer Luce an.

Sie räusperte sich.

»Ja, *Pharao*«, zischte Bill ihr ins Ohr. »Sag einfach: *Ja, Pharao.*«

»Ja, Pharao!«, rief Luce durch den riesigen Raum.

»Gut«, stellte Bill fest. »Jetzt nichts wie raus hier!«

Luce ging unter Verbeugungen rückwärts durch einen dunklen Eingang und fand sich in einem Innenhof mit einem Wasserbecken wieder. Die Luft war kühl, doch die glühende Sonne verbrannte die Reihen eingetopfter Lotusblumen, die den Weg säumten. Der Hof war riesig, aber unheimlicherweise hatten Luce und Bill ihn ganz für sich alleine.

»Hier ist es ein bisschen seltsam, meinst du nicht?« Luce hielt sich dicht an den Mauern. »Der Pharao schien nicht einmal erschrocken zu sein, als ich plötzlich vor ihm aus dem Nichts auftauchte.«

»Er ist zu wichtig, um seine Zeit mit der *Wahrnehmung* von Leuten zu vergeuden. Er hat eine Bewegung aus dem Augenwinkel gesehen und daraus gefolgert, dass da jemand für ihn war, den er herumkommandieren konnte. Das ist alles. Es erklärt auch, warum es ihn nicht beunruhigt hat, dass du chinesische Kampfkleidung aus einer Zeit trägst, die zweitausend Jahre in der Zukunft liegt«, sagte Bill und schnippte mit seinen steinernen Fingern. Er deutete auf eine schattige Nische in der Ecke des Innenhofs. »Warte da auf mich. Ich werde dir etwas zum Anziehen besorgen, das ein klein wenig modischer ist.«

Noch ehe Luce die sperrige Rüstung von König Shang ablegen konnte, war Bill mit einem schlichten weißen ägyptischen Etuikleid wieder da. Er half ihr, die Ledermontur abzustreifen und zog ihr das Kleid über den Kopf. Es bedeckte eine Schulter, wurde um die Taille gegürtet und verengte sich zu einem schmalen Rock, der fast bis zu den Füßen reichte.

»Haben wir irgendwas vergessen?«, fragte Bill mit seltsamer Eindringlichkeit.

»Oh.« Luce griff hinter sich in die Rüstung nach dem stumpfen Sternenpfeil, der darin steckte. Als sie ihn herauszog, fühlte er sich viel schwerer an, als er war.

»Fass die Spitze nicht an!«, sagte Bill hastig, wickelte die Spitze in Stoff ein und band sie fest. »Noch nicht.«

»Ich dachte, er könne nur Engel verletzen.« Sie legte den Kopf schief und erinnerte sich an die Schlacht gegen die Outcasts, erinnerte sich an den Pfeil, der von Callies Arm abgeprallt war, ohne einen Kratzer zu hinterlassen, und sie erinnerte sich daran, dass Daniel ihr eingeschärft hatte, weit außer Schussweite des Pfeils zu bleiben.

»Da hat dir jemand nicht die ganze Wahrheit gesagt«, erwiderte Bill. »Ein Sternenpfeil trifft nur *Unsterbliche*. Ein Teil von dir ist unsterblich, der verfluchte Teil, deine Seele. Das ist der Teil, den du hier töten wirst, schon vergessen? Damit dein sterbliches Ich, Lucinda Price, ein normales Leben führen kann.«

»*Falls* ich meine Seele töte«, sagte Luce, während sie den Sternenpfeil unter ihrem neuen Kleid befestigte. Selbst durch den rauen Stoff fühlte er sich warm an. »Ich habe immer noch nicht entschieden ...«

»Ich dachte, wir wären uns einig.« Bill schluckte. »Sternenpfeile sind sehr wertvoll. Ich hätte ihn dir nicht gegeben, wenn ...«

»Lass uns mein früheres Ich suchen.«

Es war nicht nur die unheimliche Stille des Palastes, die beunruhigend war – die Stimmung zwischen Luce und Bill schien merkwürdig zu sein. Seit er ihr den silbernen Pfeil gegeben hatte, herrschte bei ihnen eine gewisse Anspannung.

Bill holte tief und rasselnd Luft. »Also. Das alte Ägypten. Wir befinden uns in der frühdynastischen Periode in der Hauptstadt Memphis. Wir sind jetzt ziemlich weit in der Zeit zurück, ungefähr fünftausend Jahre, bevor Luce Price die Welt mit ihrer glanzvollen Anwesenheit beehrt.«

Luce verdrehte die Augen. »Wo ist mein früheres Ich?«

»Warum mache ich mir überhaupt die Mühe mit dem Geschichtsunterricht?«, fragte Bill und tat so, als spreche er zu einem Publikum. »Sie will immer nur wissen, wo ihr früheres Ich ist. Einfach widerlich, wie egozentrisch sie ist.«

Luce verschränkte die Arme. »Wenn du vorhättest, *deine Seele zu töten*, würdest du es wohl auch hinter dich bringen wollen, ehe du eine Chance hast, deine Meinung zu ändern.«

»Du hast dich jetzt also entschieden?« Bill klang ein wenig atemlos. »Ach, komm schon, Luce. Das ist unser letzter gemeinsamer Auftritt. Ich dachte, du wolltest die Einzelheiten hören, um der alten Zeiten willen? Dein Leben hier war wirklich eins der romantischsten.« Er hockte sich auf ihre Schulter und fing an zu erzählen. »Du bist eine Sklavin namens Layla. Abgeschirmt, einsam – du hast die Palastmauern nie verlassen. Bis eines Tages der gut aussehende neue Kommandant der Armee hereinspaziert kommt – nun rate mal, wer das ist?«

Bill schwebte an ihrer Seite, als Luce die Rüstungsteile aufgestapelt in der Nische zurückließ und langsam am Rand des Beckens entlangging.

»Du und der schneidige Donkor – nennen wir ihn einfach Don –, ihr verliebt euch ineinander, und alles ist rosig, bis auf eine grausame Realität: Don ist mit Auset verlobt, der zickigen Tochter des Pharaos. Na, ist das nicht dramatisch?«

Luce seufzte. Es gab immer irgendeine Komplikation. Ein Grund mehr, dem Ganzen ein Ende zu bereiten. Daniel sollte nicht an irgendeinen irdischen Körper gefesselt sein und in sinnlose tödliche Dramen verstrickt werden, nur damit er mit Luce zusammen sein konnte. Das war ihm gegenüber nicht fair. Daniel hatte schon viel zu lange gelitten. Vielleicht würde sie es *wirklich* beenden. Sie konnte Layla finden und mit ihrem Körper verschmelzen. Dann würde Bill ihr sagen, wie sie ihre verfluchte Seele töten konnte, und sie würde Daniel die Freiheit schenken.

Sie war in dem lang gestreckten Innenhof auf und ab gegangen und hatte gegrübelt. Als sie an dem Teil des Weges umkehrte, der dem Teich am nächsten lag, schlossen sich Finger um ihr Handgelenk.

»Hab ich dich erwischt!« Das Mädchen, das Luce gepackt hatte, war schlank und muskulös, mit sinnlichen, markanten Zügen unter dicken Schichten von Make-up. Ihre Ohren wurden von mindestens zehn Goldreifen durchbohrt, und an ihrem Hals hing ein schwerer goldener Anhänger, der mit einem Pfund kostbarer Edelsteine geschmückt war.

Die Tochter des Pharaos.

»Ich ...«, begann Luce.

»Wage es ja nicht, ein Wort zu sagen!«, blaffte Auset. »Der Klang deiner jämmerlichen Stimme ist wie Bimsstein auf meinem Trommelfell. Wache!«

Ein riesiger Mann erschien. Er hatte einen langen schwarzen Pferdeschwanz und Unterarme, die dicker waren als

Luce' Beine. Außerdem hielt er einen langen Holzspeer mit einer scharfen Kupferklinge in der Hand.

»Verhafte sie«, befahl Auset.

»Ja, Hoheit«, bellte der Wachmann. »Mit welcher Begründung, Hoheit?«

Die Frage befeuerte die Wut der Pharaonentochter. »Diebstahl. Sie hat meinen persönlichen Besitz gestohlen.«

»Ich werde sie einkerkern, bis der Rat über die Angelegenheit entschieden hat.«

»Das haben wir schon einmal getan«, entgegnete Auset. »Und doch steht sie hier wie eine Schlange, die sich aus jeder Kette winden kann. Wir müssen sie an einem Ort einsperren, von dem sie nicht entfliehen kann.«

»Ich werde eine ständige Wache vor ihrem Kerker postieren ...«

»Nein, das wird nicht reichen.« Etwas Dunkles glitt über Ausets Züge. »Ich will dieses Mädchen nie wieder sehen. Wirf sie in das Grab meines Großvaters.«

»Aber Euer Hoheit, niemandem außer dem Hohepriester ist es erlaubt ...«

»Genau, Kafele«, sagte Auset lächelnd. »Wirf sie die Eingangstreppe hinunter und verriegle die Tür hinter ihr. Wenn der Hohepriester heute Abend die Zeremonie zur Versiegelung des Grabes vollzieht, wird er diese Grabräuberin finden und sie bestrafen, wie er es für angebracht hält.« Sie stellte sich dicht vor Luce und lachte höhnisch. »Du wirst schon herausfinden, was mit denen geschieht, die die königliche Familie bestehlen wollen.«

Don. Sie meinte, dass Layla versuchte, Don zu stehlen.

Luce war es egal, ob man sie einsperrte und den Schlüssel wegwarf, solange sie eine Chance bekam, zuerst mit Layla zu verschmelzen. Wie konnte sie Daniel sonst befreien? Bill ging pläneschmiedend in der Luft auf und ab und klopfte dabei mit seinen Krallen an seine steinerne Lippe.

Der Wachmann holte ein paar Fesseln aus der Tasche an seiner Hüfte hervor und legte die Eisenketten um Luce' Handgelenke.

»Ich werde mich selbst darum kümmern«, versicherte Kafele und riss sie an der Kette hinter sich her.

»Bill!«, flüsterte Luce. »Du musst mir helfen!«

»Wir werden uns etwas einfallen lassen«, wisperte Bill, während Luce durch den Innenhof geschleppt wurde. Sie bogen um eine Ecke in einen dunklen Flur, wo eine überlebensgroße Steinfigur von Auset stand und auf grimmige Weise schön aussah.

Als Kafele sich umdrehte, um einen Blick auf Luce zu werfen, weil sie mit sich selbst sprach, fiel ihm das lange schwarze Haar übers Gesicht und brachte Luce auf eine Idee.

Es traf ihn unvorbereitet. Sie riss ihre gefesselten Hände hoch und zog fest an seinem Haar, wobei sie ihm den Kopf mit den Fingernägeln zerkratzte. Er heulte auf und stolperte zurück, aus einem langen Kratzer auf seinem Kopf blutend. Dann rammte Luce ihm den Ellenbogen in die Eingeweide.

Er ächzte und krümmte sich. Der Speer fiel ihm aus der Hand.

»Kannst du diese Fesseln lösen?«, zischte Luce Bill zu.

Der Gargoyle ließ die Augenbrauen tanzen. Ein kurzer schwarzer Blitz schoss in die Fesseln und sie lösten sich zischend in Nichts auf. Luce' Haut brannte, wo sie gesessen hatten, aber sie war frei.

»Ah«, sagte sie und sah kurz auf ihre nackten Handgelenke. Dann nahm sie den Speer vom Boden auf. Sie wirbelte herum und wollte Kafele die Klinge an den Hals setzen.

»Ich bin dir einen Schritt voraus, Luce«, rief Bill. Kafele lag flach auf dem Rücken und seine Hände waren um den Fuß von Ausets Standbild gekettet.

Bill klopfte sich die Hände ab. »Teamwork.« Er warf einen Blick auf den kreidebleichen Wachposten. »Wir sollten uns beeilen. Er wird seine Stimme sicher bald wiederfinden. Komm mit.«

Bill führte Luce schnell durch den dunklen Flur, eine kurze Sandsteintreppe hinauf und durch eine weitere Halle, die von kleinen Lampen erleuchtet wurde und von tönernen Falken und Nilpferden gesäumt war. Zwei Wachposten bogen in den Flur ein, aber bevor sie Luce erblicken konnten, schob Bill sie durch eine Tür mit einem Schilfvorhang.

Sie fand sich in einem Schlafzimmer wieder. Steinsäulen, die so behauen waren, dass sie wie Papyrusbündel aussahen, erhoben sich unter einer niedrigen Decke. Eine hölzerne Sänfte, die mit Ebenholz eingelegt war, stand vor einem offenen Fenster gegenüber einem schmalen Holzbett, das mit so viel Blattgold versehen war, dass es glänzte.

»Was mache ich jetzt?« Luce drückte sich gegen die Wand, falls jemand vorbeikommen und hereinspähen sollte. »Wo sind wir?«

»Dies ist das Gemach des Kommandanten.«

Bevor Luce sich zusammenreimen konnte, dass Bill Daniel meinte, teilte eine Frau den Schilfvorhang und betrat den Raum.

Luce schauderte.

Layla trug ein weißes Kleid, das genauso schmal geschnitten war wie ihres. Ihr Haar war dick und glatt und glänzend. Hinter einem Ohr steckte eine weiße Pfingstrose.

Mit einem Gefühl der Traurigkeit sah Luce, wie Layla zu Daniels hölzernem Schminktisch glitt und aus einer Flasche, die sie auf einem schwarzen Tablett trug, frisches Öl in die Lampe goss. Dies war das letzte Leben, das Luce besuchen würde, und der Körper, in dem sie sich von ihrer Seele verabschieden würde, damit die ganze Sache ein Ende finden konnte.

Als Layla sich umdrehte, um die Lampen neben dem Bett aufzufüllen, bemerkte sie Luce.

»Hallo«, sagte sie mit einer leisen, rauchigen Stimme. »Suchst du jemanden?« Das Kajal, mit dem ihre Augen umrandet waren, wirkte viel natürlicher als Ausets Make-up.

»Ja, das tue ich.« Luce verschwendete keine Zeit. Gerade als sie sich vorbeugte, um das Mädchen am Handgelenk zu packen, sah Layla an ihr vorbei zur Tür, und ihr Gesicht erstarrte vor Schreck. »Wer ist *das*?«

Luce drehte sich um und sah nur Bill. Ihre Augen wurden groß.

»Du kannst« – sie starrte Layla mit offenem Mund an –, »du kannst ihn sehen?«

»Nein!«, sagte Bill. »Sie meint die Schritte, die sie draußen den Flur entlangrennen hört. Du solltest dich besser beeilen, Luce.«

Luce fuhr wieder herum und ergriff die warme Hand ihres früheren Ichs und warf die Ölflasche zu Boden. Layla stieß einen kleinen Laut aus und versuchte, sich loszureißen, aber dann geschah es.

Das Gefühl des tiefen Loches, das sich in Luce' Magen öffnete, war beinahe schon vertraut. Der Raum drehte sich, und das Einzige, was Luce klar sehen konnte, war das Mädchen vor ihren Augen. Ihr tintenschwarzes Haar und ihre goldgesprenkelten Augen, die Röte der Liebe frisch auf ihren Wangen. Luce blinzelte benommen, und Layla blinzelte, und auf der anderen Seite des Blinzelns ...

Der Boden stand wieder still. Luce schaute auf ihre Hände hinab. Laylas Hände. Sie zitterten.

Bill war fort. Aber er hatte recht gehabt: Da waren Schritte im Flur.

Sie bückte sich, um die Flasche aufzuheben, und wandte sich von der Tür ab, um Öl in die Lampe zu gießen. Falls jemand sie im Vorbeigehen sah, dann am besten nur bei ihrer Arbeit.

Die Schritte hinter ihr hielten inne. Fingerspitzen wanderten warm und leicht ihre Arme hinauf, während eine feste Brust sich an ihren Rücken drückte. Daniel. Sie konnte sein Leuchten spüren, ohne sich umzudrehen. Luce schloss die Augen. Er legte ihr die Arme um die Taille und seine weichen Lippen streiften ihren Hals und machten kurz unterhalb des Ohres halt.

»Ich habe dich gefunden«, flüsterte er.

Sie drehte sich langsam in seinen Armen um. Sein Anblick raubte ihr den Atem. Es war natürlich immer noch ihr Daniel, aber seine Haut hatte die Farbe von kräftiger heißer Schokolade, und sein gewelltes schwarzes Haar war sehr kurz geschnitten. Er trug nur einen kurzen Lendenschurz aus Leinen, Ledersandalen und ein enges silbernes Halsband. Seine tief liegenden violetten Augen glitten über sie und wirkten glücklich.

Er und Layla waren unsterblich ineinander verliebt.

Sie legte die Wange an seine Brust und zählte die Schläge

seines Herzens. Würde dies das letzte Mal sein, dass sie es tat, das letzte Mal, dass er sie an seinem Herzen hielt? Sie war im Begriff, das Richtige zu tun – das, was für Daniel *gut* war. Aber es quälte sie trotzdem, daran zu denken. Sie liebte ihn! Wenn diese Reise sie eins gelehrt hatte, dann, wie sehr sie Daniel Grigori wirklich liebte. Es schien nicht fair zu sein, dass sie gezwungen war, diese Entscheidung zu treffen.

Doch hier war sie.

Im alten Ägypten.

Bei Daniel. Zum allerletzten Mal. Sie stand kurz davor, ihn freizugeben.

Ihre Augen schwammen vor Tränen, als er ihr einen Kuss auf den Scheitel gab.

»Ich war mir nicht sicher, ob wir eine Gelegenheit haben würden, Lebewohl zu sagen«, erklärte er. »Ich breche heute Nachmittag in den Krieg nach Nubien auf.«

Als Luce den Kopf hob, nahm Daniel ihre feuchten Wangen in die Hände. »Layla, ich werde vor der Ernte zurückkehren. Bitte, weine nicht. Im Handumdrehen wirst du dich wieder genau wie immer mitten in der Nacht mit Tabletts voller Granatäpfel in mein Schlafgemach stehlen. Ich verspreche es.«

Luce holte tief und bebend Atem. »Leb wohl.«

»*Bis bald.*« Sein Gesicht wurde ernst. »Sag es: *Bis bald.*«

Sie schüttelte den Kopf. »Leb wohl, mein Liebster. Leb wohl.«

Der Schilfvorhang teilte sich. Layla und Don lösten sich aus ihrer Umarmung, als eine Gruppe von Wachen mit gezückten Speeren in den Raum gestürmt kam. Kafele führte sie an, sein Gesicht dunkel von Zorn. »Ergreift das Mädchen«, befahl er und zeigte auf Luce.

»Was ist hier los?«, rief Daniel, als die Wachen Luce umstellten und ihr wieder die Hände fesselten. »Ich befehle euch, von ihr abzulassen. Lasst sie frei.«

»Tut mir leid, Kommandant«, erwiderte Kafele. »Befehl des Pharaos. Ihr solltet es inzwischen wissen – wenn die Tochter des Pharao nicht glücklich ist, ist der Pharao nicht glücklich.«

Daniel rief: »Ich werde dich holen kommen, Layla! Ich werde dich finden!«, als sie Luce abführten.

Luce wusste, dass er sie finden würde. War es nicht immer so? Sie begegneten sich, sie geriet in Schwierigkeiten, und er tauchte auf und war ihre Rettung – jahrein, jahraus durch die ganze Ewigkeit, der Engel, der im letzten Moment herbeirauschte, um sie zu retten. Es war ermüdend, daran zu denken.

Aber wenn er diesmal kam, würde sie den Sternenpfeil bereithalten. Der Gedanke sandte einen heftigen Schmerz durch ihre Eingeweide. Ein Brunnen von Tränen öffnete sich wieder in ihr, aber sie schluckte sie herunter. Zumindest hatte sie Lebewohl sagen können.

Die Wachen brachten sie durch eine endlose Reihe von Fluren hinaus in die sengende Sonne. Sie schleppten sie durch Straßen aus unebenen Steinplatten, durch einen monumentalen Torbogen und vorbei an kleinen Sandsteinhäusern und schimmernden, verschlammten Feldern auf dem Weg hinaus aus der Stadt. Sie zerrten sie zu einem riesigen goldenen Hügel.

Erst als sie sich ihm näherten, begriff Luce, dass er von Menschenhand gemacht war. Die Nekropole, erkannte sie in dem gleichen Moment, in dem Layla vor Angst nicht mehr klar denken konnte. Die Totenstadt. Jeder Ägypter wusste, dass dies das Grabmal des letzten Pharaos war, Meni. Niemand außer einigen der heiligsten Priester – und den Toten – wagte es niemand, sich dem Ort zu nähern, wo die Könige begraben lagen. Das Grabmal war mit Zaubern und Beschwörungen verschlossen, einige davon dazu gedacht, die Toten auf ihrer Reise ins nächste Leben zu geleiten, und andere mit dem Ziel, jeden Lebenden abzuwehren, der sich zu nähern wagte. Selbst die Wachen, die sie hierher schleiften, schienen nervös zu werden.

Schon bald betraten sie ein pyramidenförmiges Grabmal aus getrockneten Lehmziegeln. Alle bis auf zwei Wachen blieben draußen am Eingang. Kafele stieß Luce durch einen dunklen Eingang und eine noch dunklere Treppe hinunter. Der andere Wachposten leuchtete ihnen mit einer Fackel den Weg.

Das Fackellicht flackerte auf den Steinmauern. Sie waren mit Hieroglyphen bemalt, und ab und zu sah Layla Passagen aus Gebeten an Tajet, die Göttin der Webkunst, die um Hilfe flehten, um die Seele des Pharaos während seiner Reise ins Jenseits zusammenzuhalten.

Alle paar Schritte kamen sie an Scheintüren vorbei – tiefen Steinnischen in den Wänden. Luce begriff, dass einige von ihnen einst Eingänge gewesen waren, die zu den letzten Ruhestätten von Mitgliedern der Königsfamilie führten. Sie waren jetzt mit Stein und Schotter versiegelt, damit kein Sterblicher passieren konnte.

Es wurde kühler auf ihrem Weg und es wurde dunkler. Die Luft wurde schwer vom Geruch des Todes. Als sie sich der einzigen offenen Tür am Ende des Flurs näherten, weigerte der Wachposten mit der Fackel sich weiterzugehen – »Ich werde mich nicht wegen der Frechheit dieses Mädchens von den Göttern verfluchen lassen« –, also tat Kafele es selbst. Er zerrte den steinernen Riegel beiseite, der die Tür verschloss, und ein strenger Essiggeruch kam herausgeströmt und verpestete die Luft.

»Hast du jetzt immer noch Hoffnung auf eine Flucht?«, fragte er, öffnete die Fesseln an ihren Händen und stieß sie hinein.

»Ja«, flüsterte Luce bei sich, als die schwere Steintür sich hinter ihr schloss und der Riegel wieder vorgeschoben wurde. »Nur eine.«

Sie war allein in völliger Dunkelheit und die Kälte griff nach ihr.

Dann hörte sie ein Schaben, das unverkennbare Geräusch von Stein auf Stein, und ein kleines goldenes Licht erschien in der Mitte des Raumes. Es lag in den hohlen Steinhänden von Bill.

»Hallo, hallo.« Er schwebte an eine Seite des Raumes und goss den Feuerball aus seinen Händen in eine reich bemalte Lampe aus rotem und grünem Stein. »So sieht man sich wieder.«

Während Luce' Augen sich an das Licht gewöhnten, sah sie als Erstes die Schriftzeichen an den Wänden: Es waren die gleichen Hieroglyphen wie im Flur, nur dass es diesmal Gebete an den Pharao waren – »*Verfaule nicht. Verwese nicht. Steig unter die unvergänglichen Sterne.*« Da waren Truhen, die sich nicht schließen ließen, weil sie von Goldmünzen und funkelnden orangefarbenen Juwelen überquollen. Eine große Sammlung von Obelisken breitete sich vor ihr aus. Mindestens zehn einbalsamierte Hunde und Katzen schienen sie zu beäugen.

Die Kammer war riesig. Luce ging um eine Garnitur

Schlafzimmermöbel herum, vervollständigt durch einen Schminktisch, der mit Kosmetikartikeln bestückt war. Da war eine Votivpalette mit zwei eingemeißelten Schlangenkopfpanthern. Die verschlungenen Hälse bildeten eine runde Vertiefung in dem schwarzen Stein, die leuchtend blauen Lidschatten enthielt.

Bill sah zu, wie Luce die große Palette in die Hand nahm. »Damit man auch im Jenseits gut aussieht.«

Er saß auf dem Kopf einer verblüffend lebensechten Skulptur des ehemaligen Pharaos. Laylas Verstand sagte Luce, dass diese Skulptur das *ka* des Pharaos darstellte, seine Seele, und dass sie über das Grab wachen würde – der echte Pharao lag mumifiziert dahinter. In dem Kalksteinsarkophag waren mehrere hölzerne Särge ineinandergefügt, und in dem kleinsten von ihnen lag der einbalsamierte Pharao.

»Vorsicht«, sagte Bill. Luce hatte nicht bemerkt, dass sie die Hände auf eine kleine Holztruhe gelegt hatte. »Da sind die Eingeweide des Pharaos drin.«

Luce riss die Hände zurück und zog den Sternenpfeil aus ihrem Kleid. Der Schaft wärmte ihre Finger. »Wird es auch wirklich funktionieren?«

»Wenn du gut aufpasst und tust, was ich sage«, erwiderte Bill. »Also, die Seele wohnt direkt im Zentrum deines Seins. Um sie zu erreichen, musst du die Spitze genau über die Mitte deiner Brust ziehen, genau im kritischen Moment, genau dann, wenn Daniel dich küsst und du spürst, wie du anfängst zu kochen. Dann wirst du, Lucinda Price, wie immer aus deinem früheren Ich geschleudert werden, aber deine verfluchte Seele wird in Laylas Körper gefangen sein, wo sie verbrennen und verschwinden wird.«

»Ich – ich habe Angst.«

»Brauchst du aber nicht. Es ist wie eine Blinddarmoperation. Ohne bist du besser dran.« Bill warf einen Blick auf sein leeres graues Handgelenk. »Nach meiner Uhr wird Don jetzt jeden Moment hier sein.«

Luce hielt den silbernen Pfeil so, dass seine Spitze auf ihre Brust zeigte. Die eingeritzten Spiralmuster kribbelten unter ihren Fingern. Ihre Hände zitterten vor Nervosität.

»Ganz ruhig.« Bills ernster Ruf klang wie aus weiter Ferne.

Luce versuchte, sich zu konzentrieren, aber ihr rauschte das Blut in den Ohren. Sie musste es tun. Unbedingt. Für Daniel. Um ihn von einer Strafe zu befreien, die er nur ihretwegen auf sich genommen hatte.

»Du wirst es erheblich schneller machen müssen, wenn es wirklich so weit ist, sonst wird dich Daniel mit Sicherheit aufhalten. Ein einziger schneller Schnitt in deine Seele. Du wirst spüren, wie sich etwas löst, ein kalter Hauch, und dann – *Peng!*«

»*Layla!*« Sie sah Don hereinstürmen. Die Tür hinter ihr war immer noch verriegelt. Woher war er gekommen?

Der Sternenpfeil entglitt ihren Händen und landete klappernd auf dem Boden. Sie hob ihn schnell auf und schob ihn wieder in ihr Kleid. Bill war verschwunden. Aber Don war – Daniel war genau da, wo sie ihn haben wollte.

»Was machst du hier?« Ihre Stimme brach, so schwer fiel es ihr, so zu tun, als sei sie überrascht, ihn zu sehen.

Er schien sie nicht zu hören. Er eilte auf sie zu und nahm sie in die Arme. »Ich rette dir das Leben.«

»Wie bist du reingekommen?«

»Zerbrich dir darüber nicht den Kopf. Kein sterblicher Mann, keine Steinplatte kann sich einer wahren Liebe wie unserer in den Weg stellen. Ich werde dich immer finden.«

In seinen nackten braunen Armen fühlte Luce sich instinktiv geborgen. Aber das durfte sie in diesem Moment nicht zulassen. Ihr Herz schlug unregelmäßig und kam ihr kalt vor. Dieses unbefangene Glück, dieses Gefühl absoluten Vertrauens, jedes einzelne dieser wunderschönen Gefühle, die Daniel sie in jedem Leben erfahren ließ – sie waren jetzt eine einzige Qual für sie.

»Hab keine Angst«, flüsterte er. »Lass mich dir sagen, Liebste, was nach diesem Leben geschieht: Du kommst zurück, du stehst wieder von den Toten auf. Deine Wiedergeburt ist schön und real. Du kommst wieder und wieder zu mir zurück ...«

Das Licht der Lampe flackerte und ließ seine violetten Augen funkeln. Sein Körper fühlte sich so warm an.

»Aber ich sterbe wieder und wieder.«

»Was?« Er legte den Kopf schräg. Selbst wenn ihr sein Äußeres exotisch vorkam, kannte sie sein Mienenspiel doch gut – diese amüsierte Bewunderung, wenn sie etwas verstand, das er ihr nicht zugetraut hätte. »Wie meinst du ... egal. Es spielt keine Rolle. Es zählt nur, dass wir wieder zusammen sein werden. Wir werden einander immer wiederfinden, einander immer lieben, ganz gleich, was geschieht. Ich werde dich nie verlassen.«

Luce fiel auf den Steinstufen auf die Knie. Sie verbarg das Gesicht in den Händen. »Ich weiß nicht, wie du es ertragen kannst. Immer wieder die gleiche Traurigkeit ...«

Er hob sie hoch. »Die gleiche Ekstase ...«

»Das gleiche Feuer, das alles tötet ...«

»Die gleiche Leidenschaft, die alles wieder entfacht. Du

kennst es nicht. Du kannst dich nicht daran erinnern, wie wunderbar ... «

»Doch, ich kenne es. Ich habe es gesehen.«

Jetzt hatte sie seine Aufmerksamkeit. Er schien sich nicht sicher zu sein, ob er ihr glauben sollte oder nicht, aber zumindest hörte er ihr zu.

»Und wenn es keine Hoffnung gäbe, dass sich jemals etwas ändern wird?«, fragte sie.

»Es gibt *nur* Hoffnung. Eines Tages wirst du es überleben. Diese absolute Wahrheit ist das Einzige, was mich aufrecht hält. Ich werde dich niemals aufgeben. Selbst wenn es ewig dauert.« Er wischte mit dem Daumen ihre Tränen fort. »Ich werde dich von ganzem Herzen lieben, in jedem Leben, durch jeden Tod. Ich will an nichts anderes gebunden sein als an meine Liebe zu dir.«

»Aber es ist so schwer. Ist es für dich nicht schwer? Hast du nie daran gedacht, was ... «

»Eines Tages wird unsere Liebe diesen dunklen Kreislauf besiegen. Das bedeutet mir alles.«

Luce schaute auf und sah die Liebe in seinen Augen. Er glaubte, was er sagte. Es war ihm egal, ob er stets von Neuem litt, er würde weitermachen, würde sie immer wieder verlieren, gestärkt von der Hoffnung, dass es eines Tages nicht ihr Ende sein würde. Er wusste, dass es zum Scheitern verurteilt war, aber er versuchte es trotzdem immer wieder aufs Neue und würde es immer weiter versuchen.

Seine Hingabe für sie und für sie beide berührte einen Teil von Luce, den sie schon aufgegeben zu haben glaubte.

Sie wollte trotzdem noch diskutieren: Dieser Daniel wusste nicht, welche Herausforderungen auf sie zukamen, wusste nichts von den Tränen, die sie im Laufe der Zeiten vergießen würden. Er wusste nicht, dass sie ihn in seiner tiefsten Verzweiflung gesehen hatte. Was der Schmerz um ihren Tod ihm antun würde.

Aber dann ...

Dann verstand Luce. Und das änderte alles.

Daniels schlimmste Augenblicke hatten ihr Angst gemacht, aber die Dinge hatten sich verändert. Die ganze Zeit über hatte sie sich an ihre Liebe gebunden gefühlt, aber jetzt wusste sie, wie sie sie schützen konnte. Jetzt hatte sie ihre Liebe aus so vielen verschiedenen Blickwinkeln gesehen. Sie verstand sie auf eine Weise, die sie nie für möglich gehalten hätte. Wenn Daniel jemals ins Wanken geriet, konnte *sie ihn* aufrichten.

Wie sie das tun konnte, hatte sie von dem Besten gelernt: von Daniel selbst. Hier war sie, im Begriff, *ihre Seele zu töten*, im Begriff, ihnen für immer ihre Liebe zu nehmen, und fünf Minuten allein mit ihm reichten, um sie zurück ins Leben zu holen.

Einige Menschen verbrachten ihr ganzes Leben damit, nach einer solchen Liebe zu suchen.

Luce hatte sie die ganze Zeit über besessen.

Ihre Zukunft lag nicht in einem Sternenpfeil. Nur in Daniel. Ihrem Daniel, dem Daniel, den sie im Garten ihrer Eltern in Thunderbolt zurückgelassen hatte. Sie musste gehen.

»Küss mich«, flüsterte sie.

Er saß auf den Stufen und hatte die Beine gerade weit genug gespreizt, dass sie dazwischengleiten konnte. Sie ließ sich auf die Knie sinken und sah ihn an. Stirn an Stirn lehnten sie aneinander, Nasenspitze an Nasenspitze.

Daniel nahm ihre Hände. Er schien ihr etwas sagen zu wollen, aber er konnte die Worte nicht finden.

»Bitte«, flehte sie und schob ihm ihre Lippen zu. »Küss mich und lass mich frei.«

Daniel nahm sie in die Arme und beugte sich über sie. Er fand ihre Lippen. Sie waren so süß wie Nektar. Sie stöhnte, als ein tiefer Freudenstrom durch sie hindurchfloss, durch jede Faser ihres Seins. Sie wusste, dass Laylas Tod nahe war, aber sie fühlte sich nie so sicher und lebendig wie in Daniels Armen.

Sie schloss die Hände um seinen Nacken, spürte die festen Sehnen seiner Schultern und die kleinen Narbenwülste, die seine Flügel schützten. Seine Hände glitten über ihren Rücken, durch ihr langes, dickes Haar. Jede Berührung war Verzückung, jeder Kuss so wunderbar und rein, dass ihr schwindelig wurde.

»Bleib bei mir«, flehte er. Sein Gesicht wirkte nun angespannt und seine Küsse waren hungriger, verzweifelter geworden.

Er musste gespürt haben, dass Luce' Körper sich erwärmte. Die Hitze, die in ihrem Innersten aufstieg, die durch ihre Brust strömte und die ihre Wangen erröten ließ. Tränen füllten ihre Augen. Sie küsste ihn leidenschaftlicher. Sie hatte es schon so viele Male durchgestanden, aber aus irgendeinem Grund kam es ihr diesmal anders vor.

Mit einem lauten Zischen streckte er die Flügel aus und legte sie dann eng um sie, eine weiche weiße Wiege, die sie beide festhielt.

»Glaubst du das wirklich?«, flüsterte sie. »Dass ich es eines Tages überleben werde?«

»Von ganzem Herzen und ganzer Seele«, bestätigte er,

nahm ihr Gesicht in die Hände und zog die Flügel enger um sie beide herum. »Ich werde auf dich warten, wie lange es auch dauert. Ich werde dich jeden Augenblick über die Zeiten hin lieben.«

Inzwischen war Luce glühend heiß. Sie schrie vor Schmerz und wand sich in Daniels Armen, als die Hitze sie überwältigte. Sie verbrannte seine Haut, aber er ließ sie nicht eine Sekunde lang los.

Der Augenblick war gekommen. Der Sternenpfeil steckte in ihrem Kleid, und nun hätte sie ihn benutzen müssen. Aber sie würde niemals aufgeben. Nicht Daniel. Nicht wenn sie wusste, dass er sie niemals aufgeben würde, ganz gleich, wie schwer es werden würde.

Ihre Haut begann Blasen zu werfen. Die Hitze war so brutal, dass sie nichts anderes tun konnte, als zu zittern.

Und dann konnte sie nur noch schreien.

Layla ging in Flammen auf, und als sie hoch um ihren Körper schlugen, spürte Luce, wie ihr eigener Leib und die gemeinsame Seele sich voneinander lösten und die schnellste Fluchtmöglichkeit vor der unversöhnlichen Hitze suchten. Die Feuersäule wurde höher und breiter, bis sie den Raum und die Welt ausfüllte und bis sie alles war und Layla nichts.

Luce erwartete Dunkelheit und fand Licht.

Wo war der Verkünder? Steckte sie etwa immer noch in Layla?

Das Feuer brannte weiter. Es ging nicht aus. Es wuchs. Die Flammen verzehrten mehr und mehr von der Dunkelheit und loderten in den Himmel, als sei die Nacht selbst entflammbar, bis die heiße Feuersbrunst aus Rot und Gold alles war, was Luce sehen konnte.

Jedes Mal, wenn eines ihrer früheren Ichs gestorben war, war Luce gleichzeitig aus den Flammen heraus und in den Verkünder hineingekommen. Irgendetwas war anders, etwas, das sie Dinge sehen ließ, die unmöglich real sein konnten.

Brennende Flügel.

»Daniel!«, rief sie aus. Etwas, das wie Daniels Flügel aussah, schwebte durch Flammenwogen, fing Feuer, doch es schwelte nicht, so als *bestünden* die Flügel aus Feuer. Luce konnte nur weiße Flügel und violette Augen erkennen. »Daniel?«

Das Feuer rollte durch die Dunkelheit wie eine riesige Welle über ein Meer. Sie schlug gegen ein unsichtbares Ufer und spülte wütend über Luce hinweg.

Dann, als habe jemand eine Kerze ausgedrückt, erklang ein schnelles Zischen und alles wurde schwarz.

Ein kalter Windhauch streifte ihren Rücken und sie bekam eine Gänsehaut. Sie umschlang mit beiden Armen ihren Körper, zog die Knie an, und erkannte schlagartig zu ihrer Überraschung, dass kein Boden unter ihren Füßen war. Sie flog nicht direkt, sie schwebte nur richtungslos. Diese Dunkelheit war kein Verkünder. Sie hatte den Sternenpfeil nicht benutzt, aber war sie irgendwie ... gestorben?

Sie hatte Angst. Sie wusste nicht, wo sie war, nur, dass sie alleine war.

Nein. Da war noch jemand. Ein kratzendes Geräusch. Ein fahles graues Licht.

»Bill!«, rief Luce bei seinem Anblick, so erleichtert, dass sie anfing zu lachen. »Oh, Gott sei Dank. Ich dachte, ich hätte mich verirrt – ich dachte … oh, vergiss es.« Sie holte tief Luft. »Ich konnte es nicht tun. Ich konnte meine Seele nicht töten. Ich werde eine andere Möglichkeit finden, den Fluch zu brechen. Daniel und ich – wir werden uns nicht aufgeben.«

Bill war weit entfernt, schwebte jedoch auf sie zu und machte Loopings in der Luft. Je näher er kam, umso größer wirkte er, er schwoll an, bis er zweimal, dann dreimal, dann zehnmal so groß war wie der kleine steinerne Gargoyle, mit dem sie gereist war. Und dann begann die eigentliche Verwandlung:

Hinter seinen Schultern brachen zwei dickere, vollere, pechschwarze Flügel hervor und zerschmetterten seine vertrauten kleinen Steinflügel in tausend Stücke. Die Falten auf seiner Stirn vertieften sich und dehnten sich über seinen ganzen Körper aus, bis er entsetzlich alt und verschrumpelt aussah. Die Krallen an seinen Händen und Füßen wurden länger, schärfer, gelber.

Sie glänzten rasiermesserscharf in der Dunkelheit. Seine Brust schwoll an, und dicke, lockige schwarze Haare sprossen daraus hervor, während er unendlich viel größer wurde, als er zuvor gewesen war.

Luce bemühte sich, das Aufheulen zu unterdrücken, das in ihr aufstieg. Und sie schaffte es – so lange, bis Bills steinerne Augen, deren Iris vom grauen Star getrübt waren, so rot wie Glut aufleuchteten.

Dann schrie sie.

»Du hast *immer* die falsche Entscheidung getroffen.« Bills Stimme war gewaltig geworden, tief und verschleimt, und sie tat nicht nur in Luce' Ohren weh, sondern in ihrer Seele. Sein Atem schlug ihr brutal entgegen und er stank nach Tod.

»Du bist ...« Luce konnte ihren Satz nicht beenden. Es gab nur ein einziges Wort für die böse Kreatur vor ihr, und die Vorstellung, es laut auszusprechen, machte ihr Angst.

»Der Bösewicht?« Bill gackerte. »Überraschung!« Er zog den Ü-Laut des Wortes so stark in die Länge, dass Luce sich sicher war, dass er sich krümmen und husten würde, doch er tat es nicht.

»Aber ... du hast mir so viel beigebracht. Du hast mir geholfen, herauszufinden ... Warum solltest du ... wie ... die *ganze* Zeit?«

»Ich habe dich getäuscht. Das ist mein *Job*, Lucinda.«

Sie hatte Bill gern gehabt, so schurkisch und abstoßend er auch war. Sie hatte sich ihm anvertraut, hatte auf ihn gehört, hatte beinahe ihre Seele getötet, weil er es ihr gesagt hatte. Der Gedanke tat weh. Sie hätte wegen Bill beinahe Daniel verloren. Sie könnte Daniel vielleicht noch immer wegen Bill verlieren. Aber er war nicht Bill ...

Er war nicht einfach ein Dämon, nicht wie Steven, nicht einmal wie Cam in seinen schlimmsten Zeiten.

Er war das fleischgewordene Böse.

Und sie war mit ihm zusammen gewesen, er hatte ihr die ganze Zeit über im Nacken gesessen.

Sie versuchte, sich von ihm abzuwenden, aber seine Dunkelheit war überall. Es sah aus, als schwebe sie an einem Nachthimmel, aber alle Sterne waren unendlich weit entfernt, von der Erde keine Spur. Ganz in der Nähe waren Flecken von dunklerer Schwärze, wirbelnde Abgründe. Und ab und zu erschien ein Lichtstrahl, ein Hoffnungsschimmer, Erhellung. Dann verschwand das Licht wieder.

»Wo sind wir?«, fragte sie.

Satan grinste höhnisch über die Sinnlosigkeit ihrer Frage. »Im Niemalsland«, antwortete er. Seine Stimme besaß nicht mehr den vertrauten Tonfall ihres Reisegefährten. »Im dunklen Herzen des Nichts, in der Mitte von allem. Weder Himmel noch Erde noch Hölle. Ein Ort der dunkelsten Durchgänge. Nichts, was dein Geist in diesem Stadium ermessen kann, daher sieht es für dich wahrscheinlich nur« – seine roten Augen traten hervor – »*erschreckend* aus.«

»Was ist mit diesen Lichtblitzen?«, fragte Luce und versuchte, sich nicht anmerken zu lassen, wie beängstigend der Ort auf sie wirkte. Sie hatte schon mindestens vier Lichtblitze gesehen, strahlende Feuerstürme, die sich aus dem Nichts entzündeten und schnell in dunklere Regionen des Himmels entschwanden.

»Ach, die.« Bill beobachtete einen Blitz, als er aufflammte und hinter Luce' Schulter verschwand. »Engel reisen. Dämonen reisen. Viel los heute Nacht, nicht? Jeder scheint irgendwohin unterwegs zu sein.«

»Ja.« Luce wartete auf eine weitere Lichtexplosion. Als sie kam, warf sie einen Schatten über Luce, und sie griff in der verzweifelten Hoffnung danach, einen Verkünder herauszuschütteln, ehe das Licht verschwand. »Ich auch.«

Der Verkünder dehnte sich schnell in ihren Händen aus, so schwer und drängend und geschmeidig, dass sie für einen Moment dachte, sie würde es vielleicht schaffen.

Stattdessen spürte sie einen groben Griff um ihre Seiten. Bill hatte ihren gesamten Körper mit seiner schmuddeligen Kralle umfasst. »Ich bin einfach noch nicht bereit, jetzt schon Lebewohl zu sagen«, flüsterte er mit einer Stimme, die sie erschauern ließ. »Ich habe dich nämlich so ins Herz geschlossen. Nein, warte, das ist es nicht. Ich hatte dich schon *immer* ... ins Herz geschlossen.«

Luce ließ den Schatten in ihren Fingern sich in ein Nichts auflösen.

»Und wie alle Geliebten brauche ich dich in meiner Gegenwart, vor allem jetzt, damit du mir nicht noch mal meine Pläne verdirbst.«

»Zumindest hast du mir jetzt ein Ziel gegeben«, erwiderte Luce und wehrte sich gegen seinen Griff. Es hatte keinen Zweck. Er packte sie fester und drückte ihr die Knochen zusammen.

»In dir brannte schon immer ein Feuer. Ich mag das an dir.« Er lächelte. Es war ein schreckliches Lächeln. »Wenn dein Funke doch nur im Innern *bleiben* würde, hm? Manche Leute sind einfach nur unglücklich verliebt.«

»Sprich nicht mit mir über Liebe«, zischte Luce. »Ich kann nicht glauben, dass ich auch nur auf ein Wort aus deinem Mund gehört habe. Von Liebe verstehst du gar nichts.«

»*Das* habe ich schon mal gehört. Und ich weiß zufällig etwas Wichtiges über Liebe: Du denkst, deine sei größer als der Himmel und die Hölle und das Schicksal aller, die dazwischen wohnen. Aber du irrst dich. Deine Liebe zu Daniel Grigori ist weniger als bedeutungslos. Sie ist *nichts!*«

Sein Ausruf war wie eine Druckwelle, die Luce das Haar zurückwehte. Sie schnappte nach Luft. »Sag, was du willst. Ich liebe Daniel. Ich werde ihn immer lieben. Und das hat nichts mit dir zu tun.«

Satan hielt sie dicht vor seine roten Augen und kniff ihr mit seiner schärfsten Zeigefingerkralle in die Haut. »Ich weiß, dass du ihn liebst. Er hat dir völlig den *Verstand* geraubt. Sag mir einfach, warum.«

»Warum?«

»Warum. Warum *er*? Fass es in Worte. Lass es mich wirklich *fühlen*. Ich will gerührt werden.«

»Es gibt eine Million Gründe. Ich liebe ihn einfach.«

Sein Lächeln wurde breiter und entblößte hässliche schiefe Zähne und ein Geräusch wie tausend knurrende Hunde kam tief aus seinem Inneren. »Das war eine Prüfung. Du bist durchgefallen, aber es ist nicht deine Schuld. Nicht ganz. Es ist eine bedauerliche Nebenwirkung des Fluches, mit dem belegt bist. Du kannst keine Entscheidungen mehr treffen.«

»Das ist nicht wahr. Falls du dich erinnerst, ich habe gerade die wichtige Entscheidung getroffen, meine Seele *nicht* zu töten.«

Das machte ihn wütend – sie konnte es an der Art sehen, wie seine Nasenflügel bebten, an der Art, wie er die Kralle zur Faust ballte und ein Stück des Sternenhimmels erlöschen ließ, als sei irgendwo ein Lichtschalter umgelegt worden. Aber er schwieg für lange Zeit. Starrte einfach nur in die Nacht.

Ein schrecklicher Gedanke kam Luce. »Hast du überhaupt die Wahrheit gesagt? Was wäre wirklich passiert, wenn ich den Sternenpfeil benutzt hätte, um …« Sie schauderte und ihr war übel bei dem Gedanken, dass sie so nah daran gewesen war. »Was ist für dich in der Sache drin? Willst du mich aus dem Weg haben oder so, damit du an Daniel herankommst? Ist das der Grund, warum du dich nie vor ihm zeigst? Weil er hinter dir her sein würde und …«

Satan kicherte. Sein Lachen ließ die Sterne verblassen. »Du denkst, *ich* hätte Angst vor Daniel Grigori? Du hast *wirklich* eine sehr hohe Meinung von ihm. Verrate mir, was für wilde Lügen hat er dir aufgetischt, seinen grandiosen Platz im Himmel betreffend?«

»Du bist der Lügner«, widersprach Luce. »Seit ich dir begegnet bin, hast du nur gelogen. Kein Wunder, dass dich das ganze Universum verachtet.«

»Fürchtet. Nicht *verachtet*. Das ist ein Unterschied. Furcht beinhaltet Neid. Du magst es vielleicht nicht glauben, aber es gibt viele, die wünschten, sie besäßen die Macht, die ich besitze. Die … mich bewundern.«

»Du hast recht. Ich glaube dir nicht.«

»Du weißt einfach nicht genug. So gut wie gar nichts. Ich habe dich eine Reise durch deine Vergangenheit machen lassen – dir die Sinnlosigkeit dieser Existenz gezeigt, in der Hoffnung, dich auf die Wahrheit aufmerksam zu machen, und alles, was ich von dir zu hören bekomme, ist: ›Daniel! Ich will Daniel!‹«

Er schleuderte sie von sich, und sie fiel in Schwärze und kam erst wieder zum Stillstand, als er sie anfunkelte, als könne er sie damit festnageln. Er umkreiste sie, die Hände hinterm Rücken, die Flügel angelegt, den Kopf zum Himmel gewandt. »Alles, was du hier siehst, ist alles, was es zu sehen gibt. Zugegeben, aus weiter Ferne, aber es ist alles da – all die Leben und Welten und noch viel mehr, das über die schwache Vorstellungskraft der Sterblichen hinausgeht. Schau es dir an.«

Das tat sie und es sah anders aus als zuvor. Das Sternenmeer war endlos, die Dunkelheit der Nacht war von so vielen leuchtenden Punkten übersät, dass der Himmel eher hell war als schwarz. »Es ist wunderschön.«

»Ich werde bald Tabula rasa machen.« Er verzog die

Lippen zu einem verzerrten Lächeln. »Ich bin dieses Spiels müde geworden.«

»Es ist für dich alles nur ein Spiel?«

»Es ist ein Spiel für *ihn*.« Er fuhr mit der Hand über den Himmel und hinterließ einen nachtdunklen Schwaden. »Und ich weigere mich, es diesem Anderen einfach nur wegen einer kosmischen Waage zuzugestehen. Einfach nur, weil unsere Seiten sich im Gleichgewicht befinden.«

»Gleichgewicht. Du meinst, die Waage zwischen den gefallenen Engeln, die sich mit dir verbündet haben, und jenen, die sich mit ...«

»Sprich es nicht aus. Aber es ist tatsächlich dieser *Andere*. Im Augenblick besteht ein Gleichgewicht, doch wenn ...«

»Doch wenn noch ein Engel die Seite wechselt«, sagte Luce und dachte an den langen Vortrag, den Arriane ihr in dem Diner in Las Vegas gehalten hatte.

»Hm-hm. Nur dass ich es diesmal nicht dem Zufall überlassen werde. Die ganze Sache mit dem Sternenpfeil war kurzsichtig von mir, aber ich habe meinen Irrtum eingesehen. Ich habe Pläne geschmiedet und mir einen Schlachtplan zurechtgelegt. Meistens, während du und irgendeine frühere Version von Grigori mit eurem zweitklassigen Petting beschäftigt wart. Wie du siehst, wird mir also niemand meine nächsten Pläne sabotieren können. Ich werde die Tafel abwischen. Von vorn anfangen. Ich kann die Jahrtausende überspringen, die zu dir und deinem Schlupfloch von einem Leben geführt haben, *Lucinda Price*« – er schnaubte – »und neu anfangen. Und diesmal werde ich klüger spielen. Diesmal werde ich gewinnen.«

»Was soll das heißen, ›die Tafel abwischen‹?«

»Die Zeit in ihrer Gesamtheit ist wie eine große Schiefertafel, Lucinda. Es steht nichts geschrieben, was nicht von jemand Schlauem weggewischt werden kann. Ja, es ist ein drastischer Schritt, und es bedeutet, dass ich Tausende von Jahren wegwerfen werde. Ein großer Rückschlag für alle Beteiligten – aber was sind schon eine Handvoll verlorene Jahrtausende im öden Konzept der Ewigkeit?«

»Wie kannst du das tun?«, fragte sie und wusste, dass er sie in seinem Griff zittern spüren konnte. »Was bedeutet es?«

»Es bedeutet, dass ich zum Anfang zurückkehre. Zu dem Sturz. Als wir alle aus dem Himmel ausgestoßen wurden, weil wir es wagten, auf dem freien Willen zu bestehen. Ich rede von der ersten großen Ungerechtigkeit.«

»Du durchlebst noch einmal deine größten Erfolge?«, bemerkte sie, aber er war zu versunken in die Einzelheiten seines Planes, um ihr zuzuhören.

»Du und dieser lästige Daniel Grigori werdet mich auf dieser Reise begleiten. Dein Seelengefährte ist sogar schon auf dem Weg dorthin.«

»Warum sollte Daniel ...«

»Ich habe ihm den Weg natürlich gezeigt. Jetzt brauche ich nur noch rechtzeitig dort anzukommen, um zu sehen, wie die Engel verstoßen werden und ihren Sturz zur Erde beginnen. Was wird das für ein wunderschöner Augenblick sein.«

»Wenn sie ihren Sturz *beginnen*? Wie lange hat er gedauert?«

»Neun Tage, einigen Berichten zufolge«, murmelte er, »aber denjenigen von uns, die verstoßen wurden, ist es wie eine Ewigkeit vorgekommen. Hast du deine Freunde nie danach gefragt? Cam. Roland. Arriane. Deinen teuren Daniel? Wir waren alle da.«

»Du siehst also noch mal, wie es passiert. Na und?«

»Und dann tue ich etwas Unerwartetes. Und weißt du, was das sein wird?« Er kicherte und seine roten Augen glänzten.

»Keine Ahnung«, sagte sie leise. »Du wirst Daniel töten?«

»Nicht töten. *Fangen.* Ich werde jeden einzelnen von uns fangen. Ich werde einen Verkünder wie ein großes Netz öffnen und ihn bis zum äußersten Rand der Zeit auswerfen. Dann werde ich mit meinem alten Selbst verschmelzen und die gesamte Heerschar der Engel mit mir in die Gegenwart nehmen. Selbst die Hässlichen.«

»Na und?«

»*Na und?* Wir werden noch einmal am Anfang beginnen. Denn der Sturz *ist* der Anfang. Er ist kein Teil der Geschichte, er ist der *Anfang* der Geschichte. Und alles, was vorher passiert ist, wird nicht mehr geschehen sein.«

»Nicht mehr gescheh… du meinst, wie dieses Leben in Ägypten?«

»Nie passiert.«

»China? Versailles? Las Vegas?«

»Niemals, niemals, niemals. Aber es geht um mehr als nur um dich und deinen Freund, du selbstsüchtiges Kind. Es geht um das Römische Reich und den sogenannten Sohn dieses Anderen. Es ist dieses lange, traurige Geschwür der Menschheit, das sich aus dem Urschlamm erhebt und seine Welt in eine Jauchegrube verwandelt. Es ist alles, was jemals stattgefunden hat und von einem kleinen Sprung durch die Zeit fortgenommen wird, wie ein Stein, der übers Wasser hüpft.«

»Aber du kannst doch nicht einfach … die ganze Vergangenheit auslöschen!«

»Und ob ich das kann. Als würde ich einen Rockbund enger machen. Man schneidet einfach den überschüssigen Stoff raus und zieht die beiden Teile zusammen, und es ist so, als hätte der mittlere Teil nie existiert. Wir fangen ganz neu an. Der ganze Zyklus wird sich wiederholen, und ich werde eine weitere Chance haben, die wichtigen Seelen anzulocken. Seelen wie ...«

»Du wirst ihn niemals bekommen. Er wird sich niemals auf deine Seite stellen.«

Daniel hatte nicht ein einziges Mal im Laufe der fünftausend Jahre, die sie miterlebt hatte, nachgegeben. Ganz gleich, dass sie Luce wieder und wieder getötet und ihm seine eine wahre Liebe verwehrt hatten, er würde nicht nachgeben und eine Seite wählen. Und selbst wenn er irgendwie seine Entschlossenheit verlieren würde, würde sie da sein, um ihn zu unterstützen: Sie wusste jetzt, dass sie stark genug war, um Daniel Kraft zu geben, wenn er schwach werden sollte. Genauso, wie er ihr Kraft gegeben hatte.

»Ganz egal, wie oft du die Tafel auswischst«, sagte sie, »es wird nichts ändern.«

»Oh.« Er lachte, als sei ihm Luce peinlich – ein volles, beängstigendes, schallendes Gelächter. »Natürlich wird es das. Es wird *alles* ändern. Soll ich es aufzählen?« Er streckte eine spitze vergilbte Kralle aus. »Erstens, Daniel und Cam werden wieder Brüder sein, genau wie sie es in den frühen Tagen nach dem Sturz waren. Wird das nicht ein Spaß für dich sein? Schlimmer noch: keine Nephilim. Die Engel werden keine Zeit gehabt haben, um auf Erden zu wandeln und sich mit den Sterblichen zu paaren, also sag deinen kleinen Freunden aus der Schule Lebewohl.«

»Nein ...«

Er schnippte mit den Krallen. »Oh, eins habe ich noch vergessen zu erwähnen: deine Geschichte mit Daniel. Die wird ausgelöscht. Du kannst also allem, was du auf deiner kleinen Mission entdeckt hast, allem, was du auf unseren Spritztouren in die Vergangenheit gelernt hast und wovon du mir so ernsthaft berichtet hast, einen Abschiedskuss geben.«

»Nein! Das kannst du nicht tun!«

Er riss sie noch einmal in seine kalte Umarmung. »Oh, Liebling – es ist praktisch schon geschehen.« Er gackerte, und sein Gelächter klang wie eine Lawine, als sich Zeit und Raum um sie schlossen. Luce schauderte und wand sich und kämpfte gegen seinen Griff an, aber er hielt sie zu fest, hatte sie zu tief unter seinen ekligen Flügel geschoben. Sie konnte nichts sehen, konnte nur spüren, wie sie von einem Windstoß und einem Hitzeschwall getroffen wurden, und dann legte sich eine eiserne Kälte über ihre Seele.

Zwanzig

Das Ende der Reise

DAS HIMMELSTOR. DER STURZ

Natürlich hatte es immer nur einen Ort gegeben, an dem er sie finden konnte.

Den ersten. Den Anfang.

Daniel stürzte auf das erste Leben zu und war bereit, dort
so lange zu warten, bis auch Luce dorthin gefunden hatte.
Er würde sie in die Arme nehmen und ihr ins Ohr flüs-
tern: *Endlich. Ich habe dich gefunden. Ich werde dich nie wieder gehen
lassen.*

Er trat aus der Dunkelheit und erstarrte in blendendem
Licht.

Nein. Das war nicht sein Bestimmungsort.

Diese köstliche Luft und der schimmernde Himmel.
Dieser kosmische Abgrund glitzernden Lichts. Seine Seele
schnürte sich beim Anblick der Wellen von weißen Wolken
zu, die über den schwarzen Verkünder strichen. Da war
es, weit in der Ferne: Das unverkennbare, leise und endlos
spielende Summen aus drei Tönen. Die Musik, die der
Thron des Ätherischen Königs allein durch das Ausstrahlen
von Licht erklingen ließ.

Nein. Nein! *Nein!*

Er sollte nicht hier sein. Er wollte Lucinda in ihrer ersten

Inkarnation auf Erden treffen. Wie war er ausgerechnet *hier* gelandet?

Seine Flügel hatten sich instinktiv geöffnet. Das Entfalten fühlte sich anders an als auf Erden – es war nicht die gewaltige Befreiung, sich selbst schließlich loszulassen, sondern ein so normaler Vorgang, wie es das Atmen für Sterbliche war. Er wusste, dass er glühte, aber nicht so, wie er manchmal unter irdischem Mondlicht schimmerte. Seine Herrlichkeit brauchte er hier nicht zu verstecken und auch nicht vorzuzeigen. Sie war einfach da.

Es war so lange her, seit Daniel das letzte Mal zu Hause gewesen war.

Es zog ihn an. Es zog sie alle an, so wie die Gerüche der Kindheit – Kiefern oder selbstgebackene Kekse, warmer Sommerregen oder der Duft einer Zigarre des Vaters – jeden Sterblichen anziehen konnte. Es barg eine ungeheure Macht. Aus diesem Grund war Daniel während der letzten sechstausend Jahre diesem Ort ferngeblieben.

Nun war er zurück – und nicht aus eigenem Willen.

Dieser Cherub!

Der bleiche, zarte Engel in seinem Verkünder – er hatte Daniel überlistet.

Die Spitzen von Daniels Flügeln sträubten sich. Irgendetwas hatte mit diesem Engel nicht ganz gestimmt. Sein Waagezeichen war zu frisch. Es war immer noch rot und erhaben in seinem Nacken, als sei es gerade erst tätowiert worden …

Daniel war in irgendeine Art von Falle geflogen. Er musste von hier verschwinden, ganz gleich, was geschah.

In der Höhe. Hier oben war man immer in der Höhe. Glitt immer durch die reinste Luft. Er breitete die Flügel aus und spürte, wie der weiße Nebel über ihn hinwegtrieb. Er schwebte über den Himmelswäldern, zog über den Obstgarten des Wissens hinweg, umkreiste den Hain des Lebens. Er passierte seidenweiße Seen und die Ausläufer der schimmernden silbernen Himmelsberge.

Er hatte so viele glückliche Zeitalter hier verbracht.

Nein.

All das musste in den Nischen seiner Seele bleiben. Jetzt war keine Zeit für Heimweh.

Er wurde langsamer und näherte sich der Wiese des Thrones. Sie war genauso, wie er sie in Erinnerung hatte: Die flache Ebene von reinweißer Wolkenerde führte ins Zentrum von allem. Der Thron selbst, blendend hell, strahlte die Wärme purer Güte aus und leuchtete so stark, dass es selbst für einen Engel unmöglich war, ihn direkt anzusehen. Man konnte noch nicht einmal annähernd den Schöpfer *sehen*, der in Helligkeit gehüllt auf dem Thron saß, sodass man die Gesamtheit von Sitz und Schöpfer einfach als Thron bezeichnete.

Daniels Blick wanderte zu dem Kreis schimmernder silberner Altäre, die den Thron umgaben. Jeder war mit dem Rang eines anderen Erzengels markiert. Dies war einst ihr Hauptquartier gewesen, ein Ort, um den Thron anzubeten, ihm beizuwohnen, ihm zu dienen und ihm Botschaften zu übermitteln.

Dort war der glänzende Altar, der stets sein Platz gewesen war, an der oberen rechten Ecke des Thrones. Dieser Platz war da gewesen, seit es den Thron gab.

Aber jetzt standen da nur sieben Altäre. Früher waren es acht gewesen.

Moment...

Daniel zuckte innerlich zusammen. Er wusste, dass er durch das Himmelstor gekommen war, aber er hatte nicht darüber nachgedacht, *wann* genau. Es war wichtig. Dieses Ungleichgewicht um den Thron hatte es nur für eine sehr kurze Zeit gegeben – unmittelbar, nachdem Luzifer seine Pläne verkündet hatte, abtrünnig zu werden, aber bevor sie alle aufgefordert worden waren, sich für eine Seite zu entscheiden.

Er erlebte den kurzen Augenblick nach Luzifers Verrat, aber vor dem Sturz.

Die große Spaltung, in dessen Verlauf sich einige auf die Seite des Himmels und einige auf die Seite der Hölle stellen würden, wenn Luzifer sich vor ihren Augen in Satan verwandeln würde und der Große Arm des Thrones Legionen von ihnen aus dem Himmel vertreiben und sie in den Abgrund stürzen lassen würde.

Daniel näherte sich der Wiese. Der harmonische Ton wurde lauter, ebenso wie das Choralsummen von Engeln. Die Wiese erstrahlte von der Versammlung der hellsten Seelen. Sein früheres Ich würde dort unten sein, sie alle waren da. Es war so hell, dass Daniel nicht klar sehen konnte, aber sein Gedächtnis sagte ihm, dass es Luzifer gestattet worden war, von seinem hierhin versetzten Silberaltar am hinteren Ende der Wiese Hof zu halten, direkt gegenüber dem Thron, wenn auch nicht so hoch. Die anderen Engel hatten sich in der Mitte der Wiese vor dem Thron versammelt.

Dies war der Namensaufruf, der letzte Augenblick der Einigkeit, bevor der Himmel die Hälfte seiner Seelen verlor. Damals hatte Daniel sich gefragt, warum der Thron den Namensaufruf überhaupt zugelassen hatte. Dachte er, der die Herrschaft über alles hatte, dass Luzifers Appell an die

Engel in schierer Demütigung enden würde? Wie konnte der Thron sich so geirrt haben?

Gabbe sprach noch immer mit verblüffender Klarheit über den Namensaufruf. Daniel konnte sich nur an wenig erinnern – von der sanften Berührung eines Flügels abgesehen, der sich solidarisch nach ihm ausgestreckt hatte. Die Berührung, die ihm gesagt hatte: *Du bist nicht allein.*

Konnte er es wagen, diesen Flügel jetzt zu betrachten?

Vielleicht gab es eine Möglichkeit, den Namensaufruf anders anzugehen, sodass sie der Fluch, der sie danach befallen hatte, nicht so hart traf. Mit einem Schaudern, das ihm durch und durch ging, begriff Daniel, dass er diese Falle in eine Chance verwandeln konnte.

Natürlich! *Jemand* hatte den Fluch überarbeitet, sodass es einen Ausweg für Lucinda gab. Die ganze Zeit, während er ihr nachgejagt war, hatte Daniel vermutet, dass es Lucinda selbst gewesen sein musste. Dass sie irgendwann während ihrer verwegenen Flucht zurück durch die Zeit ein Schlupfloch geöffnet hätte. Aber vielleicht … vielleicht war es die ganze Zeit über er selbst gewesen.

Er war jetzt hier. Er konnte es tun. In gewissem Sinne musste er es bereits getan haben. Ja, er war durch die Jahrtausende, die er durchreist hatte, um hierher zu kommen, den Folgen dieser Änderungen nachgejagt. Was er nun hier ganz am Anfang tat, würde sich in jedem einzelnen von Lucindas künftigen Leben auswirken. Endlich begannen die Dinge, einen Sinn zu ergeben.

Er würde derjenige sein, der den Fluch abmilderte, um es Lucinda zu ermöglichen, zu leben und in ihre Vergangenheit zu reisen – es musste hier begonnen haben. Und es musste mit Daniel begonnen haben.

Er ließ sich auf die Wolken hinab und bewegte sich an der glühenden Grenze entlang. Da waren Hunderte von Engeln, Tausende, die sie mit schimmernder Sorge erfüllte. Das Licht war erstaunlich, als er sich unter die Menge mischte. Niemand nahm seinen Anachronismus wahr, die Anspannung und Furcht unter den Engeln waren zu groß.

»Die Zeit ist gekommen, Luzifer«, rief seine Stimme vom Thron. Diese Stimme hatte Daniel Unsterblichkeit verliehen und alles, was damit einherging. »Ist es wirklich das, was du begehrst?«

»Nicht nur für uns, sondern auch für die anderen Engel«, erwiderte Luzifer. »Jedem muss ein freier Wille zugestanden werden, nicht nur den sterblichen Männern und Frauen, die wir von oben beobachten.« Luzifer appellierte nun an die Engel und er leuchtete heller als der Morgenstern. »Die Grenze ist in den Wolken der Wiese gezogen worden. Jetzt steht es euch allen frei, eure Wahl zu treffen.«

Der erste himmlische Schreiber stand am Fuße des Throns in einem flimmernden Glühen und fing an, die Namen aufzurufen. Er begann mit dem rangniedrigsten Engel, dem siebentausendachthundertzwölften Sohn des Himmels:

»Geliel«, rief der Schreiber, »Letzter der achtundzwanzig Engel, die die Häuser des Mondes regieren.«

So hatte es begonnen.

Der Schreiber führte eine Strichliste. Chabril, der Engel der zweiten Stunde der Nacht, erwählte Luzifer, und Tiel, der Engel des Nordwindes, den Himmel, zusammen mit Padiel, einem der Wächter des Kindbetts, und Gadal, einem Engel, der sich mit magischen Riten für die Kranken befasste. Einige der Engel trugen lange Appelle vor, andere sagten kaum ein Wort. Daniel widmete der Zählung wenig Aufmerksamkeit. Er musste sich selbst finden, und außerdem wusste er bereits, wie es endete.

Er watete durch das Feld der Engel, dankbar für die Zeit, die es dauerte, alle Entscheidungen auszurufen. Er musste sein eigenes Ich erkennen, bevor es sich aus den Massen erhob und die naiven Worte sprach, für die er seitdem bezahlt hatte.

Auf der Wiese herrschte Aufruhr – Getuschel und blitzende Lichter, ein Rumoren von leisem Donner. Daniel hatte den Namen nicht gehört, der aufgerufen worden war, hatte den Engel nicht gesehen, der hochgeschwebt war, um seine Entscheidung zu verkünden. Er drängte sich durch die Seelen nach vorn, um besser sehen zu können.

Roland. Er verneigte sich vor dem Thron. »Bei allem Respekt, ich bin noch nicht bereit zu wählen.« Er sah den Thron an, deutete jedoch auf Luzifer. »Du verlierst heute einen Sohn und wir alle verlieren einen Bruder. Es scheint, dass viele weitere folgen werden. Bitte, triff diese Entscheidung nicht leichtfertig. Zwing unsere Familie nicht, auseinanderzubrechen.«

Daniel kämpfte beim Anblick von Rolands Seele mit den Tränen – der Engel der Poesie und Musik, Daniels Bruder und sein *Freund* –, als dieser sein Flehen in den weißen Himmel richtete.

»Du irrst dich, Roland«, donnerte der Thron. »Und indem du mir trotzt, *hast* du deine Entscheidung getroffen. Heiße ihn auf deiner Seite willkommen, Luzifer.«

»Nein!«, kreischte Arriane und flog aus der Mitte der Helligkeit, um neben Roland zu schweben. »Bitte, gib ihm nur Zeit, um zu verstehen, was seine Entscheidung bedeutet!«

»Die Entscheidung ist getroffen«, war alles, was der Thron zur Antwort gab. »Ich sehe hinter die Worte in seine Seele – er hat sich bereits entschieden.«

Eine Seele streifte die Seele von Daniel. Heiß und überwältigend, sofort zu erkennen.

Cam.

»Was bist du?«, flüsterte Cam. Er spürte, dass an Daniel etwas anders war, aber man konnte einem Engel, der den Himmel nie verlassen und der keine Vorstellung von dem hatte, was kommen würde, unmöglich erklären, wer er wirklich war.

»Bruder, sorge dich nicht«, flehte Daniel. »Ich bin es.«

Cam fasste ihn am Arm. »Das spüre ich, obwohl ich auch sehe, dass du nicht du bist.« Er schüttelte grimmig den Kopf. »Ich hoffe, dass du aus einem bestimmten Grund hier bist. Bitte. Kannst du verhindern, dass dies geschieht?«

»Daniel.« Der Schreiber rief seinen Namen auf. »Engel der stummen Wächter, der Grigori.«

Nein. Noch nicht. Er hatte sich noch nicht zurechtgelegt, was er sagen wollte, was er tun würde. Daniel stürmte durch das blendende Licht der Seelen um ihn herum, aber es war zu spät. Sein früheres Ich erhob sich langsam und sah weder zum Thron noch auf Luzifer.

Stattdessen blickte er in die neblige Ferne. Blickte, wie sich Daniel erinnerte, sie an.

»Bei allem Respekt, ich werde es nicht tun. Ich werde nicht Luzifers Seite wählen und ich werde auch nicht die Seite des Himmels wählen.«

Von den Lagern der Engel, von Luzifer und vom Thron erhob sich ein Gebrüll.

»Stattdessen wähle ich die Liebe – die ihr alle vergessen

habt. Ich wähle die Liebe und überlasse euch eurem Krieg. Du machst einen Fehler, dies über uns zu bringen«, sagte Daniel gelassen zu Luzifer. Dann drehte er sich um und richtete das Wort an den Thron. »Alles Gute im Himmel und auf Erden ist aus Liebe geboren. Dieser Krieg ist nicht gerecht. Dieser Krieg ist nicht gut. Liebe ist das Einzige, wofür es sich zu kämpfen lohnt.«

»Mein Kind«, dröhnte die volle, ruhige Stimme vom Thron. »Das verstehst du falsch. Ich bleibe bei meiner Herrschaft aus Liebe – Liebe zu all meinen Schöpfungen.«

»Nein«, widersprach Daniel leise. »Bei diesem Krieg geht es um Stolz. Verstoße mich, wenn du musst. Wenn das mein Schicksal ist, ergebe ich mich ihm, aber ich ergebe mich nicht dir.«

Luzifers Lachen war ein widerliches Rülpsen. »Du hast den Mut eines Gottes, aber den Verstand eines sterblichen Halbwüchsigen. Und deine Strafe soll die eines Halbwüchsigen sein.« Luzifer machte eine weit ausholende Handbewegung. »Die Hölle will ihn nicht haben.«

»Und er hat bereits klargemacht, dass er den Himmel aufgeben wird«, kam die enttäuschte Stimme vom Thron. »Wie bei all meinen Kindern sehe ich in deine Seele. Aber ich weiß nicht, was jetzt aus dir werden wird, Daniel, oder aus deiner Liebe.«

»Er wird seine *Liebe* nicht bekommen!«, rief Luzifer.

»Hast du einen Vorschlag, Luzifer?«, fragte der Thron.

»Es muss ein Exempel statuiert werden.« Luzifer schäumte. »Verstehst du nicht? Die Liebe, von der er spricht, ist zerstörerisch!« Luzifer grinste, als die Saat seiner bösesten Tat zu sprießen begann. »Also lass sie die Liebenden zerstören und nicht uns! Sie wird sterben!«

Die Engel holten erschrocken Luft. Es war unmöglich, das Letzte, womit man gerechnet hätte.

»Sie wird für immer und ewig sterben«, fuhr Luzifer mit von Gehässigkeit triefender Stimme fort. »Sie wird niemals ins Erwachsenenalter eintreten – sie wird wieder und wieder und wieder sterben, in genau dem Moment, in dem sie sich an deine *Entscheidung* erinnert. Auf diese Weise werdet ihr niemals wirklich zusammen sein. Das wird ihre Bestrafung sein. Und was dich betrifft, Daniel ...«

»Das genügt«, sagte der Thron. »Sollte Daniel bei seiner Entscheidung bleiben wollen, so wird das, was du vorschlägst, Luzifer, Strafe genug sein.« Es folgte eine lange, angespannte Pause. »Versteh mich nicht falsch: Ich wünsche dies keinem meiner Kinder, aber Luzifer hat recht: Es muss ein Exempel statuiert werden.«

Dies war der Moment, in dem es geschehen musste, dies war Daniels Chance, ein Schlupfloch in dem Fluch zu öffnen. Kühn flog er von der Wiese empor und schwebte Seite an Seite mit seinem früheren Ich. Jetzt war der Zeitpunkt gekommen, die Vergangenheit umzuschreiben.

»Wer ist dieser Zwilling?« Luzifer tobte. Seine roten Augen wurden beim Anblick der beiden Daniels schmal.

Die Heerschar der Engel zu Daniels Füßen flackerte verwirrt. Sein früheres Ich sah ihn erstaunt an. »Warum bist du hier?«, flüsterte er.

Daniel wartete nicht darauf, dass ihm jemand weitere Fragen stellte, er wartete nicht einmal darauf, dass Luzifer wieder Platz nahm oder der Thron sich von seiner Überraschung erholte.

»Ich bin aus unserer Zukunft gekommen, nach Jahrtausenden deiner Strafe ...«

Die Verwirrung der Engel wurde in der Hitze, die von ihren Seelen ausging, greifbar. Dies überstieg ihr Fassungsvermögen. Daniel konnte den Thron nicht deutlich genug sehen, um zu erkennen, welche Wirkung seine Rückkehr auf *ihn* hatte, aber Luzifers Seele glühte rot vor Wut. Daniel zwang sich, weiterzusprechen:

»Ich bin hierher gekommen, da ich um Gnade bitten will. Wenn wir bestraft werden müssen – und ich hinterfrage Eure Entscheidung nicht, mein Herr –, erinnert Euch bitte zumindest daran, dass einer der wichtigsten Bestandteile Eurer Macht Euer Erbarmen ist, welches groß und rätselhaft ist und uns alle beschämt.«

»*Erbarmen?*«, rief Luzifer. »Nach dem Ausmaß deines Verrats? Und bereut dein zukünftiges Ich seine Entscheidung?«

Daniel schüttelte den Kopf. »Meine Seele ist alt, aber mein Herz ist jung«, erklärte er und warf einen Blick auf sein früheres Ich, das sprachlos zu sein schien. Dann schaute er die schöne und hell brennende Seele seiner Geliebten an. »Ich kann nur das sein, was ich bin, und ich bin die Entscheidungen all meiner Tage. Ich bleibe dabei.«

»Die Entscheidung ist getroffen«, sagten die beiden Daniels wie aus einem Mund.

»Dann bleiben wir bei der Strafe, die wir verhängt haben«, donnerte der Thron.

Das gewaltige Licht erzitterte, und in dem langen, absoluten Schweigen fragte Daniel sich, ob es richtig gewesen war, vorzutreten.

Dann, endlich: »Aber wir werden deinem Gnadengesuch stattgeben.«

»Nein!«, schrie Luzifer. »Der Himmel ist hier nicht der Einzige, dem Unrecht widerfahren ist!«

»*Ruhe!*« Die Stimme des Throns wurde lauter. Er klang müde und gequält und unsicherer, als Daniel es jemals für möglich gehalten hätte. »Wenn ihre Seele eines Tages zu leben beginnt, ohne dass das Gewicht des Sakraments eine Seite für sie gewählt hat, dann soll sie frei sein, zu wachsen und für sich selbst zu entscheiden und diesen Augenblick noch einmal zu durchleben, um der verhängten Strafe zu entgehen. Und um damit diese Liebe, von der du behauptest, sie ersetze die Rechte des Himmels und der Familie, der letzten Prüfung zu unterziehen. Ihre Entscheidung wird dann deine Erlösung sein oder deine Strafe besiegeln. Das ist alles, was getan werden kann.«

Daniel verneigte sich und sein früheres Ich verneigte sich ebenfalls.

»Ich kann das nicht ertragen!«, brüllte Luzifer. »Das dürfen sie nicht! *Niemals* ...«

»Es ist geschehen«, donnerte die Stimme des Throns, als habe er die Grenze seiner Gnade erreicht. »Ich werde niemanden dulden, der in dieser oder irgendeiner anderen Sache mit mir streiten will. Hebt euch hinfort, ihr alle, die ihr schlecht oder gar nicht gewählt habt. Die Tore des Himmels sind euch verschlossen!«

Etwas flackerte. Und mit einem Mal *erlosch* das hellste Licht von allen.

Es wurde dunkel und eisig kalt.

Die Engel schnappten nach Luft und zitterten und rückten enger aneinander.

Dann: Stille.

Niemand rührte sich und niemand sprach.

Was dann geschah, war unvorstellbar, selbst für Daniel, der das Ganze bereits einmal erlebt hatte.

Der Himmel unter ihnen erbebte und der weiße See lief über und überschwemmte alles mit einer feurigen Welle dampfenden weißen Wassers. Der Obstgarten des Wissens und der Hain des Lebens stürzten ineinander und ihr letztes Aufbäumen gegen den Tod erschütterte den ganzen Himmel.

Ein silberner Blitz fuhr aus dem Thron und schlug im westlichen Ende der Wiese ein. Die Wolkenerde verkochte und wurde schwarz und eine Grube dunkelster Verzweiflung öffnete sich wie ein Krater direkt unter Luzifer. Mit all seinem ohnmächtigen Zorn waren er und die Engel, die ihm am nächsten waren – verschwunden.

Was die Engel betraf, die sich noch entscheiden mussten, so verloren auch sie ihren Halt auf den Ebenen des Himmels und glitten in den Abgrund. Gabbe war eine von ihnen, auch Arriane und Cam und die anderen, die Daniel am liebsten waren – Leidtragende seiner Entscheidung. Selbst sein früheres Ich wurde mit aufgerissenen Augen in das schwarze Loch im Himmel gezogen und verschwand darin.

Wieder einmal konnte Daniel nichts tun, um es zu verhindern.

Er wusste, dass die Gefallenen neun Tage unablässig hinabstürzen würden, bevor sie die Erde erreichten. Neun Tage, die er nicht verstreichen lassen konnte, ohne nach ihr zu suchen. Er raste auf den Abgrund zu.

Am Rande des Nichts blickte Daniel hinab und sah einen hellen Fleck, der weiter entfernt war als das Entfernteste, was man sich vorstellen konnte. Es war kein Engel, sondern eine Kreatur mit gewaltigen schwarzen Flügeln, die dunkler waren als die Nacht. Und sie flog auf ihn zu, *nach oben*. Wie war das möglich?

Daniel hatte Luzifer gerade oben bei dem Gericht gesehen. Er war *als Erster* gestürzt und sollte tief unten sein. Es konnte dennoch niemand anders sein. Daniels Blick schärfte sich, und seine Flügel brannten vom Ansatz bis zur Spitze, als ihm klar wurde, dass die Kreatur jemanden unter dem Flügel trug.

»*Lucinda!*«, rief er, aber die Bestie hatte sie bereits fallen gelassen.

Seine Welt hörte auf sich zu drehen.

Daniel sah nicht, wohin Luzifer nun flog, denn er hielt quer über den Himmel auf Luce zu. Das Brennen ihrer Seele war so hell und so vertraut. Er schoss vorwärts, die Flügel dicht an den Körper gelegt, damit er schneller fiel, als möglich schien, so schnell, dass die Welt um ihn herum verschwamm. Er streckte die Hand aus, und ...

Sie landete in seinen Armen.

Sofort schlugen seine Flügel nach vorne und bildeten einen Schutzschild um sie herum. Sie wirkte zuerst erschrocken, als sei sie gerade aus einem schrecklichen Traum erwacht, und schaute tief in seine Augen, dann seufzte sie erleichtert auf. Sie berührte seine Wange und strich mit den Fingern über die kribbelnden Ränder seiner Flügel.

»Endlich«, hauchte er.

»Du hast mich gefunden«, flüsterte sie.

»Immer.«

Direkt unter ihnen erleuchteten die gefallenen Engel den Himmel wie tausend helle Sterne. Sie schienen von dem Sog einer unsichtbaren Kraft zusammengezogen zu werden und klammerten sich während des langen Sturzes vom Himmel aneinander. Es war tragisch und ehrfurchtgebietend. Für einen Moment schienen sie alle zu summen und mit schöner Perfektion zu brennen. Doch kurz darauf schoss vor Daniels und Luce' Augen ein schwarzer Blitz über den Himmel und schien die helle Masse der Stürzenden zu umschließen.

Dann wurde alles bis auf Luce und Daniel vollkommen dunkel. Als seien urplötzlich alle Engel durch ein Loch im Himmel gestürzt.

Epilog

Sonst nichts?

Es sollte für lange Zeit der letzte Verkünder sein, durch den Luce hindurchschreiten wollte. Als Daniel den Schatten aufzog, den die unerklärliche Helligkeit der Sterne an diesem seltsamen Himmel über dem Niemalsland warf, schaute Luce nicht zurück. Sie hielt seine Hand fest und war überwältigt vor Erleichterung. Sie war jetzt bei Daniel. Wo sie auch hingingen, es würde ihr Zuhause sein.

»Warte«, sagte er, bevor sie in den Schatten sprang.

»Was ist?«

Seine Lippen strichen über ihre Schulter. Sie wölbte den Rücken, umfasste seinen Nacken und zog ihn näher zu sich heran. Ihre Zähne stießen aneinander und ihre Zungen fanden sich, und solange sie so bleiben konnte, brauchte sie nicht zu atmen.

Sie verließen die ferne Vergangenheit versunken in dem Kuss – einem Kuss, auf den sie so lange gewartet hatten und der so leidenschaftlich war, dass alles andere um Luce herum verschwamm. Es war ein Kuss, von dem die meisten Menschen ihr Leben lang träumen. Hier war die Seele, nach der Luce gesucht hatte, seit sie ihn im Garten ihrer Eltern verlassen hatte. Und sie waren immer noch zusammen, als Daniel sie unter dem friedlichen Dahintreiben einer silbernen Wolke aus dem Verkünder trug.

»Mehr«, sagte sie, als er sich endlich von ihr löste. Sie waren so hoch oben in der Luft, dass Luce nur wenig von dem Boden unter ihnen sehen konnte. Einen Streifen mondbeschienenen Ozeans. Winzige weiße Wellen, die an ein dunkles Ufer schlugen.

Daniel lachte und zog sie wieder an sich. Sein Körper fühlte sich so gut an und seine Haut sah so wunderschön aus im Licht der Sterne. Je mehr sie sich küssten, desto sicherer war sich Luce, dass sie niemals genug bekommen würde. Es gab kaum einen Unterschied – und doch einen himmelweiten Unterschied – zwischen den Daniels, die sie bei den Besuchen ihrer früheren Leben kennengelernt hatte, und dem Daniel, der jetzt seine Lippen auf ihre presste. Endlich konnte Luce den Kuss erwidern, ohne an sich selbst oder an ihrer Liebe zu zweifeln. Sie verspürte ein grenzenloses Glück. Und sich vorzustellen, dass sie es beinahe aufgegeben hätte.

Dann kehrte sie langsam in die Wirklichkeit zurück. Sie war in ihrer Mission, ihren und Daniels Fluch zu brechen, gescheitert. Sie war überlistet und getäuscht worden … von Satan.

Obwohl sie den Kuss nur ungern beendete, umfasste Luce Daniels warmes Gesicht mit beiden Händen. Sie schaute in seine violetten Augen und versuchte, Kraft zu finden.

»Es tut mir leid«, sagte sie. »Dass ich weggelaufen bin.«

»Das muss es nicht«, erwiderte er langsam und mit völliger Aufrichtigkeit. »Du musstest gehen. Es war vorherbestimmt, es musste geschehen.« Er lächelte wieder. »Wir haben getan, was wir tun mussten, Lucinda.«

Ein warmes Gefühl durchflutete sie und machte sie schwindelig. »Ich dachte schon, ich würde dich nie wiedersehen.«

»Wie oft habe ich dir gesagt, dass ich dich immer finden werde?« Dann drehte Daniel sie um, sodass sie mit dem Rücken an seiner Brust lehnte. Er küsste ihren Nacken und schlang die Arme um sie – ihre Flugposition – und sie brachen auf.

Luce wurde nie müde, mit Daniel zu fliegen. Seine weißen Flügel streckten sich in die Luft und schlugen vor dem Mitternachtshimmel, während sie sich mit unglaublicher Anmut bewegten. Feuchtigkeit von den Wolken perlte auf ihrer Stirn und ihrer Nase, während Daniels starke Arme sie umfasst hielten. Sie fühlte sich so sicher und geborgen wie schon lange nicht mehr.

»Sieh mal«, sagte Daniel und reckte leicht den Hals. »Der Mond.«

Die Scheibe wirkte so nah und groß, dass Luce sie berühren zu können schien.

Sie schossen durch die Luft und machten dabei kaum ein Geräusch. Luce atmete tief durch und riss vor Überraschung die Augen auf. Sie kannte diese Luft! Es war diese spezielle, salzige Ozeanbrise des Küstengebiets von Georgia. Sie war ... zu Hause. Tränen stiegen ihr in die Augen, als sie an ihre Eltern und ihren Hund Andrew dachte. Wie lange war sie fort gewesen? Wie würde es sein, wenn sie zurückkam?

»Gehen wir zu mir?«, fragte sie.

»Du musst erst mal schlafen«, erwiderte Daniel. »Was

deine Eltern betrifft, warst du nur ein paar Stunden fort. Dort ist es fast Mitternacht. Wir werden morgen früh gleich als Erstes bei ihnen vorbeischauen, wenn du dich ausgeruht hast.«

Daniel hatte recht: Sie sollte sich jetzt ausruhen und sie am nächsten Morgen sehen. Aber wenn er sie nicht nach Hause brachte, wohin gingen sie dann?

Sie näherten sich der Baumgrenze. Die schmalen Wipfel der Kiefern schwankten im Wind, und die leeren, sandigen Ufer funkelten, als sie darüber hinweg flogen. Eine kleine Insel unweit der Küste kam in Sicht. Tybee. Sie war als Kind ein Dutzend Mal dort gewesen ...

Und einmal vor Kurzem ... in einer kleinen Holzhütte mit einem Giebeldach und Rauch, der aus dem Schornstein kam. Die rote Tür mit der salzverkrusteten Glasscheibe. Das Fenster mit Blick in den kleinen Dachboden. Es sah vertraut aus, aber Luce war so müde und hatte in jüngster Zeit so viele Orte gesehen, dass sie die Hütte erst erkannte, als ihre Füße den weichen Schlickboden berührten. Es war die Hütte, in der sie Zuflucht gefunden hatte, nachdem sie die Sword & Cross verlassen hatte.

Nachdem Daniel ihr von ihren früheren gemeinsamen Leben erzählt hatte, nach der üblen Schlacht auf dem Fried- hof, nachdem Miss Sophia sich in etwas Böses verwandelt hatte und Penn getötet worden war und alle Engel Luce gesagt hatten, dass ihr Leben in Gefahr sei, hatte sie in der Hütte geschlafen, allein, drei Tage lang im Fieberwahn.

»Wir können uns hier ausruhen«, sagte Daniel. »Es ist ein sicherer Unterschlupf für die Gefallenen. Wir haben einige Dutzende dieser Orte rund um den Globus.«

Sie hätte bei der Aussicht auf eine ganze Nacht Ruhe –

mit Daniel an ihrer Seite! – begeistert sein sollen, aber irgendetwas nagte an ihr.

»Ich muss dir etwas sagen.« Sie drehte sich zu ihm um. Eine Eule schrie von der Kiefer, und das Wasser plätscherte ans Ufer, aber sonst war es auf der dunklen Insel vollkommen still.

»Ich weiß.«

»Du weißt?«

»Ich habe es gesehen.« Daniels Augen wurden sturmgrau. »Er hat dich ganz schön ausgetrickst, nicht?«

»Ja!«, rief Luce und lief schamrot an.

»Wie lange hat er dich begleitet?« Daniel wurde unruhig, fast so, als versuche er, Eifersucht zu unterdrücken.

»Ziemlich lange.« Luce zuckte innerlich zusammen. »Aber es wird noch schlimmer – er plant etwas Schreckliches.«

»Er plant ständig etwas Schreckliches«, murmelte Daniel.

»Nein, diesmal ist es etwas Großes.« Sie schmiegte sich in Daniels Arme und legte ihm die Hände auf die Brust. »Er hat es mir erzählt – er sagte, er wolle die Tafel auswischen.«

Daniel umfasste ihre Taille fester. »Er hat *was* gesagt?«

»Ich habe nicht alles verstanden. Er hat gesagt, er wolle zum Sturz zurückkehren und einen Verkünder öffnen und alle Engel in diesem Moment direkt in die Gegenwart mit sich nehmen. Er sagte, er wolle …«

»Die Zeit dazwischen auswischen. Unsere Existenz auswischen«, sagte Daniel heiser.

»Ja.«

»*Nein.*« Er packte ihre Hand und zog sie auf die Hütte zu. »Sie könnten uns nachspionieren. Sophia. Die Outcasts.

Irgendeiner. Komm hinein, wo es sicher ist. Du musst mir alles erzählen, was er gesagt hat, Luce, alles.«

Daniel riss förmlich die rote Holztür der Hütte auf und verriegelte sie hinter ihnen. Eine Sekunde später, ehe sie irgendetwas anderes tun konnten, umfassten zwei Arme Luce und Daniel in einer großen Umarmung.

»Ihr seid in Sicherheit.« Die Stimme brach vor Erleichterung.

Cam. Als Luce den Kopf drehte, sah sie den Dämon ganz in Schwarz gekleidet, wie die »Uniform«, die sie in der Sword & Cross getragen hatten. Er hatte seine gewaltigen goldenen Flügel hinter die Schultern gezogen. Sie sandten kleine Lichtblitze aus, die von den Wänden zurückgeworfen wurden. Seine Haut war blass, und er sah ausgezehrt aus, seine Augen stachen hervor wie Smaragde.

»Wir sind wieder da«, sagte Daniel wachsam und schlug Cam auf die Schulter. »Aber ich weiß nicht, ob ich sagen würde, dass wir in Sicherheit sind.«

Cam ließ den Blick aufmerksam über Luce schweifen. Warum war er hier? Warum schien Daniel glücklich darüber zu sein, ihn zu sehen?

Daniel führte Luce zu dem abgenutzten Korbschaukelstuhl neben dem knisternden Kamin und bedeutete ihr, sich hinzusetzen. Sie ließ sich in den Stuhl fallen und er setzte sich auf die Armlehne und legte ihr die Hand auf den Rücken.

Die Hütte war so, wie Luce sie in Erinnerung gehabt hatte: Warm und trocken und sie roch nach Zimt. Das Feldbett in der Ecke, wo sie geschlafen hatte, war ordentlich gemacht. Die schmale Holzleiter, die zu dem kleinen Dachboden mit Blick über den Hauptraum führte. Die grüne Lampe hing noch immer von einem Dachbalken.

»Wieso hast du gewusst, dass du hierher kommen musst?«, fragte Daniel Cam.

»Roland hat heute Morgen etwas in den Verkündern gelesen. Er dachte, ihr würdet vielleicht zurückkehren – und dass sich etwas anderes entwickeln könnte.« Cam musterte Daniel. »Etwas, das uns alle betrifft.«

»Wenn es wahr ist, was Luce sagt, dann kann es nicht einer von uns allein übernehmen.«

Cam neigte den Kopf in Luce' Richtung. »Ich weiß. Die anderen sind unterwegs. Ich habe mir die Freiheit genommen, es allen zu sagen.«

Genau in diesem Moment zersplitterte ein Fenster auf dem Dachboden. Daniel und Cam sprangen auf.

»Wir sind's nur!«, kam Arrianes melodische Stimme von oben. »Wir haben Nephilim im Schlepptau, daher reisen wir mit der Anmut eines Eishockeyteams.«

Ein gewaltiger Lichtschein – golden und silbern – fuhr herab und ließ die Wände der Hütte erbeben. Luce sprang gerade rechtzeitig auf die Füße, um zu sehen, wie Arriane, Roland, Gabbe, Molly und Annabelle – das Mädchen, das Luce in Helston als Engel erkannt hatte – langsam mit ausgebreiteten Flügeln von den Dachsparren herunterschwebten. Sie ergaben zusammen eine Vielzahl von Farben: Schwarz und Gold, Weiß und Silber. Die Farben standen für verschiedene Seiten, aber hier waren sie nun. Zusammen.

Einen Moment später donnerten Shelby und Miles die Holzleiter herunter. Sie hatten immer noch die Kleider an – Shelby den grünen Pullover und Miles Jeans und Baseballkappe –, die sie bei dem Thanksgiving-Essen getragen hatten, das eine Ewigkeit her zu sein schien.

Luce hatte das Gefühl zu träumen. Es war so schön, jetzt diese vertrauten Gesichter zu sehen – Gesichter, von denen sie sich wirklich gefragt hatte, ob sie sie jemals wiedersehen würde. Die Einzigen, die fehlten, waren natürlich ihre Eltern und Callie, aber die drei würde sie schon bald sehen.

Angeführt von Arriane umkreisten die Engel und Nephilim Luce und Daniel in einer weiteren gewaltigen Umarmung. Selbst Annabelle, die Luce kaum kannte. Selbst Molly.

Plötzlich riefen alle laut durcheinander. Annabelle, die mit schimmernden rosafarbenen Augenlidern klimperte: »Wann seid ihr zurückgekommen? Wir haben uns *so* viel zu erzählen!« Und Gabbe, die Luce auf die Wange küsste: »Ich hoffe, du warst vorsichtig ... und ich hoffe, du hast gesehen, was du sehen musstest.« Und Arriane: »Hast du uns etwas Gutes mitgebracht?« Und Shelby, atemlos: »Wir haben bestimmt eine Ewigkeit nach dir gesucht, was, Miles?« Und Roland: »Ziemlich cool zu sehen, dass du es heil nach Hause geschafft hast, Mädchen.« Und Daniel, der sie alle mit seinem ernsten Ton zum Schweigen brachte: »Wer hat die Nephilim mitgebracht?«

»Das war ich.« Molly legte den Arm um Shelby und Miles. »Hast du was dagegen?«

Daniel ließ den Blick über Luce' Freunde von der Shoreline wandern. Ehe sie eine Chance hatte, für sie einzutreten, zogen sich seine Mundwinkel zu einem Lächeln nach oben, und er sagte: »Gut. Wir werden jede Hilfe brauchen, die wir kriegen können. Jetzt setzt euch alle hin.«

»Das kann nicht Luzifers Ernst sein«, meinte Cam und schüttelte benommen den Kopf. »Das ist nur ein letzter verzweifelter Rettungsversuch. Er würde nicht … Er hat wahrscheinlich nur versucht, Luce dazu zu bringen …«

»Er würde es tun«, unterbrach ihn Roland.

Sie hatten sich im Kreis vor das Feuer gesetzt, Daniel und Luce auf dem Schaukelstuhl gegenüber. Gabbe hatte im Küchenschrank Hotdogs und Marshmallows sowie ein Päckchen mit Kakaopulver gefunden und eine kleine Kochstation vor dem Feuer errichtet.

»Er würde lieber von vorne anfangen, als seinen Stolz zu verlieren«, fügte Molly hinzu. »Außerdem hat er nichts zu verlieren, wenn er die Vergangenheit auslöscht.«

Miles ließ seinen Hotdog fallen und der Teller landete klirrend auf dem Holzboden. »Würde das nicht bedeuten, dass Shelby und ich – nicht mehr existieren würden? Und was ist mit Luce, wo wäre sie?«

Niemand antwortete. Luce war sich peinlich bewusst, dass sie kein Engel war. Heiße Röte dehnte sich auf ihren Schultern aus.

»Wie kommt es, dass wir noch immer hier sind, wenn die Zeit umgeschrieben worden ist?«, fragte Shelby.

»Weil sie ihren Sturz noch nicht beendet haben«, antwortete Daniel. »Erst dann ist die Tat unwiderruflich vollbracht.«

»Also haben wir noch …« Arriane zählte leise. »Neun Tage.«

»Daniel?« Gabbe schaute zu ihm auf. »Sag uns, was wir tun können.«

»Es gibt nur eins, was wir tun können«, erwiderte Daniel. Die leuchtenden Flügel in der Hütte neigten sich ihm erwartungsvoll zu. »Wir müssen alle an den Ort bringen, wo der erste Engelsturz stattgefunden hat.«

»Und das wäre wo?«, fragte Miles.

Lange sprach niemand ein Wort.

»Das ist schwer zu sagen«, antwortete Daniel schließlich. »Es ist vor langer Zeit geschehen und wir waren alle neu auf der Erde. Aber« – er warf einen Blick auf Cam – »wir haben Mittel, um es herauszufinden.«

Cam stieß einen leisen Pfiff aus. Hatte er Angst?

»Neun Tage sind nicht viel Zeit, um den Ort des Sturzes zu ermitteln«, meinte Gabbe. »Geschweige denn herauszufinden, wie wir Luzifer aufhalten können, falls und wenn wir ankommen sollten.«

»Wir müssen es versuchen.« Luce antwortete, ohne nachzudenken, und sie war überrascht über ihre Gewissheit.

Daniel ließ die Augen über die Versammlung der Engel, der sogenannten Dämonen und der Nephilim schweifen. Seine Familie. »Wir sitzen also alle in einem Boot?« Zuletzt fiel sein Blick auf Luce.

Und obwohl sie sich den morgigen Tag nicht vorstellen konnte, schmiegte Luce sich in Daniels Arme und sagte: »Immer.«

Danksagung

Heißen Dank an Wendy Loggia, die sich diese verrückte Geschichte als Buch vorzustellen vermochte und deren solide Unterstützung die Serie trägt. An Beverly Horowitz für ihre Klugheit und ihren Stil. An Michael Stearns und Ted Malawer dafür, dass sie der Sache Flügel verliehen haben. Und an Noreen Herits und Roshan Nozari. Meine Dankbarkeit euch allen gegenüber vertieft sich mit jedem weiteren Band. Besonderer Dank gilt Krista Vitola, Barbara Perris, Angela Carlino, Judith Haut (wir sehen uns beim Cheese Dip Festival in Little Rock) und Chip Gibson, dessen Trickle-down-Theorie der Chipenomics erklärt, warum bei Random House alle so verdammt cool sind.

Ich danke auch den Freunden, die ich überall auf der Welt gefunden habe: Becky Stradwick und Lauren Bennett (eine Mit-Lauren-Kate) im Vereinigten Königreich, Rino Balatbat und die Truppe vom National Book Store auf den Philippinen, der gesamten enthusiastischen Mannschaft von Random House Australia, den vielen Bloggern nah und fern. Es ist mir eine Ehre, mit jedem einzelnen von euch zusammenzuarbeiten.

Und meiner gewaltigen, von Liebe erfüllten Familie, mit einem besonderen tantenhaften Gruß an Jordan, Hailey und David Franklin. Anna Carey für die Fahrten und mehr.

Dem OBLC, juchhu! Und Jason, meiner Muse und meiner Welt – es wird immer besser.